W0308917

SCIENCE FICTION

Herausgegeben
von Wolfgang Jeschke

Vom gleichen Autor erschien außerdem
als Heyne-Taschenbuch

Eine Welt dazwischen · Band 06/3783

NORMAN SPINRAD

DER STÄHLERNE TRAUM

Science Fiction Roman

Deutsche Erstveröffentlichung

WILHELM HEYNE VERLAG
MÜNCHEN

HEYNE SCIENCE
FICTION & FANTASY
Band 06/3783

Titel der amerikanischen Originalausgabe
THE IRON DREAM
Deutsche Übersetzung von Walter Brumm
Umschlagbild: Rowena Morrill
Die Innenillustrationen zeichnete Giuseppe Festino

4. Auflage
Redaktion: Wolfgang Jeschke

Das Foto von Adolf Hitler auf Seite 6 aus dem Jahre 1931 stellte uns freundlicherweise
der Bilderdienst des Süddeutschen Verlags, München, zur Verfügung
Printed in Germany 1987
Umschlaggestaltung: Atelier Heinrichs & Schütz, München
Gesamtherstellung: Elsnerdruck, Berlin

ISBN 3-453-30684-8

INHALT

Adolf Hitler im Büro von Hugo Gernsback am 4. 12. 1931 in New York, für dessen Magazine er Illustrationen zeichnete, u. a. für »Your Body« und »Amazing Stories«, sowie Übersetzungen aus dem Deutschen von Hermann Noordings Erzählungen für das Magazin »Science Wonder Stories« anfertigte.

Über den Autor

ADOLF HITLER wurde am 20. April 1889 als Sohn des k.k. Zollamtsoffiziers Alois Hitler und seiner Ehefrau Klara, geb. Pölzl in Braunau am Inn (Österreich) geboren. Als junger Mann übersiedelte er nach Deutschland und diente während des Großen Krieges in der deutschen Armee. Nach dem Krieg geriet er in München für kurze Zeit in den Bannkreis rechtsradikaler politischer Bewegungen, bevor er, von Mißerfolgen enttäuscht, Ende 1919 nach New York auswanderte. So lange er englisch lernte, fristete er eine unsichere Existenz als Straßenmaler und Gelegenheitsübersetzer in Greenwich Village, dem Zufluchtsort der New Yorker Bohemiens. Nach mehreren Jahren dieses ungebundenen Lebens begann er als Illustrator für Zeitschriften und Comic-Hefte zu arbeiten. 1930 lieferte er seine ersten Illustrationen für das Science-Fiction-Magazin ›Amazing‹, und zwei Jahre später war er ein gesuchter Illustrator für Science-Fiction-Magazine. Im Jahre 1935 vertraute er seinem Englisch soweit, daß er sein Debut als Science-Fiction-Autor wagte. Den Rest seines Lebens widmete er als Schriftsteller, Illustrator und Herausgeber dem Genre der Science Fiction. Obgleich er den heutigen SF-Freunden vor allem durch seine Romane und Kurzgeschichten bekannt ist, war Hitler während des goldenen Zeitalters der dreißiger Jahre ein beliebter Illustrator, gab mehrere Anthologien heraus, schrieb lebendige Rezensionen und gab fast zehn Jahre lang die Fanzeitschrift *Storm* heraus, die große Beliebtheit gewann.

Für seinen Roman *Herr des Hakenkreuzes,* den er kurz vor seinem Tod im Jahre 1953 vollendete, wurde ihm vom Internationalen Science-Fiction-Con 1955 posthum der Hugo Gernsback Award zuerkannt, ein alljährlich verliehener, begehrter Science-Fiction-Literaturpreis. Viele Jahre lang war er ein gern gesehener Gast auf Science-Fiction-Treffen, weithin bekannt als ein geistreicher und unermüdlicher Unterhalter. Seit der Veröffentlichung des Buches sind die farbenfrohen Uniformen und Embleme, die er in *Herr des Hakenkreuzes* vor der Welt erstehen ließ, bevorzugte Kostüme bei den traditionellen Karnevalsveranstaltungen im Rahmen des Weltcons geworden. Hitler starb 1953, doch die Romane und Kurzgeschichten, die er hinterließ, bleiben allen Freunden des Genres ein Vermächtnis.

HERR DES HAKENKREUZES

Ein Science Fiction Roman von

ADOLF HITLER

1

Mit einem gewaltigen Ächzen von ermüdetem Metall und einem Zischen von entweichendem Dampf kam der Dampfwagen aus Gormond mit nur dreistündiger Verspätung im schmutzigen Hof des Stationsgebäudes von Pormi zum Stillstand; eine für borgravische Verhältnisse durchaus achtbare Leistung. Ein Sortiment humanoider Gestalten entstieg watschelnd dem Fahrzeug und stellte die übliche Vielfalt von Hauttönungen, Körperformen und Gangarten zur Schau. Essensreste von dem mehr oder weniger ununterbrochenen Picknick, das diese Mutanten während der zwölfstündigen Fahrt abgehalten hatten, hafteten an ihrer derben und vorwiegend fadenscheinigen Kleidung. Ein säuerlicher, ungewaschener Geruch ging von dieser buntscheckigen Herde aus, als sie über den schlammigen Hof zu dem schmucklosen Betonschuppen trottete, der als Abfertigungsgebäude diente.

Endlich entstieg dem Dampfwagen eine Gestalt von überraschendem und unerwartetem Adel: ein hochgewachsener, athletisch gebauter Mann in der Blüte seiner Jahre. Sein Haar war blond, seine Haut hell, die Augen waren blau und strahlend. Seine Haltung war vollkommen, sein schlichter blauer Rock sauber und in gutem Zustand.

Feric Jaggar verkörperte vom Scheitel bis zur Sohle den geotypisch reinen Menschen. Dies war das einzige, was eine so beengte und langdauernde Zwangsgemeinschaft mit dem Bodensatz von Borgravia erträglich machte; die Untermenschen konnten nicht umhin, seine genetische Reinheit zu erkennen. Sein Anblick genügte, um Mutanten und Bastarde in die Schranken zu weisen, und meistenteils richteten sie sich danach.

Feric trug seine weltlichen Besitztümer in einer Ledertasche, die er mühelos trug; dies ermöglichte ihm, das schmierige Abfertigungsgebäude ganz zu meiden und sich direkt auf den Ulmboulevard zu begeben, der zur Brücke über die Ulm führte und die verschmutzte kleine Grenzstadt in der kürzesten Linie durchmaß. Endlich war der Tag gekommen, da er die borgravischen Schweineställe hinter sich lassen und sein Geburtsrecht als genotypisch reiner Mensch und Helder beanspruchen konnte, ein Mann mit einem makellosen Stammbaum, der sich über zwölf Generationen zurückverfolgen ließ.

Das Herz voller Hoffnung, den Sinn erfüllt von Gedanken an

die Zukunft und seine Ziele, war Feric beinahe imstande, das schäbige Schauspiel zu ignorieren, das von allen Seiten auf ihn eindrang, als er die ungepflasterte Straße zum Fluß hinunterging. Dieser Boulevard war wenig mehr als ein lehmiger Graben zwischen zwei Reihen primitiver Schuppen und Hütten aus rohen Brettern, Flechtwerk und rostigem Blech. Nichtsdestoweniger schien er der Stolz und die Freude der Bewohner von Pormi zu sein, denn die Vorderseiten dieser elenden Gebäude waren behangen mit grellbemalten Schildern und unbeholfenen Illustrationen, welche auf die im Inneren feilgehaltenen Waren hinwiesen, überwiegend Landesprodukte, aber auch Gebrauchtartikel aus der höheren Zivilisation jenseits der Ulm. Damit nicht genug, hatten viele Ladenbesitzer längs der Straße Stände errichtet, wo faulig aussehendes Obst, schmierige Kartoffeln und von Fliegen umschwärmtes Fleisch zum Verkauf auslagen; diese stinkende Ware priesen sie mit sich überschlagenden Stimmen den Kreaturen an, die sich auf der Straße drängten und ihrerseits mit schrillem Feilschen zum allgemeinen Lärm beitrugen.

Die ranzigen Gerüche, das heisere Geschnatter und die insgesamt ungesunde Atmosphäre gemahnten Feric an den großen Markt von Gormond, der borgravischen Hauptstadt, wo das Schicksal ihn so viele Jahre hindurch festgehalten hatte. Als Kind hatte man ihn gegen enge Kontakte mit den Einheimischen der umliegenden Viertel abgeschirmt; als junger Mann hatte er keine Mühe gescheut, um solche Gegenden nach Möglichkeit zu meiden.

Natürlich war es niemals möglich gewesen, den Anblick der verschiedenartigen Mutanten zu meiden, die jeden Winkel und jede Gasse von Gormond bevölkerten, und das Genreservoir hier in Pormi schien um keinen Deut weniger verdorben als jenes, das in der borgravischen Hauptstadt vorherrschte. Das Straßengesindel war hier wie in Gormond ein durcheinandergewürfeltes Gemisch von bastardisierten Mutationen. Blauhäute, Echsenmenschen, Harlekine und Blutgesichter waren noch das mindeste; wenigstens ließ sich sagen, daß solche Geschöpfe sich rasseecht vermehrten. Aber es gab alle nur denkbaren Mischungen: die Schuppenhaut eines Echsenmannes mochte statt grün bläulich oder rötlich verfärbt sein; eine Blauhaut konnte das fleckige Aussehen eines Harlekins haben; das warzige Antlitz eines Krötenmenschen mochte sich schmutzigweiß oder lilarot zeigen.

Die gröberen Mutationen waren zum größten Teil rasseechter, und wenn auch nur aus dem Grund, daß zwei solche genetischen Katastrophen im selben Lebewesen meistens in einem nicht lebensfähigen Fötus zu enden pflegten. Viele der Ladenbesitzer hier in Pormi waren Zwerge von dieser oder jener Art — bucklig, mit drahtigem schwarzen Haar bedeckt, ein wenig spitzköpfig, viele mit sekundären Hautmutationen —, die unfähig waren, anstrengendere Arbeit zu verrichten. In einer kleinen Stadt wie dieser traten die selteneren Mutanten weniger in Erscheinung als in den Orten, die man in Borgravia für Großstädte hielt. Als Feric sich seinen Weg durch die übelriechende Menge bahnte, machte er dennoch drei Eierköpfe aus, deren nackte, chitinartige Schädel rötlich in der warmen Sonne glänzten, und stieß im Vorbeigehen ein Papageiengesicht an. Diese groteske Kreatur fuhr sofort herum und klappte gereizt die hornig vorspringenden Kiefer aufeinander, bis sie ihn als den erkannte, der er war.

Darauf schlug das Papageiengesicht den Blick seiner Triefaugen nieder, stellte das aggressive Geklapper mit den unförmig mutierten Zähnen und Kiefern augenblicklich ein und lispelte ein gehörig ehrerbietiges: »Verzeihung, Rechtmann.«

Feric seinerseits nahm von dem anderen nicht weiter Notiz und ging eilig weiter die Straße hinunter, den Blick entschlossen geradeaus gerichtet.

Ein paar Dutzend Schritte weiter jedoch wehte ein vertrautes, unbestimmt schwebendes Gefühl sacht durch Ferics Bewußtsein und gab ihm Anlaß, den Schritt zu verhalten, denn lange Erfahrung hatte ihn gelehrt, daß diese psychische Aura ein sicherer Hinweis darauf war, daß sich ein Dominator in der Nähe aufhielt. Und in der Tat, als er die Reihe der Verkaufsstände zu seiner Rechten beobachtete, fand er seine Vermutung durch den Augenschein bestätigt. Es war ein Dom in der Nähe, und das Dominanzmuster gehörte kaum zu den subtilsten, denen er in seiner Laufbahn begegnet war.

Fünf Verkaufsstände standen ausgerichtet in einer Reihe nebeneinander, bemannt mit drei Zwergen, einem Krötenmenschen-Bastard mit warziger bläulicher Haut, und einem Echsenmann. Sie alle zeigten die Schlaffheit des Ausdrucks und Leblosigkeit des Blicks, wie sie für Mutanten charakteristisch waren, die in einem seit langem bestehenden Dominanzmuster gefangen sind. Die Stände selbst enthielten Fleisch, Obst und Gemüse in einem abscheulichen Zustand fortgeschrittener Verderbnis, der sie — selbst an borgravischen Ansprüchen gemessen — hätte völlig unverkäuflich machen sollen. Nichtsdestoweniger drängten sich Horden von Bastarden und Mutanten um diese Stände und rissen den Verkäufern die verfaulte Ware zu überhöhten Preisen aus den Händen, ohne auch nur einen Augenblick zu feilschen.

Nur die Anwesenheit eines Dominators in der Nachbarschaft konnte solches Verhalten erklären. Gormond war von diesen Monstrositäten stark infiziert, da sie naturgemäß große Städte bevorzugten, wo es Opfer im Überfluß gab; daß sie auch eine so kleine Stadt wie diese infiziert hatten, war für Feric ein deutliches Anzeichen, daß Borgravia noch mehr im Banne Zinds stand, als er vermutet hatte. Er hatte gute Lust, den Dom ausfindig zu machen und diesem Ungeheuer den Hals umzudrehen, entschied jedoch nach kurzer Überlegung, daß die Befreiung einiger elender und wertloser Mutanten aus einem Dominanzmuster die damit zwangsläufig verbundene Verzögerung seiner langersehnten Ausreise aus der Senkgrube Borgravia nicht rechtfertigte. Darum setzte er seine Wanderung fort.

Endlich ging die Straße in einen ausgefahrenen Weg über, der sich durch ein ungesundes Gehölz verkrüppelter Fichten mit rötlichen Nadeln und verkrümmten, mit geschwürartigen Wucherungen bedeckten Stämmen hinzog. Obwohl dies kaum als ein schöner Anblick bezeichnet werden konnte, war es doch eine willkommene Erholung von der lärmenden, schmutzigen Stadt. Bald bog der Weg nach Norden und verlief parallel zum Südufer der Ulm.

Hier blieb Feric stehen, um über die weite, ruhig ziehende Wasserfläche des Flusses hinauszublicken, der diesen Abschnitt der Grenze zwischen dem Geschwür Borgravia und der Großrepublik Heldon markierte. Jenseits der Ulm erhoben sich die stattlichen, genotypisch reinen Eichen des Smaragdwaldes in prachtvoller Geschlossenheit. Für Feric versinnbildlichten diese genetisch makellosen Bäume, die aus dem fruchtbaren, unverseuchten schwarzen Humusboden von Heldon emporwuchsen, die Stellung der Großrepublik inmitten einer bastardisierten und degenerierten Welt. Wie der Smaragdwald ein Wald aus genetisch reinen Bäumen war, so war Heldon selbst ein Wald von genetisch reinen Menschen, der sich wie eine Palisade gegen die mutierten Monstrositäten der genetischen Müllhaufen stellte, welche die Großrepublik umgaben.

Als er dem Weg weiter folgte, kam die Ulmbrücke in Sicht, ein anmutiger weiter Bogen aus Hausteinen und rostfreiem Stahl, ein offensichtliches Produkt überlegener heldonischer Technik. Feric beschleunigte seinen Schritt und konnte bald mit Befriedigung feststellen, daß Heldon die erbärmlichen Borgravier gezwungen hatte, sich mit der Demütigung einer heldonischen Zollfestung am borgravischen Ende der Brücke abzufinden. Das den Zugang zur Brücke sperrende Gebäude war, statt die Nationalflagge zu zeigen, in den Farben Schwarz-Weiß-Rot gestrichen: für Feric eine stolze Proklamation, daß es keinem bastardisierten Untermenschen gestattet sein würde, auch nur einen Fußbreit reinen heldonischen Bodens zu verseuchen. So lange Heldon sich genetisch rein hielt und seine Gesetze zur Erhaltung der Rassereinheit rigoros durchsetzte, lebte die Hoffnung fort, daß die Erde einst wieder alleiniges Eigentum der wahren menschlichen Rasse sein würde.

Mehrere Wege aus verschiedenen Richtungen liefen bei der Zollfestung zusammen, und erstaunlicherweise stand eine jämmerliche Ansammlung von Bastarden und Mutanten in einer Schlange vor dem Portal, das von zwei rein zeremoniellen, nur mit gewöhnlichen Stahlknüppeln bewaffneten Zollsoldaten bewacht wurde. Der Anblick mutete um so eigenartiger an, als die meisten dieser Kreaturen nicht hoffen konnten, eine Kontrolle der oberflächlichsten Art zu passieren, und wenn sie von Schwachsinnigen und Blinden durchgeführt würde. Ein unverkennbarer Echsenmann stand hinter einer Kreatur, deren Beine ein zusätzliches Gelenk hatten. Es gab Blauhäute und bucklige Zwerge, einen Eierkopf und Bastarde aller Sorten — mit einem Wort, einen typischen Querschnitt der borgravischen Bevölkerung. Was diese armen Teufel zu der Annahme verleitete, daß ihresgleichen Erlaubnis erhalten würde, die Brücke nach Heldon zu überqueren, blieb Feric ein Rätsel, als er sich hinter einem einfach gekleideten Borgravier ohne erkennbaren genetischen Defekt anstellte.

Was ihn selbst betraf, so war Feric mehr als bereit, sich der gründlichen genetischen Untersuchung zu unterziehen, die der Beglaubigung als rassereiner Mensch und der Erteilung der Einreiseerlaubnis vorausging; er begrüßte die Prüfung und billigte ausdrücklich ihre Strenge. Obwohl sein makelloser Stammbaum die Beglaubigung praktisch garantierte, hatte er keine Mühe und Ausgaben gescheut, um seine genetische Reinheit schon vorher zu verifizieren — soweit dies in einem Land möglich war, das hauptsächlich von Mutanten und Bastarden zwischen Mutanten und Menschen bewohnt wurde und wo die genetischen Analytiker ohne Zweifel selbst durchgängig verseucht waren. Hätten seine Eltern nicht beide Beglaubigungen besessen, wäre sein Stammbaum nicht seit mehr als zehn Generationen fleckenlos gewesen, wäre er nicht in Heldon selbst gezeugt worden, wenngleich durch die Verbannung seines Vaters wegen sogenannter Kriegsverbrechen gezwungen, eine Geburt in Borgravia zu ertragen, so würde Feric nicht gewagt haben, um Einlaß in das geistige und rassische Heimatland nachzusuchen, das er nie gesehen hatte.

Obschon überall in Borgravia auf den ersten Blick als ein rasseechter Mensch erkannt und von dem, was in diesem bastardisierten Staat als genetische Wissenschaft hingehen mochte, als ein solcher beglaubigt, konnte er kaum die einzige Bestätigung seiner genetischen Reinheit erwarten, die wirklich zählte: die Aufnahme als ein Bürger der Großrepublik Heldon, einzige Bastion des echten menschlichen Genotyps.

Warum unternahm solch offensichtlich verseuchtes Material dann den Versuch, durch den heldonischen Zoll zu kommen? Der Borgravier vor ihm war ein gutes Beispiel. Zwar traf es zu, daß sein Oberflächenfirnis genetischer Reinheit nur von einem stechenden Körpergeruch getrübt wurde, doch eine so offensichtliche somatische Abweichung konnte bereits als ein sicherer Hinweis auf gründlich verseuchtes genetisches Material angesehen werden. Die genetischen Analytiker Heldons würden es sofort bemerken, ohne erst zu ihren Instrumenten greifen zu müssen. Der Vertrag von Karmak hatte Heldon zur Öffnung seiner Grenzen gezwungen, aber nur für rechte Menschen und mit der Maßgabe genetischer Kontrollen an allen Grenzübergängen. Vielleicht handelte es sich nur um das mitleiderregende Verlangen selbst der genetisch verdorbensten Bastarde, Zutritt zur Bruderschaft der rechten Menschen zu gewinnen, ein Verlangen, das gelegentlich stark genug werden mochte, um die Vernunft oder die Wahrheit im Spiegel zu überrennen.

Wie auch immer, die Schlange bewegte sich ziemlich schnell in die Zollfestung; ohne Zweifel fand im Inneren eine sehr rasche und rigorose Auslese der meisten Borgravier statt. Nicht lange, und Feric passierte die Wächter, dann den Eingang selbst und stand zum erstenmal in seinem Leben auf Boden, der in einem Sinne schon als heldonische Heimaterde angesehen werden konnte.

Das Innere der Zollfestung war unverkennbar ein Werk von Heldern, in scharfem Gegensatz zu allem anderen südlich der Ulm, wo unglückliche Umstände Feric während seiner Jugendzeit festgehalten hatten. Die Vorhalle hatte einen mit schwarzen, weißen und roten Fliesen ausgelegten Boden, und die aufgemalten Wappen der verschiedenen heldonischen Provinzen verschönerten die mit schimmerndem Eichenholz verkleideten Wände. Starke elektrische Lampen tauchten den weiten Raum in helles Licht. Welch ein Gegensatz zu den unästhetischen, aus Fertigteilen primitiv zusammengefügten Betonkästen, die für Borgravias öffentliche Gebäude charakteristisch waren, außen so unsauber und kahl wie innen, und nicht selten von Talgkerzen erhellt!

Einige Schritte innerhalb des Eingangs teilte ein heldonischer Zollsoldat in einer etwas unordentlichen Uniform mit angelaufenen Messingknöpfen die Schlange der Wartenden in zwei Reihen. Alle offenkundigen Mutanten und Bastarde wurden durch die Vorhalle und durch eine Tür in der gegenüberliegenden Wand hinausgeleitet. Feric billigte diese Maßnahme von ganzem Herzen: es hatte keinen Sinn, die Zeit eines genetischen Analytikers mit schlurfenden, schwankenden Untermenschen wie diesen zu vergeuden. Ein gewöhnlicher Zollsoldat war völlig hinreichend qualifiziert, um sie ohne weitere Überprüfung fortzuschicken. Die kleinere Zahl hoffnungsvoller Kandidaten, die der Soldat durch eine nähere Tür wies, schloß einige sehr zweifelhafte Fälle mit ein, wie etwa den übelriechenden Borgravier vor Feric, aber nichts von der Art einer Blauhaut oder eines Papageiengesichts.

Im weiteren Vorrücken machte Feric jedoch eine seltsame und beunruhigende Beobachtung. Der Wachsoldat schien nicht wenigen der Mutanten zuzunicken, die er in die Reihe der Abgewiesenen schickte, als wären sie alte Bekannte; und die Borgravier verhielten sich überdies so, als wären sie durchaus vertraut mit der Verfahrensweise und, was Feric am seltsamsten berührte, äußerten kein Wort des Protestes über ihre Zurückweisung, ließen überhaupt kaum eine Gemütsbewegung erkennen. Konnte es sein, da diese erbärmlichen Kreaturen in ihrer Intelligenz so tief unter dem menschlichen Genotyp standen, daß sie unfähig waren, Ereignisse länger als einen Tag oder so im Gedächtnis zu behalten und daher Tag für Tag wie unter einem ritualistischen Zwang zurückkehrten? Feric hatte gehört, daß ein solch fixiertes Verhalten in den wahrhaften genetischen Senkgruben von Cressia und Arbona nicht unbekannt sei, doch hatte er dergleichen niemals in Borgravia beobachtet, wo das Genreservoir durch ausgebürgerte Helder ständig angereichert wurde: Leute, die nicht ganz als rechte Menschen eingestuft werden konnten, ihnen aber nahe genug standen, um das Niveau des borgravischen Genreservoirs weit über jenes von Ländern wie Arbona oder Zind emporzuheben.

Als Feric an die Reihe kam, richtete der Wachsoldat in ziemlich gelangweiltem Ton das Wort an ihn. »Tagespassierschein, Bürger oder Bürgerkandidat?«

»Bürgerkandidat«, erwiderte Feric mit klarer Entschiedenheit. Sicherlich war das einzige vorstellbare Visum für Heldon eine offizielle Beglaubigung der genetischen Reinheit! Entweder man war bereits Bürger Heldons, oder man bewarb sich um eine Beglaubigung und wurde je nach dem Ergebnis der genetischen Untersuchung zugelassen oder abgewiesen. Was war diese unmögliche dritte Kategorie?

Der Zollsoldat winkte Feric mit einer nachlässigen Kopfbewegung zur kürzeren der beiden Reihen. In alledem war ein Handlungsmuster, etwas in Ton und Art der Abfertigung, was Feric ungemein störte, eine Verkehrtheit, die in der Luft zu schweben schien, eine Leblosigkeit, ein völliges Fehlen der traditionellen Schneidigkeit der Helder. Hatte die tägliche Isolation auf der borgravischen Seite der Ulm einen subtil-zersetzenden Effekt auf die Moral und Willenskraft dieser genetisch robusten Helder gehabt?

Mit diesen trüben Gedanken beschäftigt, folgte Feric der Schlange der Wartenden durch die bezeichnete Tür und in einen langen, schmalen Raum, dessen mit Nadelholz getäfelten Wände durch künstlerisch wertvolle Schnitzereien gegliedert waren, die typische Szenen aus dem Smaragdwald darstellten. Ein breiter Tresen aus glänzend poliertem schwarzem Stein mit Einlegearbeiten aus rostfreiem Stahl teilte die Länge des Raumes und trennte die Wartenden von den vier heldonischen Zollbeamten, die hinter ihm standen. Diese Männer schienen feine Vertreter der wahren Menschheit zu sein, doch waren ihre Uniformen ein wenig liederlich, und ihrer Haltung fehlte die angemessene soldatische Disziplin. Sie hatten mehr Ähnlichkeit mit Bankangestellten oder Beamten eines öffentlichen Postamtes als mit Zollsoldaten, die eine Zitadelle der genetischen Reinheit bemannten.

Ferics Unbehagen nahm weiter zu, als der übelriechende Borgravier vor ihm sein kurzes Gespräch mit dem ersten der Beamten beendete, seine Fingerabdrücke machte und sich die Stempelfarbe mit einem stark beschmutzten Tuch abwischte, worauf er der Schlange zum nächsten Beamten folgte. Am anderen Ende des langen Raumes gewahrte Feric den Zugang zur Brücke, wo ein mit Stahlknüppel und Pistole bewaffneter Wächter eine äußerst zweifelhafte Sammlung von genetischem Gepäck passieren zu lassen schien. Tatsächlich haftete dem gesamten Kontrollvorgang eine ungesunde Nachlässigkeit an.

Der erste Beamte war jung, blond und ein ausgezeichnetes Beispiel des rechten menschlichen Genotyps; überdies war seine Uniform besser geschnitten als die der meisten anderen, die Feric bislang gesehen hatte, frisch gebügelt und mit Messingknöpfen, die, wenn sie auch nicht gerade glänzten, zumindest nicht angelaufen waren. Freilich spürte Feric auch in seinem Benehmen eine gewisse Laxheit, die nicht recht zu seiner Erscheinung passen wollte. Vor ihm lagen ein Stapel Formblätter, Schreibgerät, ein Löscher, ein beschmutzter Lappen und ein Stempelkissen auf dem glänzenden schwarzen Tresen.

Der Beamte schaute Feric gerade ins Auge, aber der Männlichkeit seines Blicks ermangelte es an Überzeugung. »Besitzen Sie eine Beglaubigung der genetischen Reinheit, die von der Großrepublik Heldon herausgegeben wurde?« fragte er förmlich.

»Ich bewerbe mich um eine Beglaubigung und um Aufnahme als Bürger und Rechtmann in die Großrepublik«, erwiderte Feric mit einer Würde, die, wie er hoffte, dem Anlaß angemessen war.

»So«, murmelte der Beamte gleichmütig, nahm seinen Schreiber und wandte den Blick seiner blauen Augen von Feric ab und dem obersten Formular zu. »Dazu sind ein paar Formalitäten nötig. Name?«

»Feric Jaggar«, antwortete Feric stolz und hoffte auf ein Zeichen von Wiedererkennen. Denn obgleich Heermark Jaggar zur Zeit des Friedensschlusses von Karmak nur ein Kabinettssekretär gewesen war, gab es im Vaterland sicherlich genug aufrechte Patrioten, denen die Namen der Märtyrer von Karmak noch immer etwas bedeuteten. Aber der Beamte zeigte keine Anerkennung der in Ferics Stammbaum enthaltenen Ehrwürdigkeit und schrieb den Namen in einer flüchtigen und sogar etwas unordentlichen Handschrift auf das Formblatt.

»Geburtsort?«

»Gormond, Borgravia.«

»Gegenwärtige Staatsangehörigkeit?«

Feric verzog ein wenig das Gesicht, als er sich gezwungen sah, seine formal borgravische Nationalität einzugestehen. »Immerhin«, fügte er wie unter einem Zwang hinzu, »waren meine Eltern beide gebürtige Helder, Inhaber von Beglaubigungen und rechte Menschen. Mein Vater war Heermark Jaggar, der während des Großen Krieges als Kabinettssekretär im Ministerium für die Reinhaltung der Rasse diente.«

»Sicherlich begreifen Sie, daß nicht einmal der berühmteste Stammbaum die Beglaubigung als genetisch reiner Mensch garantieren kann, auch nicht einem im Land geborenen Helder.«

Feric errötete. »Ich möchte nur darauf hinweisen, daß mein Vater nicht wegen genetischer Ansteckung exiliert wurde, sondern wegen der Dienste, die er Heldon geleistet hatte. Wie so viele andere gute Patrioten wurde er ein Opfer des Schandvertrags von Karmak.«

»Das geht mich nichts an«, entgegnete der Beamte, färbte Ferics Fingerspitzen am Stempelkissen ein und drückte sie auf die entsprechenden Felder des Formblattes. »Ich interessiere mich nicht sehr für Politik.«

»Genetische Reinheit ist die Politik menschlichen Überlebens!« fuhr Feric ihn an.

»Das mag schon sein«, murmelte der Beamte ausweichend und reichte ihm den widerlichen Lappen, der von den Fingern der Bastarde in der Reihe vor ihm verseucht war — und von Gott weiß wie vielen vor ihnen. Behutsam entfernte er die Stempelfarbe so gut er konnte mit einer kleinen unbeschmutzten Ecke des Lappens von seinen Fingern, während der junge Beamte sein Formblatt dem Helder zu seiner Rechten weiterreichte.

Dieser Beamte war ein älterer Mann mit kurz geschnittenem grauem Haar und einem würdevoll gezwirbelten Schnurrbart; in der Blüte seiner Männlichkeit mußte er eine eindrucksvolle Erscheinung gewesen sein. Jetzt waren seine Augen wie von Müdigkeit gerötet und wäßrig, und das lastende Gewicht der enormen Verantwortung, die sie zu tragen hatten, hatte seine Schultern gebeugt. Die Kragenspiegel seiner Uniform zeigten den

Festino -80-

roten, von zwei Schlangen umwundenen Merkurstab auf dem Hintergrund der schwarzen Faust, das Emblem des genetischen Analytikers. Er warf einen Blick auf das Formular, dann sagte er in schüchternem Ton, ohne Feric direkt anzusehen:

»Rechtmann Jaggar, ich bin Dr. Heimat. Es wird notwendig sein, bestimmte Untersuchungen vorzunehmen, ehe wir Ihnen eine Beglaubigung der genetischen Reinheit aushändigen können.«

Feric traute seinen Ohren nicht. Was für ein genetischer Analytiker war dieser Mann, daß er sich mit der Erwähnung des Offensichtlichen aufhielt und ihn zugleich schon im voraus mit dem Ehrentitel eines Bürgers von Heldon anredete? Was konnte die unglaubliche Nachlässigkeit und das Fehlen von Wachsamkeit und Haltung in der Mannschaft dieser Zollfestung erklären?

Dr. Heimat gab das Formblatt dem Untergebenen zu seiner Rechten weiter, einem etwas schmächtigen, gutaussehenden jungen Mann mit kastanienbraunem Haar, der das Emblem eines Schreibers auf dem rechten Oberarm seiner Uniform trug. Als das Papier übergeben wurde, wurde Ferics Aufmerksamkeit momentan auf diesen Schreiber gelenkt, und seine Verwunderung löste sich augenblicklich in der erschreckendsten Art und Weise, die man sich vorstellen konnte.

Denn obgleich der Schreiber für jedes andere als das durch lange Erfahrung sensibilisierte Auge genetisch rein zu sein schien, stand für Feric mit absoluter Gewißheit fest, daß dieser Mann ein Dominator war!

Er hätte die Eigenschaften des Schreibers, die ihn als einen Dominator bezeichneten, nicht genau spezifizieren können, aber die gesamte Gestalt der Anwesenheit der Kreatur kreischte ihm durch alle bekannten und vielleicht unbekannten Sinne das Warnsignal zu: ein gewisser nagetierhafter Glanz in den Augen der Kreatur, eine subtile Selbstgefälligkeit im Benehmen. Vielleicht gab es andere Hinweise, die Feric auf einer gänzlich unterbewußten Ebene wahrnahm: eine Verkehrtheit des Körpergeruchs, die nur von den hinteren Bereichen seines Stammhirns erkannt wurde, eine Aussendung elektromagnetischer Energie, die subtil genug war, um seinen Argwohn zu erregen, obwohl das Dominanzfeld nicht auf seine Person gerichtet war. Vielleicht verhielt es sich einfach so, daß Feric, ein rasseechter Mensch, der zeit seines Lebens isoliert unter Mutanten und

Bastarden in einem Land gelebt hatte, das von den Dominatoren stark beeinflußt war, eine psychische Empfindsamkeit für ihre Gegenwart entwickelt hatte, die anderen Heldern, die unter ihresgleichen lebten, abging. Jedenfalls war Feric, obgleich er zu allen Zeiten dem Einfluß von Dominatoren ausgesetzt gewesen war, niemals einem von ihnen ins psychische Netz gegangen, mochte seine Willenskraft auch dann und wann auf eine harte Probe gestellt worden sein. Dieses ständige Ausgesetztsein befähigte ihn ganz gewiß, einen Dom aufzuspüren, gleichgültig, mit welchen subtilen Methoden er sich tarnte.

Und hier vor seinen Augen, mit Schreibgerät und Formular in den Händen, Schulter an Schulter mit einem genetischen Analytiker, an einem Platz, der nichts anderes war als eine Schlüsselposition, war eine dieser abscheulichen Kreaturen! Es erklärte alles. Die ganze Garnison mußte in unterschiedlichem Maße in das Dominanzmuster verstrickt sein, das dieser scheinbar unbedeutende Schreiber nach und nach mit großer Sorgfalt aufgebaut hatte. Es war ungeheuerlich! Aber was konnte er tun? Wie konnten Männer, die selbst im Dominanznetz gefangen waren, von seinem Vorhandensein und der Gegenwart ihres Meisters überzeugt werden?

Dr. Heimat hatte das Arbeitsmaterial seiner Wissenschaft vor sich ausgebreitet, doch schien es Feric eine armselige Schaustellung zu sein; der borgravische Quacksalber, mit dem er sich in Gormond hatte begnügen müssen, hatte ein breiteres Spektrum von Tests angewendet, als es dem Helder nach seiner Ausrüstung zu Gebote stand.

Er gab Feric einen großen blauen Ballon. »Bitte atmen Sie da hinein«, sagte er. »Das Innere ist chemisch so vorbehandelt, daß nur das biochemische Atemprofil, das mit dem reinen menschlichen Genotyp verbunden ist, eine Grünfärbung hervorrufen kann.«

In dem Bewußtsein, daß dies einer der grundlegendsten Tests war, atmete Feric in den Ballon. Es war bekannt, daß ungezählte Bastarde diesen Test bestanden, und überdies war er völlig ungeeignet, um Dominatoren auszumerzen.

Nach kurzer Zeit veränderte sich die Farbe des Ballons zu einem hellen Grün. »Atemanalyse positiv«, erklärte Dr. Heimat, und der Dominator in seiner Rolle als Schreiber machte die geeignete Eintragung in das Formblatt, ohne einen von ihnen anzusehen.

Der Analytiker reichte Feric eine gläserne Phiole. »Bitte speien Sie da hinein. Ich werde die Zusammensetzung Ihres Speichels einer chemischen Analyse unterziehen.«

Feric spuckte in die Phiole, wobei er inbrünstig wünschte, daß es das Gesicht des Dominators wäre, der jetzt aufblickte und ihn mit einem Ausdruck täuschend geheuchelter Sanftmut anschaute.

Dr. Heimat verdünnte den Speichel mit Wasser, dann nahm er die Flüssigkeit mit einer Pipette auf und gab sie in eine Reihe von zehn Reagenzgläsern. Aus einer Anzahl von Flaschen schüttete er verschiedene Chemikalien in diese Gläser, worauf die klare Flüssigkeit in jedem Reagenzglas eine andere Farbe annahm: Schwarz, Wasserblau, Gelb, Orangerot, wieder Wasserblau, Rot, wieder Gelb, Dunkelblau, Purpur und Milchweiß.

»Speichelanalyse: hundertprozentig perfekt«, erklärte der genetische Analytiker. Dieser Test, der zehn verschiedene Eigenschaften des menschlichen Speichels separat als genetische Kriterien untersuchte, statt lediglich die biochemische Zusammensetzung zu prüfen, erreichte zwangsläufig eine weit größere Präzision. Es gab jedoch Dutzende von Mutationen von der rechten menschlichen Norm, die in keiner Weise mit der Zusammensetzung des Speichels oder Atems verbunden waren, darunter die Dominator-Mutation, die mit somatischen Tests überhaupt nicht ermittelt werden konnte.

Feric forderte den Dominator mit finsterem Blick heraus, seine Willenskraft zu erproben und sich zu erkennen zu geben. Aber natürlich projizierte der Schreiber keine psychischen Energien in seine Richtung. Warum sollte er sich einem durchziehenden Fremden offenbaren und damit die Auflösung seines Dominanzmusters riskieren, wenn die äußeren Umstände die Möglichkeit seiner Einbeziehung in die Einflußsphäre ausschlossen?

Mit einem gummiartigen Klebstoff befestigte Dr. Heimat die Zwillingselektroden eines P-Messers an Ferics rechter Handfläche. Der P-Messer war ein Gerät zur Aufzeichnung der winzigen bioelektrischen Veränderungen, die durch psychische Reaktionen erzeugt werden, und hielt das resultierende psychische Profil nach der Art eines Hygrometers oder Seismographen auf einer Papierbahn mit Millimetereinteilung fest. Die Verfechter dieser Methode behaupteten, daß sie bei richtiger Anwendung geeignet sei, Dominatoren auszumachen. Aber es war unmöglich, mit Gewißheit zu sagen, daß die Dominatoren keine bewußte

Kontrolle über ihre psychischen Entladungen hatten und nicht durch sorgfältig kalkulierte Willensakte ein genotypisch rasseechtes Profil vortäuschen konnten.

»Ich werde eine Reihe von Feststellungen treffen und Ihre psychischen Reaktionen aufzeichnen«, fuhr Dr. Heimat fort. »Sie brauchen nicht verbal zu reagieren; das Instrument ist in der Lage, Ihre innere Reaktion zu messen.«

Darauf spulte er eine Anzahl von Erklärungen aus seinem festen Repertoire ab, fast ohne Unterbrechung und in einem mechanischen, emotionslosen Ton: »Die menschliche Rasse ist zum Aussterben verurteilt. Der menschliche Genotyp ist die beste Züchtung eines intelligenten Tieres, die von der natürlichen Evolution bisher hervorgebracht wurde. Kein genetisches Material konnte die Zeit des Feuers völlig unbeeinträchtigt überstehen. Der höchste Instinkt einer jeden intelligenten Spezies muß es sein, ihre Art auf Kosten aller anderen zu vermehren und auszubreiten. Liebe ist eine kulturelle Sublimierung des Geschlechtstriebs. Ich würde mein eigenes Leben für einen Kameraden oder Partner opfern.« Und so weiter; eine Aufreihung von Reizen, die darauf angelegt waren, in rasseechten Menschen andere Reaktionsmuster zu erzeugen als in Mutanten, Bastarden und Doms. Feric hatte dennoch seine Zweifel an der Wirksamkeit des Tests, denn ein Dominator, der die Reihenfolge der Feststellungen durch vorherige Information oder andere Mittel antizipieren konnte, mochte durchaus imstande sein, seine Reaktionen in die erforderliche Form zu bringen, indem er sich mit der ihm eigenen Verstellungskunst in die Rolle eines rasseechten Menschen versetzte. Trotzdem war dieser Test in Verbindung mit anderen, sofern sie rigoros gehandhabt wurden, von beträchtlichem Wert; alle bis auf die am stärksten menschlich dominierten Bastarde und vielleicht die Doms konnten damit ausgesondert werden.

Nachdem er seine Erklärungen abgegeben hatte, blickte Heimat flüchtig auf die graphische Wiedergabe des Aufzeichnungsgerätes und verkündete: »P-Messerprofil positiv.«

Der Dominator-Schreiber machte die entsprechende Eintragung in das Formular und reichte es dem Analytiker. Dieser unterzeichnete es und erklärte: »Rechtmann Jaggar, ich beglaubige Sie hiermit als ein reines Exemplar des unverseuchten menschlichen Genotyps und bestätige Ihre Anrechte auf die Staatsbürgerschaft der Großrepublik Heldon.«

Feric war bestürzt. »Das ist alles?« fragte er. »Drei oberflächliche Tests, und Sie geben mir eine Beglaubigung der genetischen Reinheit? Aber das ist unerhört! Ein Viertel des Gesindels von Zind könnte sich an dieser Farce vorbeimogeln!«

Als er diese Worte aussprach, verspürte Feric einen Druck gegen die Bollwerke seines Geistes, einen Stoß psychischer Energie, der auf den Kern seines Willens zielte. Für die Dauer eines Augenblicks schien die vergebliche und alberne Natur des Aufhebens, das er machte, peinlich augenfällig: ein vernünftiger Mensch vermied solche Ausfälligkeiten in der Öffentlichkeit; wenn er so weitermachte, würde er alle friedfertigen und angenehmen Zeitgenossen vor den Kopf stoßen, ohne etwas zu gewinnen. Ein kluger Mann tat besser daran, sich den Gezeiten des kosmischen Geschicks anheim zu geben und fruchtlosen Widerstand gegen den Willen Höhergestellter zu unterlassen.

Doch als die Psyche des Dominators ausgriff, um seinen Willen zu lähmen, erkannte Feric aus langer Erfahrung das angenehm willenlose Gefühl vagen Sichtreibenlassens als das, was es war: ein Dom versuchte ihn in sein Netz zu ziehen. Entschlossen schürte Feric das Feuer seines festen Willens mit der Fackel rechtschaffenen Hasses gegen diese seelenlosen Kreaturen, die die Vorherrschaft wahrer Menschen durch ihr eigenes obszönes Regime ersetzen wollten, deren größter Wunsch die Auslöschung derer war, die ihnen genetisch überlegen waren; die bestrebt waren, die ganze Erde ihrem eigenen erbärmlichen Schweinestall gleichzumachen. Obwohl der Schreiber seinen Beherrschungsversuch oder dessen Fehlschlag durch kein äußeres Zeichen zu erkennen gab, fühlte Feric die Auflösung des schrecklichen willenlosen Augenblicks im Feuer seines wilden Hasses.

»Als genetischer Analytiker bin ich sicherlich besser in der Lage, über genetische Reinheit zu urteilen, als ein Laie wie Sie es ist«, sagte Dr. Heimat, während der psychische Wettkampf ausgefochten und gewonnen wurde.

»Mit drei Tests?« erwiderte Feric. »Eine Prüfung von angemessener Strenge bedürfte wenigstens einiger Dutzend Tests, darunter der Untersuchung von Gewebeproben, Blut, Urin und Tränen, sowie Analysen des Samens und der Chromosomen.«

»Eine derartige Untersuchung würde zuviel Zeit beanspruchen, um praktisch zu sein«, sagte der Analytiker. »Wenige Menschen mit verseuchtem genetischen Material können diese einfachen Tests bestehen, und diejenigen, denen es gelingt, können ohnehin als vollwertige Menschen gelten, nicht wahr?«

Feric vermochte nicht länger an sich zu halten. »Der Bursche neben Ihnen ist ein Dom!« rief er. »Sie sind in ein Dominanzmuster verstrickt! Nehmen Sie Ihre Willenskraft zusammen und befreien Sie sich daraus!«

Die hinter ihm in der Schlange Stehenden waren alarmiert; selbst einige der offensichtlich zweifelhaften Bastarde schienen bestürzt. Einen Augenblick lang war der Raum am Rande eines Aufruhrs; dann, als der Dom seine Kräfte mobilisierte, um sich zu schützen, schienen die Gesichter der Anwesenden sich in sanfter Verwirrung zu entspannen.

»Sie befinden sich eindeutig im Irrtum, Rechtmann Jaggar«, sagte Dr. Heimat mit überwältigender Milde. »Obergefreiter Mork ist ein beglaubigter, rasseechter Bürger unseres Landes; wäre das nicht so, würde er kaum die Uniform Heldons tragen.«

»Vielleicht ist Rechtmann Jaggar einfach unvertraut mit den Verhältnissen in Heldon«, meinte Mork mit einer Ironie, die nur ihm selbst und Feric hörbar war, dem einzigen Mann im Raum, der sein düsteres Geheimnis mit ihm teilte und der augenscheinlich nichts gegen ihn vermochte. »Wären wir gezwungen gewesen, umgeben von Mutanten, Bastarden und weiß Gott was aufzuwachsen, so würden auch wir ohne Zweifel in jedem Winkel und hinter jeder Tür einen Dom vermuten.« Mork blickte ihn mit völlig ausdrucksloser Miene an, aber Feric konnte sich gut die satanische Freude vorstellen, mit welcher er diesen Augenblick genoß.

Dr. Heimat gab Ferics Formular an Mork zurück, der es an den letzten Beamten hinter dem Tresen weiterreichte. »Sie sind jetzt als ein rasseechter Mensch beglaubigt, ob Sie die Tests für ausreichend halten oder nicht, Rechtmann Jaggar«, sagte er. »Es steht Ihnen frei, das Bürgerrecht anzunehmen oder abzulehnen, aber wie dem auch sein mag, Sie halten die Abfertigung auf.«

Kochend vor Wut, doch mit der Einsicht, daß eine weitere Diskussion mit Dr. Heimat oder dem verräterischen Mork sinnlos wäre, ging Feric zum letzten Beamten weiter. Dieser war ein vierschrötiger, rechtschaffener Mann von vorgerücktem Alter, mit eisengrauem Haar und einem sauber gestutzten Bart. Die Schnüre und Spangen an seinem Uniformrock zeigten an, daß er kein Friedenssoldat war, sondern ein alter Krieger, der am Großen Krieg teilgenommen hatte. Nichtsdestoweniger verrieten eine gewisse Unsicherheit der Haltung und sein unsteter Blick, dem die rechte Männlichkeit fehlte, den betrüblichen Umstand, daß auch er in das Dominanzmuster verstrickt war. Trotzdem mochte es möglich sein, einen Mann wie diesen aufzurütteln, daß er seine Willenskraft zusammennehme und sich aus der Abhängigkeit befreie.

»Wie ich sehe, sind Sie ein Veteran des Großen Krieges«, sagte Feric. »Verspüren Sie nicht eine gewisse Erschlaffung des Willens, eine unmännliche Bereitschaft, sich vom Strom der Ereignisse treiben zu lassen? Sicherlich muß ein alter Soldat wie Sie erkennen, daß in dieser Garnison nicht alles zum besten steht.«

Der Beamte legte Ferics Formular in die Ableseöffnung eines komplizierten Gerätes. »Bitte sehen Sie geradeaus auf den roten Punkt über der Linse«, sagte er.

Feric erstarrte automatisch, während der Beamte einen Schalter an der Seite des Gerätes betätigte. Es gab einen blendenden Lichtblitz von extrem kurzer Dauer; dann begann es im Inneren der Maschine leise zu summen.

»Sie sind als ein genotypisch reiner Mensch beglaubigt, Rechtmann Feric Jaggar«, sagte der Beamte mechanisch. »In einem Augenblick werde ich Ihnen Ihren Ausweis aushändigen. Dieser muß auf Verlangen jedem Beamten der Polizei, des Zolls und des Militärs vorgelegt werden. Jeder Händler ist berechtigt, Sie aus seinen Geschäftsräumen zu weisen, wenn Sie auf Verlangen keinen gültigen Ausweis vorzeigen können. Ohne ihn ist eine Eheschließung nicht möglich. Haben Sie das verstanden?«

»Das ist lächerlich!« fuhr Feric auf. »Begreifen Sie nicht, daß sich ein Strom von verseuchten Genen durch diesen Grenzübergang ins Land ergießen muß?«

»Haben Sie die Bedingungen der Staatsbürgerschaft verstanden?« sagte der Beamte hartnäckig.

»Natürlich habe ich verstanden! Verstehen Sie nicht, daß Sie unter dem Einfluß eines Dominators sind?«

Einen Moment lang blickte der Mann ihm gerade ins Auge. Feric kanalisierte alle Willenskraft, die er aufbringen konnte, in seinen Blick. Und ein Funke schien von seinen stahlblauen Augen überzuspringen und für einen Moment in den Pupillen des alten Soldaten zu glimmen.

»Sicherlich . . . ah«, murmelte der Mann unbehaglich, »sicherlich handelt es sich um einen Irrtum . . .«

In diesem Augenblick gab der automatische Ausweisdrucker

einen hellklingenden Ton von sich, und Ferics Ausweis fiel aus dem Auswurfschlitz in einen Korb. Der Ton veranlaßte den Beamten, seinen Blick von Ferics Augen abzuwenden, und dieser sah, daß der noch ungefestigte Effekt der psychischen Gegenkraft, die er so angestrengt projiziert hatte, von dieser Laune des Umstandes zunichte gemacht worden war.

Der Beamte nahm den Ausweis aus dem Korb, versah ihn mit Stempel und Unterschrift und reichte ihn Feric. »Mit der Annahme dieses Ausweises«, sagte er mit gewohnheitsmäßiger Feierlichkeit, »übernehmen Sie alle Rechte und Verantwortlichkeiten eines Bürgers der Großrepublik Heldon und eines beglaubigten Rechtmannes. Sie dürfen für öffentliche Ämter kandidieren, an Wahlen teilnehmen und in den Streitkräften der Großrepublik dienen. Darüber hinaus sind Sie berechtigt, Ihren Wohnsitz nach eigenem Gutdünken zu wählen und das Vaterland jederzeit zu verlassen und wieder zu betreten. Eine Eheschließung oder Fortpflanzung ohne die schriftliche Genehmigung des Ministeriums für die Reinhaltung der Rasse ist nicht gestattet und kann mit dem Tode bestraft werden. Nehmen Sie, Rechtmann Jaggar, in Kenntnis dieser Bedingungen aus Ihrem eigenen freien Willen das Bürgerrecht der Großrepublik Heldon an?«

Feric starrte auf den Ausweis, der hart und glatt und glänzend in seiner Hand lag. In die farblose Kunststoffoberfläche, die die Außenseiten mit dem Staatswappen auf weinrotem Grund schützend überzog, waren die Ausweisnummer und sein Name graviert. Die Innenseiten enthielten Angaben zur Person, Ausstellungsort und -datum, seine Fingerabdrücke, sein Farbfoto, den Beglaubigungsvermerk mit der Unterschrift von Dr. Heimat sowie Stempel und Unterschrift der Ausstellungsbehörde. Ein Zierrahmen und Hakenkreuze in Rot und Schwarz verschönten die Innenseiten dieses eleganten Dokumentes und verliehen ihm ein würdiges Aussehen. Von Jugend auf hatte Feric von dem Augenblick geträumt, da dieses geheiligte Dokument sein stolzester Besitz sein würde. Nun verdarb ihm die Entwürdigung der strikten genetischen Untersuchungsmethoden, ohne die Beglaubigung und Ausweis zu einem bedeutungslosen Stück Plastik und Papier wurde, Freude und Genugtuung über das Erreichte.

»Sicherlich werden Sie die Bürgerrechte nicht zurückweisen?« sagte der Beamte, als Feric schweigend verharrte. Dabei stellte er zum erstenmal eine Andeutung von Emotion zur Schau, wenn auch nichts Edleres als kleinliche bürokratische Verdrießlichkeit.

»Ich nehme das Bürgerrecht an«, murmelte Feric, nahm das Ausweisdokument an sich und barg es in seiner stabilen ledernen Brieftasche. Als er zum Brückenausgang schritt, gelobte er, daß er an diesem geheiligten Privileg mit mehr Zähigkeit festhalten würde, als diese jämmerliche Bande es getan hatte. Tausendfach würde er den Dominatoren diese Ungeheuerlichkeit vergelten. Millionenfach.

2

Ferics blauer Umhang flatterte in der kühlen Brise, als er auf die ungedeckte Brücke über die Ulm hinaustrat. Das Brückenbett bestand aus hölzernen Gehsteigen zu beiden Seiten einer gepflasterten Straße. Holz und Stein waren von der Benutzung durch ungezählte Ledersohlen und Wagenräder abgerundet und glatt poliert. Der Wind blies von Heldon herüber und trug Ferics Nase die angenehm frischen Düfte des Smaragdwaldes zu, vertrieben den Gestank der Zollfestung und was das anging, ganz Borgravias. Mit langen Schritten machte Feric sich an die Überquerung der Brücke, das Ziel des jenseitigen Ufers fest im Blick. Ein paar Dampfwagen passierten ihn mit rasselndem Eisen, zischendem Dampf und rußbeladenem Rauch, doch ansonsten schien der Verkehr gering, und die einzigen sichtbaren Fußgänger waren ungefähr hundert Schritte vor ihm auf dem Gehsteig. So war es Feric möglich, im Gehen seinen Gedanken nachzuhängen und zu erwägen, was vor ihm lag.

Was vor ihm lag, war kurz gesagt alles, worauf es in der Welt wirklich ankam: die Großrepublik Heldon, in welcher die Zukunft der echten Menschheit wohnte, wenn der echte menschliche Genotyp überhaupt eine Zukunft haben sollte. Die an das Vaterland grenzenden Staaten waren vergleichsweise reich an menschlichem genetischen Material, aber nachdem Bastarde und Mutanten die Masse ihrer Bevölkerungen bildeten und seit dem mißlungenen Versuch der Großrepublik, ihre Herrschaft im Großen Krieg zu zerschmettern, die politische Macht ausgeübt hatten, schien die Wahrscheinlichkeit, daß solche Regierungen die strikten Rassengesetze erlassen würden, die notwendig waren, um solche verdorbenen Genreservoire zum reinen menschlichen

Genotyp zurückzuzüchten, gleich Null. Es hatte Heldon mehrere Jahrhunderte rigoroser Durchsetzung eben solcher Gesetze gekostet, um das Genreservoir bis zum gegenwärtigen Grad zu reinigen, und dabei hatte Heldon mit einer eindeutigen Majorität genotypisch reinen Menschenmaterials beginnen können, anders als die umliegenden Staaten, in denen es bis auf den heutigen Tag von Mutanten und Bastarden der abstoßendsten Art wimmelte. Jenseits dieser Staaten lagen genetische Senkgruben der schlimmsten Art, wie Arbona und Cressia, wo sich nicht einmal die Mutanten von Generation zu Generation rasseecht fortpflanzten, so daß ständig neue Monstrositäten entstanden, und im Osten die riesenhafte, von Dominatoren beherrschte Pestilenz von Zind. Jenseits davon gab es in allen Richtungen nichts als dampfende verseuchte Wildnis mit astronomischen Geigerablesungen, wo nichts leben konnte außer magenumdrehenden Scheußlichkeiten, die beweglichen Karzinomen glichen, tierische und menschliche Stämme, die bis zur Unkenntlichkeit mutiert waren. Nein, nur Heldon war die Bastion wahrer Menschlichkeit, und wenn die Welt eines Tages wieder genetisch rein werden sollte, so würde es durch die Gewalt heldonischer Waffen geschehen müssen.

Feric grübelte über seinen Platz im allgemeinen Menschheitsschicksal, während seine ausgreifenden Schritte ihn näher an die zehn oder fünfzehn Gestalten herantrug, die vor ihm gingen. Als junger Mann in Borgravia hatte er sich auf mehreren Gebieten talentiert gezeigt und es mit Fleiß und Ausdauer zu einiger Meisterschaft gebracht. So hatte er sich mit Entwürfen für Innenarchitektur und Kleidung bereits einen Namen gemacht, war bei Architekturwettbewerben mit Modellen und Plänen hervorgetreten, die eine klassische Monumentalität auszeichnete, und hatte die Kunst der Rhetorik und der Motivation ebenso gründlich studiert wie das Handwerk des Pamphletisten. Mit jedem dieser Talente hatte er sich zur einen oder anderen Zeit den Lebensunterhalt verdient. Darüber hinaus hatten der Stolz auf seine reinrassige Abkunft und die Ermutigung seines Vaters ihn bewogen, sich mit Geschichte, Genetik und militärischer Strategie und Taktik zu beschäftigen. Es schien Feric, daß es einem Mann seiner Vielseitigkeit niemals an einträglicher Beschäftigung fehlen würde.

Sein größter Wunsch war jedoch nicht die Bereicherung, sondern der Dienst an der Sache der wahren Menschheit, soweit es in seinen Kräften stand. Sein neues Leben in Heldon eröffnete ihm hier, wie er meinte, zwei Wege: eine militärische Laufbahn, oder die politische Betätigung. Es war eine schwierige Wahl. Auf der einen Seite versprach eine militärische Karriere den raschesten und unmittelbarsten Zugang zu konkretem patriotischem Handeln, aber nur unter der Voraussetzung, daß die politische Führung der Großrepublik den Willen zeigte, ihre bewaffneten Streitkräfte einzusetzen. Auf der anderen Seite war die politische Betätigung ein Weg, auf dem er Zugang zu den Kreisen gewinnen könnte, in welchen solche Entscheidungen getroffen wurden, doch nur durch einen langwierigen und erschöpfenden Prozeß der Anpassung an das politische Tagesgeschäft mit seinen faulen Kompromissen und Intrigen, seinem geschäftigen Leerlauf und seiner tönenden Wichtigtuerei. Alles das erschien Feric als im wesentlichen unwürdig und unmännlich.

Er beschloß, eine solch wichtige Entscheidung erst dann zu treffen, wenn das Schicksal ihm ein klares Zeichen gäbe, das in diese oder jene Richtung wies.

Während er diese gewichtigen Angelegenheiten bedachte, hatten die natürlichen Reflexe seines trainierten Körpers und sein rascher Schritt ihn bis auf wenige Meter an die anderen Einwanderer herangetragen, die vor ihm die Brücke überquerten, und als er zufällig zu ihnen aufblickte, blieb ihm vor Bestürzung der Mund offenstehen.

Denn hier auf der Ulmbrücke, der Bastion genetischer Reinheit entgegenschlurfend, war ein unglaublicher Haufen der abscheulichsten und dreistesten Mutanten und Bastarde, die man sich denken konnte! Da war ein Papageiengesicht, dessen mutierte Kiefer und Zähne einen unverkennbaren Schnabel bildeten; da war eine weibliche Blauhaut, und drei bucklige Zwerge, einer mit der warzigen Haut des Krötenmenschen; und ein menschenähnliches Wesen, dessen zappelnde Gangart klar genug die beiden zusätzlichen Gelenke in seinen Beinen verriet, neben einem Eierkopf mit einem grotesk deformierten ellipsoiden Schädel. Dies war ein Anblick, der einem auf den Straßen Gormonds jeden Tag geboten wurde, aber auf der Brücke nach Heldon, die man bereits als heldonisches Territorium betrachten mußte, war es eine unerklärliche Schreckenserscheinung.

Erbittert beschleunigte er seinen Schritt und holte die knorpelige Menagerie ein. »Halt!« rief er. »Was hat dies zu bedeuten?«

Die Kollektion von Mutanten kam schwankend zum Stillstand

und betrachtete Feric mit einer Mischung von Furcht, Verwirrung und mürrischer Ehrerbietung.

»Wie belieben, Rechtmann?« krächzte das Papageiengesicht mit einer heiseren, widerlichen Stimme, die jedoch frei von Bosheit oder Schadenfreude schien.

»Was macht ihr auf der Brücke nach Heldon?«

Die Untermenschen starrten ihn in ungeheuchelter Verständnislosigkeit an. »Wir gehen in die Stadt Ulmgarn«, antwortete die weibliche Blauhaut schließlich.

Waren diese Kreaturen völlig unfähig, die Unmöglichkeit der Situation zu begreifen. »Wie wurdet ihr auf diese Brücke gelassen?« verlangte Feric zu wissen. »Sicherlich werdet ihr mir nicht weismachen wollen, daß ihr Bürger von Heldon seid.«

»Wir haben die üblichen Tagespassierscheine, Rechtmann«, sagte das Papageiengesicht.

»Tagespassierscheine?« murmelte Feric. Herr im Himmel, wurden an Mutanten tatsächlich Einreisepapiere ausgegeben? Welch ein Verrat an der wahren Menschheit steckte dahinter? »Zeigt mir einen dieser Passierscheine«, befahl er.

Der Eierkopf langte in einen fettigen Brustbeutel aus gummiertem Stoff, der ihm an einer zerfaserten Schnur vom Hals hing, und reichte ihm eine kleine rote Karte. Sie war aus billigem Karton, trug aber das Staatswappen von Heldon und eine geprägte Umrahmung aus winzigen, aneinanderhängenden Hakenkreuzen, dem traditionellen Motiv des Ministeriums für die Reinhaltung der Rasse. In einfacher Blockschrift von typographisch wenig eleganter Anordnung verkündete der Textaufdruck: ›Tagespassierschein, gültig für zehn Stunden Aufenthalt in Ulmgarn am 14. Mai 1142 A.F. Der Mißbrauch dieses Passierscheins oder die nachträgliche Veränderung des Datums wird mit dem Tode bestraft.‹

Gründlich angewidert, gab Feric die Karte zurück. »Ist das die übliche Praxis?« fragte er. »Werden Nichtbürger jeden Tag für begrenzte Aufenthalte über den Fluß gelassen?«

»Vorausgesetzt, es gibt Arbeiten, die von Bürgern des Landes wie Ihnen als nicht standesgemäß betrachtet werden«, sagte einer der Zwerge.

Das also war es! Feric hatte gehört, daß der Universalismus unter den Volksmassen Heldons immer mehr Anhänger fand, aber er hatte sich nicht vorgestellt, daß die von den Dominatoren verbreitete heimtückische Doktrin soviel Einfluß gewonnen hatte, daß sie die Gesetze zur Erhaltung der genetischen Reinheit unterminieren und aushöhlen konnte. Die Universalisten forderten die Züchtung hirnloser Sklavengeschöpfe für die Ausführung niedriger Arbeiten, was ziemlich genau der Perversion von Protoplasma entsprach, wie sie von den Dominatoren in Zind praktiziert wurde. Sie waren noch nicht mächtig genug, um dieses unaussprechliche Vorhaben auch in Heldon in die Tat umzusetzen, doch hatten sie die trägen Massen offenbar bis zu einem Punkt aufgerührt, wo die feigherzige Regierung sich genötigt sah, Mutanten und Bastarde in Heldon arbeiten zu lassen, um solchen Tendenzen zu begegnen.

»Abstoßend!« murmelte Feric, und mit einem Dutzend langer Schritte legte er Distanz zwischen sich und die erbärmlichen Untermenschen hinter ihm. Was er bisher gesehen, hatte ihn tief beunruhigt. Er stand noch nicht auf heldonischer Erde und hatte bereits eine Zollfestung unter der Herrschaft eines Dominators sowie eine erschreckende Nachlässigkeit in der Handhabung der Gesetze zur genetischen Reinheit beobachtet, die nur auf den Einfluß von Universalisten zurückgeführt werden konnte. War die Großrepublik bis in den Kern hinein verrottet, oder war sie nur an den Rändern von äußeren Einflüssen angesteckt? Wie es sich auch verhalten mochte, seine Pflicht als Rechtmann und Staatsbürger war klar: er mußte alles tun, um die Wirksamkeit der Gesetze zur Erhaltung genetischer Reinheit wiederherzustellen und ihre fanatisch strikte Anwendung durchzusetzen. Um diese heilige Sache zu fördern, galt es jede Gelegenheit, die das Schicksal ihm gewährte, in vollem Umfang zu nutzen.

Mit erneuerter Entschlossenheit und dem wachsenden Bewußtsein einer Mission, beschleunigte Feric seinen Schritt und eilte der Stadt Ulmgarn und dem weiten Land entgegen, das sich vor ihm bis zum Horizont erstreckte.

Die Brücke mündete unmittelbar in die Hauptstraße der Stadt Ulmgarn: ein emailliertes Schild auf einer schlanken gußeisernen Säule informierte Feric, daß dieser ansehnliche Boulevard als Brückenstraße bekannt war. Ein herzerwärmender Anblick bot sich seinen Augen und machte den kalten Wind auf der Brücke ebenso vergessen wie das tiefergehende Frösteln, das seine Begegnungen in der Zollfestung und auf der Brücke in ihm hinterlassen hatten. Zum erstenmal in seinem Leben erblickte er eine Stadt, die von wahren Menschen auf unverseuchtem Boden erbaut und von gesunden Vertretern des reinen menschlichen Genotyps bewohnt war; welch ein Unterschied zu dem Schmutz und Verfall von Gormond!

In Gormond waren die Straßen und Gehwege, soweit sie überhaupt gepflastert waren, nichts als holperige Pisten aus unbehauenen Steinen, die mit Rammen in den Erdboden getrieben und nicht selten mit einer Schicht von Kot, Unrat und Schlamm bedeckt waren. Die Straßen Ulmgarns waren asphaltiert und peinlich sauber, und auch die Gehsteige waren aus Beton mit kunstvoll eingelegten Dekorationen aus gebrannten Ziegeln in Gelb, Gold und Grün, und auch diese waren makellos sauber. In Gormond waren die gewöhnlichen Häuser aus Brettern und Wellblech, die größeren aus kunstlos gegossenem Beton. Hier waren die einfacheren Häuser aus gebrannten Ziegeln in einer Vielzahl von Farbtönen, abgesetzt mit geschnitztem Fachwerk; die bedeutenderen Gebäude waren aus verschiedenfarbigem Marmor und Granit, gegliedert und verschönert durch Gesimse und Säulen, herausgearbeitete Fensterleibungen, Statuen, sowie durch Messingbeschläge an Türen und Fenstern. Horden von Blauhäuten, Zwergen, Eierköpfen, Papageiengesichtern, Krötenmenschen und ungezählten anderen Abarten von Mutanten und bastardisierten Kreuzungen durchschwärmten die Straßen Gormonds; ein wahlloses Durcheinander von Dutzenden verschiedener Spezies, durch Kreuzungen und hybride Formen miteinander verwandt, lärmend und zügellos, in stinkende Lumpen gehüllt. Die Straßen Ulmgarns hingegen zierten feine Vertreter der wahren Menschheit, wohin der Blick auch fallen mochte: hochgewachsene stattliche Männer mit blondem oder braunem Haar, blauen, grauen oder grünen Augen, geradegewachsenen und wohlproportionierten Körpern, züchtige Frauen von ebenmäßigem Wuchs und anmutigen Bewegungen, alle gekleidet in eine reiche Vielfalt von Kleidungsstücken aus Leder, Leinen, Wolle, Seide und Samt, geschmückt mit feingearbeiteten Ketten und Reifen aus Silber und Gold, mit farbigen Stickereien und sauber gearbeiteten Spitzen.

Das ganze Bild strahlte genetische und somatische Gesundheit aus, einen Geist von Rassereinheit und Kultur, der Ferics Seele emporhob und ihn mit Dankbarkeit und Stolz erfüllte, daß er das genetische Glück hatte, dieser Menschheit anzugehören. Diese Wesen waren wahrhaftig die Krone der Schöpfung — und er war einer der ihren!

Er straffte die Schultern und schritt auf der Suche nach einem Gasthaus die Straße hinunter. Sobald er gegessen hätte, wollte er zur Dampfwagenstation gehen, denn er hatte sich entschlossen, unverzüglich zu der großen südlichen Metropole Walder weiterzureisen, die im Norden des Smaragdwaldes lag. Dort, in der zweitgrößten Stadt des Vaterlandes, gedachte er sich eine Weile aufzuhalten, bevor er zur Hauptstadt Heldheim weiterreiste, die tief im Herzen des industriellen Zentrums von Heldon lag. Sicherlich war es ihm vom Schicksal bestimmt, in der einen oder der anderen Großstadt Karriere zu machen, statt in den kleinen Städten entlang der Ulm oder im Umkreis des Smaragdwaldes.

Staunend betrachtete er die Auslagen von Geschäften, die alle nur denkbaren Reichtümer und Wunderdinge anboten. Hier gab es offene Stände unter bunten Markisen, wo der Reichtum des fruchtbaren Landes in verlockender Fülle und Qualität ausgebreitet lag. Es gab Geschäfte, wo man die feinsten Kleidungsstücke für Männer und Frauen kaufen konnte, und andere, in denen die neuesten und auf das sorgfältigste gearbeiteten mechanischen und elektrischen Maschinen ausgestellt waren: Dampfmaschinen für das Heim und die von ihnen angetriebenen Nebengeräte — Waschmaschinen, Holzbearbeitungswerkzeuge, Getreidemühlen, Pumpen und Winden von jeder Art. Andere Geschäfte boten reichgeschnitztes Mobiliar an, Lederkleidung von höchster Qualität, Farben und Öle, Medikamente und Arzneien, die ihrer Wirksamkeit wegen selbst in Borgravia berühmt waren — jede Art von zivilisiertem Erzeugnis, die man sich denken oder wünschen konnte.

Verstreut zwischen diesen Geschäften gab es mehrere Speiselokale und Gasthäuser. Feric blieb vor jedem Eingang stehen, witterte die herausdringenden Düfte und betrachtete die Gäste. Zuletzt entschied er sich für ein großes Gasthaus mit Namen Adlernest, dessen Fassade ein großflächiges Fresko mit Szenen aus den Blauen Bergen zierte. Das zentrale Motiv illustrierte den Namen des Gasthauses: ein großer schwarzer Adler landete auf seinem Nest in der unzugänglichen Felswand eines schneebedeckten Berges. Die Flügeltüren standen weit offen, die herausziehenden Essensdüfte waren verlockend, und aus dem Inneren drangen die unbestimmten Geräusche einer hitzigen Diskussion. Alles in allem schien das Lokal geeignet, Ferics leibliche Bedürfnisse zu befriedigen, und das Stimmengewirr reizte seine Neugierde.

Nach Durchschreiten des Eingangs sah er sich in einem großen, gewölbten Gastzimmer mit derben hölzernen Tischen und Bänken und einem riesigen Kachelofen. Vierzig oder mehr Gäste saßen über den Raum verteilt und tranken Bier aus großen Steingutkrügen, die mit dem Motiv des Adlernestes bemalt waren. Ungefähr die Hälfte der Anwesenden hatte ihre Aufmerksamkeit einer schmächtigen Gestalt in einem einfach geschnittenen grünen Lodenanzug zugewandt, der an eine Tischkante gelehnt stand und vor einer kleinen Gruppe von Zuhörern eine Ansprache hielt; die übrigen Gäste unterhielten sich miteinander oder saßen schweigend.

Feric nahm einen leeren Tisch in Hörweite des schlanken, eindringlichen Redners, aber etwas außerhalb der lebhaften Gruppe, die ihn umringte. Ein Kellner in brauner Livree mit roten Litzen kam auf ihn zu, sobald er sich gesetzt hatte.

»Die gegenwärtige Führung der Großrepublik, genauer gesagt, die Parasiten und Einfaltspinsel, welche die Ratssitze mit ihren dreckigen Hintern profanieren, hat nicht die leiseste Vorstellung von der wirklichen Gefahr, die Heldon droht«, sagte der Redner. Obwohl ein Anflug von Hochmut seine Lippen umspielte, dem ein spöttischer Unterton in seiner Stimme entsprach, hatte der in seinen schwarzen Augen blitzende ironische Humor etwas, das Ferics Aufmerksamkeit und Sympathie weckte.

»Was wünschen Sie, Rechtmann?« fragte der Kellner und lenkte Ferics Aufmerksamkeit zurück auf sein unmittelbares Interesse.

»Einen Krug Bier und einen Salat von Lauch, Karotten, Gurken, Tomaten, Zwiebeln und anderen Gemüsen, die Sie haben mögen und die frisch und ungekocht sind.«

Der Kellner machte ein etwas verwundertes Gesicht, als er ging. Fleisch war natürlich die traditionelle Nahrung, in Heldon wie anderswo, und gelegentlich kam es vor, daß Feric sich mit dieser fragwürdigen Nahrung begnügte, da ihm eine fanatische Hinwendung zum Vegetarismus sowohl unpraktisch als auch vielleicht ein wenig unbekömmlich erschien. Nichtsdestoweniger wußte er recht gut, daß die Nahrungskette von pflanzlicher Materie aufwärts zum Fleisch von einer im Quadrat zunehmenden Konzentration radioaktiver Verseuchung begleitet war, weshalb er Fleisch und Fleischwaren nach Möglichkeit mied. Er hatte nicht das Recht, seine genetische Reinheit auf die Befriedigung seines Appetits zu verschwenden; in einem höheren Sinne war sie das kollektive Eigentum der Gemeinschaft rasseechter Menschen und mußte als ein rassisches Vermächtnis bewahrt werden. Verwunderte Blicke von Kellnern sollten ihn nicht daran hindern, an seiner rassischen Pflicht festzuhalten.

»Und Ihr Hintern würde sich auf dem Sitz der Macht natürlich besser ausnehmen, was, Bogel?« rief ein derbknochiger Bursche, dessen Gesicht von übermäßigem Bierkonsum gerötet war. Seine Kameraden begrüßten diese Bemerkung mit rauhem, aber gutmütigem Gelächter.

Der Zwischenruf schien den Sprecher für einen Moment aus der Fassung zu bringen. Als Bogel antwortete, spürte Feric, daß die Antwort keinem Instinkt entsprang, sondern einer scharfsinnigen, wenn auch etwas kalten und mechanischen Intellektualisierung.

»Ich suche keine persönliche Macht für mich selbst«, entgegnete Bogel pikiert. »Wenn ein so prachtvoller Kerl wie Sie mir jedoch einen Sitz im Nationalrat aufdrängen sollte, wäre es undankbar von mir, Ihren Wunsch zu durchkreuzen.«

Mit dieser Erwiderung erntete er matte Heiterkeit. Feric schenkte Bogels Zuhörern vermehrte Aufmerksamkeit. Es schien, daß sie sich in zwei Gruppen scheiden ließen: die wenigen, die seinen Ausführungen ernst und interessiert folgten, und die Mehrheit, die den eleganten kleinen Mann mit seinen blitzenden Augen und dem schmalen, düsteren Gesicht als eine Art von komischer Unterhaltung zu betrachten schien. Gleichwohl rekrutierten sich beide Gruppen im großen und ganzen aus einer und derselben Schicht: gesetzte Biertrinker mittleren Alters, Ladenbesitzer, Handwerker und Bauern, wenn der Anschein nicht trog — einfache und ehrliche Leute, deren Verständnis der Staatsangelegenheiten kaum als profund eingeschätzt werden konnte. Es schien Feric, als überschätze dieser Bogel seine Zuhörer, wenn er hier in einem öffentlichen Gasthaus intellektuelle Überlegenheit und Sarkasmus herauskehrte.

»So könnte ein Dominator sprechen!« rief ein anderer. Wieder gab es lautes Gelächter, diesmal jedoch unterlegt mit einem gewissen Unbehagen.

Zum erstenmal geriet Bogel in feurige Erregung.

»Und so könnte ein Sympathisant der Universalisten sprechen, oder ein Mann, der in ein Dominanzmuster verstrickt ist!« entgegnete er. »Die Partei der menschlichen Wiedergeburt ist

der Todfeind aller Dominatoren und ihrer Lakaien, der Universalisten; niemand leugnet das, am wenigsten von allen der Abschaum selbst. Macht man die Partei oder ihre Führung lächerlich, so dient man damit den Interessen der Dominatoren. Wie können wir wissen, daß ihnen solche Worte nicht von einem unsichtbaren Meister in den Mund gelegt wurden?«

Dazu lächelte Bogel, womit er andeuten wollte, daß dies scherzhaft gemeint sei. Diese Subtilität entging dem Publikum des armen Kerls jedoch völlig; Gesichter liefen dunkel an, und eine mürrisch-feindselige Atmosphäre braute sich zusammen. Es lag auf der Hand, daß dieser Bogel zwar einen scharfen Verstand besaß, aber keinen Instinkt dafür hatte, wie man Menschen mit Hilfe der Rednergabe in die gewünschte Richtung bewegte.

»Sie wagen zu behaupten, ich hinge an der Leine eines Dominators, Sie armseliger Wicht?«

Bogel schien verwirrt; er hatte den Zorn dieser Leute nicht auf sich lenken wollen, doch gerade dies war nun die Folge seiner Worte. Bei diesem Stand der Dinge kam der Kellner mit Ferics Salat und dem Bier. Feric machte sich mit gutem Appetit über die Mahlzeit her, vermochte ihr jedoch nicht den erwarteten Genuß abzugewinnen, denn aus einem Grund, den er selbst nicht ganz verstand, hatte das sich vor ihm entfaltende Drama seine ungeteilte Aufmerksamkeit gefunden.

Bogel lächelte schwächlich. »Kommen Sie, mein Freund«, sagte er. »Seien Sie nicht so überempfindlich. Ich beschuldige niemanden hier, an der Leine eines Dominators zu hängen. Doch wie können wir andererseits jemals die Gewißheit haben, daß einer unserer Mitbürger nicht in ein Dominanzmuster verstrickt ist? Eben darin liegt die gefährliche Heimtücke dieser Geschöpfe: wahre Menschen wie wir können einander nicht vorbehaltlos vertrauen, so lange noch ein einziger Dominator innerhalb der Grenzen von Heldon lebt!«

Dies schien die Menge ein wenig zu beruhigen, wenigstens soweit, daß Bogel fortfahren konnte.

»Dieser Streit unter uns zeigt, wie tief Heldon unter dem derzeitigen schlappen Regime gesunken ist«, erklärte er. »Ich würde mich dafür verbürgen, daß keiner unter den hier versammelten rechtschaffenen Männern einen Augenblick zögern würde, einem Dominator den Hals umzudrehen, wenn dieser sich offen zeigte. Dennoch scheuen sie sich, eine Partei zu unterstützen, die entschlossen ist, dieses Ungeziefer rücksichtslos auszumerzen.

Keiner unter uns, der nicht seine eigenen Abkömmlinge erschlagen würde, sollten diese die menschliche Rasse verraten, indem sie sich mit einem Mutanten oder Hybriden paaren. Dennoch lassen Sie es sich gefallen, wenn der Nationalrat unter dem Druck der Universalisten die Gesetze zur Erhaltung genetischer Reinheit lockert, um ausländischen Mutanten die Ausübung verschiedener Berufe und Arbeiten in Heldon zu gestatten, von denen die Lakaien der Doms Ihnen eingeredet haben, sie wären unter Ihrer Würde. In einer Stadt wie Ulmgarn, in unmittelbarer Nachbarschaft der borgravischen Pestilenz, werden brave Helder wie Sie sicherlich wie ein Mann zu den Waffen greifen und sich um die Fahne der Partei der menschlichen Wiedergeburt scharen, sobald ich unsere Entschlossenheit proklamiere, die rassische Reinheit von Heldon zu bewahren und die Dummköpfe des Nationalrates zu vertreiben, die die eiserne Strenge unserer Gesetze für die Reinhaltung der Rasse verraten würden, um sich bei Faulenzern und Gesindel beliebt zu machen!«

»Gut gesprochen!« brach es unwillkürlich aus Feric hervor, aber seine Stimme ging im allgemeinen Beifall unter, denn Bogel hatte unversehens das einfache und doch edle Gefühl von Rassestolz in ihnen angerührt. Andere Besucher des Gasthauses gaben nun ihre privaten Unterhaltungen auf und wandten ihre Aufmerksamkeit dem schmächtigen, dunkelhaarigen Redner zu.

»So jedenfalls dachte ich in meinem naiven Sinn, als ich beschloß, von Walder in diese Grenzregionen zu reisen, um Unterstützung für unsere Sache zu finden«, fuhr Bogel fort, nachdem die Ovation sich gelegt hatte. »Aber statt einer rechtschaffenen erzürnten Bürgerschaft, was fand ich? Träge Schlafmützen, zu benebelt von der Aussicht, ihre Arbeit von Wanderarbeitern tun zu lassen, um gegen diese Ungeheuerlichkeit zu protestieren! Naive Hinterwäldler, die glauben, daß alle Doms aus Heldon vertrieben wären, weil eine Regierung von Dummköpfen und rassischen Eunuchen es ihnen weismacht!«

Das war zuviel für Feric. Dieser Bogel sprach offenkundig als ein wahrer Patriot aus überzeugtem Herzen. Seine Rede hatte Überzeugungskraft, seine Sache war gerecht und verdiente Unterstützung, er hatte momentan die Herzen seiner Zuhörer gewonnen, und nun warf er seine Chance weg, um sich in gequältem Selbstmitleid zu ergehen, statt auf die donnernde Forderung nach konkretem und rücksichtslosem Handeln hinzuarbeiten. Statt weiteren Beifall zu ernten, zog er erneuerte Feindseligkeit auf sich. Der Mann war ein guter Redner, aber als politischer Agitator ein Versager. Doch vielleicht ließ die Situation sich retten . . .

Feric stand auf und rief mit kühner, klarer Stimme: »Es gibt hier Männer unter uns, die weder Schlafmützen noch naive Hinterwäldler sind!« Indem er so den gekränkten und feindseligen Empfindungen der Zuhörer Ausdruck verlieh, zog er augenblicklich alle Aufmerksamkeit auf sich; selbst Bogel versuchte nicht, ihn zu unterbrechen, da Ferics Worte seinem scharfen Verstand die üble Situation klargemacht hatten, in die er sich gebracht hatte. Alle warteten gespannt auf Ferics nächste Worte; würde er den Redner angreifen oder verteidigen?

»Es gibt hier Männer unter uns, für die Ihre Worte eine laut widerhallende Herausforderung sind!« fuhr Feric fort. Er sah, daß Bogels Züge sich in einem erleichterten Lächeln entspannten. »Es gibt hier Männer unter uns, die weder die Unverschämtheit von Mutanten noch die Verseuchung heimatlichen Bodens durch ihre unsaubere Gegenwart dulden werden. Es gibt hier Männer unter uns, die bereit sind, einen Dominator mit bloßen Händen zu zerreißen, wenn wir ihn sehen. Rechte Männer! Männer mit einer fanatischen Entschlossenheit, nicht nur die rassische Reinheit der gegenwärtigen Großrepublik Heldon zu gewährleisten, sondern die absolute Herrschaft rasseechter Menschen auf jeden bewohnbaren Flecken dieser armen und mißbrauchten Erde auszudehnen! Im Herzen selbst des trägsten Faulenzers lebt ein Held, der gewillt ist, die Waffen in die Hand zu nehmen, wenn es gilt, den reinen menschlichen Genotyp zu erhalten! Unsere Erbmasse verlangt die Ausschließung der Mutanten! Laßt sie nicht ins Land! Treibt sie über die Grenzen! Erschlagt den Dom, wo immer ihr ihn findet!«

Das Publikum brach in langen und lautstarken Beifall aus. Feric sah, daß jedes Augenpaar in der Gaststube auf ihn gerichtet war; Linien psychischer Energie schienen das Zentrum seines Wesens mit dem Herzen eines jeden Anwesenden zu verbinden. Es war, als nährte der kollektive Wille der Zuhörer seine eigene Willenskraft, die ihre Energie verzehnfacht zurückstrahlte, in einer sich weitenden Spirale psychischer Kraft, die sein Wesen durchflutete und erweiterte, einer massiven rassischen Gewalt, die er lenken konnte, wohin er wollte. Eine plötzliche Inspiration schoß ihm durch den Kopf: er konnte dieser Energie ein konkretes Ventil geben, ein Ziel.

»Und ein Dom läßt sich finden, nicht weit von diesem Lokal!« fuhr Feric fort, als die Zurufe aufgehört hatten. »Ja, es gibt einen Dominator in eurer Mitte, und am gefährlichsten Ort, den man sich denken kann! Die Kreatur ist in diesem Augenblick in Reichweite unserer Fäuste!«

Eine Stille senkte sich über den Raum, bis Bogel das Wort ergriff: »Männer wie Sie sind es, die die Partei braucht, Rechtmann! Sagen Sie uns, wo steckt dieser Dominator? Ich bin überzeugt, daß kein einziger hier unter uns ist, der nicht bereit wäre, ihn in Stücke zu zerreißen!«

Feric war erfreut, daß Bogel den Geist des Augenblicks erfaßt hatte. Seine Sache war verdienstvoll, es war die Sache der wahren Menschheit; seine Bemühungen verdienten Unterstützung.

»So unglaublich es scheinen mag, ein Dominator hat sich in das Herz der Zollfestung an der Ulmbrücke eingeschlichen und ist mit dem Schutz unserer genetischen Reinheit betraut«, sagte Feric. »Er hält die gesamte Garnison in einem Dominanzmuster!«

Ein entsetzliches Keuchen entrang sich den Zuhörern. Ehe sie ihren Gefühlen weiter Luft machen konnten, fuhr Feric fort: »Man muß sich das vergegenwärtigen! Diese stinkende Monstrosität hat sich zu einer Beglaubigung verholfen und dient als Schreiber des genetischen Analytikers, in dessen Macht es steht, Einbürgerungswünschen stattzugeben und Beglaubigungen auszustellen. In dieser Position lähmt der Dom den Willen der Garnison und des Analytikers, so daß sich ein Strom verseuchter Gene wie der Inhalt einer Kloake in dieses Gebiet ergießen kann, um die Nachkommenschaft eurer Söhne und Töchter zu vergiften! Es gibt niemanden in der Garnison, der nicht in dieses Muster verstrickt wäre, niemanden, der die stinkende Bestie hervorzerren oder ihr Netz zerreißen kann!«

Zorniges Stimmengewirr erfüllte die Gaststube. Sie waren offensichtlich bereit, den rassischen Willen auszuführen, wie er es ihnen sagte. Ihre tiefsten Instinkte waren aufgerüttelt — die eiserne Entschlossenheit zum Schutz der menschlichen Art. Er hatte ein Feuer angefacht, das nur mit Dominatorblut gelöscht werden konnte.

»Worauf warten wir?« brüllte er. »Wir haben unsere Hände, und manche unter uns sind mit Knüppeln bewaffnet! Laßt uns zur Brücke marschieren und unsere Rassegenossen befreien! Tod dem Dominator!«

Mit diesen Worten trat er an Bogels Seite und zog den vom Gang der Entwicklung überraschten Mann auf die Füße. Er legte seinen kräftigen Arm um Bogels schmächtige Schultern und rief: »Tod dem Dominator — auf zur Brücke!«

Die Menge antwortete mit wildem Beifallsgebrüll, und Feric, von Bogel gefolgt, marschierte resolut hinaus, ohne sich umzusehen, zuversichtlich, daß die erregten Spießbürger mehr als bereit sein würden, ihm zu folgen, wohin er sie führte.

Angeführt von Feric und Bogel, zog die Menge von dreißig oder vierzig aufgebrachten Heldern die Brückenstraße hinunter. Die Passanten blieben stehen, verblüfft von dem aufrüttelnden Anblick; einige der kühneren Seelen schlossen sich der Schar an. Bald hatten sie die Brücke erreicht; Feric führte die Menge darauf hinaus, in der Mitte der Fahrbahn marschierend, so daß die gesamte Breite der Brücke von stämmigen Männern gesperrt war, die Schulter an Schulter in rechtschaffenem Zorn einherschritten. »Sie sind ein erstaunlicher Redner, wer immer Sie sein mögen«, sagte Bogel, der ersichtlich Mühe hatte, es Ferics langen Schritten gleichzutun. »Die Partei der menschlichen Wiedergeburt braucht einen Mann wie Sie. Ich selbst bin leider kein mitreißender Redner.«

»Sie müssen mir von Ihrer Partei erzählen, sobald dies vorüber ist«, antwortete Feric bündig.

»Mit Vergnügen. Aber wie wollen Sie diese Sache zu Ende bringen? Was ist Ihr Ziel?«

»Mein Ziel ist einfach genug«, sagte Feric. »Der Tod des Dominators in der Zollfestung. Wenn Sie die fanatische Ergebenheit Ihrer Anhänger gewinnen wollen, dann müssen Sie ihnen eine Bluttaufe gewähren.«

Entschlossen marschierte der Haufen über die Brücke, zehn Mann nebeneinander, fünf Reihen tief, eine buntscheckige Truppe von Wirtshausbesuchern, vom Willen eines Mannes umgewandelt in eine Sturmtruppe. Für Feric war es ein tief befriedigendes Gefühl, an der Spitze der Kolonne zu marschieren; es war alles, was er sich vorgestellt hatte, als er mit dem Gedanken an eine militärische Laufbahn gespielt hatte, und mehr. Er fühlte die Kraft der massierten Formation von Männern unter seinem Kommando sein ganzes Wesen durchströmen und ihn mit absolutem Vertrauen in sein eigenes Schicksal erfüllen. Er war ein Führer. Wenn er sprach, hörte man auf ihn; wenn er befahl, folgte man ihm. Und dies ohne jegliche formale Ausbildung oder offizielle Autorität; seine Überlegenheit in diesen Dingen war eine Qualität, die von anderen als ihm innewohnend erkannt wurde, ein Führungstalent, das ohne Zweifel in seinen Genen angelegt war. Geradeso wie eine Herde von Wildpferden die Herrschaft des Leithengstes anerkennt, oder wie ein Wolfsrudel das stärkste Tier als den natürlichen Führer ansieht, so wurden diese Männer, die er nie zuvor gesehen hatte, allein von der seiner Stimme und Persönlichkeit innewohnenden Autorität mitgerissen, bereit, sich seiner Führung unterzuordnen.

Es war eine ehrfurchtgebietende und furchtbare Macht, die nur für patriotische und idealistische Zwecke eingesetzt werden durfte. Tatsächlich mußte seine Willensstärke mindestens zum Teil das Resultat seiner vollständigen Hingabe an die Sache der genetischen Reinheit und den endgültigen Triumph des wahren Menschen überall auf Erden sein. Nur die Verbindung von Idealismus und rücksichtslosem Fanatismus konnte einen so überwältigenden Willen erzeugen.

Bald hatte der Trupp die Zollfestung erreicht. Der Wachsoldat am Eingang zog bei Ferics und seiner Gefolgsleute Annäherung den Stahlknüppel, doch in seinen Augen war Furcht, und seine Stimme bebte, als er den Trupp erregter Männer anrief: »Halt! Was hat das zu bedeuten?«

Statt einer Antwort löste sich ein bärenstarker Mann mit einem roten Gesicht aus dem Gedränge der Männer und schlug dem unglücklichen Wachsoldaten einen Bierkrug auf den Schädel. Der Soldat brach in die Knie und hielt sich den blutenden Kopf. Jemand nahm ihm den Knüppel ab, und mit Gebrüll stürmte die Vorhut des Trupps in die Festung, gefolgt von Feric, Bogel und dem Rest des Haufens.

Der Trupp brandete in den Abfertigungsraum, stieß die entlang des schwarzen Steintresens anstehenden Einreisewilligen derb beiseite und konfrontierte die vier Beamten dahinter mit einer massiven Phalanx vierschrötiger Gestalten und zornroter Gesichter. Die drei wahren Männer reagierten mit Verblüffung und Furcht auf dieses bedrohliche Verhalten; der verächtliche Mork mimte unerschütterliche Ruhe, aber Feric fühlte, wie er in wilder Verzweiflung bemüht war, sein Dominanznetz über diese neuen und gefährlichen Helder zu werfen.

»Was hat dieses Benehmen zu bedeuten?« verlangte der bärtige ältere Beamte zu wissen. »Verlassen Sie sofort diesen Raum!«

Feric spürte ein plötzliches Nachlassen der hitzigen Entschlossenheit seiner Anhänger; Morks psychische Abwehr wurde von der Festigkeit des tapferen alten Kriegers unterstützt, und die Entschlossenheit von Ferics Truppe war erschüttert.

Feric drängte sich nach vorn und erreichte den Tresen. Er beugte sich über die schwarze Steinplatte und packte den Dominator Mork an der Gurgel. Während seine kraftvolle Hand ihm die Luft abdrückte, zog er den Nichtswürdigen halb über den Tresen. Morks Gesicht lief aus Mangel an Sauerstoff dunkelviolett an und Feric fühlte, wie des Doms psychische Energien dahinschwanden.

»Das ist die elende Kreatur!« rief Feric. »Dieses Ungeheuer ist der Dom, der diese Festung in Knechtschaft hält!«

». . . ersauf in deiner Galle, Saumensch!« gurgelte Mork, als er sah, daß das Spiel aus war. Feric festigte seinen Griff, und das Gebabbel des Dom wurde zu einem heiseren Würgen. Ein gewaltiger Aufschrei stieg aus der Menge empor. Ungezählte Arme griffen über den Tresen, packten Mork bei den Schultern, Haaren und Armen und zerrten den halb bewußtlosen Dom über den Tresen, bis er zwischen den Männern am Boden lag.

Der Würgegriff hatte Mork zu sehr geschwächt, als daß ihm eine ernstliche Gegenwehr möglich gewesen wäre; überdies konnte kein Dominator hoffen, den gemeinschaftlichen Willen von mehr als vierzig Männern zu unterdrücken, die sich seiner gefährlichen Identität bewußt und von rechtschaffenem Zorn erfüllt waren.

»Eines Tages werdet ihr euch alle vor Zind beugen und unseren Befehlen folgen, wertloses Gesindel!« keuchte Mork, während er auf die Beine zu kommen suchte.

Als Antwort traf ein halbes Dutzend derb gestiefelter Füße die Mißgeburt in den Brustkorb und warf sie auf den Boden zurück. Ein weiterer Tritt, diesmal gegen den Kopf, nahm dem Dom das Bewußtsein. Als sein Körper erschlaffte, erhob sich ein Triumphgebrüll, und er verschwand unter einem Hagel von Stiefeltritten und Knüppelschlägen.

Innerhalb von einer oder zwei Minuten war Mork nichts als ein blutiger Sack voll zerschlagener Knochen, der formlos auf dem Fliesenboden des Abfertigungsraumes lag.

Feric wandte seine Aufmerksamkeit den drei Beamten zu, die stumm hinter dem Tresen standen. In ihren benommenen Mienen begann sich Bestürzung zu malen.

Der jüngste Beamte gewann als erster die Fassung zurück. »Mir ist, als wäre ich gerade aus einem langen schrecklichen Traum erwacht«, murmelte er. »Ich fühle mich wieder als ein Mensch. Was ist geschehen?«

»Ein Dominator ist geschehen!« sagte der alte Soldat. Er reichte über den Tresen und legte die Hand auf Ferics Schulter. »Sie hatten recht, Rechtmann Jaggar!« rief er aus. »Nun, da das schmutzige Ungeziefer und sein Dominanzmuster gebrochen ist, erkenne ich, daß wir alle weniger als wahre Menschen waren, seit Mork hier eintraf. Wir verdanken Ihnen unsere Mannesehre!«

»Sie verdanken Ihre Mannesehre nicht mir, sondern der geheiligten Sache, für die wir streiten«, erwiderte Feric. »Und das ist die Sache der genetischen Reinheit.« Er wandte sich halb zur Seite, um auch die Truppe der Stadtbewohner anzusprechen. »Lassen wir uns das alle eine Lehre sein!« erklärte er. »Wir sehen, wie leicht sogar Zollwachen in einem Dominanzmuster gefangen werden konnten. Die Doms sind überall und nirgends; man kann sie kaum erkennen und ist machtlos, unfähig, sich selbst zu befreien, wenn man in ihr Netz gefallen ist. Aber wenn Sie bemerken, daß andere sich verhalten, als könnten sie in den psychischen Tentakeln eines Dominators gefangen sein, dann können Sie diese Landsleute so leicht befreien, wie Sie einem Huhn den Hals umdrehen. Jeder von uns sei der Wächter seines Bruders! Möge dieser kleine Sieg wie ein Leuchtfeuer in Ihren Herzen weiterbrennen! Tod den Dominatoren! Lang lebe Heldon! Keiner von uns darf ruhen, ehe der letzte Dom in den Staub getreten ist, ehe der letzte bewohnbare Quadratmeter Erdboden unter der Herrschaft wahrer Menschen ist! Ertränken wir alle Dominatoren und Bastarde in dem Meer ihres eigenen Blutes!«

Gewaltiger Beifall brandete auf; Zollsoldaten und sogar ein Teil der Reisenden, die auf ihre Abfertigung warteten, schlossen sich dem Jubel der Stadtbewohner an. Feric fühlte sich von kräftigen Händen ergriffen, und bevor er wußte, wie ihm geschah, saß er auf den Schultern der triumphierenden Männer. Unter weiterem Gebrüll und Hurrarufen trugen die guten Helder ihn im Triumphzug aus der Zollfestung und auf die Brücke.

So hielt Feric Jaggar seinen zweiten und wahren Einzug in Heldon: nicht als ein anonymer Anwärter auf die Staatsbürgerschaft, sondern als ein triumphierender Held auf den Schultern seiner Anhänger.

3

Nachdem ihre Kameraden vom Nachmittag ihren Sieg gefeiert hatten und ihrer Wege gegangen waren, begaben Feric und Bogel sich auf den Vorschlag des letzteren zum Gasthaus Waldwiese. Neben einem großen öffentlichen Gästezimmer, das jenem des Gasthauses Adlernest ähnelte, konnte dieses Lokal mit drei kleineren und intimen Nebenzimmern aufwarten. Ein Oberkellner in forstgrüner Lodentracht mit braunen Litzen und Säumen geleitete sie in einen eichengetäfelten Raum mit einer niedrigen, tonnengewölbten Decke aus Ziegelmauerwerk. Tischlampen in altertümlich wirkenden Fassungen, die an Fackelbeleuchtung gemahnten, waren die einzige Lichtquelle. Die Tische selbst waren graue Granitplatten, voneinander getrennt durch die hohen Lehnen der gepolsterten Stühle, welche den Nebenraum in eine Anzahl von abgetrennten Nischen aufteilten. Hier konnten sie ungestört sprechen.

Bogel bestellte eine Flasche Weißwein und Bratwürste mit Sauerkraut. Feric erhob keine Einwände gegen die Natur der Mahlzeit, die ihm vorgesetzt wurde; es gab Anlässe, die den Fleischgenuß rechtfertigten, und dies war ein solcher.

»Nun gut, Feric Jaggar«, sagte Bogel, als der Kellner gegangen war. »Wer sind Sie, welches sind Ihre Pläne, und wohin wollen Sie von hier aus reisen?«

Feric berichtete von seinem Stammbaum und erzählte mit knappen Worten seine Lebensgeschichte, und das Essen stand kaum auf dem Tisch, als Bogel informierte, daß sein vorläufiges Reiseziel die Stadt Walder sei. Aber sein Lebensziel, das wurde ihm jetzt mehr und mehr klar, war seit den Ereignissen des Nachmittags zu einem Gegenstand von nahezu kosmischer Größe geworden, als sei er aus einem Schlummer erwacht, in dem er sein Leben lang gelegen hatte. Zum erstenmal hatte er die volle Größe seines eigenen Wesens erfahren, das Ausmaß der Macht, die er mit seiner Willenskraft mobilisieren konnte. Sein Lebensziel war im Grunde immer klar gewesen: der Sache des Vaterlandes, der genetischen Reinheit und der wahren Menschheit zu dienen, wo und in welcher Weise es ihm am besten möglich wäre. Die Schwierigkeit hatte in der Frage gesteckt, wie er diese geheiligte Sache am wirksamsten fördern könnte. Nun beschäftigte er sich in seinen Gedanken mit der viel umfassenderen Frage, wie er durch sein persönliches Handeln den endgültigen Triumph Heldons und der wahren Menschheit herbeiführen könne. Es war ein Problem von atemberaubender Größe und Komplexität, doch fühlte er die innere Gewißheit, daß das Schicksal ihn allein dazu ausersehen hatte, diese größte heroische Tat zu vollbringen.

Dies versuchte er Bogel auseinanderzusetzen, während der elegante kleine Mann dazu nickte und wissend lächelte, als bestätigten Ferics Worte nur eine bereits festgefügte innere Überzeugung.

»Auch ich spüre diese schicksalhafte Ausstrahlung, die von Ihnen ausgeht«, sagte Bogel. »Und ich spüre sie um so mehr, weil es eine Eigenschaft ist, die mir selbst fehlt. Wir dienen der edlen Sache unseres Vaterlandes und unserer Rasse mit der gleichen patriotischen Inbrunst, und ich schmeichle mir, daß ich Ihnen intellektuell ebenbürtig bin. Darüber hinaus habe ich eine kleine Gruppe von Anhängern um mich gesammelt, die mich als ihren Führer betrachtet. Dennoch, nachdem ich Sie sprechen hörte und erleben durfte, wie Ihre Worte fremde Menschen zusammenführten und zu gemeinsamer Tat befeuerten, finde ich es abwegig, daß die Partei der menschlichen Wiedergeburt einen anderen als Sie zum Generalsekretär haben sollte. Ich verstehe mich aufs Planen und Organisieren, und ich kenne mich in der Theorie aus, aber ich habe nicht das Charisma, das Sie so offensichtlich besitzen, mein lieber Freund. Ich habe die Fähigkeit zu regieren, aber Sie haben die Macht, mitzureißen.«

Feric dachte über Bogels Worte nach, vielleicht gründlicher, als dem anderen lieb war. Bogel war ein kluger Kopf, aber seine größte Schwäche war, daß er sich für noch klüger hielt. Die innere Bedeutung seiner Worte war klar: er meinte, daß Feric führen sollte, während er hinter den Kulissen regierte. Aber er hatte eine der wichtigen Lektionen der Geschichte falsch verstanden. Ein Mann mochte regieren, ohne eine Führergestalt zu sein, aber kein echter Führer hatte zu befürchten, daß eine solche geringere Gestalt ihn beherrschen könnte. Daher wußte Feric, daß Bogel immer sein Vasall sein würde, und daß es niemals umgekehrt sein konnte; folglich würde der Mann ihm in jedem Falle nützlich sein, und inmitten dieser durchsichtigen Schliche fühlte er sich beruhigt.

»Sie bieten mir die Führung Ihrer Partei an, Seph Bogel?« sagte Feric mit einer gewissen kalkulierten Ungläubigkeit. »Mir, den Sie erst heute nachmittag in einem Wirtshaus kennengelernt haben? Das macht mich ein wenig skeptisch gegenüber der Truppe, die Sie meiner Führung unterstellen wollen.«

Bogel lachte und trank von seinem Wein. »Um Ihnen die Wahrheit zu sagen, Ihr Skeptizismus ist gerechtfertigt. Die Partei der menschlichen Wiedergeburt hat nicht mehr als dreihundert Mitglieder.«

»Sie fordern mich auf, einen Witz zu führen! Es sei denn, Ihre Mitgliederschaft verkörpere die Elite der Nation.«

»Offen gesagt«, antwortete Bogel, »sind die Parteimitglieder zum größten Teil einfache Arbeiter, Bauern und Handwerker, mit ein paar eingestreuten Polizisten und Militärs.«

»Das ist unerhört!« erklärte Feric, ehrlich verblüfft über Bogels Eingeständnisse. Der Mann bat ihn, diese Partei zu führen, und dann gab er mehr oder weniger unumwunden zu, daß die ganze Sache eine kümmerliche Farce war.

Aber Bogel wurde plötzlich ernst. »Bedenken Sie die tatsächliche Situation. Heute ist Heldon in den Händen von Männern, für die der Große Krieg nur noch eine verblaßte Erinnerung ist, die unsere genetische Reinheit verkaufen würden, um das Verlangen des trägen Lumpenproletariats nach einem Leben in Müßiggang und Bequemlichkeit zu befriedigen, für die die Landesgrenzen Linien auf einer politischen Landkarte sind, nicht die Schützengräben eines heiligen Rassenkriegs. Der größte Teil der Bevölkerung ist in diesen Mißverständnissen befangen; der fanatische Idealismus, der unsere großartige Zitadelle genetischer Reinheit in Jahrhunderten eiserner Entschlossenheit und heroischen Kampfes aufbaute, verfällt zu erbärmlichem Individualismus. Und damit nicht genug, die sogenannten besten Elemente der Gesellschaft stellen sich zu dieser Gefahr vorsätzlich blind und taub. Nur eine Handvoll Männer, viele von ihnen einfache Leute, die aus tiefem, rassischem Instinkt heraus reagieren, sehen die Situation, wie sie wirklich ist. Bringt das nicht Ihr Blut in Wallung?«

Bogels Gesicht leuchtete in Leidenschaft, und der synthetische Fackelschein auf seinen Zügen verstärkte die Gemütsbewegung zu einem aufrichtigen und eindringlichen Appell, dem Feric nicht widerstehen konnte.

»Sicherlich tut es das!« versetzte er. »Aber was hat das mit dem Geschick Ihrer kleinen Partei zu tun?«

»Versuchen Sie sich in jemanden wie mich hineinzuversetzen«, sagte Bogel mit unverhüllter Bitterkeit, »der die tödliche

Gefahr sieht, die Heldon bedroht, und der daraufhin den Entschluß faßt, sein Leben der Erfüllung seiner rassischen Pflicht zu widmen. Und der nichts weiter bewirken kann als den Aufbau einer winzigen Partei mit nicht mehr als dreihundert Mitgliedern! Würde das Ihr Blut nicht in Wallung bringen?«

Feric war tief bewegt; obwohl er Bogels persönlichen Ehrgeiz richtig eingeschätzt hatte, die Stärke und Aufrichtigkeit seines Idealismus hatte er unterbewertet. Persönlicher Ehrgeiz und fanatischer Idealismus aber waren die mächtigsten Verbündeten, wenn sie gemeinsam im Dienst einer gerechten Sache wirkten. Bogel würde in der Tat einen hervorragenden Helfer abgeben.

»Ich verstehe Sie«, sagte Feric einfach.

»Gemeinsam können wir den Gang der Geschichte formen!« erklärte Bogel leidenschaftlich. »Wir erkennen beide die Gefahr, wir stimmen überein, daß Heldon von Männern mit eiserner Überzeugung und absoluter Rücksichtslosigkeit regiert werden muß, die wissen, was getan werden muß, um die Doms auszutilgen und die Untermenschen zurückzudrängen, und die nicht davor zurückschrecken werden, es zu tun. Ich habe den Kern einer nationalen Organisation aufgebaut, den ich nun in Ihre Hände lege. Wollen Sie annehmen? Wollen Sie Heldon zum Endsieg führen, Feric Jaggar?«

Feric konnte nicht umhin, über Bogels großsprecherische Worte zu lächeln. Der Mann redete, als böte er ihm das Reichszepter, den verschollenen Großen Knüppel von Held, statt der Führerschaft einer armseligen kleinen Partei. Überdies hatte er den Eindruck, daß Bogel ihm zuliebe ein wenig dick auftrug. Dennoch war Bogel im wesentlichen vollkommen aufrichtig, und sein Ruf war eine Aufforderung, die kein rechter Mann ablehnen konnte. Außerdem konnten aus kleinen Anfängen große Dinge hervorwachsen. Er war allein und ohne Freunde nach Heldon gekommen; in Walder würde er als Führer einer kleinen Gruppe von Gefolgsleuten eintreffen. Sicherlich hatte das Schicksal ihm diese Gelegenheit zugespielt, um ihm einen Hinweis auf seine Mission zu geben; daher geziemte es ihm, dem Ruf des Schicksals zu folgen.

»Sehr gut«, erwiderte er. »Ich nehme an. Morgen früh werden wir gemeinsam den Dampfwagen nach Walder nehmen.«

Bogel strahlte; er war beglückt wie ein kleines Kind über ein neues Spielzeug. »Wundervoll!« rief er aus. »Ich werde dem Parteihauptquartier telegrafieren, bevor wir uns zur Ruhe begeben. Dies ist der Beginn eines neuen Zeitalters für Heldon und die Welt. Ich fühle es in meiner Seele.«

Es war ein herrlicher frischer und sonniger Morgen in Ulmgarn, als Feric und Bogel den Dampfwagen nach Walder bestiegen; Feric fühlte sich ausgeruht und angefüllt mit Tatkraft. Dazu kam, daß die zweitägige Fahrt nach Walder im Gegensatz zu der kürzeren Strecke von Gormond nach Pormi ein höchst angenehmes Erlebnis zu werden versprach. Der borgravische Dampfwagen war ein schmieriger alter Ratterkasten gewesen, der, als er auf Rädern, die kaum rund schienen, die ausgefahrenen, unebenen Landstraßen dahinholperte, mehr ein Folterinstrument als ein Verkehrsmittel zu sein schien. Um das Maß vollzumachen, war er mit einem wahrhaften Schweinestall der ranzigsten Mutanten und Bastarde zusammengepfercht gewesen, in einem unbeschreiblichen Gestank wie von einer offenen Kloake. Der *Zephyr* auf der anderen Seite war ein schimmernder neuer Wagen, ausgerüstet mit den modernsten pneumatischen Reifen, deren Gebrauch durch die legendäre Vollkommenheit der heldonischen Straßen möglich wurde.

Das Äußere des Dampfwagens war ein makelloses Smaragdgrün, abgesetzt mit bescheidenen braunen Zierstreifen, und der Stahl der Gestänge und des Kessels glänzte vor Sauberkeit und war frei von jeglichem Rostansatz. Der Passagierraum war mit Fichtenholz ausgekleidet, das Fensterglas war fleckenlos, die fünfzig Sitze waren gepolstert und mit rotem Samt bezogen, und nur die Hälfte von ihnen war besetzt, diese überdies von größtenteils ansehnlichen Zeitgenossen. Dieser prachtvolle Dampfwagen war ein erhebendes Zeugnis heldonischer Wertarbeit und Technik. Ferner verlief eine weite Strecke der Landstraße nach Walder durch die reizvolle Hügellandschaft des Smaragdwaldes, eine Landschaft, die für ihre Schönheit berühmt war. Und schließlich brauchte er nicht allein in einer Herde von Bastarden zu reisen, sondern hatte die Gesellschaft von Heldern, insbesondere seines neu gefundenen Schützlings Seph Bogel. Es versprach eine angenehme Reise zu werden.

Sie nahmen Sitze in der Mitte des Passagierabteils, gleich weit entfernt von den Geräuschen der Dampfmaschine vorn und dem übertriebenen Schaukeln und Stoßen, dem man im Heck ausgesetzt war; ausgewählte Plätze, wie sie von erfahrenen Reisenden bevorzugt wurden, versicherte ihm Bogel. Und er bestand darauf, daß sein neuer Führer den Fensterplatz belegte.

Als alle Passagiere eingestiegen waren, kam eine Reisebegleiterin in grüner und brauner Livree aus dem kleinen Raum zwischen der Front des Passagierabteils und der Rückseite des Holzbehälters, stellte sich mit dem Namen Garth vor und verteilte Kissen an diejenigen, die welche wünschten.

Die Tür wurde geschlossen, die Bremsen mit einem gewaltigen Zischen von Dampf gelöst; dann begann die Maschine ein stetiges, tiefes und kraftvolles Pulsieren durch den Wagenaufbau zu schicken, und der Dampfwagen rollte langsam vom Hof des Stationsgebäudes.

Auf der Fahrt durch die Straßen von Ulmgarn beschleunigte der Dampfwagen gleichmäßig, und als er den Stadtrand hinter sich ließ und die offene Landstraße erreichte, fuhr er gute fünfzig Stundenkilometer und beschleunigte noch immer. Nichts in Borgravia hatte sich jemals derart schnell bewegt, und Feric geriet durch die körperliche Empfindung der berauschenden Geschwindigkeit in einen Zustand von Begeisterung. Der Dampfwagen hörte erst auf zu beschleunigen, als seine Geschwindigkeit annähernd achtzig Stundenkilometer erreicht hatte und er eine lange schnurgerade Strecke dahinbrauste, die durch lückenlos bebautes grünes Bauernland zum Rand des Smaragdwaldes führte, der wie ein grüner Wall näher und näher rückte.

»Sehen Sie dort!« rief Bogel plötzlich aus. Feric schreckte aus seiner Landschaftsbetrachtung auf, wandte sich um und sah, daß Bogel zum rückwärtigen Fenster des Passagierabteils hinaus auf etwas zeigte, was den Dampfwagen mit unglaublicher Geschwindigkeit zu überholen sich anschickte. »Ein Motorwagen!« triumphierte Bogel. »Ich wette, Sie haben dergleichen in Borgravia nicht gesehen!«

Feric wußte von diesem Wunder der Technik, hatte jedoch nie eins gesehen. Anders als Dampfwagen, die mit überall erhältlichem Holz betrieben wurden, wurde der Motorwagen von einem sogenannten Verbrennungsmotor angetrieben, der Petroleum als Brennstoff benötigte. Der Grundstoff zu dieser Flüssigkeit mußte mit bewaffneten Schiffskonvois aus den Wildnissen des Südens herbeigeschafft oder von den widerwärtigen Einwohnern Zinds erworben werden; beides war mit hohen Kosten verbunden. Aber der Motorwagen war ein Fahrzeug, das unglaublicher Geschwindigkeiten fähig war, die an einhundertfünfzig Stundenkilometer heranreichten, wenn es auch einen teuren Treibstoff von großer Seltenheit verbrauchte. In Borgravia wurden solche Maschinen nur in dem halben Dutzend Flugzeugen verwendet, die das Land besaß, oder für die Fahrzeuge der höchsten Regierungsbeamten. Feric hatte gehört, daß solche Motorwagen in der höheren Zivilisation Heldons zahlreicher seien, schätzte sich aber glücklich, schon so früh auf seiner Reise den Anblick eines solchen Fahrzeugs geboten zu bekommen.

Wenige Augenblicke später hatte der Motorwagen sie eingeholt und sauste, weit zur Seite ausweichend, am Dampfwagen vorbei. Feric sah ein Fahrzeug, das ein Viertel der Länge des Dampfwagens hatte, etwa ein Drittel seiner Höhe und die Hälfte seiner Breite, mit einer langen Verkleidung vorn, dann einem offenen Führerstand mit einem Fahrer in grauer und schwarzer Regierungsuniform und schließlich einer kleinen geschlossenen Kabine, in der nicht mehr als sechs Passagiere Platz finden konnten. Das ganze Fahrzeug war rot und schwarz lackiert und bot einen wahrhaft prächtigen Anblick, als es längsseits kam, einen Fanfarenton vernehmen ließ und mit einem dumpfen Aufbrüllen schnell vorbeizog, um bald darauf weit voraus außer Sicht zu kommen, wo die Straße in den Smaragdwald eintrat.

»Eines baldigen Tages müssen wir einen dieser Wagen für die Fahrten durch das Land anschaffen«, sagte Feric. »Das ist die Art und Weise, wie ein Führer reisen sollte! Mit Geschwindigkeit und Stil und Eleganz!«

»Petroleum ist unglaublich teuer«, meinte Bogel bekümmert. »Wie die Dinge jetzt stehen, würde es die Parteikasse ruinieren, wenn wir ein Jahr lang einen Motorwagen führen.«

»Nicht, wenn wir über die Ölfelder des südwestlichen Zind verfügten«, murmelte Feric in Gedanken.

»Was?«

Feric lächelte. »Ich denke an die Zukunft, Bogel«, sagte er. »An eine Zukunft, in der ganz Heldon von großartigen Straßen durchzogen und verbunden ist und selbst Helder mit bescheidenem Einkommen es sich leisten können, Motorwagen zu fahren, eine Zukunft, in der die großen Ölfelder des südwestlichen Zind unser privates Petroleumreservoir sind.«

Bogel machte große Augen. »Sie träumen heroische Träume, Feric Jaggar!« sagte er.

»Das neue Zeitalter wird noch weit heroischer sein als meine gegenwärtigen Träume, Bogel. Um dieses neue Zeitalter Wirklichkeit werden zu lassen, müssen wir eine wahrhaft heroische Rasse werden. Und wenn wir es geschafft haben, werden wir in der Art und Weise leben, die einer solchen Rasse von Übermenschen angemessen ist.«

Bald hatte der Dampfwagen den Smaragdwald erreicht. Die Landstraße führte am rechten Ufer eines klaren, rasch dahinströmenden Flusses entlang, der sich in sanften Windungen durch die liebliche Parklandschaft der Tiefebene zog. Der Fahrer des Dampfwagens war gezwungen, die Geschwindigkeit auf etwa fünfzig Stundenkilometer zu verringern, um das Fahrzeug in den schärferen Kurven auf der Straße zu halten. Diese gemessenere Geschwindigkeit setzte Feric instand, diesen berühmten jungfräulichen Wald in Muße zu betrachten.

Die einzelnen Bäume waren von ehrwürdigem Alter, und ihre borkigen Stämme und Äste von der Natur zu mannigfaltigen Gestalten geformt und von einem dichten dunkelgrünen Laubdach überwölbt. Diese alten Bäume schienen sorgsam auf Distanz bedacht, so daß man relativ leicht durch den Wald gehen konnte, vom Laubdach gegen die Sonne beschirmt und umgeben von den tiefen grünen Schatten eines geheimnisvollen Halbdunkels. Das Unterholz bestand hauptsächlich aus Farnen, niedrigen Büschen und nachwachsenden Jungbäumen. Lange Gräser und Stauden bedeckten den Waldboden, durchsetzt von moosigen Stellen, wo Pilze und Waldorchideen gediehen. Dieser Wald hatte nichts von der krebsartig wuchernden Fülle obszön mutierter, bläulich gefleckter Vegetation, welche die über das Land verstreuten Inseln des borgravischen Strahlungsdschungels kennzeichnete und zu schrecklichen und undurchdringlichen Orten machte, von Lebewesen bewohnt, deren Anblick hinreichte, einem abgehärteten Mann den Magen umzudrehen.

Die Bäume des Smaragdwaldes waren genotypisch rein; dieses Waldgebiet hatte die Zeit des Feuers wie durch ein Wunder praktisch unversehrt überlebt, mit gesundem, unverseuchtem Boden. Das Alter des Waldes war unbekannt; er war viel älter als das Staatsgebilde von Heldon, hatte möglicherweise schon vor dem Auftreten des wahren menschlichen Genotyps in dieser Form existiert. Alte Volkserzählungen wollten wissen, daß die menschliche Rasse aus diesem Wald hervorgegangen sei.

Das mochte Aberglaube sein, aber es war eine Tatsache, daß

nach dem Feuer hier im Smaragdwald kleine Trupps echter Menschen überdauert und alle Mutanten erschlagen hatten, die leichtsinnig genug gewesen waren, in den Wald einzudringen, bis sie von Stal Held im Königreich Heldon vereinigt worden waren. Im Laufe der Generationen hatten die Helder ihr Gebiet langsam über den Wald hinaus ausgedehnt und die umliegenden Tiefländer von Mutationen gereinigt, bis Heldon die Grenzen erreichte, die es bis in die moderne Zeit im wesentlichen bewahrt hatte. Hierher, in das angestammte Kernland, war Sigmark IV. geflohen, als er sich während des Bürgerkriegs hatte zurückziehen müssen, und die Legende wollte wissen, daß er an einem geheimen Ort im Smaragdwald das Reichszepter verborgen habe, den Großen Knüppel des Begründers Held, bis eines Tages ein würdiger Nachfahre von königlichem Geblüt wieder die legendäre Waffe aufnehmen und seine Ansprüche auf den Thron geltend machen würde. Darauf waren Sigmark IV., sein Hof und der königliche Stammbaum nach und nach in den Nebeln der Geschichte verschwunden.

Ja, der Smaragdwald war voll von Legenden, die bis in die Zeit vor dem Großen Feuer zurückreichten und einen besonderen Platz in der Geschichte und in der Volksseele von Heldon einnahmen. Feric schämte sich nicht der Ehrfurcht, die er an diesem Ort empfand. Der Ruhm der Vergangenheit, überliefert in den Legenden des Waldes, war überall um ihn her fühlbar, und zwischen dem Vermächtnis der glorreichen und zuweilen düsteren Geschichte, die hier ihren Schauplatz gehabt hatte, und der Tatsache des Waldes selbst — einer Insel unberührter Natur, die das radioaktive Feuer wie durch ein Wunder unversehrt überlebt hatte und zur Keimzelle Heldons geworden war —, spürte Feric das lebendige Versprechen, daß die Kräfte der genetischen Reinheit eines Tages die ganze Welt wiedergewinnen würden.

»Herrlich, nicht wahr?« flüsterte Bogel.

Feric nickte schweigend, und der Dampfwagen rollte weiter in die Tiefen des erhabenen Waldes.

Als die Sonne ihren Scheitelpunkt überschritten hatte, verteilte die Reisebegleiterin eine Mahlzeit aus Schwarzbrot, kalter Wurst und Bier. Der Dampfwagen war jetzt tief im Wald; die Landstraße wand sich durch dichtbewaldetes Bergland, und während die Passagiere aßen, konnten sie wiederholt Hasen, Rehe und Hirsche beobachten. Von Zeit zu Zeit blickte Feric zu seinen Mitreisenden, doch war bisher noch kein Wort zwischen ihnen gewechselt worden. Offenbar war es in Heldon nicht der Brauch, daß Reisende sich einander aufdrängten — ein willkommener Kontrast zu dem lärmenden und vulgären Durcheinander in borgravischen Transportmitteln.

Die mitreisenden Helder schienen typische und zum größten Teil robuste Vertreter ihres Volkes zu sein. Da war eine derbe Bauernfamilie in ihrem Sonntagsstaat — die Frau und zwei Mädchen in weiten Röcken, kleidsamen Miedern und bunten Schürzen, der Mann in einem dunklen, hochgeschlossenen Rock und hellbraunen Beinkleidern, die in glänzenden Stulpenstiefeln steckten, einfach, aber makellos sauber. Mehrere Kaufleute trugen reichere Kleidung aus feinen, wenn auch dezenten Stoffen, und zwei von ihnen reisten augenscheinlich mit ihren Ehefrauen. Darüber hinaus gab es eine Anzahl ehrbar aussehender Männer und Frauen, deren Geschäft nicht ersichtlich war. Alles in allem war es eine ganz und gar zivilisierte und kultiviert aussehende Gruppe, ein keineswegs außerordentlicher Querschnitt durch die Bevölkerung von Heldon und somit ein Tribut an den genetischen Adel des ganzen Volkskörpers.

Alle schienen geistige Bereicherung von der schattigen Waldlandschaft zu beziehen, durch die sie getragen wurden; die Stimmen waren gedämpft, und kein Blick vermochte sich für längere Zeit dem Zauber der ständig wechselnden Bilder unberührter Natur zu entziehen. Die überwältigende Gegenwart von soviel unverseuchtem, gesundem Leben, die bis ins Mystische zurückreichende Geschichte des Landes, die untrennbar mit diesem Wald verknüpft war, erzeugten unter den Reisenden eine andächtige Atmosphäre. Man hätte ein Mutant oder ein seelenloser Dom sein müssen, um den Zauber dieser Landschaft nicht zu empfinden.

»Ich fühle, daß von diesem Waldland eine ungeheure Kraft ausgeht, Bogel«, sagte Feric mit gedämpfter Stimme. »Hier erfahre ich eine unmittelbare organische Verbindung mit dem Ruhm unserer Rassengeschichte. Es ist, als hörte ich im Gesang meiner Gene die Sagen der angestammten Vergangenheit.«

»Es sind seltsame und geheimnisvolle Wälder«, meinte Bogel. »Und seltsame Leute leben heutzutage in ihnen — Banden nomadisierender Jäger, Sammler von Pilzen und Waldkräutern, vereinzelte Räuber und Flüchtlinge. Wenn man den Erzählungen Glauben schenken will, sogar Praktiker der Schwarzen Magie, wie sie in den Zeiten vor dem Großen Feuer verbreitet gewesen sein soll.«

Feric lächelte. »Fürchten Sie die Zauberer und Trolle des Waldes, Bogel?« scherzte er.

»Ich halte nichts von solch abergläubischem Unsinn«, erwiderte Bogel. »Es ist jedoch eine historische Tatsache, daß einige von den Alten in diesen Wäldern überlebten. Und sie müssen überlieferte Kenntnisse und Fähigkeiten bewahrt haben, die anderswo längst in Vergessenheit geraten waren, denn ihre Nachkommen fertigten den Großen Knüppel für Stal Held, der viele Generationen nach dem Feuer lebte. Ich muß zugeben, daß die Vorstellung, Abkömmlinge dieser Leute könnten bis zum heutigen Tag irgendwo in diesen weiten Wäldern ein heimliches Leben führen und die Rückkehr des Feuers planen, mich frösteln macht, obwohl ich recht gut weiß, daß es Hirngespinste sind.«

Darauf verstummte Feric. Niemand mochte an eine Rückkehr des Feuers denken, nicht einmal in der Form müßiger Spekulation. Von jenen wenigen kurzen Tagen des Unheils, die Jahrhunderte zurücklagen, rührten alle großen Leiden her, die die Welt noch immer plagten: genetische Verseuchung der menschlichen Rasse, der Pflanzen- und Tierwelt, die ungeheuren radioaktiven Ödländer, die weite Gebiete der Kontinente bedeckten, die Existenz der stinkenden Doms. Die alte Welt war in der Zeit des Feuers gestorben; die neue Welt, die unter qualvollen Geburtswehen entstanden war, war eine bleiche und verkrüppelte Imitation der alten. Wahre Menschen würden die Zeit des Feuers verfluchen, solange die Rasse überlebte.

Aber eines Tages, und innerhalb seiner eigenen Lebensspanne, sollte den wahren Menschen der Weg zu einem neuen goldenen Zeitalter eröffnet werden; dies gelobte sich Feric feierlich, als der Dampfwagen ihn durch die schattige grüne Zauberwelt des Smaragdwaldes nordwärts trug.

Der Tag neigte sich zum Abend, und wo der Sonnenschein hinreichte, fielen lange schwarze Schatten über den Wald, während sich das Dämmerlicht unter dem dichten Laubdach unmerklich vertiefte, als zögen graublaue Schleier, die Formen und Farben subtil veränderten, unsichtbar durch die Tiefen des Waldes. Die Sonne war noch nicht untergegangen, als das Waldesinnere schon in Nacht verdämmerte. Die Fantasie bevölkerte den Wald mit ihren bizarren Schattengestalten und Ängsten, doch konnte man nicht sagen, daß das Dämmerlicht den Wald seiner Schönheit beraubte; weit davon entfernt, vermehrte es den geheimnisvollen Zauber und die stille Großartigkeit des Waldes, mochte dieser Zauber jetzt auch von einer wilderen und dunkleren Art sein.

Der Dampfwagen bewegte sich wie im Raum und Zeit isoliert durch den Wald; nichts schien real als die dämmernden Tiefen zwischen den mächtigen Stämmen, durch die er gleich einem ängstlichen Tier zu schlüpfen schien, das sich aus seinem natürlichen Element in eine fremde und unbekannte Welt verirrt hat.

Doch als der Dampfwagen langsam durch eine scharfe Biegung fuhr, wurde diese Stimmung mystischen Losgelöstseins plötzlich jäh zerstört. An der Straßenböschung lag der rote Motorwagen, der Stunden zuvor so eindrucksvoll an dem Dampfwagen vorübergejagt war, wie das Gehäuse eines riesigen toten Käfers auf dem Rücken, die Reifen zu Streifen zerhackt, das Chassis verbogen, aufgerissen und von Einschußlöchern durchsiebt. Von den Insassen, mochten sie tot oder lebendig sein, war nichts zu sehen.

Aufgeregtes Stimmengewirr erfüllte den Passagierraum des Dampfwagens, als der Fahrer mit zischenden Bremsen neben dem Wrack anhielt. Darauf folgte rasch ein beklommenes Stillschweigen, als klar wurde, daß jemand die überlebenden oder toten Opfer des Überfalls entfernt hatte.

»Offensichtlich das Werk von Straßenräubern«, sagte Bogel. »Leider kein allzu ungewöhnliches Ereignis in diesen Gegenden.«

»Glauben Sie, daß wir in Gefahr sind, angegriffen zu werden?« forschte Feric. Er verspürte keine Furcht, nur eine seltsame Erregung, die ihm selbst nicht recht erklärlich war.

»Das ist schwer zu sagen«, antwortete Bogel. »Es ist eine Sache, einen kleinen Motorwagen zu überfallen, aber eine ganz andere, einen Dampfwagen des Linienverkehrs anzuhalten. Nur die Schwarzen Rächer mit ihren Motorrädern wären dazu fähig, und soviel ich weiß, sind sie vor allem an Petroleum interessiert. Darum würden sie kaum einen Dampfwagen angreifen.«

Der Fahrer zeigte keine Neigung, die Tür zu öffnen oder gar von seinem Sitz herunterzuklettern, um das umgestürzte Fahrzeug genauer zu besichtigen; wer immer diesen Überfall verübt hatte, mochte noch in der unmittelbaren Nachbarschaft auf der

Lauer liegen. Nachdem er das Wrack aus der Sicherheit des Dampfwagens in Augenschein genommen und sich überzeugt hatte, daß es keine Überlebenden gab, löste er die Bremsen, ließ Dampf in die Maschine, und das Fahrzeug setzte seine Reise fort. Unter den Passagieren hatte sich eine Stimmung gespannter Besorgnis ausgebreitet, hier und dort gemischt mit entschlossener Standfestigkeit, wie es sich für gute Helder geziemte.

Der Dampfwagen setzte seine Fahrt ungestört fort, und die Atmosphäre in der Passagierkabine entspannte sich allmählich, als die Minuten vergingen, ohne daß sich widrige Ereignisse ankündigten. Weiter voraus kreuzte die Straße zwischen zwei Hügeln das Trockenbett eines Baches, das sich wie ein unebener natürlicher Weg in der dämmerigen Tiefe des Waldes verlor.

Als der Dampfwagen diese Stelle passierte, übertönte plötzlich ein gewaltiger Lärm das leise, gleichmäßige Schnaufen der Dampfmaschine: ein ohrenbetäubendes Brüllen, das jedes Materiemolekül im weiten Umkreis in widernatürliche Vibrationen zu versetzen schien.

Auf einmal brach eine Horde von fantastischen Maschinen mit unglaublicher Geschwindigkeit aus dem Wald hervor, Steine und Erdbrocken in die Luft schleudernd und das furchtbare Brüllen wie eine unmenschliche Heroldsfanfare vorausschickend. Jede Maschine bestand aus zwei großen Rädern, verbunden durch ein Rahmenwerk aus Stahlrohren. Ein heulender Petroleummotor direkt zwischen den Beinen des Fahrers trieb das Hinterrad über eine Kette an. Das Vorderrad wurde in einer drehbaren Steuergabel gehalten, deren weitauseinanderzweigende obere Partie in Handgriffen endete, die der Fahrer umklammert hielt. Mehr als vierzig dieser Motorräder tauchten aus der tiefen Dämmerung auf, und jedes war nach dem persönlichen Geschmack seines Besitzers bemalt und verziert — mit glänzender Emaillearbeit in Rot, Schwarz oder Weiß; mit blitzenden Chromschilden, Umrahmungen und barockem Gitterwerk; mit mächtigen Sitzen, gepolstert und mit Leder oder Samt bezogen; mit verchromten Rohren und extravaganten Metallschwänzen über den Hinterrädern, die in Ausführung und Bemalung alle Arten von Fischen und Vögeln andeuteten. Es war ein unglaubliches Spektakel von Lärm, Bewegung, Machtentfaltung und bizarrer Formensprache, in der das edle Zeichen des Hakenkreuzes wie ein einigendes Emblem vorherrschte.

Diese blitzende Meute schimmernder Maschinen raste auf die

Straße und verfolgte den Dampfwagen in einer mächtigen Schaustellung von Eleganz und Kraft. Augenblicke später hatten sie den Dampfwagen eingeholt, umringten ihn auf allen Seiten, und Feric konnte ausmachen, von welcher Art die Männer waren, die rittlings auf diesen heroischen Metallhengsten saßen.

Sie waren ihren Maschinen wahrhaftig ebenbürtig! Große robuste Burschen in wilden Kleidungsstücken aus schwarzem und braunem Leder, um die Schultern flatternde Umhänge in vielen Farben, bestickt und benäht mit Hakenkreuzen, Totenköpfen, Blitzen und anderen männlichen Symbolen. Auch ihre Lederkleidung war großzügig mit allen möglichen Metallgegenständen geschmückt — Ketten, Medaillons und harnischartigen Schuppenpanzern. In ihren breiten, mit Metallknöpfen beschlagenen Gürteln steckten Dolche und Pistolen und furchteinflößende Metallknüppel. Einige von ihnen trugen verchromte oder emaillierte Stahlhelme, aber die meisten ließen ihr ungeschnittenes blondes Haar frei im Wind flattern.

»Die Schwarzen Rächer!« keuchte Bogel.

»Großartig!« rief Feric aus.

Erst als er sich umsah, bemerkte er die Furcht der Passagiere ringsum; auch Bogel war blaß und nervös. Er mußte sich eingestehen, daß eine gewisse Besorgnis angesichts der Erscheinung dieser Gestalten nicht der Logik entbehrte; dennoch steckte in diesen wilden Burschen ein Schneid und ein Kampfgeist, der ihn ebenso faszinierte wie die männliche Kraft des Schauspiels. Barbaren waren sie ohne Zweifel, aber was für großartige Barbaren!

Als sie den Dampfwagen umringt hatten, zogen mehrere der Schwarzen Rächer ihre Pistolen und feuerten Warnschüsse in die Luft. Das Krachen der Entladungen wurde vom gewaltigen Lärm der zahlreichen Maschinen ein wenig beeinträchtigt, aber ihre Bedeutung war dem Fahrer des Dampfwagens auch so klar: er zog die Bremsen an, ließ Dampf ab und brachte das Fahrzeug am Straßenrand zu einem schnaufenden und puffenden Stillstand. Augenblicklich bildeten die Motorradfahrer einen Kreis um den Wagen, und während die Mehrzahl von ihnen auf den Maschinen sitzen blieb, die fortfuhren, wie ein Rudel blutrünstiger Metallhunde zu knurren und zu röcheln, saßen ungefähr zehn der Burschen ab, bockten ihre Motorräder auf und begaben sich in wiegendem Gang zur Tür des Passagierabteils, Pistolen und Knüppel in den Händen.

Ein gewaltiges Hämmern setzte ein, und eine rauhe Stimme brüllte: »Macht auf, oder wir reißen diese Konfektschachtel mit den bloßen Händen auf und essen euch alle lebendig!«

Die Passagiere, die der Tür am nächsten saßen, räumten fluchtartig ihre Plätze und drängten sich im rückwärtigen Teil des Passagierabteils zusammen, während die zitternde Reisebegleiterin die Tür entriegelte; ein feiges Verhalten, dachte Feric, und kaum geeignet, die Bewunderung von Männern wie diesen zu erringen.

Herein platzte ein enormer Mann von Ferics Größe und noch massiverer Statur. Anstelle eines Hemdes trug er eine ärmellose schwarze Weste, die seine dicken Arme mit den tätowierten Schlangen auf das vorteilhafteste zur Geltung brachte. Von seinem Hals hing an einer silbernen Kette ein nahezu lebensgroßer Totenkopf aus verchromtem Metall. In seinem Gürtel, dessen mächtige Schnalle ein blutrotes Hakenkreuz zierte, steckte eine Pistole, und in seiner Hand lag ein verchromter Stahlknüppel von eindrucksvoller Länge und Stärke, mit einem glänzenden Totenschädel am beschwerten Ende. Sein schulterlanges blondes Haar und der Vollbart waren wirr und strähnig. Im rechten Ohrläppchen war ein schwerer goldener Ring. Seine Augen waren aufrichtig, offen und eisblau. Von seinen Schultern hing ein schwarzer Umhang, der mit einem Zwillingspaar roter Blitzsymbole benäht war.

Dieses Individuum ging unverzüglich dazu über, die Reisebegleiterin mit derbem Humor ins Hinterteil zu zwicken und die errötende junge Frau auf den Mund zu küssen, während zehn von seinen Kameraden hinter ihm ins Passagierabteil stürmten. Diese Burschen ähnelten dem ersten in der allgemeinen Aufmachung: sie waren alle große, herzhafte Burschen mit ungekämmtem Haar und wilden Bärten oder Schnurrbärten, denen sie freien Wuchs ließen, gekleidet in Lederzeug, das mit allen Arten von glänzendem Metall geschmückt war, Emblemen, Anhängern und Medaillons. Sie waren bewaffnet mit Pistolen, Knüppeln, Dolchen oder verschiedenen Kombinationen von Waffen, je nach dem persönlichen Geschmack. Viele von ihnen waren tätowiert, und goldene, silberne oder eiserne Ohrringe waren gang und gäbe. Alle waren bedeckt mit dem Schweiß und Staub der Straße und bedurften dringend eines Bades. Nachdem er die Reisebegleiterin in seiner barbarischen Art begrüßt hatte, musterte der vierschrötige Rächer die im rückwärtigen Teil des Passagierraumes zusammengedrängten Passagiere mit finsterer Miene. »Eine schleimige Bande von Unterhosenwäschern und Düngemittelhändlern, was, Stopa?« bemerkte ein glattrasierter Rächer mit langem Schnurrbart und bräunlichem Haar, der einen großen silbernen Ring im rechten Ohrläppchen trug. »Sehen wie Kandidaten für einen Mutantenbrei aus.«

»Das werden wir sehen, Karm«, sagte der riesige Kerl. »Hauptsache, du vergißt nicht, wer hier der Kommandeur ist. Wenn ich deine Meinung wissen will, werde ich danach fragen.« Karm machte ein finsteres Gesicht, und die anderen lachten. Es war deutlich zu sehen, daß dieser Stopa die richtigen Instinkte eines Anführers hatte, wenn auch primitiv und ungehobelt.

»Aufgepaßt, ihr Wanzen«, sagte Stopa zu den Passagieren. »Für den Fall, daß ihr in letzter Zeit nicht aus euren Ritzen herausgekommen seid, ich bin Stag Stopa, und wir sind die Schwarzen Rächer, und wenn ihr nicht wißt, was das bedeutet, dann werdet ihr es jetzt erfahren. Was wir mögen, brauche ich hier nicht zu sagen. Was wir nicht mögen, sind Widerreden, Mutanten, Uniformen und Doms. Wenn jemand uns nicht gefällt, hauen wir ihn zusammen; so einfach ist das.«

Für Feric war Stopas Ansprache so erfreulich wie die eines kleinen Jungen, dem nichts fehlt als ein strenger und weiser Vater, der seine gesunden animalischen Instinkte in die geeignete Richtung kanalisiert. Welch eine großartige Figur machten diese Rächer neben den ängstlichen Stadtbewohnern, die kaum aufzublicken wagten!

»Was ihr Wanzen verstehen sollt«, fuhr Stopa fort, »ist, daß wir in unserer eigenen Art Idealisten und Patrioten sind. Wenn wir denken, irgendein Schleimer ist ein stinkender Mutant, dann schlagen wir ihm auf der Stelle den Schädel ein. Auf diese Weise säubern wir die Wälder von einer Menge genetischem Dreck. Wir tun aller Welt einen Gefallen. Und da wir allen einen Gefallen tun, haben wir auch das Recht, ein paar Gefälligkeiten als Gegenleistung zu verlangen. Als erstes leert ihr jetzt alle eure Taschen aus und gebt eure Brieftaschen und Geldbörsen her.«

Ein großes Aufstöhnen von Bestürzung und hilfloser Erbitterung entrang sich den Passagieren, aber als Stopa und einige seiner Männer ein paar Schritte auf sie zutraten, prasselte ein veritabler Hagel von Geldbeuteln, Brieftaschen und Wertgegenständen auf den Boden des Abteils. Selbst Bogel zog Brieftasche und Geldbörse hervor und hätte sie zweifellos den Räubern ausgehändigt, hätte Feric ihn nicht mit einer Berührung der Hand und einem stahlharten Blick daran gehindert. Eine feine Versammlung von Feiglingen und Memmen! Rassisch gesehen, war einer dieser rauhbeinigen Barbaren so viel wert wie zehn von ihrer Sorte!

Als seine Männer die Beute aufzusammeln begannen, kam Stopa zu den Plätzen, wo Feric und Bogel saßen, isoliert von den anderen und unbewegt, als ginge das Ganze sie nichts an. Er bedachte Bogel mit einem drohenden Blick, schwang bedeutungsvoll den Knüppel und knurrte: »Wo sind deine Wertsachen, du kleiner Wurm? Wie du aussiehst, könntest du ein Mutant sein, vielleicht sogar ein Dom. Den Doms reißen wir Arme und Beine ab, bevor wir sie lebend rösten.«

Bogel wurde kreidebleich, aber Feric sagte mit lauter und klarer Stimme: »Dieser Mann steht unter meinem Schutz. Außerdem habt ihr mein Ehrenwort, daß sein Stammbaum in Ordnung ist.«

»Für wen hältst du dich?« brüllte Stopa und beugte seinen massigen Oberkörper über Bogel, um Feric mit einem wild starrenden Blick zu durchbohren. »Mach deinen Mund noch mal auf, und du wirst meinen Knüppel darin finden.«

Langsam und bedächtig, ohne seinen Blick für einen Augenblick von Stopas Augen abzuwenden, erhob sich Feric zu seiner vollen Höhe, so daß die beiden einander aufrecht gegenüberstanden, die Blicke in einem Zweikampf des Willens über dem noch sitzenden Bogel ineinander gebohrt. Lange starrten Stopas blaue Augen unverwandt in Ferics, während dieser die gesammelte Energie seines unbeugsamen Willens in seinen eisenharten Blick legte. Dann erlahmte Stopas Kraft und er fühlte sich gezwungen, den Blick abzuwenden, um sich von diesem unwiderstehlichen psychischen Ansturm zu erholen.

In diesem Augenblick sagte Feric einfach: »Ich bin Feric Jaggar.«

Stopa mobilisierte seine Kräfte zu der Frage: »Wo sind deine Wertsachen, Rechtmann Jaggar?« Aber es fehlte seiner Stimme an der letzten unnachgiebigen Härte.

»Meine Brieftasche steckt im Rock, und mein Geldbeutel ist am Gürtel befestigt, wie du sehen kannst«, sagte Feric ruhig. »Dort werden sie bleiben.«

»Ich sagte dir, daß wir allen einen Gefallen tun«, sagte Stopa und hob abermals seinen Knüppel. »Wenn du keinen Beitrag zu unserer guten Sache leisten willst, mußt du eine Art von Mutant oder Bastard sein, und die Sorte bringen wir um. Also beweise uns deine Rassereinheit, indem du deine Sachen hergibst, oder wir werden Mutantenbrei aus dir machen.«

»Laß mich zuallerst sagen, daß ich deine Gefühle von ganzem Herzen billige. Ich selbst habe die Welt erst gestern von einem Dom befreit. Wir dienen der gleichen edlen Sache. In dir erkenne ich einen Burschen von meiner eigenen Art, rücksichtslos entschlossen, die genetische Reinheit Heldons mit Faust und Eisen zu schützen.«

Ferics Worte schienen Stopa zu verwirren; er musterte ihn mit ungewisser Miene, als könnte er im Gesicht seines Gegenübers eine Bedeutung finden, die ihm Klarheit verschaffen würde. Seine Kameraden hatten unterdessen die Wertsachen der anderen Passagiere eingesammelt und wurden jetzt ungeduldig.

»Komm schon, Stopa! Klopf ihm aufs Dach und laß uns abhauen!«

»Zertrete das großmäulige Schwein!«

Darauf fuhr Stopa wütend herum und ließ seinen schweren Knüppel in einem Bogen durch die Luft sausen. »Der nächste von euch, der das Maul aufreißt, kann seine Zähne in der Hosentasche nach Haus tragen!«

Selbst diese rohen und bärenstarken Kerle duckten sich vor Stopas Zorn.

Dieser wandte seine Aufmerksamkeit wieder Feric zu, das Gesicht noch immer gerötet, hitzigen Zorn in den Augen. »Du scheinst von einer besseren Sorte zu sein, als der Rest von diesen Würmern, Jaggar«, grollte er. »Mehr von meiner Art, und deshalb möchte ich dich wirklich nicht pulverisieren. Aber bei einem Streit mit Stag Stopa hat noch keiner gewonnen, also gib deine Sachen her und wir machen uns auf.«

Feric dachte einen Augenblick lang nach. Während der Auseinandersetzung hatte er allein nach dem Impuls seiner Instinkte gehandelt, vielleicht mit einem Gespür dafür, daß dieser Rächer in irgendeiner Weise mit seinem Schicksal verknüpft war und daß es ihm nicht dienlich sein würde, in ihren Augen als etwas anderes denn als ein Held mit eisernem Willen zu erscheinen. Nun schien es darauf hinauszulaufen, daß er entweder gegen sie alle würde kämpfen müssen, in welchem Falle sie ihn erschlagen würden, oder sein Geld aushändigen und mit seinem bescheidenen Vermögen ihren Respekt verlieren mußte. Bogel war offensichtlich in einem Maße eingeschüchtert, wo er keine Einmischung mehr wagte, nicht einmal mit dem feigen Rat zum Nachgeben. Schließlich entschied Feric sich für die äußerste Verwegenheit und fixierte Stopa mit verächtlichem Blick.

»Deine körperliche Erscheinung läßt nichts zu wünschen übrig, Stopa«, sagte er. »Deshalb hätte ich dich nicht für eine feige Memme gehalten.«

Stopas Gesicht lief dunkel an, und er knirschte mit den Zähnen. Seine Armmuskeln traten in massigen Knoten hervor.

»Du würdest es nicht wagen, mich so zu bedrohen, wenn du deine Männer nicht hinter dir, den Knüppel nicht in der Hand und mich nicht waffenlos vor dir hättest«, fuhr Feric ruhig fort. »Du weißt, daß ich dir in einem fairen Kampf mehr als ebenbürtig sein würde.«

Ein tierisches Geheul stieg von Stopas Männern auf und wandelte sich zu höhnischem Gelächter. Stopa wandte den Kopf und starrte seine Rächer finster an, doch ohne großen Erfolg. Seine Truppe war wie ein Wolfsrudel organisiert; der Anführer kommandierte nur so lange, wie er alle Neuankömmlinge besiegte. Nun, da er herausgefordert worden war, blieb seine Macht über die anderen geschwächt, bis die Angelegenheit geregelt werden konnte. Stopa selbst verstand die Situation so gut wie die anderen, zumindest auf einer instinkthaften Ebene, denn als er den Blick wieder auf Feric richtete, war eine berechnende Schläue in seinen Augen, die nicht recht zu seinen hitzig geröteten Zügen passen wollte.

»Du wagst es, Stopa herauszufordern?« brüllte er kriegerisch. »Nur ein Rächer kann den Kommandeur als ein Ebenbürtiger herausfordern. Ich lasse dir die Wahl zwischen drei Dingen, Jaggar: du gibst uns deine Wertsachen wie jeder andere Wurm hier, du wirst auf der Stelle von uns allen erschlagen, oder du unterziehst dich der Aufnahmeprüfung bei uns. Wenn du die überlebst, werden wir den Rest zwischen uns ausmachen.«

Feric lächelte breit, denn dies war genau das Ziel, welches er angestrebt hatte. »Ich werde mich eurer Aufnahmeprüfung unterziehen, Stopa«, sagte er gelassen. »Die Fahrt mit dem Dampfwagen hat meine Muskeln verkrampft; ein paar leichte Übungen könnten mir nicht schaden.«

Die Rächer beantworteten diesen tapferen Scherz mit anerkennendem Gebrüll. Sie waren gutes Menschenmaterial, brave Burschen, die nur eine feste Hand brauchten, ein leuchtendes Beispiel und ein klares Ziel, um eine Sturmtruppe von höchster Kampfmoral zu werden.

»Dann fährst du mit uns!« sagte Stopa, und es schien Feric, als ob sein Zorn Mäßigung erfahren hatte durch eine Bewunderung, wie ein alter Wolf sie einem anderen zollt, ob ihnen vom Schicksal bestimmt ist, sich im nächsten Augenblick an die Gurgeln zu fahren oder nicht.

»Mein Freund hier wird die Fahrt mitmachen«, sagte Feric mit einem Kopfnicken zu Bogel. »Er ist kein robuster Typ, und die frische Luft wird ihm guttun.«

Wieder brachen die Rächer in gutmütiges Gelächter aus, in das sogar Stopa einstimmen mußte. Bogel seinerseits sah aus, als wäre ihm nichts lieber als ein Loch, in das er sich verkriechen könnte.

»Dann nimm deinen Schoßhund mit!« sagte Stopa. »Er kann mit Karm fahren. Du, Jaggar, fährst mit mir.«

Damit schoben Stopa und seine Rächer die beiden ungestüm zum Ausgang und hinaus in die kühle Abendluft, wo der Halbkreis grollender Motorräder wartete.

4

Obwohl es rasch dunkelte und eine kühle Brise aufgekommen war, glich der Raum um den Dampfwagen einem wüsten Inferno aus blitzendem Metall, heulendem, brüllendem Lärm und heißen, benommen machenden Verbrennungsdämpfen. Feric folgte Stopa zu seinem Motorrad, das stumm inmitten der Horde ungeduldiger Metallrösser stand.

Stopas Maschine war von einer Größe und Bauart, die seinem Rang entsprachen. Der Motor schien größer als bei den anderen, und seine Verchromung glänzte wie ein Spiegel. Die Lenkstangen waren ähnlich verchromt und ahmten das Gehörn eines enormen Widders nach; so gewaltig waren sie, daß, als Stopa das Motorrad bestieg und sie umfaßte, seine Fäuste in Kopfhöhe und die Arme majestätisch in voller Länge ausgestreckt waren. Die Schutzbleche waren schwarz emailliert, und zu beiden Seiten der Teleskopgabel waren verchromte Totenschädel von der Art angebracht, wie Stopa sie am Hals trug. Auch der Treibstofftank war schwarz und auf beiden Seiten geschmückt mit doppelten roten Blitzsymbolen. Der mit schwarzem Leder bezogene Sitz war von einer Größe, die mit Leichtigkeit für zwei ausreichte und noch Raum für Ferics Tasche bot. Am Heck des Motorrades erhoben sich zwei verchromte Adlerschwingen von eineinhalb Metern Höhe. Ein mächtiger silberner Adlerkopf war auf dem vorderen Kotflügel befestigt; aus seinem aufgerissenen Schnabel schien elektrisches Licht.

Als Feric an Bord kletterte, erweckte Stopa die mächtige Maschine mit einem kraftvollen Tritt seines eisenbeschlagenen Stiefels auf den Starterhebel zum Leben. Durch den gepolsterten Sitz konnte Feric das Pulsieren der Maschine fühlen.

Stopa drehte sich halb herum und zeigte ein wölfisches Lächeln. »Halt dich fest, wenn dir dein Leben lieb ist«, sagte er. Dann brüllte er durch den Motorenlärm seinen Männern zu: »Wir fahren!«

Mit einer Beschleunigung, die Feric den Atem verschlug, und einem ohrenzerreißenden Aufbrüllen schoß Stopas Motorrad vorwärts, neigte sich gefährlich zur Seite, schleuderte in einer scharfen Wendung herum und donnerte die Straße zurück zu der Stelle, wo sie das Trockenbett kreuzte. Wenige Sekunden nach dem Start betrug die Geschwindigkeit mindestens sechzig Stundenkilometer. Welch eine Maschine! Welch ein Fahrer! Und welch eine Sturmtruppe würden diese Rächer abgeben.

Feric blickte zurück und sah, daß die anderen Fahrer Stopa in einer geschlossenen, wenn auch etwas ungeordneten Formation folgten. Bogel klammerte sich mit geisterhaft bleichem Gesicht, die Augen fast geschlossen, am Sitz der Maschine direkt hinter Stopa fest. Feric lachte wild in den Fahrtwind. Welchen Schneid hatten diese Fahrzeuge, welch einen großartigen Eindruck machte ihr massiertes Erscheinen! Alles, was fehlte, waren Einheitlichkeit und Ordnung.

Beim Erreichen des ausgetrockneten Bachbettes zögerte Stopa keinen Augenblick, verringerte tatsächlich kaum die Geschwindigkeit. Das schwere Motorrad schoß von der Straße und auf die unebene steinige Piste, und dann ging es in halsbrecherischer Fahrt durch die hohen Waldkorridore, dichtauf gefolgt vom Motorenlärm der ganzen Truppe.

Es folgte eine wilde Fahrt durch die dunklen Wälder und über den unebenen Waldboden, wie Feric sie sich nicht in der ausgefallensten Fantasievorstellung hätte einfallen lassen. In atemberaubender Geschwindigkeit auf schmaler, gewundener Fahrspur zwischen den Bäumen dahinrasend, über Wurzeln, Steine und alle Arten von Unterholz holpernd und schlitternd, lenkte Stopa seine Maschine mit sicherem Instinkt und einem Gefühl für schneidigen Stil, die Feric schon nach kurzer Fahrt völlig beruhigten. Es schien, als lenke das Schicksal die Maschine, und Stopa sei sich dessen auf irgendeiner Ebene bewußt; Maschine, Fahrer und Beifahrer waren eine unwiderstehliche Gewalt des Schicksals — schnell, sicher, unaufhaltsam. Obgleich es beinahe jeden Moment schien, als ob das Motorrad an einem der hochaufragenden Stämme zerschellen oder sich an einem Felsbrokken, einer Wurzel oder in einer Mulde überschlagen würde, gelang es Feric, sich zu entspannen und das Gefühl von Kraft und Gefahr zu genießen, sich am Fahrtwind und dem mächtigen Brüllen der Maschine unter ihm zu berauschen.

Tatsächlich verspürte er ein gewisses Bedauern, als Stopa nach ungefähr einer Stunde dieses Dämonenrittes in einen breiteren, ausgefahrenen Weg einbog, der wenige Minuten später in einer baumlosen Senke zwischen zwei dichtbewaldeten Hügeln mündete, in welcher die Rächer ihr Lager hatten.

Ein rundes Dutzend Hütten standen verstreut und ohne besondere Ordnung auf der Lichtung. Sie waren klein und primitiv; einige der besser gebauten Exemplare prunkten mit Blechtüren und kleinen Fenstern, die von havarierten Dampfwagen zu stammen schienen. Eine dieser Hütten war größer als die anderen und flankiert von zwei geräumigen Schuppen, die aus Stükken und Bahnen rostigen Wellblechs zusammengesetzt waren. Im Hintergrund dieser kleinen Siedlung befand sich die Mündung einer Höhle, die offensichtlich bewohnt war, da ein ausgetretener Weg hineinführte und vor dem Eingang Abfälle verstreut waren. Es war alles in allem ein schmutziges, unordentliches Lager, das von nur primitiven Kenntnissen der Baukunst zeugte.

Stopa fuhr in die Mitte der Ansiedlung und brachte seine Maschine mit einer schleudernden Kehrtwendung zum Stillstand, worauf er sie aufbockte und den Motor ausschaltete, noch ehe sich die Staubwolke verzogen hatte. Augenblicke später brachten die anderen ihre Maschinen in ähnlichem Stil zum Halten.

Feric stieg im Augenblick des Anhaltens und noch vor Stopa selbst ab, um dem Anführer der Bande keine Gelegenheit zu geben, es ihm zu befehlen oder zu verbieten. Stopa seinerseits schien die Bedeutung dieser Geste zu entgehen. Er blieb neben seinem Motorrad stehen, die Hände in die Hüften gestemmt und musterte seine Männer mit finsterem Blick, während sie von ihren Maschinen stiegen und ihm gegenüber eine Art Halbkreis bildeten. Ein durchgerüttelter und benommener Bogel löste sich aus dieser Gruppe und kam mit unsicherem Schritt an Ferics Seite.

»Das ist Wahnsinn, Feric!« jammerte er mit halblauter Stimme. »Diese Wilden werden uns erschlagen und danach ohne Zweifel von unseren Überresten schmausen. Was für eine Fahrt! Was für eine stinkende Müllgrube dies hier ist! Unter was für Freunde haben Sie uns gebracht!«

Feric warf Bogel einen Blick von solch finsterer Schwärze zu, daß dieser sofort verstummte. Bogel neigte zu wortreichen Erörterungen, wenn Stillschweigen eine stärkere Waffe war. Auch brauchte er mehr Stahl im Rückgrat.

»Was ist?« blaffte Stopa. »Steht nicht so mit hängenden Zungen herum! Wir haben eine Aufnahmeprüfung vorzubereiten!«

Die Schwarzen Rächer kamen in Bewegung. Eine Gruppe von ihnen verschwand im Wald, während andere ihre Hütten betraten und wieder hervorkamen, beladen mit drei Meter langen Fackeln, die an beiden Enden zugespitzt waren. Zwei Rächer gingen zu der großen Hütte und rollten ein enormes Holzfaß herbei. Weitere Fackeln wurden herbeigeschafft, bis Dutzende von ihnen in der Mitte der Lichtung lagen. Die andere Gruppe kehrte aus dem Wald zurück, beladen mit dürren Zweigen und Ästen, die sie für ein großes Freudenfeuer aufschichteten. Das Faß wurde aufgestellt und das obere Ende herausgenommen, so daß ein See von schwerem braunem Bier zum Vorschein kam. Der Haufen brach in Beifallsgebrüll aus, und jeder Rächer tauchte ein hölzernes Trinkhorn ins Faß, hob es randvoll heraus und stürzte den Inhalt in einem Zug hinunter, worauf er sein Horn von neuem füllte, um während der Erfüllung seiner Pflichten etwas zu trinken zu haben. Dergestalt gekräftigt, steckten die Rächer rasch einen großen Kreis von Fackeln aus, in dessen Mitte sich der große Scheiterhaufen erhob.

Während diese Arbeiten verrichtet wurden, stand Stopa stumm und unbeweglich neben Feric und Bogel, die Hände in Herrenmanier in die Hüften gestemmt, und geruhte weder an den Arbeiten teilzunehmen noch mit den anderen zu trinken. Endlich ging er zu seinem Motorrad, bestieg es und erweckte die Maschine mit einem Tritt zum Leben. Als das Motorrad anfuhr, beugte er sich zur Seite und hob im Vorbeifahren eine Fackel vom Boden auf. Diese entzündete er mit einem Feuerzeug. Dann donnerte er mit beträchtlicher Geschwindigkeit um den gesamten Fackelkreis und zündete sie eine nach der anderen an, bis die Mitte des Lagers ein flammender Feuerring aus Fackelschein war, der Flammenzungen und leuchtende Funken in die unendliche Dunkelheit des nächtlichen Waldes entsandte. Schließlich fuhr Stopa seine Maschine in den Feuerring an den Scheiterhaufen in der Mitte. Mit einer jähen, atemberaubenden Bewegung riß er das brüllende Motorrad auf der Stelle herum, daß Sand und Steine weit davonspritzten, während er seine brennende Fackel in das aufgeschichtete Holz warf und es in Brand setzte. Zuletzt brachte er die Maschine neben dem Bierfaß in einer Staubwolke zum Stillstand, stieg ab und steckte den Kopf in die schaumige Flut. Lange hielt er ihn untergetaucht, und als er sich triefend aufrichtete, schmatzte er mit den Lippen.

»In den Kreis, ihr Wanzen!« brüllte er. »Wir wollen sehen, ob wir heute abend einen neuen Bruder bekommen oder einen Leichnam.«

Die Rächer versammelten sich in einer Gruppe innerhalb des Fackelrings und vor dem riesigen prasselnden Scheiterhaufen, der nun lichterloh in Flammen stand. Als Feric seinen Begleiter in den Feuerring führte, schnitt Bogel eine schiefe Grimasse und sagte: »Nun, wenn ich schon sterben muß, dann wenigstens in einem flammenden Glorienschein. Anscheinend teilen Sie meinen Geschmack.«

Feric klopfte ihm auf die Schulter, als sie sich den wartenden Rächern näherten; trotz gewisser Einschränkungen ließ sich nicht leugnen, daß Seph Bogel aus dem rechten Holz geschnitzt war.

Stopa zog seinen gewaltigen Knüppel und stützte sich darauf, als wäre es ein Spazierstock. »Also los, Feric Jaggar«, rief er. »Es ist alles ganz einfach. Du bist im Feuerkreis; entweder verläßt du ihn als Rächer oder als Leichnam. Wenn du überlebst — aber das wirst du nicht —, dann wirst du ein Rächer mit dem Recht, mich zum fairen Zweikampf herauszufordern. So läuft das Spiel. Um aufgenommen zu werden, mußt du die drei Prüfungen überleben: die Prüfung des Wassers, die Prüfung des Feuers und die Prüfung des Stahls. Fangen wir also an. Bringt das große Horn.«

Ein großer, blondbärtiger Rächer in einer schwarzen, mit einem scharlachroten Hakenkreuz geschmückten Weste verließ den Fackelkreis. Einige Augenblicke später kehrte er mit einem

Trinkhorn von wahrhaft heroischen Ausmaßen zurück. Dieses riesige Gefäß war wie die anderen aus einem einzigen Stück dunkelfarbenen Holzes geschnitzt, doch war es dreimal so groß wie sie und faßte vielleicht vier oder fünf Maß Bier. Die gesamte äußere Oberfläche war mit Schnitzwerk überzogen, das Hirschköpfe, Adler, Hakenkreuze und Schlangen darstellte.

Stopa nahm das gewaltige Trinkhorn, tauchte es in das Bierfaß und hob es bis zum Überfließen gefüllt und schaumtropfend heraus. Er hob es mit beiden Händen in die Höhe und rief: »Wer dieses Horn voll Bier nicht austrinken kann, ohne zum Atemholen abzusetzen, ist nicht Manns genug, um ein Rächer zu sein.«

Er reichte Feric das Trinkhorn, dann zog er die Pistole. Das Gefäß war so schwer, daß Feric beide Hände benötigte, um es ruhig zu halten.

»Wenn du es in einem Zug ausgetrunken hast, Feric Jaggar«, sagte Stopa, »dann hast du die Prüfung des Wassers bestanden.« Er entsicherte die Pistole und hielt Feric die Mündung ins Genick. »Aber wenn du einen Atemzug tust, bevor es leer ist, wird es dein letzter sein.«

Feric lächelte tapfer. »Ich muß zugeben, daß die Fahrt meine Kehle ein wenig ausgetrocknet hat«, sagte er. »Ich danke dir für deine großzügige Gastfreundschaft.«

Damit entleerte er seine Lunge, sog sie voll Luft, hob das Trinkhorn an die Lippen und goß sich einen mächtigen Schluck des schweren, starken Bieres direkt in die Kehle. Sobald er Mund und Kehle bis oben gefüllt hatte, schluckte er das Gebräu herunter, während er fortfuhr, sich das Bier mit zurückgelegtem Kopf in den Mund zu gießen. So folgte der zweite große Mundvoll unmittelbar dem ersten, während Feric den dritten nachschüttete; auf diese Weise stellte er einen raschen Rhythmus des Gießens und Schluckens her, und das Bier strömte in einem ständigen Sturzbach vom Trinkhorn durch seine Kehle in den Magen.

Schneller und schneller schluckte Feric das starke dunkle Bier, ständig am Rande des Würgens, denn er fühlte zugleich den wachsenden Druck in seiner Lunge und das kühle Metall der Pistolenmündung im Genick. Es begann ihn zu schwindeln, und seine Knie drohten nachzugeben, sowohl weil ihm die Luft ausging als auch vom Übermaß des Bieres. Aber er mobilisierte letzte Willensreserven im Kern seines Wesens, und die psychische Kraft kämpfte heroisch gegen den Schmerz in seiner Brust, das Würgen in seiner Kehle und das schwammige Gefühl in den Knien. Er verdoppelte seine Anstrengungen und goß in sich hinein, was ihm wie ein Ozean von Bier vorkam. Nach einer Ewigkeit, die er nur an dem Rauschen in seinen Ohren, dem berstenden Schmerz in der Brust, der Pistole im Genick und dem würgenden Gießbach des Bieres in Mund und Kehle messen konnte, gab das Horn endlich seinen letzten Tropfen her.

Mit einem gewaltigen Ausstoßen verbrauchter Luft machte Feric der Qual ein Ende, hielt das geleerte Trinkhorn mit der Öffnung nach unten in die Höhe und warf es dann in die dichtgedrängten Reihen der Schwarzen Rächer, die ihren männlichen Beifall brüllten, während Stopa seine Pistole einsteckte und Feric mit einem gewissen widerwilligen Respekt betrachtete.

Feric verbrachte diese Ruhepause mit tiefen, schnaufenden Atemzügen, die sein Gleichgewicht rasch wiederherstellten und die Kraft in seine Knie zurückkehren ließ. Das große Freudenfeuer hinter Stopa schickte Wolken orangefarben durchschossenen Rauches und stiebende Funkenschwärme wie eine Opfergabe zum schwarzen Himmel empor; jede Fackel im äußeren Kreis war von einer sprühenden, rauchenden Auriole umgeben.

»Kein schlechtes Gebräu«, sagte Feric schließlich, als er wieder zu Atem gekommen war. »Vielleicht hast du Lust, es zu versuchen?«

Die Rächer begrüßten diesen Vorschlag mit freudigem Beifallsgeheul, und einer von ihnen warf das riesige Trinkhorn zurück zu Feric, während Stopa in stummem Zorn siedete. Feric tauchte das Horn ins Faß und reichte es Stopa, voll bis zum Überlaufen.

Stopa riß es ihm aus den Händen, hob es mit der gleichen Bewegung an die Lippen und tat einen hastigen Atemzug, bevor er das Bier in gewaltigen Schlucken in sich hineinschlabberte, wobei ihm ein guter Teil des Gebräus über Bart und Weste rann. Er beendete seinen Trunk mit unästhetischem Würgen, Rülpsen, Husten und Gurgeln, war am Ende aber in der Lage, ein umgedrehtes Trinkhorn vorzuweisen, aus dem keine Flüssigkeit mehr troff. Stopa warf das Trinkhorn von sich und stand wie ein mächtiges Raubtier keuchend im Widerschein des Feuers, den Blick entflammt vom Trinken und vom Zorn, die Muskeln in knotigen Strängen hervortretend, die vom Bier nasse schwarze Lederweste im Feuerschein glänzend.

»Wir werden sehen! Wir werden sehen!« brüllte er ein wenig

trunken. »Das Bier schmeckt dir also, was, Jaggar? Dann wollen wir sehen, wie dir das Feuer schmeckt! Richtet die Gasse her! Bringt ihm einen Untersatz! Die Prüfung des Feuers!«

Sofort liefen die Rächer auseinander zu den brennenden Fakkeln des Rings. Jeder Mann zog eine Fackel aus dem Boden, und dann ordneten sie sich in zwei parallelen Reihen von jeweils etwa zwanzig Mann. Der Abstand beider Reihen war so bemessen, daß zwischen den auf Armeslänge gegeneinander ausgestreckten Fackeln eine Gasse relativer Sicherheit von ungefähr einem Schritt Breite blieb. Die Flammen der Fackeln tanzten und flackerten gefährlich durch diesen schmalen Korridor und belebten ihn mit vorstoßenden Flammenzungen.

In der Dunkelheit jenseits des Feuerscheins erwachte eine Maschine zu brüllendem Leben, und einen Augenblick später wurde ein Motorrad mit rot emailliertem Tank und riesigen verchromten Heckflossen, die schwarze Hakenkreuze in weißen Kreisen trugen, von einem Rächer in schwarzer Lederweste mit einem aufgenähten weißen Hakenkreuz in rotem Kreis zu einem Ende der flammenden Gasse gefahren. Der Mann saß ab und bockte das Motorrad auf; der Motor lief jedoch weiter, grollend und blubbernd und voll herausfordernder Energie.

»Ich werde mich drüben am anderen Ende aufstellen«, rief Stopa mit rauher Stimme, »und du, Jaggar, wirst Sigmarks Rad durch das Feuer zu mir herüberfahren. Jeder richtige Rächer kann das; unsere Häute sind zu zäh gegerbt, um von etwas geringerem als dem Himmelsfeuer der Alten versengt zu werden.« Die Doppelreihe der Rächer belohnte seine Ansprache mit ungeordneten Hochrufen und schwenkte ihre Fackeln über den Köpfen.

Feric ging bedächtig zu dem Motorrad, das ihn mit seiner tiefen metallischen Stimme zu sich rief. Durch die zuckenden und flackernden Flammen des feurigen Korridors konnte er Stopa sehen, der ihn in einer mürrischen, angetrunkenen Wut anstarrte. Die Anmaßung in seinem geröteten Gesicht war für Feric eine direkte Herausforderung seiner Männlichkeit, und er beschloß, daß er angesichts einer solchen Haltung mehr tun als bloß diese Prüfung überleben und bestehen würde; er würde den Augenblick packen und zurückschleudern in Stopas arrogantes Gesicht. So sollte der einfältige, aber mutige Bursche über seinen wahren Rang aufgeklärt werden.

Der Rächer namens Sigmark gab Feric eine kurze Unterweisung in den technischen Aspekten des Motorradfahrens: der Hebel unter dem linken Fuß schaltete Gänge von sukzessiv höherer Übersetzung, der rechte Lenkergriff dosierte die Treibstoffzufuhr, unter dem rechten Fuß und der rechten Hand waren Hebel für die vorderen und hinteren Bremsen, während der Hebel unter der linken Hand die Kupplung betätigte. Es war alles ziemlich einleuchtend.

Feric bestieg den metallenen Hengst und umfaßte die Lenkergriffe fest mit beiden Händen. Er löste die Kupplung, drehte am rechten Handgriff; augenblicklich heulte die Maschine auf, und er konnte ihre Kraft bis in seine Knochen fühlen. Dies schien eine unmittelbare Übereinstimmung mit der Maschine herzustellen, als ob sie eine Erweiterung seines eigenen Körpers wäre und als ob die von der brüllenden Maschine erzeugte unglaubliche Kraft direkt durch seine Seele strömte. In diesem Augenblick erfüllte Feric die eiserne Überzeugung, daß dieses Schlachtroß durchaus imstande war, ihn ungeschoren durch das Feuer zu tragen, und daß er genauso fähig war, die Fahrt so zu machen, wie die Umstände es verlangten — resolut, mit völliger Zuversicht, und ohne einen Augenblick zu zögern. Dies war weniger eine Prüfung der körperlichen Geschicklichkeit als vielmehr eine Mutprobe. Ein wahrer Held würde unberührt daraus hervorgehen, aber eine Spur von Feigheit oder Zögern konnte in einer Katastrophe enden. Feric konnte nicht umhin, die Instinkte von Männern zu bewundern, die eine so vollkommene Prüfung wahrer Männlichkeit gefunden hatten.

Ohne weiteres Zögern stieß Feric die Maschine vom Ständer, beugte sich tief über den Treibstofftank, so daß er praktisch an den ausgestreckten Armen von der Lenkstange hing, jagte den brüllenden Motor durch alle Drehzahlen, daß die Vibrationen der kaum gebändigten Energie durch seinen Körper pulsten, stieß mit entschlossenem Stiefeltritt den Gang hinein und ließ den Kupplungshebel langsam los. Steine und Erde verspritzend und mit dem Vorderrad für einen Moment vom Boden abhebend, schoß die Maschine vorwärts. Erfüllt von unerschütterlichem Vertrauen in die Einheit von Mann und Maschine, die er mit Körper und Seele spürte, steuerte Feric das Motorrad gerade auf den feurigen Korridor zu. Weit davon entfernt, sich zu fürchten, fühlte er eine gewisse wilde Begeisterung, eine mannhafte Erregung, als er entschlossen und heroisch in die Flammen raste.

Im Nu war er eingehüllt in ein Universum sengender Hitze, orangegelber Flammen und rasender Geschwindigkeit; nichts als diese elementaren Erfahrungen existierten für ihn, und sie verschmolzen in einer Essenz von Kraft, die sein Wesen erfüllte und die Größe seines Geistes nährte. Sein einziger zielgerichteter Gedanke war der, daß er den rechten Handgriff auf Vollgas und seine Maschine auf einem pfeilgeraden Kurs halten mußte. Er fühlte weder Schmerz noch Furcht, nur das Empfinden, die unwiderstehliche Gewalt des Schicksals zu reiten; tatsächlich schien kaum ein Augenblick vergangen, als er durch die Flammen ins Freie hinausjagte, angesengt, aber unverletzt.

Die Rächer schwenkten ihre Fackeln und brüllten ihren Beifall, als Feric in einem weiten Bogen umkehrte und zu Stopa fuhr. Was ihn anging, so war Feric entschlossen, diesem kleinen Spiel noch etwas hinzuzufügen; es hatte ihn wenig Mühe gekostet, dem Verlieren zu entgehen, aber er gedachte sich erst zufrieden zu geben, wenn er tatsächlich gewonnen hätte.

Als er das Motorrad neben Stopa zum Halten brachte, rief er ihm seine Herausforderung zu: »Fahr mit mir zurück, Stopa, wenn du dich traust!«

In Stopas betrunkenem Antlitz jagten sich die Schatten wechselnder Empfindungen: Zorn, Furcht, Trotz, Wut.

»Komm schon, Stopa, laß das Feuer nicht kalt werden«, spottete Feric. »Wenn du nicht Manns genug bist, brauchst du es bloß zu sagen!«

Mit einem gutturalen Ausruf trotzigen Zornes sprang Stopa hinter Feric auf das Motorrad. Ehe der Anführer der Rächer die Gelegenheit hatte, einen heroischeren Gruß über die Lippen zu bringen, ließ Feric die Maschine aufbrüllen und mit einem Satz vorwärts in die Flammen schießen.

Wieder sah er sich umfangen von einer Welt triumphierenden Feuers und rauschhafter Geschwindigkeit; und wieder schoß das Motorrad aus dem Flammentunnel, ohne daß Feric und sein Passagier mehr als angesengte Kleider und Haare davongetragen hätten.

Die Rächer kamen angelaufen und tanzten einen wilden, kannibalisch anmutenden Fackelreigen um das Motorrad, als Feric es schleudernd zum Stillstand brachte, aufbockte und gleichzeitig mit Stopa abstieg.

Der Anführer betrachtete Feric jetzt mit ebensoviel Respekt wie Erbitterung. Er hatte jetzt erkannt, daß er sich mit einem

Mann, der ihm mindestens ebenbürtig war, auf einen Zweikampf des Willens und des Heroismus eingelassen hatte. Ein geringerer als er hätte der Tatsache jetzt mit irgendeiner kameradschaftlichen Geste Rechnung getragen und sich mit Anmut und einem nur geringen Gesichtsverlust aus der Affäre gezogen.

Stopas zornige Entschlossenheit war jedoch ungeschwächt; er war offensichtlich in seiner eigenen heroischen Art gewillt, diesen Zweikampf um die geistige und körperliche Vormacht bis zum Ende auszuspielen, ungeachtet der Vergeblichkeit seines Bemühens.

»Die letzte Aufgabe ist die Prüfung des Stahles, Jaggar!« rief er, daß alle ihn hören konnten. »Wir machen es mit Knüppeln untereinander aus. Gewöhnlich spiele ich nur mit der betreffenden Maus, bis ich mich überzeugt habe, daß er würdig ist, oder entscheide, daß er es nicht ist, worauf ich ihn erschlage. Wenn ich verlangte, daß jeder neue Rächer mich im Kampf besiegt, würden wir niemals einen neuen Bruder willkommen heißen, da kein Mann mir mit dem Knüppel jemals ebenbürtig gewesen ist.«

Stopa hielt inne und fixierte Feric mit einem blutunterlaufenen stierenden Blick, in welchem böser Vorbedacht und widerwillige Bewunderung zu kalter Entschlossenheit verschmolzen waren. Etwas in der Atmosphäre dieser Konfrontation veranlaßte die Rächer, ihr Schreien und Springen aufzugeben und stumm zu ihrem Anführer und seinem kühnen Herausforderer herüberzustarren.

»Aber in diesem Fall, Jaggar«, fuhr Stopa fort, »werden wir den Zweikampf in besserem Stil führen. Statt uns wie übermütige Jungen herumzuprügeln, werden wir auf Leben und Tod kämpfen. Du und ich mit Stahlknüppeln, Jaggar. Der bessere Mann gewinnt sein Leben.«

Die Stille verdüsterte sich; das rauhe Scherzen und die gutmütigen Zurufe, welche die Prüfungen bisher begleitet hatten, waren mit einem Schlag verflogen, als jeder der Anwesenden begriff, daß sein eigenes Schicksal mit dem Ausgang des bevorstehenden Duells verknüpft war. Feric brauchte nicht gesagt zu werden, daß der, der den alten Anführer besiegte, der neue sein würde; nicht anders als durch den Tod des alten Anführers konnte die Macht in einer Bande wie dieser auf einen anderen übergehen. Dieses Gesetz war tief in die menschliche Erbmasse eingeprägt; es ging sogar noch weiter zurück, war ein Naturgesetz des Lebens, die Grundregel der Evolution, die Herrschaft der Stärksten. Bogel schoß Feric einen feurigen Blick zu, der zu verstehen gab, daß er sich über die Bedeutung der Situation im klaren war, und daß sein Glaube an Feric eisenhart und unerschütterlich war.

»Bringt eine Waffe!« befahl Stopa. »Und bringt den Stahlkommandeur!«

Sieben stämmige Rächer verließen den Umkreis des Feuers und verschwanden in der Dunkelheit. Einer von ihnen kehrte gleich darauf mit einem zerschlagenen alten Knüppel von respektabler Länge und Stärke zurück, dessen Schaft aus rostfreiem Stahl etwas angelaufen war und die Narben von ungezählten Kämpfen trug. Diese ehrwürdige Waffe überreichte der Mann Feric. Bei näherer Untersuchung stellte Feric fest, daß dieser korrodierte Knüppel einst mit kunstvoll geätzten Darstellungen von Schlangen geschmückt gewesen war, und daß das Kopfstück, das auf den ersten Blick wie eine einfache Stahlkugel ausgesehen hatte, vormals mit Einlegearbeit aus Messing und Emaille verziert gewesen war, von der noch Reste vorhanden waren und die ein riesiges Auge dargestellt hatte. Feric ergriff die Waffe und wog sie in der Hand. Sie war viel leichter, als er gewählt haben würde, aber sie hatte gute Balance und war gut einen Meter lang. Er ließ die Waffe durch die Luft sausen; der Bogen schien richtig, Gewicht und Schwungkraft ausreichend, um mit einem direkten Schlag jeden Schädel zu zersplittern. Ein ziemlich mitgenommener, aber ehrenwerter Knüppel; er würde seinen Zweck erfüllen.

Nun zog auch Stopa seine Waffe und ließ sie einige Male durch die Luft wirbeln. Feric musterte sie mit eingehendem Interesse. Stopa schwang einen wahrhaft heroischen Knüppel. Er war volle fünfzehn Zentimeter länger als die Waffe, die man Feric gegeben hatte, und nach der Art der Handhabung zu urteilen, war er vielleicht um ein Viertel schwerer. Der stählerne Schaft war verchromt, und das Kopfstück zeigte das Totenkopfmotiv, welches Stopa zu bevorzugen schien. Der Handgriff war aus Holz, mit schwarzem Leder bezogen. Es wurde deutlich, daß Feric einen Knüppel erhalten hatte, der demjenigen seines Gegners weder in der Größe noch im Gewicht oder der Verarbeitung gleichkam. Ebenso klar war freilich, daß es ein Zeichen von unmännlicher Feigheit gewesen wäre, laut gegen die Benachteiligung zu protestieren.

Als Feric und Stopa ihre vorbereitenden Übungen beendet hatten, war ein mächtiges Schnaufen und Pusten zu vernehmen, das sich aus dem Nachtdunkel der vom Feuer erhellten Fläche näherte; dann kamen die anderen sechs Rächer in Sicht, ächzend unter dem nach allem äußeren Anschein unbedeutenden Gewicht einer hölzernen Pritsche, die sie gemeinsam auf den Schultern trugen.

Aber als sie die Stelle erreichten, wo Feric und Stopa einander gegenüberstanden, und die Pritsche zwischen ihnen auf dem Boden abstellten, stockte Feric vor Verblüffung der Atem, und er verstand alles.

Die Pritsche war mit fleckenlosem schwarzem Samt überzogen, und darauf ruhte in all seiner unglaublichen Glorie der Große Knüppel von Stal Held, das verschollene Reichszepter und Symbol königlicher Macht, der Stahlkommandeur!

Schon die bloße äußere Erscheinung des Großen Knüppels war atemberaubend. Der Griff war aus einem großen Stück jener altertümlichen milchigen Substanz geschnitzt, die als Elfenbein bekannt war, und nicht mit Leder gepolstert, sondern mit einem weichen, geheimnisvollen Stoff, der den Glanz und das Feuer von Rubinen hatte. Der Schaft war aus schimmerndem Metall, volle vier Fuß lang und dick wie der Unterarm eines kräftigen Mannes. Über und über mit feingeätzten Darstellungen von Blitzen bedeckt, die rot ausgefüllt waren und dem mächtigen Schaft das Aussehen verliehen, als sei er erst vor kurzem in Blut getaucht worden. Das Kopfstück war eine mächtige Stahlfaust, die überlebensgroße Faust eines Heroen. Am dritten Finger dieser Faust war ein Ring, der ein schwarzes Hakenkreuzsymbol in einem weißen Kreis zeigte, umgeben von rotem Feuer. Die Farben waren so lebendig, als wären sie statt vor Jahrhunderten erst vor Stunden aufgetragen worden.

Feric starrte in unverhohlenem Staunen auf die mystische Waffe. »Weißt du, was für eine Waffe das ist?« sagte er leise.

Stopa grinste selbstgefällig zurück, aber auch er konnte nicht verhindern, daß die Wildheit seiner Züge von Ehrfurcht gemildert wurde. »Das ist der Stahlkommandeur«, sagte er. »Früher bezogen die alten Könige von Heldon ihre Macht daraus. Jetzt ist er das Eigentum der Schwarzen Rächer!«

»Er ist das Eigentum von ganz Heldon!« rief Feric.

»Wir fanden ihn in einer Höhle tief im Wald, als ihr Würmer ihn für alle Zeit verschollen glaubtet!« entgegnete Stopa. »Jetzt gehört er uns!« Er lachte ironisch. »Wenn du ihn willst, Jaggar, warum nimmst du ihn nicht an dich und trägst ihn fort?«

Die versammelten Rächer lachten darüber, aber nicht ohne einiges Unbehagen; ihr einfacher, aber sicherer Instinkt sagte ihnen, daß der Stahlkommandeur und die uralten Künste, die ihn geschmiedet hatten, kaum ein geeigneter Stoff für Scherze waren.

Feric seinerseits verstand die Ironie von Stopas Bemerkung vielleicht besser als der Rächer selbst. Nach den legendären Überlieferungen hatte Stal Held die Waffe von einer im verborgenen lebenden Gemeinschaft gefangener Magier schmieden lassen, welche die Überlieferungen der Alten durch die Zeit des Feuers und weit darüber hinaus bewahrt haben sollten; sobald die Waffe fertiggestellt gewesen war, hatte Held diese gefährlichen Zauberer bis auf den letzten Mann erschlagen. Mit Hilfe einer verlorengegangenen Kunst hatten diese verderblichen Zauberer den Knüppel so gefertigt, daß nur Held selbst und seine direkten Nachkommen und wahren Träger seines Erbgutes ihn schwingen konnten. Die geheimnisvolle Legierung, aus der die Waffe geschmiedet worden war, verlieh ihr das Gewicht eines Felsblocks; kein gewöhnlicher Mensch konnte sie von der Stelle rücken, geschweige denn aufheben. Aber die Berührung durch eine Hand, die von den königlichen Genen geformt war, löste die Freisetzung einer unerschöpflichen Kraft im Innern des Großen Knüppels frei, so daß der Stahlkommandeur in der Hand eines Helden echter königlicher Abstammung so mühelos wie eine Weidengerte geschwungen werden konnte, obgleich er für jene, die seinen Zorn zu fühlen bekamen, immer noch die Masse eines tonnenschweren Blocks hatte. So war der Große Knüppel zugleich das Reichszepter des Königs von Heldon und die untrügliche Beglaubigung seiner rechtmäßigen Abstammung. Es gab Leute, die behaupteten, daß alles Unheil, welches seit dem Verschwinden des Großen Knüppels während des Bürgerkriegs über das Land gekommen war, das Ergebnis der Regierung von Männern gewesen sei, die unfähig waren, den Großen Knüppel zu schwingen. Nach dieser Ansicht war Sigmark IV. der letzte rechtmäßige Herrscher von Heldon gewesen. Darum wäre das Aufheben das Großen Knüppels in einem ganz realen und unmittelbaren Sinn gleichbedeutend mit dem historischen Recht auf die Herrschaft über Heldon. Von dieser Art war Stopas ironisches Ansinnen an Feric.

Seltsamerweise traf es sich mit einem verrückten Impuls in Feric selbst, genau das zu tun; die mächtige Keule schien etwas tief in seinem Blut anzurufen und sein Wesen mit den Vibrationen eines tiefen, fast kosmischen Verlangens zu erfüllen. Ohne Zweifel hatten in der Vergangenheit viele Menschen diese Empfindungen geteilt; es gab mehrere überlieferte Geschichten von vermessenen Helden, die versucht hatten, den Stahlkommandeur zu schwingen, und all diesen Geschichten war die Warnung vor den Lastern des Stolzes und der Selbstüberhebung gemeinsam.

»Kein Grund, ewig über einer Waffe zu träumen, die kein lebender Mensch handhaben kann!« sagte Stopa endlich und unterbrach damit Ferics mystische Andacht. »Du hast deinen Knüppel, und ich habe meinen, und das ist genug für Männer wie uns! Verteidige dich, Jaggar!«

Damit stürzte Stopa auf Feric los, die Keule hoch über dem Kopf, und brachte sie mit einem Schlag herunter, der einen Schädel wie eine Eierschale zerschmettert hätte.

Aber Feric war nach rechts ausgewichen, und als Stopas Knüppel pfeifend durch die Luft sauste, wo sein Kopf gewesen war, führte er einen streifenden Schlag gegen den Schaft, der für Stopa beinahe zum Verlust seiner Waffe geführt hätte. Das erste Klingen von Stahl auf Stahl brach das beklommene Schweigen und gab den Rächern Anlaß, von neuem in rauhes Gebrüll auszubrechen und mit den Fackeln in der Luft herumzufuchteln.

Als Stopa, der sich mit bewunderungswürdiger Schnelligkeit erholte, den Knüppel ein zweites Mal hochriß, um zum nächsten Schlag auszuholen, schwang Feric seine Waffe in einem niedrigen Bogen, der darauf abzielte, Stopas Kniescheibe zu zerschmettern. Stopa mußte zurückspringen, um dem Schlag zu entgehen, und Feric war imstande, mit dem Kopfstück seines Knüppels einen Stoß in die Magengrube anzubringen, der dem Rächer keine geringen Beschwerden verursachte.

Als Feric sich jedoch von seinem Vorstoß zurückzog, gelang es Stopa, mit seinem Knüppel die Spitze von Ferics Waffe zu treffen und so heftig zu prellen, daß der Schock durch Ferics Arm lief und ihn daran hinderte, seinen Vorteil zu nutzen.

Die beiden Kontrahenten umkreisten einander lauernd, um dann fast gleichzeitig vorzuspringen und zuzuschlagen, jeder bemüht, den Kopf des anderen zu treffen. Doch führte die Gleichzeitigkeit des Angriffs nur zu einem mächtigen Zusammenschlagen von Stahl, als die Keulen mit voller Wucht aufeinander prallten. Die Rächer brüllten ihren Beifall zu diesem titanischen Zusammenprall von Stahl, obwohl die Schläge nichts als betäubende Prellstöße durch die Arme beider Gegner bewirkten.

Unmittelbar darauf führten ähnlich parallel geführte Schläge, diesmal in Gürtelhöhe, nur zu einer weiteren schallenden Doppelparade. Danach führte Feric einen Schlag von oben, während Stopa von unten aufwärts schlug. Damit waren beide Männer gezwungen, mitten im Schlag zurückzuweichen, und ihre Knüppel pfiffen wirkungslos durch die Luft.

Stopa trat schnell fünf Schritte zurück und kam auf Feric losgestürmt, führte einen Abwärtsschlag zum Kopf, der pariert wurde, dann einen seitlichen Schlag in Brusthöhe, der abermals am Stahlschaft von Ferics Knüppel abglitt, und darauf einen ähnlichen Schlag von der anderen Seite, den Feric eine Handbreit über dem Griff seiner Waffe nehmen mußte und der einen scharfen, nachvibrierenden Schmerz durch seinen Arm sandte.

Feric heuchelte einen größeren Schmerz, als er tatsächlich spürte, und wich in scheinbarer Verwirrung zurück, während die Rächer pfiffen und Stopa von neuem angriff, den Knüppel zum vernichtenden Kopfschlag erhoben. Dann, als Stopas Knüppel in einem mächtigen Bogen herabsauste, sprang Feric zur Seite, wandte sich um und versetzte dem Rächer einen mächtigen Schlag zum Bein, den Stopa unter Aufbietung aller Geschicklichkeit mit dem Hinterteil nehmen konnte. Gleichwohl heulte er vor Schmerz und Wut auf, riß den Knüppel hoch und schlug ein weiteres Mal zu. Feric, noch in gebückter Haltung, hob seinen Knüppel ein wenig an, um diesen wilden Schlag zu parieren.

Stopas Knüppel traf den Schaft von Ferics Waffe in der Mitte, doch statt des hellen, scharfen metallischen Klingens vernahm man diesmal ein häßliches Knirschen von berstendem Metall. Ferics ehrwürdiger Knüppel war von Stopas Waffe zerbrochen worden, und er sah sich mit dem nutzlosen zerspellten Stumpf in der Hand.

Stopa grinste wölfisch, als er Feric aufspringen ließ. Langsam, Schritt für Schritt, den Knüppel in Brusthöhe haltend, begann er dem zurückweichenden Feric nachzugehen. Die Bedeutung dieses Vorgehens war völlig klar: übertriebene Ritterlichkeit würde es hier nicht geben; Ferics Waffe war vom Schicksal unbrauchbar gemacht worden, und Pardon konnte nicht gegeben werden. Pardon, dachte Feric, würde auch nicht erbeten werden. Wenn es ihm bestimmt war, auf diese Art und Weise zu sterben, so würde er seinem Schicksal heroisch begegnen und bis zum letzten Atemzug mit allem kämpfen, was sich ihm bot, wenn es sein mußte, mit den bloßen Fäusten.

Stopa zielte einen Schlag auf Ferics Kopf; dieser sprang zurück. Der Rächer führte einen weitausholenden Streich gegen Ferics Leib, den Feric mit den Resten seiner Keule mühsam parierte; wieder wurde er zurückgezwungen. Stopa sah es, schwang den Knüppel und ließ ihn auf Ferics Kopf niedersausen. Auch diesmal gelang es Feric mit knapper Not, den Schlag mit dem Stumpf seines Knüppels zu parieren, aber diesmal wurde ihm dieser Rest durch die Gewalt von Stopas Hieb aus der Hand geschlagen, und er sah sich wehrlos.

Mit einem Triumphgebrüll schlug Stopa nach Ferics Knien und zwang ihn, blindlings zurückzuspringen. Seine Füße trafen eine steinige Unebenheit oder eine Wurzel, und er fiel zu Boden. Stopa schlug nach seinem Kopf; er wälzte sich zur Seite, und das Kopfstück des Knüppels fuhr neben ihm in die Erde. Wieder schlug Stopa zu, und wieder konnte er im letzten Moment ausweichen, indem er sich zur anderen Seite warf. Ein weiteres Mal entging Feric um ein Haar dem Tod, indem er einem gewaltigen Schlag auswich, aber immer war Stopa wieder über ihm, ehe er aufspringen konnte.

Feric riß den Kopf ein letztes Mal zur Seite, als Stopas Knüppel an seinem Ohr vorbeifuhr und in die Erde schlug; diesmal war er im Herumschnellen jedoch mit einer Schulter auf die samtbezogene Pritsche geraten, auf der der Stahlkommandeur lag. Die Überraschung darüber kostete ihn wertvolle Sekunden; überdies lag er rücklings mit dem Oberkörper halb auf der Pritsche und konnte sich nicht weiterwälzen. Als er dies sah, hob Stopa seine Keule mit wütendem Grunzen hoch über den Kopf und schlug mit unwiderstehlicher Gewalt zu.

In einer rein instinktiven Reaktion griff Feric hinter sich, umfaßte den Handgriff des Großen Knüppels von Held und riß ihn hoch, um den Schlag zu parieren. Stopas Knüppel traf den dikken, schimmernden Schaft der legendären Waffe und zerbarst augenblicklich in Stücke.

Ein ungläubiges vielstimmiges Stöhnen stieg von den Rächern auf: ein dumpfer, kaum menschlicher Laut, der nach einem Atemzug wieder in Stille erlosch. Stopa wankte wenige Schritte zurück, dann ließ er die Reste seiner Waffe fallen und sank in die Knie, den Kopf vor ihm geneigt, die Augen niedergeschlagen. Die übrigen Rächer folgten seinem Beispiel und nahmen diese Haltung der Huldigung an, die brennenden Fackeln in den Händen. Selbst der völlig verblüffte Bogel konnte im Angesicht eines solch historischen Augenblicks nicht stehenbleiben.

Was Feric selbst betraf, so vermochte er kaum die Ungeheuerlichkeit dessen verstehen, was er getan hatte. In seiner Hand lag der Stahlkommandeur, der Große Knüppel von Held, und er hatte nicht mehr Gewicht als ein hölzerner Stab; er schien von einer triumphalen Kraft getragen, die sich mit dem Umfassen des Handgriffs Ferics Körper mitteilte, symbolisch und tatsächlich in einem. In ihm waren die Gene des königlichen Hauses von Heldon; soviel durchdrang Ferics Verblüffung sofort mit kristallener Klarheit. Die Erbmasse des alten Königshauses war seit Jahrhunderten weithin verstreut; daher war es nicht unvernünftig anzunehmen, daß der königliche Genotyp wieder einmal aus dem allgemeinen heldonischen Genreservoir auftauchen würde. Der Umstand, daß er den Großen Knüppel emporhielt, bewies eindeutig, daß genau dies geschehen war.

Langsam, noch um die Wiedergewinnung seiner Fassung ringend, erhob er sich und reckte die gewaltige schimmernde Keule hoch über seinen Kopf; das Licht des Freudenfeuers hinter ihm umgab ihn mit einem wilden orangeroten Glorienschein und ließ zuckende, tanzende Glanzlichter über das Metall der legendären Waffe spielen.

Vor ihm kniete Stopa in einer Haltung edler und tiefer Ergebenheit. »Mein Leben gehört dir; du magst damit tun, was du willst, Herr«, murmelte er demütig, ohne den Blick zu heben.

Die Erkenntnis des Geschehens in seiner vollen Bedeutung verbreitete sich endlich durch Ferics Bewußtsein. Das Schicksal hatte ihn nach Ulmgarn geführt, das Schicksal hatte ihn mit Bogel zusammengeführt, damit er einen späteren Dampfwagen nehmen und mit diesen edlen Barbaren zusammentreffen würde; das Schicksal hatte durch Zeit und Raum gewirkt, um den Großen Knüppel von Held in seine Hand zu legen. Die Bedeutung war klar: er war der rechtmäßige Herrscher von ganz Heldon; den Beweis dafür hielt er für alle sichtbar in der Hand. Es blieb nun die Erringung der Macht, die notwendig war, um ihm zu seinem rechtmäßigen Rang zu verhelfen. Es war seine Pflicht und sein Schicksal, ganz Heldon in die Hand zu nehmen, wie er jetzt das alte Reichszepter hielt, und als eine Waffe zur Vertreibung aller Mutanten und Dominatoren zu gebrauchen, um dann die bewohnbaren Teile der Erde bis zur letzten Handbreit Bodens für den wahren menschlichen Genotyp zurückzugewinnen. Dies war seine heilige Mission. Er konnte und wollte sich ihr nicht entziehen.

Im Rücken die funkensprühende Glut des Freudenfeuers, inmitten des Smaragdwaldes, des alten Herzlandes von Heldon, reckte Feric Jaggar das Zepter von Heldon triumphierend in die Höhe und stand vor seinen knienden Getreuen. Es gab nicht den geringsten Zweifel, weder in seinem noch in ihrem Denken, daß sie jetzt seine fanatischen Gefolgsleute waren, getreu bis in den Tod.

Feric senkte den Großen Knüppel in Hüfthöhe, trat auf den knienden Stag Stopa zu und sagte: »Steh auf!«

Stopa blickte auf zu der mächtigen glänzenden Faust des Knüppels, den Feric ihm vor das Gesicht hielt. Er machte Anstalten, Ferics Befehl zu gehorchen, zögerte und berührte dann das Hakenkreuz auf dem Ring des dritten Fingers der Stahlfaust mit den Lippen. Dann erst erhob er sich.

Tief bewegt von diesem spontanen Treuegelöbnis, gestattete Feric zuerst Bogel und dann der Reihe nach jedem Rächer, das Hakenkreuzsymbol am Kopfstück seiner heroischen Waffe zu küssen. Einer nach dem anderen vollzogen die Männer diesen Akt der Unterwerfung, um anschließend vor ihm Aufstellung zu nehmen, die brennenden Fackeln erhoben, die Augen leuchtend im Widerschein des Feuers.

Als alle mannhaft vor ihm standen, nahm Feric das Wort. »Wollt ihr mir bedingungslos folgen, mit totaler fanatischer Treue und Hingabe an die Sache des Vaterlandes und der genetischen Reinheit, bis in den Tod, wenn es so befohlen wird?«

Die Antwort war ein gewaltig aufbrandendes Gebrüll der Zustimmung. Sie waren großartige Burschen, das rechte Material für die Sturmtruppe, die benötigt wurde.

»Ich danke euch«, sagte Feric. »Ihr seid nicht mehr Schwarze Rächer. Ich verleihe euch einen neuen Namen, dessen Adel ihr euch würdig erweisen müßt; seht zu, daß ihr nichts tut, was ihn entehren könnte.«

Feric zeigte seinen Männern das Kopfstück des Großen Knüppels; die Stahlfaust mit dem schwarzen Hakenkreuz im weißen Kreis, umgeben vom roten Strahlenkranz.

»Ihr seid jetzt Ritter des Hakenkreuzes!« rief er. Er erhob den rechten Arm und streckte ihn im alten Königsgruß aus. »Heil Heldon!« rief er. »Es lebe das Hakenkreuz! Es lebe der Sieg!«

Im nächsten Augenblick hoben ihm vierzig Männer ihre ausgestreckten Arme entgegen, und die neuernannte Sturmtruppe brüllte spontan im Chor: »Heil Jaggar! Heil Jaggar! Heil Jaggar!«

Ferics Haltung straffte sich in Stolz und Entschlossenheit, als er vor ihnen stand, tief im Herzen seiner Vorväter, eine Gestalt von standhaftem Adel, beinahe überlebensgroß, das Bild eines Helden, umrissen von Feuer.

5

Feric hatte von Anfang an entschieden, daß es weder klug noch passend sein würde, wenn er sich unangekündigt wie irgendein gewöhnlicher Reisender nach Walder hineinstehle. Wenn er die Stadt betrat, so mußte es zuvor feierlich verkündet werden und dann in angemessenem Stil geschehen. Dies bedeutete, daß er zuallererst seine Position als unangefochtener Führer der Partei bestätigen lassen mußte, daß zweitens Veränderungen in der Namensgebung und im Stil durchgeführt werden mußten, und daß schließlich seine buntscheckige Garde von Motorradfahrern ordentlich ausgerüstet und gedrillt und mit neuen Parteiuniformen von schneidiger Eleganz ausgestattet werden mußten. Erst dann wollte er an der Spitze der Ritter des Hakenkreuzes seinen Einzug in Walder halten.

Darum hatte er Bogel angewiesen, ein Versammlungslokal von hinlänglicher Größe und Abgelegenheit zu mieten und die Notabeln der Partei dort zusammenzurufen. Bogel hatte daraufhin ein leeres Jagdhaus gemietet, das auf dem Rücken eines kleinen Berges innerhalb des Smaragdwaldes gelegen war, aber nahe an seinem nördlichen Rand, ungefähr zwei Stunden mit dem Dampfwagen von Walder, das auf der welligen Ebene im Norden lag. Um das Jagdhaus zu erreichen, mußten die Honoratioren der Partei eine lange, gewundene und ungepflasterte Straße hinter sich bringen, die durch dichten Wald und wilde Schluchten zum Kamm hinaufführte, was ihre Reise zu einer Sache von einiger psychologischer Bedeutung machte. Das Jagdhaus selbst war ein einfaches, aber eindrucksvolles Gebäude: ein langes, einstöckiges Haus aus Granit und Mörtel an einem Hofplatz, wo der Fahrweg endete, mit einem holzverkleideten Portal und umstanden von einheimischen Bäumen und Sträuchern. Das weit überstehende Satteldach war mit grau verwitterten Holzschindeln gedeckt. Das Haus bot einen weiten Ausblick über die endlosen Hügel und Wälder, beruhigend für das Auge und den Geist.

Im Inneren gab es einen großen Gemeinschaftsraum, links und rechts flankiert von Gebäudeflügeln mit Schlafräumen, in denen mehrere Dutzend Personen untergebracht werden konnten. Dieses Jagdhaus, das in dieser Jahreszeit nicht genutzt wurde, war für Ferics Zweck ideal geeignet. Es war der Stadt nahe genug, um die notwendigen Vorbereitungen zu erleichtern, dabei abgelegen genug, um Ungestörtheit zu garantieren. Außerdem war der bloße Akt der Einberufung dieser Stadtbewohner an einen so rustikalen Ort geeignet, ihnen das Maß an bedingungsloser Loyalität vor Augen zu führen, das ihr neuer Führer von ihnen erwartete. Und schließlich beraubte er sie aller psychologischen Vorteile, die sie für sich hätten verbuchen können, wenn sie Feric auf ihrem heimischen Boden gegenübergetreten wären. Von Anfang an mußte eiserne Kontrolle eingeführt werden.

Feric empfing die führenden Persönlichkeiten der Partei im großen Gemeinschaftsraum. Die Wände dieses Saales waren aus unverputztem Mauerwerk, der Boden bestand aus roten Dielenbrettern. Eine Anzahl von Fackeln entlang den Wänden, von schmiedeeisernen Dingen gehalten, verstärkte das Nachmittagslicht und belebte die Deckengewölbe mit dem Spiel des Widerscheins. In dem mächtigen offenen Kamin an der Westwand prasselte ein kräftiges Feuer. Die Wände selbst waren mit Geweihen, präparierten Tierköpfen, Gewehren, Bogen, Speeren, Knüppeln und anderem Zubehör aus dem Beruf des Jägers geschmückt.

In der Mitte des Raumes stand ein langer Eichentisch, bedeckt mit rotem Samtstoff, auf dem der Große Knüppel von Held in all seiner schimmernden Pracht ruhte; um den Tisch standen Reihen einfacher Stühle. Feric selbst saß am Kopf der Tafel auf einem etwas erhöhten Stuhl dem Eingang gegenüber. Hinter ihm war die Flügeltür zu einem hölzernen Balkon aufgestoßen und zeigte einen atemberaubenden Fernblick über die nördlichen Bereiche des Waldes und die wellige Ebene jenseits davon, gemustert von den Wiesen, Feldern und Rainen verstreuter Bauerngehöfte; und am Horizont konnte man im Dunst die Stadt Walder ahnen.

Ein Dutzend Ritter des Hakenkreuzes, noch in ihrer barbarischen Pracht, hielten an strategischen Punkten des Raumes Wache, während Bogel, Stopa und sechs weitere ehemalige Rächer den Dampfwagen auf dem Hof empfingen. Feric selbst hatte einen braunen Jägerrock von übertriebener Nüchternheit und Strenge angelegt, der sich mit Sicherheit von allem abheben würde, was die anderen tragen mochten.

Alles in allem hatte Feric das Gefühl, daß er ein passendes Willkommen bereitet hatte.

Wie er angeordnet hatte, bat Stopa formell um Zutritt für die Besucher, indem er vernehmlich gegen die schwere eichene Tür klopfte. Feric gab den Befehl, und einer der Ritter, welche den Einzug flankierten, öffnete die Tür mit einer etwas unbeholfen wirkenden großartigen Geste, doch mehr oder weniger in dem Geist, den er gelernt hatte. Bogel und Stopa führten eine recht uneinheitliche Gruppe von Männern mittleren Alters herein, blasse und vom Stadtleben verweichlichte Gestalten, nach dem äußeren Anschein nicht eben mit materiellen Glücksgütern gesegnet. Das Beste, was sich über diese Vorkämpfer der Partei der menschlichen Wiedergeburt sagen ließ, war, daß sie unzweifelhafte Vertreter des reinen menschlichen Genotyps waren und eine gewisse Ausstrahlung hartnäckiger, wenn auch einsamer Entschlossenheit projizierten. Neben Stopa und den sechs kraftvollen, gutgelaunten Ex-Rächern, die den Schluß der Gruppe bildeten, bot die Parteiführung ein klägliches Schauspiel. Als die Männer auf ihn zukamen, verspürte Feric eine flüchtige Aufwallung von Verärgerung über das Kaliber der Leute, die er führen sollte.

Aber seine Stimmung hellte sich augenblicklich auf, als Stopa mit einem vielleicht allzu kameradschaftlichen Grinsen im Gesicht mit einem zackigen Hackenknallen am Fuß der Tafel haltmachte, im alten Königsgruß den rechten Arm ausstreckte und »Heil Jaggar!« brüllte. Sofort schlugen auch die anderen Ritter des Hakenkreuzes ihre Stiefelabsätze zusammen, salutierten in schneidiger Manier und wiederholten den Ruf in achtzehnfacher Verstärkung. Was ihnen gegenwärtig noch an Präzision und Disziplin fehlte, machten sie durch Begeisterung wett.

Die Parteiführer blickten einander an, offenbar unsicher, wie sie sich verhalten sollten und was von ihnen erwartet wurde. Dann riß Bogel den gestreckten Arm hoch und rief mit klarer Stimme und in völliger Aufrichtigkeit: »Heil Jaggar!« Zögernd und ohne Überzeugung ahmte die farblose Gruppe den Salut nach und murmelte die Grußformel. Zu diesem Zeitpunkt war es alles, was erwartet werden konnte.

Bogel machte die Vorstellung bewunderungswürdig kurz und einfach: »Rechtmänner, unser neuer Führer, Feric Jaggar!«

»Ich begrüße Sie«, sagte Feric. »Sie haben mir eben die neue Ehrenbezeigung der Partei erwiesen, wenn auch nicht allzu schneidig. Ohne Zweifel werden Sie bald den richtigen Geist entwickeln. Aber wir haben heute konkretere Dinge zu verhandeln. Bitte nehmen Sie Platz.«

Bogel und Stopa setzten sich rechts und links neben Feric; die Parteihonoratioren nahmen unter ihnen zu beiden Seiten der Tafel Platz, verstohlene Blicke zum Großen Knüppel werfend und zweifellos mit der Frage beschäftigt, ob Bogels Behauptung zutreffe, daß der neue Führer, den er gefunden hatte, fähig sei, das legendäre Reichszepter zu schwingen. Zur rechten Zeit sollten ihre Zweifel ausgelöscht werden, doch einstweilen bevorzugte Feric die Offenheit des Skeptizismus.

Bogel machte Feric mit den einzelnen Männern und ihren Funktionen formell bekannt, obgleich Feric natürlich längst über sie informiert war. Otrig Haulmann, ein in bescheidenem Wohlstand lebender Gastwirt, war Schatzmeister der Partei, ein wenig umständlich, aber der Sache der genetischen Reinheit völlig ergeben. Er hatte seine Treue zur guten Sache wiederholt durch finanzielle Opfer bewiesen. Tavus Marker, ein kommerzieller Werbetexter, war der Schriftführer, ein magerer, ungesund aussehender Mann, aber ein unermüdlicher Arbeiter. Heermak Bluth und Barm Decker waren ein Metzger und ein subalterner Polizeibeamter; sie und Bogel waren die Hauptredner der Partei. Manreed Parmerob, ein Geschichtslehrer, war der gegenwärtige Theoretiker der Partei. Sigmark Dugel war Vorsitzender des Mitgliederausschusses — eine zweifelhafte Auszeichnung, wenn man berücksichtigte, daß die Partei gegenwärtig nicht mehr als dreihundert Mitglieder hatte. Aber als Brigadegeneral im Ruhestand, der persönliche Kontakte zu hohen Militärs unterhielt, würde Dugel sich eines Tages nützlicher erweisen. Alles in allem war es nicht das, was man eine Elite nennen würde, aber die Leute waren auch nicht ganz ohne ein Potential.

Überdies verlieh die Anwesenheit von Stopa und seinen kräftigen Burschen den Verhandlungen eine gewisse solide Grundlage, die ihnen andernfalls gefehlt haben würde. Diese kraftstrotzenden jungen Männer waren unzweifelhaft in der Lage, nötigenfalls blitzartig gewaltsam und mit durchschlagender Wirkung zu handeln, und darüber hinaus waren sie Feric offensichtlich in persönlicher Treue verbunden. Schon hatte er dieser Biertischpartei eine neue Dimension von Tatkraft und kriegerischem Geist hinzugefügt; die — wenn auch halbherzige — Annahme des neuen Parteigrußes war Beweis genug.

»Wir haben in kurzer Zeit viel zu erreichen, Rechtmänner«, begann Feric seine kurze Ansprache. »Ich habe die Partei der menschlichen Wiedergeburt in ihrer gegenwärtigen Form studiert und bin zu dem Schluß gekommen, daß einige drastische Veränderungen unabdingbar sind. Als erstes wird der Name selbst verschwinden und durch einen neuen ersetzt werden müssen. In der Vorstellung des einfachen Volkes deutet er auf eine Art von Wirtshaus-Debattierklub hin, nicht auf einen entschlossenen und tatkräftigen Zusammenschluß von Patrioten. Etwas wie ›Die Söhne des Hakenkreuzes‹ würde diesen dynamischen Charakter weit besser wiedergeben. Seit der Zeit des Feuers ist das Hakenkreuz das unverwechselbare Symbol rassischer Reinheit gewesen. In dieser Bedeutung versinnbildlicht es unsere Sache in einer Weise, die selbst der einfältigste Tölpel verstehen kann. Überdies wird es uns gewisse Vorteile auf dem Gebiet der praktischen Propaganda verschaffen, die später augenscheinlich werden.«

»Ein Geniestreich!« rief Marker aus. »Unsere Sache und unser Parteiname können beide in einem einzigen visuellen Symbol ausgedrückt werden, das selbst von Analphabeten ohne weiteres verstanden werden wird. Keine andere Partei wird im Kampf um die öffentliche Aufmerksamkeit eine solch mächtige Waffe haben.«

Feric war beeindruckt von der Art und Weise, wie Marker das wesentliche seines Gedankens sofort erfaßt und in seinem Potential erkannt hatte. Die Entdeckung solcher Qualitäten in einem so frühen Stadium war vielversprechend.

Die anderen murmelten schüchtern untereinander, mit Ausnahme des Theoretikers Parmerob, der in beträchtliche Erregung zu geraten schien. Schließlich brach die Verärgerung aus ihm hervor.

»Der Name ›Partei der menschlichen Wiedergeburt‹ wurde nach eingehenden Überlegungen gewählt«, sagte er gereizt. »Er beschreibt genau die Grundpositionen der Partei.«

»Genauigkeit ist nicht gleichbedeutend mit Schwungkraft und Überzeugung«, erwiderte Feric. »Der Name der Partei muß mit der Stimme eines Feldwebels verkünden, wofür wir stehen.«

Parmerobs Indignation nahm noch zu. »Ich selbst habe den Namen und das Parteiprogramm formuliert«, erklärte er. »Wir stehen für die Reinheit des wahren menschlichen Genotyps, für die rigorose Anwendung der Gesetze für die Reinhaltung der Rasse, für die vollständige Ausmerzung der antihumanen Dominatoren, für die Ausschließung aller Mutanten vom geheiligten Boden Heldons und für die Ausdehnung der heldonischen Herrschaft über neue Gebiete und die Reinigung ihrer Genreservoire, wo immer dies möglich ist. Dies ist die Formel für eine Renaissance wahrer Menschlichkeit — daher der Name Partei der menschlichen Wiedergeburt.«

Feric erhob sich langsam von seinem Platz und legte die Rechte wie beiläufig an den Griff des Großen Knüppels von Held; alle Blicke ruhten auf ihm. Würden sie jetzt tatsächlich Zeugen sein, wie das mythische Reichszepter geschwungen wurde? Eine Stille trat ein, während der man nur das Knistern des Feuers im steinernen Kamin vernahm.

Ferics Stimme brach diese Stille: »Ist irgend etwas von dem, was Sie gesagt haben, nicht im Symbol des Hakenkreuzes enthalten?«

Plötzlich entspannte sich Parmerobs Gesicht in einem Lächeln. »Sie haben natürlich recht«, sagte er. »Ihr Name für die Partei ist dem meinigen weit überlegen. Wir sind in der Tat Söhne des Hakenkreuzes.«

Feric setzte sich wieder, ohne den Großen Knüppel aufzuheben, obgleich er die Hand darauf ruhen ließ. »Sehr gut«, sagte er, »das wäre entschieden. Ich habe eine Parteiflagge, eine Armbinde und verschiedene Embleme um das Hakenkreuzmotiv entworfen. Ich habe auch eine Uniform für die Ritter des Hakenkreuzes entworfen, unsere Sturmtruppe. Die Männer, die Sie hier sehen, sind der Kern dieser Streitmacht; gegenwärtig zählen die Ritter des Hakenkreuzes nur vierzig Mann, aber ich habe Pläne für eine Truppe von wenigstens fünftausend.«

»Die Herren des Generalkommandos würden dem Aufbau einer solchen Privatarmee nicht gleichgültig oder tatenlos zusehen«, sagte Dugel.

Feric lächelte. »Ich zweifle nicht einen Augenblick am fanatischen Patriotismus unserer Berufsoffiziere«, erwiderte er. »Wir kämpfen für dieselbe Sache, die der Armee am Herzen liegt, und es sollen Wege gefunden werden, um das Generalkommando davon zu überzeugen. Ihre eigene Erfahrung und Ihre Kenntnisse auf diesem Gebiet werden sich ohne Zweifel als unschätzbar wertvoll erweisen.«

Dugels Besorgnis schien ein wenig zerstreut, obwohl eine gewisse Skepsis in seiner Miene zurückblieb. Was die anderen anging, so hatte Haulmann überhaupt keine Reaktion gezeigt, während die beiden Parteiredner Bluth und Decker in stummer Ablehnung verharrten; Parmerob und Marker schienen beeindruckt und sogar enthusiastisch, Bogel war natürlich in absoluter Loyalität auf seiner Seite, und Stopa hing in unbedingter Ergebenheit an seiner Person. Wie die Dinge standen, könnte er mit Leichtigkeit alle feindseligen Elemente aus dem Parteivorstand entfernen, wenn er es wollte; es würde aber besser aussehen, wenn er die Ablehnenden und Schwankenden überzeugte und für sich gewänne.

Als keiner sich zu Wort meldete, fuhr Feric fort: »Als nächstes möchte ich mit Ihnen über die Organisation unserer ersten Massendemonstration beraten.«

Aber an diesem Punkt ergriff Heermark Bluth mit lauter kriegerischer Stimme das Wort. »Wie steht es mit der Frage der Führerschaft?« verlangte er zu wissen. »Wir haben darüber nicht abgestimmt. Seph Bogel ist gegenwärtig unser Generalsekretär und gewählter Vorsitzender; Sie, Rechtmann Jaggar, haben überhaupt kein Parteiamt.«

»Ich bin auf der Stelle bereit, von den Ämtern des Vorsitzenden und des Generalsekretärs zugunsten von Feric Jaggar zurückzutreten«, sagte Bogel. »Ich würde mich mit der Funktion eines geschäftsführenden Vorsitzenden unter seiner Führung zufriedengeben.«

»Wir haben Jaggar noch nicht zu unserem Parteiführer gewählt«, beharrte Bluth. »Ich verlange eine Abstimmung.«

Feric überlegte. Bogel, Parmerob und Marker würden unzweifelhaft für ihn stimmen; Bluth und Decker würden wahrscheinlich gegen ihn stimmen; die Positionen von Haulmann und Dugel waren schwierig einzuschätzen, obwohl er meinte, sich im Notfall wahrscheinlich auf den pensionierten Brigadegeneral verlassen zu können. Überdies war er entschlossen, eine Stimme für sich selbst zu beanspruchen, und was das anging, auch für Stopa. Er konnte eine Abstimmung nicht verlieren.

Nichtsdestoweniger würde er ein gewisses Maß von absoluter Autorität einbüßen, wenn er dem Parteivorstand erlaubte, ihn zum Vorsitzenden zu wählen, und zuzulassen, daß ein solches Abstimmungsergebnis weniger als einstimmig zustande käme, würde verhängnisvoll sein. Er mußte durch unangreifbares Recht führen, nicht durch die Erlaubnis eines Rates von Notabeln.

»Sie werden den Titel des Generalsekretärs behalten, Bogel«, sagte er. »Er paßt besser zu Ihrem Stil als dem meinigen. Was mich betrifft, so gebe ich mich damit zufrieden, einfach als Führer bekannt zu sein.«

Die Herausforderung lag auf der Hand: Feric beanspruchte den Titel eines Führers der Söhne des Hakenkreuzes und alles, was das einschloß, kraft eines höheren Rechts, nicht durch Wahl. Bluth geriet in heftige Erregung, und auch Decker schien zu schäumen. Bogel, Marker, Parmerob und Stopa waren offensichtlich einverstanden, während Haulmann seine Position noch immer nicht verriet, und Sigmark Dugel schien zumindest von der Idee absoluter Führerschaft beeindruckt.

Endlich stellte Decker die Frage, auf die Feric gewartet hatte: »Kraft welchen Rechts beanspruchen Sie die Führerschaft der Partei, ohne sich einer Wahl zu stellen?«

Wieder stand Feric auf, die Rechte wie zufällig auf dem Griff des Großen Knüppels von Held. Ein Windstoß blies durch die offenen Flügel der Balkontür hinter Feric in den Raum und brachte die Fackelbrände entlang den Wänden in heftig flakkernde Bewegung. Der Abendhimmel hinter ihm war von einem tiefen Blaugrau, gestreift mit Rot und Orange, und die große Zentralebene von Heldon lag jenseits der Bastionen des Waldes ausgebreitet vor ihnen. Eingerahmt von diesem eindrucksvollen Fernblick und beleuchtet vom flackernden Fackelschein, die Hand auf dem mythischen Reichszepter, schien Feric die Inkarnation des legendären Helden aus ferner Vergangenheit, und selbst Bluth und Decker konnten nicht umhin, etwas davon zu spüren.

»Wer diesen Großen Knüppel des Gründers Stal Held tragen kann, ist kraft genetischen Rechts der wahre Herrscher über ganz Heldon; dieses Recht ist älter und geht viel tiefer als jeder Beschluß und jede Satzung einer Partei oder eines Rates«, sagte Feric. »Ist jemand unter Ihnen, der glaubt, daß der Große Knüppel von Held von Rechts wegen ihm zukomme?«

Alle schwiegen eingeschüchtert.

Langsam schloß Feric seine Hand um den Griff des Stahlkommandeurs. Dann schwang er den Großen Knüppel mit einer mühelosen Bewegung empor und hielt ihn hoch über seinen Kopf.

Darauf ließ er ihn auf die schwere eichene Tischplatte niedersausen, zerschmetterte sie zu Splittern.

Bluth war der erste, der aufsprang, den rechten Arm gegen Feric ausstreckte und rief: »Heil Jaggar!«

6

Eine gewaltige Kolonne brauste über die Ebene, den Vororten von Walder entgegen. Ihre schneidige Disziplin, ihre Farbigkeit und das Motorengebrüll, das sie begleitete, waren dazu angetan, dem Betrachter das Herz höher schlagen zu lassen: zwei lange Reihen Motorräder donnerten mit achtzig Stundenkilometern im Gefolge eines eleganten schwarzen Motorwagens. Verschwunden war der barbarische Aufputz der Schwarzen Rächer, ersetzt durch die elegant geschnittene braune Lederuniform der Ritter des Hakenkreuzes, vervollständigt durch spitze Waldläufermützen mit Bronzemedaillons des neuen Parteiabzeichens: einem Adler, der ein Hakenkreuzschild in den Fängen hielt. Hinter jedem der Fahrer bauschte sich ein roter Umhang, geschmückt mit einem kühnen schwarzen Hakenkreuz in weißem Kreis; dies wiederholte sich auf der roten Armbinde, die jeder am Ärmel trug. Umhänge und Armbinden waren Miniaturen der vier riesigen roten, schwarzen und weißen Parteiflaggen, deren Stangen an den Rahmen der Motorräder befestigt waren. Diese im Fahrtwind knatternden Flaggen waren beherrscht von den schwarzweißen Hakenkreuzemblemen in ihrer Mitte und überragt von dem bronzenen Parteischild auf den Spitzen der Fahnenstangen. Auch die Motorräder waren nach einem einheitlichen Plan umgestaltet worden: die Rahmen waren jetzt leuchtendrot, die Treibstofftanks trugen Farbe und Zeichen der Parteiflagge, und die verchromten Heckflossen hatten die Gestalt stilisierter Blitze. Feric hatte die Gesamtwirkung darauf angelegt, daß sie den Geist und das Auge eines jeden wahren Helder aufrütteln und fesseln sollte.

Der schwarze Motorwagen war bis auf zwei kleine Parteistander auf den vorderen Kotflügeln schmucklos. Im Fahrerhaus saßen zwei uniformierte Ritter des Hakenkreuzes: ein Fahrer auf dem linken Platz, und neben ihm, um der Symmetrie willen, ein Begleiter. Auf den vorderen Plätzen des Fonds, dessen Faltdach zurückgeschlagen war, saßen Seph Bogel und Sigmark Dugel. Hinter ihnen, auf einem etwas erhöhten Sitz, thronte Feric. Die drei waren in die Uniformen gekleidet, die Feric für die Elite der Partei entworfen hatte. Sie war aus schwarzem Leder, eng anliegend geschnitten, mit verchromten Knöpfen, und wurde mit roten Halstüchern getragen, die von schwarzweißen Hakenkreuzspangen zusammengefaßt wurden. Armbinden und Umhänge waren vom gleichen Schnitt wie diejenigen der Ritter des Hakenkreuzes, aber die schwarzen Mützen waren schmaler geformt, mit einer Silberborte um den Schirm und dem Parteiwappen in Silber, mit schwarz ausgeätztem Hakenkreuz.

An einem breiten, mit Chrombeschlägen verzierten Ledergürtel trug Feric den Großen Knüppel von Held, blank poliert und glänzend wie ein Spiegel.

So wollte Feric Jaggar die zweite Stadt Heldons betreten — an der Spitze einer schneidigen Sturmtruppe, eines Schauspiels aus Lärm und Macht und Farbe, von ihm selbst sorgfältig entworfen, um die Seele des Betrachters emporzuheben.

Tatsächlich hatte die Kolonne bereits ein kleines Gefolge von privaten Motorrädern, Motorwagen und sogar Fahrrädern gewonnen, als sie die südlichen Vororte von Walder durchfuhr und ihre Geschwindigkeit auf fünfzig Stundenkilometer verringerte. Feric erkannte, daß diese Leute sich allein von dem aufregenden Schauspiel uniformierter Männer angezogen fühlten, die in einer geschlossenen Kolonne durch die Straßen brausten, nicht aber von einer irgendwie gearteten Loyalität zur Partei, da die neuen Farben noch nie zur Schau gestellt worden waren; immerhin durfte man annehmen, daß diejenigen, die auf einen solchen Anblick mit Begeisterung reagierten, mit großer Wahrscheinlichkeit aufrechte Helder waren.

Durch irgendeinen sechsten Sinn — nicht zu reden von dem gewaltigen Lärm, den die Kolonne als einen Herold vorانschickte — waren die Einwohner Walders schon vorher aufmerksam geworden und säumten die Straßen vor ihren massiv gebauten, sauberen Ziegelhäusern, als Ferics Wagen vorbeifuhr. Die sauberen asphaltierten Straßen, die hellen Häuser mit ihren Rasen und Blumenbeeten, die robust wirkenden Menschen in ihrer sauberen blauen, grauen und braunen Arbeitskleidung, die

Ladenbesitzer in ihren weißen Schürzen, die rotwangigen Kinder — alles erfreute Ferics Auge mit höchst angenehmen Bildern, als er durch das Spalier der Menschen fuhr. Alles das sprach für das Genreservoir der Helder und für die gesunde Lebensqualität der Stadt; es war erfrischend, so viele Vertreter einer gesunden und wahren Menschheit in reinlicher, zivilisierter Umgebung zu sehen.

Als die Kolonne ins Stadtinnere kam, waren die Menschenmengen auf den Gehsteigen noch dichter, und die Gebäude zeigten stattlichere Ausmaße; vier- und fünfstöckige Wohnhäuser dominierten jetzt anstelle der Einfamilienhäuser. Auch sie waren überwiegend aus Ziegeln erbaut, aber es waren gebrannte Ziegel in verschiedenen Farben, die häufig in Form von Ornamenten gemeinsam verarbeitet waren. Dazu gab es kunstvoll geschnitzte hölzerne Erker zu sehen, Fachwerkbauten und Laubengänge. Bäume und Sträucher spendeten Schatten und erfreuten das Auge. Die Bewohner dieser Gegend schienen etwas weniger wohlhabend zu sein, denn ihre Kleidung war einfacher und die Läden ein wenig ärmlicher, aber auch hier fand er die Reinlichkeit und den guten Zustand von allem, was er sah, durchaus exemplarisch.

Auch hier waren die Straßen breiter, und es herrschte ein dichterer Verkehr, der gezwungen war, vor der motorisierten Parade auszuweichen: eine große Zahl von Fahrrädern, einige Motorwagen und Motorräder, dampfbetriebene Lastwagen verschiedener Art und einige städtische Dampfwagen, die dem öffentlichen Personenverkehr dienten. Jedesmal, wenn die Kolonne gezwungen war, irgendeinem schwerfälligen Fahrzeug auszuweichen, das außerstande war, die Straße rechtzeitig frei zu machen, donnerten die Motorräder und der Kommandowagen mit einem Hupkonzert und unverminderter Geschwindigkeit um das Hindernis, zur Freude der Zuschauer auf den Trottoirs, die in spontane Beifallsrufe ausbrachen. Die ungeordnete Menge der Radfahrer und verschiedenen motorisierten Fahrzeuge, die im Kielwasser der Sturmtruppe fuhren, mußte zusehen, wie sie mithalten konnte.

Das Verhältnis zwischen Ladengeschäften und Wohnhäusern verschob sich weiter zugunsten der ersteren, als die Parade die Innenstadt erreichte. Hier gab es zahlreiche eindrucksvolle Gebäude, nicht wenige von ihnen zehn oder gar fünfzehn Stockwerke hoch, geschmückt mit glänzenden Marmorfassaden und hübschen Skulpturen. Auf der Straßenebene beherbergten die Gebäude Ladengeschäfte mit breiten Schaufensterfronten, die eine reiche Vielfalt von Waren anboten: Lebensmittel aller Art, Kleidung, Dampfmaschinen für das Heim mit Ergänzungsvorrichtungen, Mobiliar jeder Art, Gemälde und Wandbehänge, Stoffe, Kunstgegenstände, sogar private Motorwagen für jene, die es sich leisten konnten. Nach den Maschinengeräuschen zu urteilen, die zu ihm herabdrangen, und den geschäftigen Arbeitern, die Feric da und dort durch die oberen Fenster sehen konnte, waren die höheren Geschosse dieser mächtigen Gebäude dem Handwerk und der Industrie gewidmet. Ohne Zweifel waren viele von den Gütern, die in den Geschäften im Erdgeschoß zum Verkauf auslagen, an Ort und Stelle gefertigt.

In diesem Bienenstock des Kommerzes und der Industrie war die Luft relativ staubig, aber auch hier waren die Straßen frei von Abfällen jeglicher Art, waren die Gehwege in jeder Weise bewundernswert instand gehalten und reinlich. Welch ein Unterschied zu den schauderhaften Zuständen in den Industrievierteln Gormonds! Feric konnte die Macht und die Leistungskraft der Stadt überall um sich spüren. Es war kein Zweifel daran möglich, daß der rassische Genotyp, der Städte wie diese hervorgebracht hatte, jeder anderen Bevölkerung von intelligenten Lebewesen auf dem Erdenrund rassisch überlegen war. Aufgrund des unumstößlichen Naturgesetzes, daß das Stärkere und Bessere das Schwächere und Geringere verdrängen und ersetzen muß, gehörte die Welt von rechts wegen den Heldern.

Die Menschenmengen, die hier im kommerziellen Zentrum der Stadt auf den Bürgersteigen stehenblieben und das Spektakel beobachteten, als die Kolonne mit flatternden Fahnen und donnerndem Motorenlärm vorüberfuhr, zeigten sich durchaus beeindruckt, und viele der guten Leute taten ihre Sympathien durch spontane Zurufe kund. Obwohl nur wenige von ihnen eine Vorstellung davon haben konnten, was die Parade bezweckte oder wer der im Fond des offenen Wagens sitzende Held war, fühlte Feric sich genötigt, ihre instinktive Zustimmung mit einem gelegentlichen bescheidenen Parteigruß zu belohnen. Diese braven Menschen würden die Bedeutung des Grußes bald verstehen, dies um so mehr, als die hier spürbar werdende spontane Begeisterung einer Rechtfertigung bedurfte.

Feric war glücklich über die unerwartet große Menschenmenge, die seine Kolonne auf der Smaragdpromenade erwartete, dem großen, breiten Prachtboulevard, an dem die bedeutendsten Regierungsgebäude und kulturellen Sehenswürdigkeiten lagen; Menschenmengen, die den heroischen Ausmaßen der Architektur angemessen waren.

Hier erhoben sich einige der größten und sichtbarsten Beweise der Großartigkeit heldonischer Kultur. Das Rathaus war ein massives Bauwerk aus weißem Marmor, mit einer glanzvollen Freitreppe und einer heroischen Säulenfassade. In Wandnischen standen überlebensgroße Bronzefiguren von bemerkenswerten Gestalten aus der heldonischen Geschichte, und das Ganze wurde gekrönt von einer mächtigen, mit verwittertem grünen Kupfer gedeckten Kuppel. Eine gewaltige Säulenfassade zeigte auch das Städtische Theater, dessen Wände mit riesigen Basreliefs mythologischer Darstellungen geschmückt waren, die zu dem Besten zählten, was die Kunst der Bildhauerei in Heldon hervorgebracht hatte. Das Kunstmuseum war ein niedriges Gebäude von nur drei Stockwerken Höhe, aber mit mehreren Flügeln um reizvoll gestaltete Innenhöfe gruppiert, und durch die Erweiterungsbauten verschiedener Epochen ein Lehrbeispiel für die Entwicklung der Architektur und der Stilformen, so daß das äußere Bild die mannigfaltigen Wunder im Inneren widerspiegelte.

Andere öffentliche Gebäude waren ähnlich sorgfältig gestaltet, nur in etwas kleinerem Maßstab, und man hatte keine Anstrengung gescheut, auch noch das geringste von ihnen mit heroischen Statuen, Bronzeplastiken und kunstvoll gearbeitetem Stein, Marmor und Metall zu verschönern. Alle diese Gebäude reihten sich, umgeben von hohen Bäumen und gepflegten Grünanlagen mit Denkmälern, die an die Geschichte des Landes und der Stadt gemahnten, zu beiden Seiten der Smaragdpromenade, deren gesamtes Erscheinungsbild somit von Großzügigkeit und Weite bestimmt war.

Feric sehnte den Tag herbei, da Parteiparaden diesen Prachtboulevard in voller Breite und kilometerlang füllen würden, machtvolle Blöcke aus uniformierten Menschenleibern, die im Gleichschritt zur Marschmusik dahinzogen, überragt von einem Wald scharlachroter Parteifahnen. Bald würde dieser Tag kommen, dessen war er gewiß, doch einstweilen waren das massierte Dröhnen der Motorräder, das Blitzen von Chrom und Lack und das Knattern der Fahnen Schauspiel genug, um diesen prächtigen Boulevard mit lebendiger Energie zu füllen und Angestellte und Beamte aus den Gebäuden zu locken, daß sie die Durchfahrt der Kolonne bestaunten.

Diese brauste die volle Länge der Prachtstraße hinunter, gefolgt von einem wachsenden Kometenschweif von Fahrzeugen, um sich dann in nordwestlicher Richtung vom Stadtzentrum zu entfernen. Die Sonne näherte sich dem Horizont, und Ferics Plan sah die Durchquerung der westlichen Stadtteile vor, ehe die Kolonne gegen Sonnenuntergang — denn dies war unzweifelhaft die dramatischste Stunde für sein Vorhaben — an dem Platz in der Nähe des Stadtzentrums eintreffen würde, der für die erste Massenkundgebung vorgesehen war.

Diese Route führte den Konvoi durch ein weiteres belebtes Geschäftsviertel, dann durch eine Gegend geschmackvoller Wohngebäude; allmählich machten diese wohlunterhaltenen und sauberen Straßen und Häuser einer Nachbarschaft Platz, wo die Architektur zwar ähnlich war, die Fassaden jedoch unreparierte Schäden zeigten, die Straßen voller Unrat und Schmutz lagen, die Wände schmierig und bekritzelt und die Anlagen ungepflegt und zertrampelt waren. Hier trugen die Leute unsaubere und abgetragene Kleider und hatten mißmutige, gleichgültige Gesichter; stumm blieben sie stehen und starrten, als die Kolonne vorbeifuhr, ein ungesunder und insgesamt jämmerlicher Anblick, der nur zu geeignet war, trübe Erinnerungen an das stumpfsinnige Gesindel von Borgravia wachzurufen. Überdies witterte Ferics geübte Nase den Gestank von Dominatoren, der schwer in dieser Luft lag.

Feric beugte sich vorwärts und fragte Bogel: »Was für eine Gegend ist dies?«

Bogel wandte den Kopf mit einer angewiderten Grimasse. »Diese fauligen Kaninchenbaue sind als Unterstadt bekannt. Es ist ein berüchtigtes Universalistennest; das Gesindel hier ist durch und durch infiziert mit der Pestilenz von Zind. In Abständen eruptiert es in aufrührerischen Umzügen aus diesem Pfuhl und verlangt Obszönitäten wie das Öffnen der Grenzen und die Zucht subhumaner Sklavengeschöpfe mit Hilfe der Berater aus Zind. Wenn unsere Farben erst allen bekannt sind, werden wir uns in dieser Gegend nicht blicken lassen dürfen.«

»Im Gegenteil«, widersprach Feric. »In naher Zukunft werden unsere Sturmtruppen das Viertel durchkämmen und die verborgenen Doms erschlagen, die für diesen schädlichen Einfluß auf wahre Menschen verantwortlich sind.«

Festino -80-

»Es ist noch niemandem je gelungen, alle Doms aus diesem Labyrinth auszujäten«, sagte Bogel. »Sie sind überall und nirgends.«

»Dann müssen wir einfach so lange Schädel einschlagen, bis eine Verbesserung der Situation unwiderleglich beweist, daß wir sie alle ausgelöscht haben. Der einzige Weg zur Zerstörung fest etablierter Dominanzmuster ist rücksichtsloses Durchgreifen, selbst wenn dabei im Übereifer ein paar Unschuldige behelligt werden sollten.«

Während die Kolonne durch die schmutzigen Straßen brauste, vorbei an verwahrlosten Anlagen und heruntergekommenen Wohnhäusern, gelobte Feric, daß er so viele von diesen armen Teufeln den Krallen der Dominatoren entreißen und ihrem wahren Heldererbe zurückgeben würde, wie er irgend vermöchte. Was diejenigen betraf, die zu tief in die Dominanzmuster verstrickt waren, um sich daraus befreien zu lassen, so würde es in Anbetracht ihres gegenwärtigen Zustandes ein Akt der Barmherzigkeit sein, sie zu erschlagen.

Als die letzten Sonnenstrahlen die westlichen Hügel rosig und orangegelb entflammten und die Lichter der Stadt angingen, führte Ferics Motorwagen die Kolonne die breite Allee hinauf, die von Süden her zum Brammer Park führte. Hier, auf der abgeflachten Kuppe einer sanften Bodenerhebung im südlichen Teil des Parks, wollte Feric die erste Massenkundgebung der Söhne des Hakenkreuzes veranstalten.

Von der Allee war diese Bodenerhebung jetzt deutlich sichtbar, und Feric erblickte mit Genugtuung das acht Meter hohe flammende Hakenkreuz aus Reisigbündeln, das gleich einem stolzen Leuchtfeuer den Hügel bekrönte. Zu beiden Seiten dieses atemberaubenden Parteisymbols war ein mächtiger Halbkreis von drei Meter hohen Fackeln; als die Kolonne sich dem Park bis auf wenige hundert Meter genähert hatte, sah Feric auch die niedrige Rednertribüne vor dem brennenden Hakenkreuz, flankiert von riesigen scharlachroten Hakenkreuzfahnen. Die Mitglieder der Parteiführung standen in ihren schwarzledernen Uniformen rechts neben der Plattform, die gemietete Militärkapelle in den braunen Uniformen der Ritter zur Linken. Alles schien bereit.

Zurückblickend sah Feric die Zweierreihe der Motorräder mit flatternden Umhängen und Hakenkreuzfahnen; das Brüllen der

Motoren erfüllte die Luft mit einem dumpfen Tosen, das sich aus der Ferne wie das Grollen eines aufziehenden Gewitters ausnehmen mochte. Hinter dieser Sturmtruppe konnte er eine enorme Ansammlung von Dampfwagen, Motorwagen, Dampflastwagen und Fahrrädern ausmachen, die sich wohl einen Kilometer weit über die Allee hinzog und die Fahrbahn von einer Seite zur anderen blockierte. Hinter diesen Fahrzeugen strömte eine gewaltige Menge von Heldern zu Fuß, die sich das große Schauspiel der Kundgebung nicht entgehen lassen wollten. Wahrhaftig, die Bühne war bereitet für einen Wendepunkt in der Geschichte!

Als Ferics Wagen zum Fuß der Bodenerhebung kam, führten die Ritter des Hakenkreuzes ein schneidiges Manöver aus: die beiden Reihen von Motorrädern beschleunigten, während Ferics Fahrer die Geschwindigkeit ein wenig verringerte, so daß der Kommandowagen nun zu beiden Seiten von einer Reihe motorisierter Sturmtruppen flankiert war. Als die Prozession einen Punkt etwa sechzig Meter unter dem riesigen flammenden Hakenkreuz erreichte, dessen Fackelumrahmung in kühnem Relief vor dem dunkelnden Himmel stand, wurde ein weiteres Manöver ausgeführt. Die zwei standartentragenden Motorradfahrer am Kopf der Kolonne fielen zurück und fuhren einwärts, so daß sie eine Ehrenwache unmittelbar vor dem schimmernden schwarzen Kommandowagen wurden. Gleichzeitig brausten die flankierenden Motorradkolonnen voraus, verließen die Straße und donnerten den grasbewachsenen Abhang hinauf, wobei sie gleichmäßige Abstände einhielten. Als die zwei führenden Motorräder bis auf zehn Schritte an die Rednertribüne herangekommen waren, hielten sie an; auch die anderen machten auf der Stelle halt, so daß die zwei Reihen der Motorräder eine Ehrengasse bildeten, die vom Fuß der Anhöhe bis zu ihrer Kuppel reichte.

Am unteren Ende dieses Korridors warteten die Standartenträger und der Kommandowagen, bis das Gros der Menschenmenge die Allee heraufgekommen war und den Kundgebungsort erreichte. Von seinem Platz konnte Feric Bluth, Haulmann, Decker und Parmerob sehen, die nebeneinander zur Rechten der Rednertribüne standen, eindrucksvoll in ihren gutgeschnittenen Parteiuniformen. Einige Schritte abseits von dieser Gruppe stand Stopa in seiner braunen Ritteruniform.

Es dauerte nicht sehr lange, bis die gesamte Allee hinter Ferics Wagen zum Schauplatz eines lärmenden Gedränges wurde.

Zuerst trafen die Motorfahrzeuge ein und entließen ihre Passagiere, dann hielten die Radfahrer und stiegen ab, und schließlich brandete eine gewaltige Menge von Fußgängern heran, wenigstens zehntausend, welche die Fläche zu Füßen der Rednertribüne bis zur letzten Handbreit Bodens füllte. Alle riefen und redeten durcheinander und veranstalteten ein ungeheures Stimmengewirr, aber nicht einer wagte den Wiesenhang zu betreten, wo das Ehrenspalier der motorisierten Ritter auf den Motorrädern saß und hin und wieder die im Leerlauf drehenden Motoren aufbrüllen ließ, daß der menschliche Tumult für Augenblicke übertönt wurde.

Als er den Eindruck hatte, daß der psychologisch richtige Moment gekommen war, gab Feric seinem Fahrer einen Befehl, und der Mann hob den ausgestreckten Arm zum Parteigruß.

Sofort setzte die Militärkapelle mit einem schmetternden Marsch ein, und die beiden Standartenträger fuhren durch das Ehrenspalier langsam den Hang hinauf. Als Ferics Wagen ihnen folgte, entboten die Ritter zu beiden Seiten den Parteigruß, bis der Wagen vorbei war, dann schlossen sie sich ihm mit ihren Motorrädern an, so daß sich zu dem Zeitpunkt, da der Wagen den Platz vor der Rednertribüne erreicht hatte, die Doppelreihe der Motorräder wieder hinter ihm war. Sobald der Wagen hielt, flankiert von den Standartenträgern, teilte sich die Eskorte und bildete zwanzig Meter hangabwärts vom Halbkreis der Fackeln einen zweiten Halbkreis von Motorrädern, einen schützenden Wall zwischen der Rednertribüne und der unübersehbaren Menschenmenge, die nun den Abhang herauf wogte.

Bogel und Dugel verließen den Kommandowagen mit einem Minimum von Zeremoniell und gesellten sich zu den anderen Parteifunktionären neben der Rednertribüne. Feric wartete im Wagen, bis die andrängende Menge den Halbkreis der Motorräder erreicht hatte.

Dann stieg er langsam aus dem Wagen. In dem Augenblick, als sein Fuß den Erdboden betrat, rissen alle Parteifunktionäre und Ritter ihre Arme im Parteigruß empor, und ein herzhaftes, vielstimmiges »Heil Jaggar!« erfüllte die Luft.

Die Arme blieben ausgestreckt, bis Feric die Rednertribüne erreicht hatte und der Wagen hinter das riesige brennende Hakenkreuz gefahren worden war, wo er das Schauspiel nicht stören konnte. Statt die Tribüne mit dem blumengeschmückten Rednerpult zu betreten, wandte sich Feric der großen Menschenmenge zu seinen Füßen zu; einem Publikum von hinlänglicher Größe für seinen Zweck. Nach einer Pause zur Verstärkung des dramatischen Effekts entbot er der Menge den Parteigruß.

Augenblicklich antworteten die Parteifunktionäre und die Ritter des Hakenkreuzes mit schneidigem Hackenknallen, zum Salut hochgerissenen Armen und dem erneuten Kampfruf: »Heil Jaggar!« Darauf ließen sie die Arme sinken.

Feric stand neben der Rednertribüne, die rechte Hand am Griff des Stahlkommandeurs, und blickte entschlossen über das vieltausendköpfige Publikum hin, während Bogel die Tribüne erstieg, an das Rednerpult trat und eine kurze einleitende Ansprache hielt.

»Heute abend spreche ich zu Ihnen nicht als Vorsitzender der Partei der menschlichen Wiedergeburt, denn diese Partei ist nicht mehr. Wie der legendäre Phönix erhebt sich jetzt etwas bei weitem Großartigeres und Ruhmreicheres aus ihrer Asche, der wahre und letzte Ausdruck des rassischen Willens von Heldon, eine neue Partei, ein neuer Kreuzzug, eine neue Sache: die Söhne des Hakenkreuzes! Und um diese machtvolle neue Kraft zu leiten, ein neuer Mann, ein neuer Führer, ein Held im besten Sinne des Wortes. Ich übergebe das Wort dem Führer der Söhne des Hakenkreuzes, Feric Jaggar!«

Bogel beendete seine Vorstellung mit einem Zusammenschlagen der Hacken und dem Parteigruß. Sofort antworteten alle Ritter und Parteifunktionäre im gleichen Stil und riefen im Chor: »Heil Jaggar!«

Die strategisch durch die Zuschauermenge verteilten Gruppen von Parteimitgliedern taten es ihnen gleich und lösten eine gewisse Zahl von spontanen Ehrenbezeigungen und Zurufen unter dem Publikum aus, die insgesamt eine lebhafte Reaktion ergaben.

Während die Heilrufe andauerten, verließ Bogel die Rednertribüne; und nach einer angemessenen Pause gab Feric ein Handzeichen, und ein jähes Trompetengeschmetter durchschnitt den Lärm. Damit erstieg Feric selbst die Tribüne; das acht Meter hohe brennende Hakenkreuz erhob sich hinter ihm glorreich in den Nachthimmel, badete ihn in heroischen roten Feuerschein, blitzte von den Knöpfen und Spangen seiner schimmernden schwarzen Lederuniform und in seinen Augen.

Er fühlte die unheimliche Stille in der Luft über der ungeheuren Menge wie eine physikalische Kraft; Tausende von Menschen standen Schulter an Schulter, soweit das Auge reichte, und jede Faser einer jeden Seele war auf ihn und ihn allein konzentriert, wartete, daß er spreche. Er fühlte sich von der unwiderstehlichen Macht des Schicksals durchströmt, die sich nahtlos mit der Energie seines eigenen machtvollen Willens verband. Er war die Inkarnation der großen Bestimmung dieser Rasse, die Verkörperung des rassischen Willens, und er spürte, daß die Menschenmenge zu seinen Füßen es wußte. Er war der Wille Heldons; er konnte und würde nicht versagen.

Spontan sprangen ihm die Worte zu seiner Rede über die Lippen. »Mehr als tausend Jahre sind seit der Zeit des Feuers vergangen, und noch immer durchstreifen Mutanten die Länder der Erde und verseuchen die wahre Menschheit mit ihren verdorbenen und deformierten Genen. Wer kann leugnen, daß Heldon eine Bastion rassischer Reinheit in einer weltweiten See von Pestilenz ist? Im Süden liegt Bogravia, ein Staat, der reich ist an genetischem Potential und daher von rechts wegen ein Teil der Helder-Domäne, gegenwärtig aber regiert von nichtswürdigen Mutanten und Bastarden, die durch Rassenmischung alle Spuren des reinen menschlichen Genotyps auf ihrem Territorium auszulöschen trachten. Im Westen liegen Vetonia und Husak, Misthaufen genetischen Schmutzes, um keinen Deut weniger verdorben, wo der wahre menschliche Genotyp verfolgt und erniedrigt wird. Jenseits dieser politischen Obszönitäten liegen die genetischen Senkgruben von Cressia, Arbona, Karmath und ihresgleichen, wo die Genreservoire von einer Art sind, daß sie nur die totale Ausrottung rechtfertigen, und jenseits davon gibt es nichts als radioaktive Einöden. Alle diese Mutanten und Bastarde sind unsere unversöhnlichen rassischen Feinde — und das ist nicht das Schlimmste!«

Feric machte eine Kunstpause, und in diesem kurzen Augenblick fühlte er die überwältigende Woge psychischer Macht und hingerissener Zustimmung, die ihn von den zehntausend Augenpaaren erreichte. Er spürte ihren bodenlosen Hunger nach mehr von der gleichen Kost: das Volk der Helder hatte eine rassische Sehnsucht nach der einfachen, ungeschminkten Wahrheit, die allzu lange vertuscht und unterdrückt worden war. Sie standen völlig auf seiner Seite.

»Nein, das ist nicht annähernd das Schlimmste!« brüllte Feric. »Denn im Osten, hinter politischen Scherzartikeln wie Wolack und Malax, lauert die unvorstellbare weite und beispiellose Fäulnis der Sklavengruben von Zind! Die Hälfte der Mutantenbevölkerung der Erde unter der Kontrolle einer Handvoll Dominatoren! Enorme Ressourcen und eine gigantische Bevölkerung unter dem Kommando widerwärtiger Doms, deren größter Wunsch es ist, die letzten Überreste wahrer Menschheit vom Angesicht der Erde auszutilgen und für alle Zeit über ein weltweites seelenloses Sklavengesindel zu herrschen! Und auch das ist noch nicht das Schlimmste!«

Wieder hielt Feric in seiner Rede inne, und als er es tat, wurde ihm das tausendfache Atemholen der Menge zu seinen Füßen hörbar. Er weckte ihre betrogenen, schlafenden Instinkte rassischen Willens und rechtschaffener Empörung. Er entflammte ihren Geist, indem er es wagte, die einfache Wahrheit auszusprechen. Er formte eine unwiderstehliche Gewalt rassischer Kraft.

»Das Schlimmste von allem ist hier in Heldon!« fuhr er fort. »Hier haben wir eine Regierung von Feiglingen und Schwächlingen, welche dem unverschämten Gesindel die Stiefel lecken, indem sie auf die Vorteile der Zucht gehirnloser Sklaven und der Milderung der strengen Gesetze zur Reinhaltung der Rasse hinweisen. Damit hoffen sie ihre eigene wertlose Haut an dem Tag der Abrechnung zu retten, der sicherlich kommen muß. In Heldon, der letzten Hoffnung des wahren menschlichen Genotyps, haben wir eine Regierung von Schwachköpfen, die sich bei den widerwärtigen Universalisten anbiedern, obwohl ihnen sehr gut bekannt ist, daß dieser sogenannte Universalismus die zynische Erfindung der Dominatoren von Zind ist. In Heldon, im Vaterland menschlicher Reinheit, sind wir mit einer unbekannten Zahl von im Versteckten lebenden Doms infiziert, die ihr Leben mit inhumanem Fanatismus unserer völligen Zerstörung gewidmet haben!«

Als Feric diesmal innehielt, ging ein mächtiges Brausen zorniger Stimmen durch die Menge. Ein Wald von Fäusten fuchtelte in der Luft, und empörte Zurufe vermischten sich mit Beifall. Die tiefsten rassischen Instinkte des Volkes waren nun aufgerüttelt aus der Lethargie, zu der man sie eingeschläfert hatte. Entschlossenheit lag in der Luft, und ein Durst nach dem Blut von Dominatoren.

»Was jetzt gebraucht wird, ist eine neue fanatische Entschlossenheit zur Erhaltung der rassischen Reinheit unseres Vaterlandes! Was jetzt gebraucht wird, ist eine Regierung mit dem eisernen Willen, ganz Heldon von Doms zu befreien und das Land bis zum letzten verseuchten Gen mit Feuer und Stahl zu reinigen! Was jetzt gebraucht wird, ist eine Außenpolitik, die rücksichtslos der völligen und endgültigen Eroberung allen bewohnbaren Bodens auf der Erde gewidmet ist. Was jetzt gebraucht wird, ist eine neue Partei von heroischer Entschlossenheit, beseelt von dem fanatischen Eifer, das gegenwärtige Gesindel aus der Regierungsverantwortung zu entfernen und auf den Misthaufen der Geschichte zu werfen! Was jetzt gebraucht wird, ist Führerschaft, die willens und in der Lage ist, das Volk zu einer Gemeinschaft zusammenzuschweißen und zu einem vernichtenden und endgültigen Sieg über alle Doms und Mutanten und Bastarde zu führen, die sich uns entgegenstellen! Was Heldon jetzt braucht, ist die rückhaltlose, fanatische Unterstützung der Söhne des Hakenkreuzes durch alle rechten Männer!«

Ein überwältigendes Beifallsgebrüll erhob sich von der Menge. Zehntausend und mehr Arme reckten sich in spontaner Ehrenbezeigung zu ihm empor. Feric ließ diese herzhafte Demonstration eine Weile andauern, während er über die jubelnde Menge hinblickte, eine Gestalt völliger Entschlossenheit, umgeben vom feurigen Glorienschein des riesigen Hakenkreuzes, das den Himmel hinter ihm beherrschte.

Dann zog er mit dramatischer Gebärde den Großen Knüppel von Held und streckte die Waffe im Parteigruß gegen die Menge aus. Der Jubel erstarb und machte unruhigem Gemurmel und einem kollektiven Keuchen Platz, als das Erkennen des legendären Reichszepters sich durch die Menge ausbreitete; innerhalb von einer Minute war völlige Stille eingekehrt.

Das schimmernde Kopfstück der Waffe glänzte im Widerschein des Feuers wie eine kleine Sonne, als er die Keule hoch über den Kopf reckte und seine Stimme zu äußerster Stärke steigerte. »Ich halte in meiner Hand den Großen Knüppel von Held, und dadurch beanspruche ich die alleinige, rechtmäßige Herrschaft über ganz Heldon und was jenseits davon liegt, nicht für mich, sondern im Namen des Hakenkreuzes! Ich widme mich selbst, die Söhne des Hakenkreuzes und diese geheiligte Waffe der Reinigung des Vaterlandes mit Blut und Eisen und der Erweiterung der Herrschaft der wahren Menschheit über den ganzen Erdkreis! Wir werden nicht eher ruhen, als bis das letzte Mutantengen vom Angesicht der Erde verschwunden ist!«

Wie mit einer mächtigen Stimme und mit unheimlicher Präzision streckten sich zehntausend Arme ihm entgegen, und die

Menge brüllte im Chor: »Heil Jaggar! Heil Jaggar! Heil Jaggar!« Der aufbrandende Ruf aus so vielen Kehlen schien stark genug, die Himmel zu spalten und die Götter selbst einzuschüchtern.

Feric hängte den großen Knüppel an seinen Gürtel und erwiderte strahlend den Gruß. Darauf verdoppelte sich der brausende Ruf in Volumen und Intensität, und Feric fühlte sich zu ungeahnten Höhen rassischen Ruhmes emporgetragen. Zehntausend und mehr Helder waren zu fanatischen Anhängern der Partei geworden. Wie eine Fackel das große Hakenkreuz aus Reisigbündeln entzündet hatte, das hinter ihm brannte, so hatten seine Worte und sein Wille das Hakenkreuz in den Seelen dieser guten Helder entflammt. Und wie das Hakenkreuz aus Feuer den Nachthimmel erhellte, so würde das Hakenkreuz in den Seelen der Helder die Dunkelheit des Geistes erhellen und die Flagge des Neuen Zeitalters verherrlichen.

7

Die Söhne des Hakenkreuzes hatten das vierte Geschoß eines zehnstöckigen Gebäudes gemietet, das im übrigen von Geschäftsfirmen, Ärzten, Anwälten und dergleichen genutzt wurde. Auf Ferics Anweisung hatte Haulmann eine Situation gewählt, in welcher die Partei der wichtigste Mieter des Hausbesitzers war; er war sogar noch einen Schritt weitergegangen und hatte die Etage von einem alten Freund gemietet, der tief in seiner Schuld stand. Infolgedessen war Feric in der Lage gewesen, eine Umgestaltung der gesamten Fassade des Hauses durchzusetzen, obwohl die Partei nur eines der zehn Stockwerke benutzte.

Die oberen sechs Stockwerke aus schwarzem Haustein waren rot gestrichen worden, und auf diesem riesigen roten Feld war ein schwarzes Hakenkreuz in einem weißen Kreis von entsprechenden Proportionen angebracht, so daß die obere Hälfte der Fassade in eine gigantische Parteifahne verwandelt war. Unmittelbar darunter war in großen bronzenen Buchstaben zu lesen: ›Nationales Hauptquartier der Söhne des Hakenkreuzes.‹ Zwei große Parteifahnen hingen über der Straße. Alles in allem war es Feric gelungen, die Fassade dieses gewöhnlichen Bürohauses seinem Stil und Zweck anzupassen.

Nachdem das Parteihauptquartier buchstäblich ein riesiges rotes Tuch vor den Nasen des Universalistenabschaums war, hatte man geeignete Sicherheitsvorkehrungen getroffen. Eine Abteilung uniformierter Ritter, bewaffnet mit Pistolen und Knüppeln, bewachten den Straßeneingang des Gebäudes zu jeder Tages- und Nachtstunde. Vier weitere Posten bewachten das Stockwerk, und auf dem Dach des Gebäudes waren vier ständig besetzte Maschinengewehrstellungen, die alle Zugangswege abdeckten. Patrouillen von jeweils sechs Rittern machten bei Tag und Nacht zu unregelmäßigen Zeiten die Runde um das Gebäude.

Gegenüber vom Hauptquartier und von diesem durch eine Seitenstraße getrennt, war ein hoher, elektrisch geladener Zaun um ein unbebautes Grundstück gezogen. Der Strom wurde von einer Dampfmaschine innerhalb der Einfriedung erzeugt, und hier lebte die Garnison der Ritter in einer Anzahl niedriger hölzerner Baracken. Zweihundert Motorradfahrer und ihre Fahrzeuge waren in diesem Bereich kaserniert. Im Falle eines Angriffs gegen das Polizeihauptquartier würde der Abschaum zwischen die Männer im Gebäude und diese motorisierten Sturmtruppen geraten und zerschmettert werden. Es schien sogar möglich, Angriffe von Elementen der regulären Streitkräfte längere Zeit abzuwehren.

Das vierte Stockwerk war in eine Anzahl Büros, Besprechungszimmer und Schlafräume unterteilt. Während Stag Stopa mit den Rittern im Barackenlager nächtigte und die anderen Parteifunktionäre weiterhin ihre Privathäuser bewohnten, schlief Feric selbst in einem Schlafraum neben seinem Büro, und Bogel hatte eine ähnliche Lösung gewählt. Außerdem schlief Ludolf Best im Hauptquartier, ein scharfsinniger junger Mann, dessen Intelligenz und unverbrüchliche Treue zur Sache und zu Ferics Person ihn zum idealen persönlichen Adjutanten und Sekretär machten.

Ferics Büro, wenngleich das größte im Parteihauptquartier, war mit Vorsatz einfach und nüchtern gehalten. Die Wände trugen eine schmucklose Holzverkleidung, der Boden war mit Fliesen belegt, die das schwarze Hakenkreuz im weißen Kreis auf rotem Grund wiederholten. Gegenüber von Ferics einfachem eichenem Schreibtisch waren drei Reihen hölzerner Bänke aufgestellt, so daß er ohne weiteres auch größere Gruppen instruieren konnte, wenn sich die Notwendigkeit ergab. Auf dem Schreibtisch lag der Große Knüppel von Held auf einem mit schwarzem Samt bezogenen Tablett. Dieser sowie die schwarzen Vorhänge an den beiden Fenstern, die große Parteiflagge, die hinter Ferics

Schreibtisch an der Wand herabhing, und ein riesiges Ölgemälde, das die Schlacht von Rust darstellte, waren die einzige Dekoration des Büros.

Auf Bogels Beharren war mit erheblichem finanziellem Aufwand ein privater Fernsehempfänger gekauft worden. Dieser war ein einfacher Stahlkasten mit einer Glasfront, der unauffällig in einer Ecke stand. Jetzt saßen Feric und Bogel auf einer der Bänke und schickten sich an, dieses kostspielige Gerät zum erstenmal auszuprobieren.

»Sehen Sie, Feric, die Ausgabe ist wirklich lohnend«, sagte Bogel zum zehnten Mal. »Mit diesem Empfänger können wir jede öffentliche Fernsehsendung verfolgen; auf diese Weise lassen sich wertvolle Informationen gewinnen.«

Feric verfolgte mit zweifelnder Miene, wie der Finanzminister zu den Mittagsnachrichten einen weitschweifigen Bericht über die wirtschaftliche Lage gab. Der Sinn des Ganzen wollte ihm nicht recht einleuchten. Die öffentlichen Fernsehsendungen wurden gänzlich vom gegenwärtigen dekadenten Regime kontrolliert. Es gab keinen Zweifel, daß Fernsehnachrichten ein Propagandawerkzeug von immensem Potential waren, da sie über die öffentlichen Fernsehempfänger auf jedem öffentlichen Platz in Heldon einen großen Teil der Bevölkerung erreichte. Aber weil die Regierung die absolute Kontrolle über dieses Kommunikationsmittel hatte, schien es ausgeschlossen, daß die Partei jemals in der Lage sein würde, dieses neueste Wunder der heldonischen Wissenschaft für ihre eigenen patriotischen Ziele einzusetzen.

Plötzlich weiteten sich seine Augen in Verblüffung, als er sich selbst auf dem Bildschirm gewahrte, im Hintergrund das brennende Hakenkreuz. Aus dem Lautsprecher drang jedoch nicht seine Stimme, sondern die des offiziellen Berichterstatters: ». . . diese dritte Massenkundgebung der Söhne des Hakenkreuzes in ebenso vielen Wochen sollte in tragischer Gewalt enden . . .«

Der Bildschirm zeigte nun die Smaragdpromenade von einer Straßenseite zur andern angefüllt mit einem unübersehbaren Demonstrationszug. Alle Teilnehmer trugen Hakenkreuzarmbinden, viele führten brennende Fackeln mit sich. Hunderte von roten Hakenkreuzfahnen waren zu sehen, die triumphierend über den Köpfen der Kundgebungsteilnehmer flatterten.

»Die Dummheit dieses liberalen Regimes verblüfft mich, Bogel!« bemerkte Feric. »Es scheint, daß wir diesen Kretins nur Schaufeln in die Hände zu geben brauchen, damit sie sich mit Freuden ihr eigenes Massengrab ausheben.«

»Von ihrem Standpunkt aus gesehen, erziehen sie die Bevölkerung durch negative Nachrichtenauslese gegen eine Bedrohung dessen, was sie die freiheitliche Grundordnung des Staates nennen«, erwiderte Bogel. »Dabei tun sie ihr Bestes, um ganz Heldon auf unsere Existenz aufmerksam zu machen.«

Nun zeigte der Bildschirm eine geschlossene Formation von Rittern auf ihren blitzenden Motorrädern, gekleidet in die gutsitzenden braunen Uniformen und roten Umhänge.

». . . nahm einen friedlichen Verlauf, bis die Demonstranten die Unterstadt erreichten, wo sie auf den Widerstand von Anhängern der Universalisten stießen, die ihnen den Durchmarsch verwehren wollten . . .«

Nun kam die verwahrloste Unterstadt ins Bild, und man sah die Söhne des Hakenkreuzes durch die schmutzigen Straßen branden. Plötzlich drang ein Haufen Männer, alle schlecht gekleidet, schmierig und bewaffnet mit einem Sortiment von Keulen und Messern, aus einer Seitenstraße vor und brach in das Gedränge der unbewaffneten Demonstranten ein. Sofort warfen zehn bis fünfzehn Ritter ihre Maschinen herum und setzten diesem feigen Lumpenpack mit ihren langen Stahlknüppeln nach. Die wenigen Angreifer, die nicht innerhalb einer Minute niedergeschlagen waren, flohen heulend und mit blutigen Köpfen vom Kampfplatz.

Obgleich der Regierungskommentator fortfuhr, von Hakenkreuzbanden zu schwafeln, die ihre Meinungsverschiedenheiten mit Andersdenkenden zum Schaden der friedfertigen Bevölkerung und zu Lasten von Ruhe und Ordnung auf den Straßen austrügen, wußte Feric recht gut, daß die braven Helder, die das Spektakel auf den öffentlichen Plätzen überall im Land verfolgten, dem eigenen Augenschein mehr trauen würden als dem Gefasel eines von der Regierung bezahlten Tatsachenverdrehers, und was sie sahen, war der Triumph des Hakenkreuzes. So weit war die Fäulnis in den Schädeln der Rassenverräter fortgeschritten, daß sie Propaganda für das Hakenkreuz machten, während sie es zu bekämpfen vermeinten. Der Anblick einer diszipliniert marschierenden Menschenmenge unter dem Zeichen des Hakenkreuzes, feige Angriffe unsauberen Gelichters aus dem Hinterhalt energisch und ohne Panik abwehrend, sprach unmittelbar zum Herzen, wo die schalen Verdammungsurteile des oberlehrerhaften Berichterstatters den Fernsehteilnehmern bestenfalls die Galle überlaufen lassen konnten.

»Es muß einen Weg geben, diese Schwachköpfe dahin zu bringen, daß sie der Partei Sendezeit einräumen«, sagte Feric. »Wenn wir unsere eigene Propaganda aussenden könnten, daß sie auf jedem öffentlichen Platz im Land gehört und gesehen werden kann, dann müßte es gelingen, die entartete Verräterbande in ein paar Monaten aus der Regierung hinwegzufegen und in die Kloake zu spülen, wohin sie gehört.«

»Wie die Dinge liegen, haben wir zumindest noch die Möglichkeit, unsere Kundgebungen und Aufmärsche zu veranstalten«, sagte Bogel. »Damit haben wir in der Vergangenheit ein enormes Maß an Publizität erreicht.«

Feric nickte lächelnd. »Wenn nach einem Aufmarsch ein paar tote Universalisten in der Gosse liegen, ist die Fernsehübertragung so gut wie gesichert!«

Bogel hatte den Empfänger kaum ausgeschaltet, als Ludolf Best, schneidig in seiner gutgeschnittenen schwarzen Parteiuniform, das Büro betrat, auf Feric zuging, die Absätze zusammenschlug, den Parteigruß entbot und in strammer Haltung verharrte.

»Was gibt es, Best?«

»Mein Führer, Brigadegeneral Lar Waffing ist hier und ersucht um ein sofortiges Gespräch.«

»Was wissen Sie von diesem Waffing, Bogel?« fragte Feric.

»Er ist eine bedeutende Figur«, antwortete Bogel. »Während des Krieges befehligte er ein Flugzeuggeschwader und wurde als junger Held berühmt. Obwohl seine Familie sehr vermögend ist, blieb er nach dem Krieg beim Militär und machte erfolgreich Karriere, bis er schließlich aus Protest gegen die knieweiche Politik des gegenwärtigen Regimes als Brigadegeneral seinen Abschied nahm.«

Dieser Waffing schien ein wahrer Patriot und ein Mann von beträchtlichem Kampfgeist zu sein, dachte Feric. Unzweifelhaft hatte er noch immer großen Einfluß in militärischen und auch wirtschaftlichen Kreisen.

»Führen Sie ihn herein, Best«, befahl Feric. Er stand auf, ging durch den Raum und setzte sich der Würde zuliebe hinter seinen Schreibtisch.

Der Mann, den Best ins Büro führte, machte eine extravagante, wenn nicht komische Figur. Waffing war groß, mit ebenmäßigen Zügen, die höchste rassische Reinheit verrieten, und hatte ein gerades, herzhaftes, männliches Wesen. Doch hatte er seit den Tagen seiner fliegerischen Heldentaten beträchtlich an Gewicht zugelegt. Er trug einen grauen, freizügig mit Goldlitzen besetzten Anzug in militärischem Schnitt, dazu einen hellblauen Umhang; an einem gewöhnlichen Mann von Waffings Leibesumfang hätte dieser Aufputz lächerlich gewirkt, aber Waffing besaß eine hinreichende Ausstrahlung von Willenskraft und Männlichkeit, um sich darüber hinwegzusetzen.

Die beiden Männer machten vor Ferics Schreibtisch halt, und zu seiner freudigen Überraschung schloß Waffing sich dem Parteigruß des Adjutanten an und ließ ein durch und durch kerniges »Heil Jaggar!« ertönen.

Feric erwiderte den Gruß mit einem strahlenden Lächeln, schickte Best hinaus und lud Waffing ein, sich neben Bogel auf die vorderste Bank zu setzen. Etwas an Waffing sagte Feric zu, ganz unabhängig von dem Gebrauch, den man von einem Mann dieses Ranges möglicherweise machen konnte.

»Ich sehe, daß Sie ein gerader Kerl sind, mit dem ich offen reden kann, Jaggar«, sagte Waffing mit tiefer, kräftiger Stimme. »Ein Mann nach meinem Geschmack. Mir gefällt, was Sie machen. Wie ich selbst viele Male gesagt habe, ist die einzig richtige Behandlung von Feinden der genetischen Reinheit, daß man ihnen die Schädel einschlägt, und es freut mich zu sehen, daß es in Heldon endlich eine Partei gibt, die sich genau das vorgenommen hat. Mir gefällt auch, was Sie sagen, Jaggar; das meiste davon habe ich seit Jahren vertreten, aber ich bin nicht so wortgewandt wie Sie, und außerdem hatte ich nicht die Absicht, mich mit den Intrigen, Begeiferungen und Kleinlichkeiten von Wahlvorgängen zu beschmutzen. Aber Sie haben die Söhne des Hakenkreuzes offensichtlich zu einem Ausdruck des rassischen Willens gemacht, statt zu einem Verein zur Erzeugung heißer Luft, und darum habe ich das Vergnügen, Ihnen meine Dienste anzubieten.«

Feric war tief gerührt von diesem Loyalitätsbekenntnis eines derart hochkarätigen Mannes. Waffings unumwundene Aufrichtigkeit war völlig überzeugend, und dies um so mehr, als keine Spur von falscher Ehrerbietung darin war. Nur ein wertvoller Charakter, sicher in dem Wissen um seine eigene heroische Natur, konnte eine solch unmittelbare Vertrauenserklärung in die Sache abgeben, ohne entweder arrogant oder unterwürfig zu erscheinen.

»Ich heiße Sie herzlich willkommen und beglückwünsche Sie zu Ihrer Mitgliedschaft in der Partei, General«, sagte Feric. »Ich bin überzeugt, daß Sie der gemeinsamen Sache gute Dienste leisten werden.«

»Dessen bin ich genauso sicher wie Sie!« rief Waffing mit herzhaftem Lachen. »Nach allem, was ich über Ihre Organisation habe in Erfahrung bringen können — was nicht wenig ist, da ich Zugang zu allen nachrichtendienstlichen Meldungen beim Generalkommando habe —, fehlt es Ihnen an einem militärischen Kopf. Sie selbst besitzen natürlich die Instinkte eines Strategen und Oberkommandierenden, aber dann sinkt das Niveau der militärischen Führerschaft bis hinab in den Abgrund dieses Raufboldes Stopa.«

»Stopa verrichtet seine Arbeit zufriedenstellend«, erwiderte Feric vorsichtig. »Die eingeschlagenen Köpfe Hunderter von Universalisten-Rowdies sind ein Zeugnis für die Energie und die Tüchtigkeit der Ritter des Hakenkreuzes unter seinem Kommando.«

Waffing lächelte. »Ohne Zweifel, ohne Zweifel«, sagte er. »Ich bin überzeugt, daß der Mann seinen kleinen Trupp einstweilen gut genug führt. Aber Sie können nicht ernsthaft erwägen, einen Mann dieses Schlages an die Spitze einer wirklichen Armee zu stellen.«

Feric spürte eine tiefere Bedeutung hinter alledem. »Die Ritter des Hakenkreuzes sind bloß eine Schutztruppe der Partei«, sagte er milde. »Man kann sie kaum als eine Armee bezeichnen.«

»Ich will offen mit Ihnen reden«, sagte Waffing. »Ein großer Teil der Mitglieder des Generalkommandos bringt den Söhnen des Hakenkreuzes Sympathie entgegen, aber in dem entschiedenen Interesse, ihre eigene Position zu erhalten, werden sie einen weiteren wesentlichen Machtzuwachs der Ritter unter der gegenwärtigen Führung nicht tatenlos hinnehmen.«

»Unter der gegenwärtigen Führung?«

»Sie können vom Generalkommando kaum erwarten, daß es auf die freundlichen Absichten einer mächtigen Streitkraft vertraut, die von einem Mann wie Stopa geführt wird. Wenn Ihre Sturmtruppe andererseits von einem Mann geführt würde, dem die Generäle vertrauen, so würde sie das in ihrem Glauben bestärken, daß die Ritter des Hakenkreuzes ein Verbündeter und kein Rivale sind.«

Feric konnte ein Schmunzeln nicht unterdrücken. »Von einem Mann wie Ihnen?« fragte er Waffing.

Der andere lächelte in gespielter Bescheidenheit. »Es ist wahr, daß ich ein erfahrener Truppenführer bin und daß ich das Vertrauen des Generalkommandos genieße«, sagte er. »Was meine persönlichen Qualifikationen betrifft, so würde ich mir nicht anmaßen, Ihnen in dieser Hinsicht Ratschläge zu geben.«

»Sind Sie vom Generalkommando zu diesem Schritt ermuntert worden?«

Waffings Antwort kam ohne einen Augenblick des Zögerns und war von absoluter Aufrichtigkeit gekennzeichnet. »Meine Loyalität gilt Ihnen persönlich und den Söhnen des Hakenkreuzes, mein Führer!« rief er aus. »Wenn Sie es befehlen, werde ich einen Posten als Latrinenaufseher annehmen, um Ihnen und dem Hakenkreuz zu dienen! Das Generalkommando weiß nichts von diesem Besuch; ich informiere Sie lediglich über die Einstellung der Generäle und schlage eine Lösung vor.«

Die Situation war kristallklar. So lange Stopa das Kommando führte, würde die Armee nicht erlauben, daß die Ritter bis zu einem Punkt wuchsen, wo sie eine potentielle Gefahr darstellten, mit anderen Worten, wo sie eine militärisch brauchbare Streitmacht wurden. Wurde hingegen Waffing oberster Kommandeur der Ritter des Hakenkreuzes, so würde das Generalkommando die Situation weniger kritisch betrachten; es könnte sogar ganz für die Sache der Partei gewonnen werden, da es zum überwiegenden Teil aus guten heldonischen Patrioten bestand. Auf der anderen Seite bestand die Kerntruppe der Ritter aus den ehemaligen Rächern und den Männern, die sie rekrutiert hatten; diese Burschen brachten Stopa eine Ehrfurcht entgegen, die nur von ihrem Respekt vor seiner, Ferics Person, übertroffen wurde. Stopa durch einen Außenseiter wie Waffing zu ersetzen, würde mit Gewißheit zu Unruhe in der Truppe führen. Eine subtile Lösung war vonnöten.

»Ich werde Sie zum Sicherheitssekretär der Partei ernennen«, sagte Feric. »Ich werde eine neue Leibwache schaffen, die den Namen Schutzstaffel erhalten wird, eine wahre Elite, deren Mitglieder nach den Gesichtspunkten persönlicher Treue, genetischer Reinheit, körperlicher Gesundheit und hoher Intelligenz ausgewählt werden. Sie werden unmittelbar weder die Ritter noch die Schutzstaffel kommandieren; in Ihrer Eigenschaft als Sicherheitssekretär werden Sie jedoch der Vorgesetzte der Kommandeure beider Sturmtruppen sein. Dieses Arrangement sollte die Herren vom Generalkommando besänftigen.«

Waffing lächelte breit. »Ein Geniestreich!« erklärte er. »Besser als ich selbst es hätte ausdenken können. »Wieder lachte er herzhaft. »Wenn Sie mich besser kennen«, sagte er schelmisch, »werden Sie erkennen, was für ein großes Kompliment ein solches Eingeständnis ist, wenn es aus dem Munde von Lar Waffing kommt!«

Darauf konnten Bogel und Feric selbst nicht umhin, in kameradschaftliches Gelächter auszubrechen.

Endlich war Feric in der Lage, die erste Vollversammlung des Hakenkreuzkreises einzuberufen, die gründlich reorganisierte und umbenannte Parteihierarchie, und die Veranstaltung gab ihm Gelegenheit zu Freude und Befriedigung über die großen Veränderungen, die er bewirkt hatte. Verschwunden waren die armseligen Parteititel, ersetzt durch klare und kraftvolle Ehrenbezeichnungen, die überdies den Zweck hatten, die Befehlskette zu verdeutlichen. Verschwunden waren die individualistischen Ausdrucksformen in der Kleidung, mit denen die Parteiführer anfangs aufgetreten waren; mit Ausnahme Stopas, der seine braune Ritteruniform trug, waren alle Männer, die in dem nüchternen Konferenzsaal um die lange Eichentafel saßen, in die schwarze Lederuniform der Parteielite gekleidet.

Auch die Zusammensetzung des Hakenkreuzkreises spiegelte Ferics Willen wider. Bogel war jetzt Großkommandeur des Öffentlichen Willens und zuständig für die Formulierung des Parteiprogramms und die Aufgabe, die darin gesetzten Ziele zum Wunsch der Bevölkerung zu machen, womit Leute wie Parmerob und Marker aus den entscheidenden Parteigremien verbannt wurden. Haulmann war noch immer Schatzmeister der Partei, aber ohne den Rang eines Großkommandeurs; eine Unterscheidung, die die Beziehung zwischen wirtschaftlicher Notwendigkeit und Parteipolitik hinlänglich verdeutlichte. Waffing war Großkommandeur der Sicherheitskräfte. Stopa hatte den etwas unklaren Titel eines Kommandanten der Ritter des Hakenkreuzes erhalten, der ihn Waffing unterstellte, doch hatte er das Anrecht auf einen Platz im Hakenkreuzkreis. Um der Symmetrie willen war auch Bors Remler, der Kommandant der neuen

Schutzstaffel, in den Hakenkreuzkreis aufgenommen worden. Um die absolute Vorherrschaft seiner Position als Oberkommandierender zu betonen, hatte Feric auch Best in den Hakenkreuzkreis aufgenommen, und dies mit dem vollen Rang eines Großkommandeurs, obwohl er in seinem Kompetenzrahmen nicht einen einzigen Untergebenen hatte. Was Bluth und Decker betraf, so waren sie in das Dunkel der unteren Parteigliederungen verbannt worden, wie es solchen Nullen zukam. Alles in allem war das Haus der Partei geordnet und gut bestellt für den bevorstehenden heroischen Kampf.

Feric eröffnete die Versammlung ohne Formalitäten; die Versammlung glich mehr einer Zusammenkunft von Kameraden zur Diskussion der Kampfstrategie, als den wichtigtuerischen Heißluftsitzungen des Vorstands einer bourgeoisen Partei. »Unser letztes Ziel ist die Wiederherstellung der Herrschaft rasseechter Menschen über die bewohnbare Erde und die Ausmerzung aller Formen von Untermenschentum. Der erste größere Schritt in diese Richtung muß die Errichtung der absoluten Herrschaft des Hakenkreuzes in Heldon sein. Wir müssen jetzt praktische Schritte unternehmen, die uns an die Macht bringen können.«

Diese mannhafte Erklärung wurde mit begeistertem Beifall begrüßt. Besonders Remler schien wie in fanatischem Feuer aufzuleuchten; seine eisblauen Augen und das schmale, kühne Gesicht mit der Adlernase strahlten eine beinahe fühlbare patriotische Inbrunst aus.

»Mit fünfhundert Motorrädern und fünftausend Mann unserer Sturmtruppen können die Ritter des Hakenkreuzes Walder in einem Tag nehmen«, versprach Stopa. »Mit tausend Motorrädern und zehntausend Mann werden wir gegen Heldheim marschieren und die Wanzen unter unseren Stiefeln zertreten!«

»So einfach ist es nicht«, erwiderte Waffing, ohne die Stimme in Zorn zu erheben. »Sollten die Ritter Walder nehmen oder gegen die Hauptstadt marschieren, so wird die Regierung der Armee den Befehl geben, uns zu zerschmettern. Und das Generalkommando wird, statt angesichts eines bewaffneten Gegners Furcht zu zeigen, gegen uns losschlagen, und unsere Sache wird verloren sein. Wir können nicht hoffen, die reguläre Armee in einem bedingungslosen Bürgerkrieg zu besiegen.«

»Ich persönlich bevorzuge die legale Methode der Teilnahme an den Wahlen«, sagte Bogel. »In Kürze werden die Wahlen zum Nationalrat stattfinden; alle neun Sitze werden neu vergeben. Ich

Festino -80-

bin zuversichtlich, daß wir zumindest unseren Führer in den Nationalrat bringen werden. Mit ihm als Nationalrat in Heldheim, unmittelbar im Machtzentrum des Landes, sollte es uns sicherlich möglich sein, in den nächsten Wahlen, das heißt, nach nur fünf weiteren Jahren, vier zusätzliche Männer in den Nationalrat zu bekommen.«

Remlers schmales Gesicht flammte vor Empörung. »Wir können nicht daran denken, fünf Jahre bis zur Machtergreifung zu warten!« rief er aus. »Wie viele Gene werden in fünf Jahren verloren sein? Um wieviel tiefer werden die Doms ihre Wühlgänge in den Körper Heldons vortreiben? Wieviel stärker werden die Universalisten bis dahin sein? Es ist unsere heilige Pflicht vor der Rasse, mit der geringsten möglichen Verzögerung die Macht zu ergreifen!«

»Gut gesprochen!« erklärte Feric. Es gab keinen Zweifel, daß er eine gute Wahl getroffen hatte, als er Remler aus den Reihen der Unterführer ausgewählt und an die Spitze der SS gestellt hatte. Der Mann war ein brillanter, dabei völlig pragmatischer Idealist, und er hatte den moralischen Imperativ präzise festgestellt. Das doppelte rote Blitzsymbol, das Feric zum besonderen Kennzeichen der SS gemacht hatte, paßte gut zu seinem lebhaften, energischen Stil; Remler war ein feines Vorbild für die Elite der genetisch Reinrassigen, die er befehligen würde.

Remlers kurze Ansprache hatte nur die moralische und pragmatische Eignung des Planes bestätigt, für den Feric sich bereits entschieden hatte. Die Partei zu verurteilen, allein durch die den Volkswillen verfälschenden legalistischen Wahlmechanismen eines dekadenten bourgeoisen Systems um die Macht zu kämpfen, wäre Verrat an der heiligen Sache. Die Teilnahme am Wahlkampf würde der Parteipropaganda jedoch einen äußerst nützlichen Brennpunkt geben, und was noch mehr war, jeder Kandidat für den Nationalrat erhielt während der Dauer des Wahlkampfes wöchentlich eine Stunde Fernsehzeit, über die er nach eigenem Gutdünken verfügen konnte.

»Ich habe über unsere unmittelbare Strategie entschieden«, erklärte Feric. »Ich allein werde mich um einen Sitz im Nationalrat bewerben. Der Umstand, daß meine Kandidatur uns Zugang zu wöchentlich einer Stunde Fernsehzeit geben wird, die wir mit unserer eigenen Propaganda ausfüllen können — welche keineswegs auf die Banalitäten der Wahlpolitik beschränkt sein muß —, ist für sich Grund genug, um mich von der Nützlichkeit der Kandidatur zu überzeugen. Während des ganzen Wahlkampfes werden wir Massenkundgebungen und Umzüge durchführen. Wir werden die Universalisten mit eiserner Faust von den Straßen vertreiben und auch den Traditionalisten und Liberalen kräftig einheizen. Das Ziel wird nicht so sehr der Gewinn der Wahlen sein, als vielmehr die Beeindruckung der patriotischen Teile der Bevölkerung mit unserer Entschlossenheit zur Erlangung der Macht und unserer genetischen und ideologischen Fähigkeit, sie zum Besten unseres Landes und des ganzen Volkes zu gebrauchen. Wir werden absichtlich die Wut der Universalisten und ihrer Schlägertrupps auf uns ziehen, um sie dahin zu bringen, daß sie uns ihre Schädel zum Einschlagen hinhalten. Die Partei wird nicht als ein Werkzeug zum Gewinn der Wahl eingesetzt; vielmehr wird die Wahl als ein Mittel gebraucht werden, um die Ziele der Partei zu fördern.«

Darauf stimmte selbst der idealistische Remler in den allgemeinen Applaus ein. Das Instrument für den Endsieg war geschmiedet; nun mußte es mit rücksichtslosem Fanatismus und überwältigender Kraft gebraucht werden.

Das Stadion von Heldheim war ein ungeheures Betonoval, welches mehr als hunderttausend Menschen faßte, und am Abend der ersten Massenkundgebung der Söhne des Hakenkreuzes, die in der Hauptstadt abgehalten wurde, war das Stadion bis auf den letzten Platz besetzt; selbst auf den Treppen und in den Durchgängen drängten sich die Menschen Schulter an Schulter. Von Dutzenden hoher Masten, in regelmäßigen Abständen um den oberen Rand der weiten Arena verteilt, wehten lange Hakenkreuzbanner, die zusammen mit den Hakenkreuztransparenten um die Außenbahn der Arena eine festliche patriotische Atmosphäre erzeugten.

Im genauen Mittelpunkt der Arena war eine Rednertribüne aufgebaut, ein einfacher Würfel aus weißgestrichenen Brettern, mit einer Kantenlänge von drei Metern. Stand der Redner dort an seinem Pult, konnte man ihn von jedem Platz des Stadions sehen.

Um die Rednertribüne war ein Meer von Uniformen und Feuer. Achttausend Ritter des Hakenkreuzes in ihren braunen Lederuniformen standen in Formation, flammende Fackeln in den Händen. Zwischen diesen Rittern standen zweitausend Männer der Schutzstaffel in schwarzen Lederuniformen, die ein riesiges lebendes Hakenkreuz bildeten, in dessen Mittelpunkt die Rednertribüne stand. Da die SS-Formation ohne Fackeln angetreten war, erschien das Innenfeld der Arena vom oberen Rand des Stadions aus, wo Feric Fernsehkameras hatte aufstellen lassen, als ein gewaltiger Feuerkreis, in welchen ein riesiges schwarzes Hakenkreuz eingelassen war, das im massierten Fackelschein wie ein fantastisches Metall schimmerte. Die reinweiße Rednertribüne erhob sich im Mittelpunkt dieses enormen schwarzen Hakenkreuzes wie der Angelpunkt des Universums.

Feric, der gemeinsam mit Lar Waffing im Inneren der hohlen Rednertribüne auf den Beginn der Kundgebung wartete, war erfüllt von einer beinahe unerträglichen Hochstimmung; diese Massenkundgebung mit der Bekanntgabe seiner Kandidatur sollte Höhepunkt der erregendsten Woche sein, die er bisher in Heldon zugebracht hatte. Sein erster Besuch in der größten Stadt der Welt, mit ihrer heroischen Architektur und fortgeschrittenen Technologie, war um seiner selbst willen faszinierend genug, wichtiger aber war zu diesem Zeitpunkt, daß Heldheim in jeder Hinsicht das Machtzentrum des Landes war. Hier saß der Nationalrat, und hier waren die Ministerien, das Generalkommando der Streitkräfte und die Stammsitze der meisten großen Industriekonzerne. Die fortgeschrittensten wissenschaftlichen Forschungsinstitute und Produktionsanlagen waren in Heldheim. Die Zügel der Macht waren hier, um ergriffen zu werden.

Waffing hatte Feric in hohe gesellschaftliche und wirtschaftliche Kreise eingeführt und ihn mit wichtigen Mitgliedern des Generalkommandos bekannt gemacht. Viele Industrielle hatten die Parteikasse mit namhaften Spendenbeträgen gestärkt, und die Generäle hatten sich allesamt als Gegner der Universalisten und der Doms erwiesen; viele gaben offen zu, daß sie den Tag herbeisehnten, da sie den Befehl erhalten würden, dieses Ungeziefer zu zertreten. Feric seinerseits verließ sie mit dem feierlichen Versprechen, daß sie unter seiner Regierung ihren Willen und noch mehr haben würden.

Wie nicht anders zu erwarten, war Ferics Ruhm ihm vorausgeeilt, und überall, wo er sich öffentlich zeigte, bildeten sich Ansammlungen jubelnder Bürger. Menschen, die er nie gesehen hatte, entboten ihm begeistert den Parteigruß. Wenn er das Theater besuchte, wurden ihm beim Betreten seiner Loge vom gesamten Publikum minutenlange stehende Ovationen dargebracht.

So erwartete er den Beginn der Kundgebung mit ruhigem

Selbstvertrauen und glühender Siegeszuversicht. Als die öffentliche Fernsehübertragung begann, schüttelte Lar Waffing, massiv und eindrucksvoll in seiner schwarzen Parteiuniform und dem roten Hakenkreuzumhang, ihm die Hand und wünschte ihm Glück, worauf er die hölzernen Stufen hinaufstieg und die Rednertribüne betrat, wo er von einem Orkan begeisterter Heilrufe empfangen wurde. Die schicksalhafte Stunde war gekommen! In diesem Augenblick sprach Bogel auf einem der größten öffentlichen Plätze von Walder, wo Tausende vor dem Fernsehempfänger versammelt sein würden, um Ferics Ansprache zu hören. Ähnliche Kundgebungen mit Fackeln und Uniformen wurden um jeden öffentlichen Fernsehempfänger in jeder Stadt, jedem Marktflecken und jedem Dorf in Heldon veranstaltet, und Funktionäre der Söhne des Hakenkreuzes machten sich in diesem Augenblick landauf und landab bereit, ihn anzukündigen.

Waffing trat an das Mikrophon und breitete beschwichtigend die Hände aus; im nächsten Augenblick senkte sich eine gewaltige, erwartungsvolle Stille über das volle Stadion. Waffings Einleitung war überraschend kurz und sachlich.

»Söhne des Hakenkreuzes, Landsleute und Patrioten, wahre Helder überall im Land, ich habe die Ehre, euch allen unseren großen und ruhmreichen Führer Feric Jaggar vorzustellen!«

Auf diese Worte hin brach im Stadion von Heldheim die Hölle los. Die riesige Menge schien entschlossen, sich heiser zu schreien, während das Meer der Fackeln auf dem Feld der Arena wild wogte und die SS-Männer in der gewaltigen schwarzen Hakenkreuzformation in völliger Disziplin wie ein Mann wieder und immer wieder salutierten. Langsam erstieg Feric die Stufen und trat auf die Rednertribüne hinaus und in das überwältigende Schauspiel aus Fackelschein und erhobenen Armen und hunderttausendfachem Jubel. Beim Anblick seiner hochgewachsenen heroischen Gestalt in der anliegenden schwarzen Uniform und dem majestätischen Hakenkreuzumhang, den Großen Knüppel von Held am Gürtel, die doppelten roten Blitzsymbole auf jedem seiner schwarzen Schaftstiefel, kannte die Begeisterung der Menge keine Grenzen mehr, und der Jubel erreichte eine neue Stufe fiebernder Raserei.

Feric verabschiedete Waffing mit einem Schlag auf die Schulter, dann stand er allein auf der weißen Plattform im Mittelpunkt des mächtigen schwarzen Hakenkreuzes, das in der feurigen See der Fackeln schimmerte. Er war völlig umgeben von jubelnden, grüßenden, winkenden Heldern, der Brennpunkt, in dem sich die Hoffnungen und Sehnsüchte, das Vertrauen und die Zuneigung Tausender von Menschenseelen konzentrierte, die sich hier im weiten Rund des Stadions eingefunden hatten, wie auch der Millionen, die überall im Land auf sein Wort warteten. Das Brüllen der Menge war wie der legendäre, himmelspaltende Donner der Alten, ein gewaltiger, urtümlicher Laut, der Ferics Wesen in mythische Größe hüllte.

An diesem Wendepunkt der Geschichte im Zentrum von Raum und Zeit, seine Seele eingetaucht in ein Meer patriotischen Feuers, fühlte Feric sich von der Macht des kosmischen Schicksals durchströmt und zum Vollstrecker des rassischen Willens der biologischen Naturgesetze gemacht. In einem sehr realen Sinne war er die Vorhut der evolutionären Kraft; wenn er sprach, würde er durch einen Akt seines eigenen Willens den Gang menschlicher Evolution zu einer neuen Höhe rassischer Reinheit fördern. Durch seinen Mund würde die kollektive Stimme der wahren Menschheit sprechen. Im Augenblick eines solchen Aktes war er die Partei, war er der rassische Wille, war er Heldon.

Als die Ovation ihren Höhepunkt erreichte, streckte Feric den Arm zum Parteigruß aus, und die beinahe augenblickliche Stille war noch ehrfurchtgebietender, als der gewaltige Tumult es gewesen war. Die ganze Welt schien erwartungsvoll den Atem anzuhalten.

»Landsleute und Helder«, sagte er einfach, und die Echos seiner Stimme tönten widerhallend zu ihm zurück und füllten die massive Stille mit seiner Gegenwart, »ich stehe heute vor euch, um meine Kandidatur für einen Sitz im Nationalrat zu verkünden. Ich stehe allein als der Standartenträger der Söhne des Hakenkreuzes, denn ich kandidiere nicht für den Nationalrat, um mich als ein Ratsmitglied unter anderen dem dekadenten Gesindel zuzugesellen, das diese Farce kontrolliert, sondern um diese Kabale seniler Verräter und Feiglinge zu zerschlagen und auf den Kehrrichthaufen der Geschichte zu werfen, wo sie hingehören. Die Wahl einer Hakenkreuzmehrheit in den Nationalrat würde nicht genügen, um die wahre Menschheit von den Gefahren zu erretten, die sie bedrohen; selbst ein Nationalrat, der völlig aus Söhnen des Hakenkreuzes zusammengesetzt wäre, würde nicht ausreichen. Herausforderungen von geschichtlichem Ausmaß verlangen heroisches Handeln!«

Mit Bedacht, damit keiner im weiten Rund die Geste übersehe, legte Feric die rechte Hand an den Griff des Großen Knüppels von Held, wenngleich er sich enthielt, die edle Waffe zu ziehen.

»Einst war dieser Große Knüppel das Reichszepter der Könige von Heldon; nun trage ich ihn, nicht weil ich Anspruch auf irgendeinen königlichen Titel erhöbe, sondern als das Symbol unseres rassischen Willens. Ich nehme an dieser lächerlichen Wahl nur teil, um dem rassischen Willen Gelegenheit zu geben, sich durch meine Wahl in den Nationalrat Gehör zu verschaffen! Einmal gewählt, werde ich meine Handlungen nicht dem Diktat irgendeiner numerischen Mehrheit unterwerfen, noch irgendeinem Gefühl von Verpflichtung gegenüber einem korrupten und intriganten legalistischen System, sondern allein dem Prinzip unwandelbarer Treue zum rassischen Willen, zur genetischen Reinheit Heldons und zur Sache des totalen Sieges über das verderbliche Untermenschentum, wo immer es sein Haupt erhebt!«

Darauf brach das überfüllte Stadion abermals in eine lange und donnernde Ovation aus. Feric nahm seine Hand vom Griff des Stahlkommandeurs und hob sie in die Höhe, um sich Gehör zu verschaffen. Augenblicklich kam eine große Stille über das Stadion; Feric fühlte, wie diese erwartungsvolle Stille sich zu Millionen von Seelen im ganzen Land erstreckte, denn in diesem Augenblick war ganz Heldon in der mystischen Kommunion des rassischen Willens vereint.

In deutlich ruhigerem Ton sprechend, füllte Feric die wartende Leere mit Worten, die in jeder Helderbrust eine edle Saite zum Erklingen brachte. »Heute rufe ich jeden rechten Mann in Heldon auf, jeden Patrioten und Bürger unseres Vaterlandes, daß er sich mit allen anderen in einer gewaltigen, von heldenhafter Entschlossenheit beseelten Masse erhebe und die Söhne des Hakenkreuzes als die Garanten unserer rassischen Zukunft und die Vollstrecker der unerbittlichen Gesetze der Natur zum totalen und endgültigen Sieg trage!«

Wieder legte er seine rechte Hand an den Griff des Großen Knüppels von Held. »Ich bettle nicht um eure Stimmen wie die unmännlichen bourgeoisen Politiker es tun!« rief er. »Noch versuche ich eure Stimmen mit Schmeicheleien und leeren Versprechungen zu gewinnen, wie die Universalisten es tun, diese Lakaien der nichtswürdigen Dominatoren. Als die menschliche Verkörperung des rassischen Willens beanspruche ich sie als mein Recht! Und ich verlange noch mehr! Ich verlange von jedem echten Sohn Heldons, daß er heute abend auf die Straßen geht. Geht hin und überzeugt alle, denen ihr begegnet, durch patriotische Glut und diszipliniertes Auftreten von der Rechtschaffenheit unserer Sache, der Unwiderstehlichkeit unseres Willens und der Gewißheit unseres endgültigen und totalen Sieges! Sollte der Universalistenabschaum euch daran zu hindern suchen, so zertretet dieses Ungeziefer unter euren Stiefeln! Sollten Anhänger anderer Parteien euch durch Worte oder Taten Vorhaltungen machen, so überredet diejenigen, die zur Vernunft fähig sind, und stoßt die anderen beiseite! Laßt die Streitkräfte des Hakenkreuzes in dieser Nacht durch ganz Heldon marschieren, und bis in den Tag hinein! Macht die Straßen zu unseren Straßen!«

Damit zog Feric den Großen Knüppel von Held und reckte ihn zum Himmel empor, ein schimmerndes Symbol der Macht und Entschlossenheit; die chromblitzende Faust des Kopfstücks sammelte die Kraft des massierten Fackelscheins ringsum und sandte sie in das weite Rund des Stadions und über die Bildschirme nach ganz Heldon.

Auf dieses Signal begannen zehntausend Ritter und SS-Männer in unveränderter Formation einen kreisförmigen Marsch um die Nabe der Rednertribüne, daß der Marschtritt ihrer Stiefel den Boden erzittern machte. Aus der Höhe gesehen, schien das riesige Flammenrund in der Arena praktisch bewegungslos zu bleiben, während das schwarze Hakenkreuz darin endlos und unwiderstehlich um Feric rotierte, wie das Mühlrad des Schicksals.

Feric schien es, als stünde er auf der Achse der Welt, als er seine Rede mit einem mitreißenden Aufruf beendete.

»Es lebe Heldon!« rief er mit donnernder Stimme. »Es lebe das Hakenkreuz! Es lebe der Endsieg!«

Wie er so im Mittelpunkt des riesigen, sich um ihn drehenden Hakenkreuzes stand, Epizentrum eines Erdbebens, das von hier ausgehend das ganze Land erfassen und mit dem Umsturz des abgewirtschafteten Systems eine neue Zeit rassischen Bewußtseins einleiten sollte. Der Marschtritt von zehntausend Kämpfern vibrierte durch seinen Körper, und er fühlte eine vollkommene Verschmelzung mit seinem Volk, als wäre jeder Helder, der nun im ganzen Land durch die Straßen zog, eine Erweiterung seines eigenen Wesens.

Und aus hunderttausend Kehlen im Stadion, von Millionen neuen Anhängern, die jeden öffentlichen Platz im Lande bis zum

Bersten füllten, kam die Antwort in einer gewaltigen kollektiven Stimme, die das Land mit ihrem Donner erschütterte:

»HEIL JAGGAR!
HEIL JAGGAR!
HEIL JAGGAR!«

8

Das legalistische Wahlergebnis stand von Anfang an fest. Da Feric der einzige Kandidat des Hakenkreuzes war, während die anderen Parteien mit vollen Listen von neun Kandidaten für die neun Sitze im Nationalrat antraten, war seine Wahl in den Rat gesichert. Ebenso gesichert war freilich, daß er das einzige Hakenkreuzmitglied in einem Rat war, der wahrscheinlich wieder von den Liberalen beherrscht werden würde, ein Ergebnis, das Feric für durchaus wünschenswert hielt. Es war weitaus besser, als einsamer Held gegen eine Bande von Verrätern und Memmen aufzutreten, denn als der Führer einer Minoritätspartei.

Nachdem das legalistische Wahlergebnis nicht in Frage stand, konnte der Wahlkampf zur Förderung wichtigerer Ziele genutzt werden: etwa zur Demonstration des rücksichtslosen und entschiedenen Durchgreifens, mit dem die Söhne des Hakenkreuzes ihre geheiligten nationalen Ziele verfolgten, oder zum Beweis, daß der rassische Wille des Volkes durch Feric sprach, indem er eine größere Gesamtstimmenzahl auf sich vereinigte als jedes andere Ratsmitglied. Glücklicherweise waren diese beiden Wahlkampfstrategien sehr gut miteinander zu vereinbaren, und man konnte sie mit ungeteilter Aufmerksamkeit und totaler Konzentration der Kräfte verfolgen.

Drei Tage vor dem Wahltermin stand Feric hochaufgerichtet im Fond seines offenen Wagens, den Stahlkommandeur wie einen Marschallstab für alle sichtbar in der erhobenen Hand, bereit, seine Männer in die entscheidende Endphase des Wahlkampfes zu führen. Vor ihm im Wagen saßen Bors Remler und Ludolf Best, wie Feric in der schwarzen Parteiuniform und bewaffnet mit neuen Maschinenpistolen.

Die Streitmacht, die Feric durch die Straßen von Heldheim zum Eichenpark führte, war notwendigerweise die größte und beste Truppe, die die Söhne des Hakenkreuzes bisher ins Feld geführt hatten, denn Feric hatte das Universalistengesindel vorsätzlich herausgefordert, indem er angekündigt hatte, daß die große Schlußkundgebung des Wahlkampfes in diesem verwahrlosten Park mitten im Zentrum von Borburg abgehalten würde, einem übelriechenden Viertel, berüchtigt als das größte und widerwärtigste Nest von Doms und ihren Universalistenlakaien in ganz Heldon. Wenn die Universalisten die Durchführung einer solchen Kundgebung erlaubten, ohne sie gewaltsam aufzulösen, würden sie als ernsthafte Bewerber um die Macht völlig diskreditiert sein, und das nicht nur in Heldheim, sondern in der ganzen Großrepublik, da Feric beschlossen hatte, seine letzte Stunde öffentlicher Fernsehzeit für die Berichterstattung über diese Kundgebung zu verwenden.

Ihm war bewußt, daß die Söhne des Hakenkreuzes die Sicherheit, Disziplin und Integrität ihrer Kundgebung in dieser völlig feindseligen Umgebung gewährleisten mußten, wenn sie nicht ähnliche Schmach erleiden wollten. Darum hatte er eine Streitmacht zusammengezogen, die vollauf in der Lage war, mit jeder Eventualität fertig zu werden. Vor seinem Kommandowagen fuhr ein großer Dampfwagen, der mit einem gewaltigen eisernen Schneepflug ausgerüstet war; hinter diesem Schild lagen drei Maschinengewehrschützen, und im Inneren des Dampfwagens war eine Sturmtruppe der zuverlässigsten SS-Männer, bewaffnet mit Knüppeln und Maschinenpistolen. Ferics Wagen wurde flankiert von einer Abteilung ausgewählter SS-Kämpfer in schwarzen Lederuniformen auf schwarzen, blitzend verchromten Motorrädern. Hinter Ferics Wagen marschierten fünftausend Ritter des Hakenkreuzes mit Knüppeln, Fackeln, Hakenkreuzfahnen und meterlangen Kettenstücken. Auf diese Marschkolonne folgten zweitausend motorisierte Ritter, und die Nachhut bildeten fünfhundert fanatische SS-Kämpfer zu Fuß, bewaffnet mit Maschinenpistolen und Knüppeln.

Während des Wahlkampfes hatten sich sowohl die SS als auch die Ritter wacker geschlagen. Die Zwischenrufer und Störer, die bei jeder Hakenkreuzkundgebung auftraten, konnten kaum den Mund aufmachen oder ihre Nebelkerzen werfen, bevor sie von Männern der Schutzstaffel ergriffen, vom Ort der Kundgebung entfernt und durchgeprügelt wurden; die Ritter durchstreiften die Wahlkampflandschaft und tauchten überall auf: kaum ein Redner der Universalisten oder der bourgeoisen Parteien konnte irgendwo auf einer Wahlkampfveranstaltung das Wort ergreifen, ohne sich zum Ziel ihrer eisernen Fäuste zu machen. Dreimal hatten die Universalisten versucht, Massenkundgebungen abzuhalten, und dreimal hatten motorisierte Sturmtruppen das Ungeziefer auseinandergetrieben.

Diesmal jedoch war zu erwarten, daß die Universalisten und die Doms weder Mühe noch Opfer scheuen würden, um die Großkundgebung zu verhindern. Als Ferics Wagen dem bewaffneten Dampffahrzeug durch den Torm Boulevard folgte, eine unratübersäte Gosse zwischen verräucherten, schmierigen Slum-Mietshäusern, faßte Feric den Handgriff des Großen Knüppels fester, kampfbereit und entschlossen.

»Mein Führer, sehen Sie!« rief Best plötzlich und zeigte die Straße hinauf. Weiter voraus sperrte eine rohe Barrikade aus Balken, Kisten, allerhand Gerümpel und allem möglichen Unrat den Weg. Hinter dieser Brustwehr stand eine Horde von schmutzigem, armseligem, Dom-gesteuertem Gesindel, bewaffnet mit Keulen, Messern, Beilen und was immer zur Hand gewesen war; diese Elendsgestalten füllten die Straße, so weit das Auge sehen konnte. Über dieser Menge flatterten fettige, verschlissene blaue Lappen mit dem gelben Stern im Kreis — die Kriegsflagge der von den Doms beherrschten Universalisten.

»Seien Sie unbesorgt, Best«, sagte Feric, »wir werden mit diesem Ungeziefer kurzen Prozeß machen!« Und in der Tat hatte er den vorausfahrenden Dampfwagen gerade für solche Taktiken ausrüsten lassen.

Als der Dampfwagen auf zwanzig Schritte an die Barrikade herangekommen war, eröffneten die Maschinengewehre das Feuer. Das spottende Gesindel hinter der Straßensperre brach in ein Angst- und Schmerzgeheul aus, als der Kugelhagel seine Reihen dezimierte. Viele fielen, noch mehr wurden verwundet. Ihre Kameraden gerieten in Panik und drängten und zerrten einander, trampelten in dem vergeblichen Versuch, vor der Hakenkreuzstreitmacht zu fliehen, die Toten und Schwerverletzten unter die Füße. Da die Straße in ihrer gesamten Länge von einer wogenden Menge erfüllt war, blieben als Fluchtwege nur die Seitenstraßen und die verstopften Hauseingänge.

Der Schneepflug des Dampfwagens traf die Barrikade mit vierzig Stundenkilometern, zertrümmerte sie und fegte das Gerümpel beiseite. Die Schützen im Dampfwagen eröffneten das Feuer auf die verkommenden Mietskasernen zu beiden Seiten der Straße, um den nachfolgenden Kommandowagen gegen Heckenschützen zu sichern, und vermehrten die Panik.

»Vorwärts!« rief Feric und schwang den Großen Knüppel von Held über dem Kopf. Während die Fahrzeuge der Kolonnenspitze mit ihrer Motorradeskorte vorübergehend verhielten, ergoß sich die Sturmkolonne der Ritter des Hakenkreuzes wie ein reißender Strom im Laufschritt durch die Bresche und ging gegen den dichtgedrängten Universalistenabschaum vor.

Die Knüppel der Ritter sausten auf das Gesindel herab wie Dreschflegel auf die Tenne; Ketten wirbelten wie Windmühlen durch die Luft und knackten Universalistenköpfe wie faulige Eier. Plötzlich stürmte ein Dutzend riesiger Kerle mit langen Messern durch die Abschirmung der Motorradeskorte auf den Kommandowagen zu, die Augen brennend in der hirnlosen Raserei von Dominatorsklaven, schaumigen Speichel auf den Lippen.

»Mein Führer!« schrie Best warnend und riß seine Maschinenpistole hoch. Sein Feuerstoß zerfetzte zwei der Angreifer aus nächster Nähe. Feric fühlte die grenzenlose Macht des Stahlkommandeurs auf sich überströmen, als er den Knüppel mühelos durch die Luft schwang. Er traf die vordersten zwei Angreifer vor die Brust und durchschlug mit tonnenschwerer Wucht Fleisch und Knochen, als wären sie Weichkäse, riß sie in einer Eruption von inneren Organen und Blut entzwei. Sofort holte Feric aufs neue aus und schlug zwei weiteren Angreifern die Schädel ein, während Best und Remler die übrigen mit ihren Maschinenpistolen erledigten.

Wie eine durchgehende Viehherde brandete das Pack vor dem entschlossenen Angriff der Ritter in verzweifelter Panik zurück, wobei die Memmen auf ihrer feigen Flucht vor den Streitkräften des Hakenkreuzes Dutzende der eigenen Kameraden niedertrampelten. Während die Sturmkolonne durch den Torm Boulevard vorstieß, drangen Trupps von Rittern und SS in die stinkenden Rattenlöcher ein und schleiften verdächtige Gestalten heraus, die sich im Hintergrund gehalten hatten; diese waren mit größter Wahrscheinlichkeit Doms und wurden an Ort und Stelle summarisch exekutiert. Sobald sie von diesem Ungeziefer befreit waren, wurden die Häuser angezündet, um reinen Tisch zu machen.

Während die Sturmkolonne mit zunehmendem Schwung die Straße hinauf gegen den Eichenpark vordrang, rollte Ferics Kommandowagen durch einen Korridor von Feuer und Rauch, die aus den Mietshäusern und Höhlen hervorbrodelten, als das übelriechende Borburg in reinigenden Flammen aufging. Die Straße war mit mehr als dem üblichen Abfall übersät, das heißt, mit den zerschmetterten Körpern von Dominatoren und ihren Universalistenlakaien. Eine Gestalt sprang verstohlen aus dem Eingang eines brennenden Hauses; sofort machte Best den Dom mit einem Feuerstoß seiner Maschinenpistole nieder.

Auf einmal sprang einer der auf der Straße liegenden Körper auf, erreichte mit zwei Sätzen den Wagen, sprang auf das Trittbrett und stieß mit dem Schrei »Stirb, menschlicher Schmutz!« einen langen blutverklebten Dolch nach Ferics Kehle. Außerstande, den Stahlkommandeur ins Spiel zu bringen, wehrte Feric den Stoß mit der rechten Hand ab, packte den aufheulenden Dom mit der Linken bei der Gurgel und drückte sie zusammen, bis die Augen der Kreatur das Weiße nach oben drehten, dann stieß er den Körper zurück auf die Straße.

Bald erreichte die Kolonne die Larmer Straße, die unmittelbar an den Eichenpark grenzte. Dieser war eine weite Fläche von ungepflegtem, vielfach kahlgetrampeltem Rasen mit zerfetzten Überbleibseln verwüsteter Strauchanpflanzungen und wenigen großen Eichen, deren dickborkige Rinde dem aggressiven Vandalismus der Jugendlichen bisher widerstanden hatte. Alle Arten von Schmutz, Abfällen und Kot lagen weithin verstreut, und der für Borburg charakteristische faulig-säuerliche Geruch herrschte auch auf dieser offenen Fläche vor. Der Betonsockel des öffentlichen Fernsehempfängers war über und über bedeckt mit gekritzelten Obszönitäten, primitiven politischen Schlagwörtern und ekelhaften Zeichnungen.

Heute war von diesem gewohnten Anblick nicht viel zu sehen, denn der ganze Park wimmelte vom widerwärtigsten Geschmeiß: wenigstens zehntausend der schmutzigen Strolche hatten sich hier zusammengefunden, bewaffnet mit Keulen, Messern, Knüppeln und Feuerwaffen, und von ihren verborgenen Meistern zu blutdürstiger Wildheit entflammt.

Feric schwenkte den Stahlkommandeur dreimal über seinem Kopf, und auf dieses Signal hin wurde ein kompliziertes Manöver mit einem Höchstmaß von Präzision und Kühnheit ausgeführt. Die Männer der Schutzstaffel sprangen aus dem Dampfwagen und wurden zur Speerspitze zweier gewaltiger Phalanxen von Rittern, die in beiden Richtungen durch die Larmer Straße vorrückten, das Gesindel vor sich hertrieben und die Straße vom Feind freimachten. Weitere Ritter strömten vom brennenden

Torm Boulevard in die Larmer Straße, so daß deren gesamte Länge, soweit sie vom Eichenpark begrenzt wurde, bald von einer mehrere tausend Mann starken Ritterformation besetzt war.

Eine momentane Stille senkte sich über den Schauplatz, unterbrochen nur vom Knattern der Flammen und dem dumpfen Brüllen der Motorradmaschinen, als das feige Gesindel im Park sich plötzlich einer wahrhaften Mauer von Heldengestalten in braunem Leder gegenübersah. Die allgemeine Bestürzung war in einem großen kollektiven Aufstöhnen vernehmlich. Dann teilte sich die Mitte der Ritterformation auf ein weiteres Signal von Feric, und die SS-Motorradtruppe, ganz schimmerndes Schwarz und blitzendes Chrom, brauste an die Front, wo sie einen Schild starker Motoren und eiserner Entschlossenheit vor den Fußtruppen bildeten. Zuletzt rollte Ferics Kommandowagen nach vorn, um die zentrale Position in der vordersten Linie einzunehmen.

Die motorisierten Ritter und die übrigen Fußtruppen wurden zur gleichen Zeit von Stag Stopa in einem weiten Bogen durch die brennenden Straßen Borburgs geführt, um die Rückseite des Eichenparks abzuriegeln und jeden Rückzug zu vereiteln.

Feric ließ seinen Blick über den disziplinlosen Pöbelhaufen gehen, der jetzt halbherzige Schmähungen ausstieß und in einer jämmerlichen Schaustellung falscher Prahlerei die Waffen schwenkte, und überblickte dann die präzisen Formationen und die uniformierte Eleganz seiner kräftigen Ritter und der SS-Elite, die einen großartigen Kontrast zu dem abgerissenen Pack abgaben, das ihnen gegenüberstand. Welch ein aufschlußreiches Schauspiel würde dies auf den öffentlichen Fernsehbildschirmen im ganzen Land sein!

Feric stand aufgerichtet im Kommandowagen, die Linke auf der Rückenlehne des Fahrersitzes; mit der Rechten reckte er die glänzende Stahlfaust, die das Kopfstück des Großen Knüppels war, zum Himmel. »Es lebe Heldon!« rief er mit mächtiger Stimme. »Tod den Dominatoren und ihren Universalistensklaven!« Er ließ den Stahlkommandeur in mächtigem Bogen niedersausen, und mit einem »Heil Jaggar!«, das die Erde erzittern ließ, brandeten die Streitkräfte des Hakenkreuzes vorwärts.

Begleitet von massierter Feuerunterstützung durch die Maschinengewehrabteilungen, durchstieß der motorisierte Keil die Front der Universalisten, während gleichzeitig die Ritter auf breiter Front angriffen. Schon in den ersten Minuten des Handgemenges fiel der undisziplinierte Abschaum zu Hunderten unter den Kugeln, Knüppeln und Ketten der Ritter, die den Einbruch, welchen die motorisierte SS erzielt hatte, konsolidierten und erweiterten. Auf Ferics Geheiß brachte der Fahrer den Kommandowagen in die vorderste Linie, um den gegen vorübergehend versteiften Widerstand erlahmenden Angriffsschwung der Ritter zu erneuern. Während Best und Remler mit den Maschinenpistolen breite Schneisen in den rasenden Pöbel mähten, schwang Feric den Stahlkommandeur in gewaltigen Kreisbögen der Zerstörung, zerschmetterte Dutzende von Schädeln, zermalmte Gliedmaßen und schlug die Rümpfe von andrängenden Gegnern entzwei, mit jedem Schlag unglaubliche Verheerung anrichtend. Welch ein mitreißender Anblick mußte dies für alle Fernsehteilnehmer in Heldon sein, welche Inspiration für die Kampfmoral der Truppe!

Nach wenigen Minuten dieses wütenden Ansturms wurden die Reihen der Universalisten zurückgeworfen und gerieten in völlige Verwirrung und Panik. So demoralisiert waren sie von der disziplinierten Stoßkraft und Unerbittlichkeit der Streitkräfte des Hakenkreuzes, daß es nicht einmal der Willenskraft der Doms in der Menge gelang, die Ordnung aufrechtzuerhalten. In ihrem blinden Entsetzen war nur Platz für den Gedanken an schleunige Flucht, ehe auch ihnen die Schädel eingeschlagen würden, und in ihrer Panik kämpften viele von ihnen gegen die von rückwärts Nachdrängenden, die von den Dominatoren zu blutdürstiger Kampfbegier angestachelt waren. Das Ergebnis war ein chaotisches Getümmel, in dem nicht viel weniger Universalisten sich gegenseitig erschlugen, als durch das Vordringen der Hakenkreuzstreitkräfte ums Leben kamen.

Als der Kommandowagen tiefer in den Park vorstieß, wurde er von etwa vierzig mit Keulen und langen Messern bewaffneten Gegnern konzentrisch angegriffen, die offenbar von einem sich in der Nähe aufhaltenden Dom zu selbstaufopferndem Fanatismus angefeuert waren. Die Hälfte von ihnen fiel im wütenden Feuer von Remler und Best; Feric erledigte fünf weitere mit einem einzigen Streich des Stahlkommandeurs. Dann erspähte er eine graue, mürrische Gestalt mit glänzenden schwarzen Nagetieraugen, die sich im Hintergrund dieser Gruppe von Angreifern hielt. Feric stieg auf das Trittbrett, und indem er sich mit der linken Hand am Rand des Wagenschlags festhielt, beugte er sich weit hinaus und brachte die Stahlfaust am Ende seiner Waffe auf den Schädel dieses feigen Doms herab, daß eine Fontäne grauer Gehirnmasse emporspritzte. Beinahe augenblicklich floh das Universalistengesindel, das noch wenige Sekunden zuvor furchtlos angegriffen hatte, mit allen Zeichen der Angst und des Schreckens.

Als sie dies sahen, konzentrierten die Elitesoldaten der SS ihren Angriff auf diejenigen Doms, die sie im Hintergrund des Kampfgeschehens ausmachen konnten, und schon bald konnte die Geschwindigkeit des Vordringens nahezu verdoppelt werden. Der Ausgang des Kampfes stand nie in Zweifel. Obgleich die Universalisten in der Nähe eines Doms mit erbitterter Wildheit kämpften, fehlte ihnen der Wille und die Disziplin, ganz zu schweigen von der idealistischen Inspiration durch eine überragende Führerpersönlichkeit, um auch nur den Anschein eines organisierten, taktisch durchdachten Widerstands zu bieten. Im Kampf Mann gegen Mann wog der einzelne Ritter mindestens zehn von diesen schlechternährten, haltungslosen Strolchen auf, und die Überlegenheit der SS-Männer an Willensstärke und Kampfkraft gegenüber dem Gesindel ließ sich nur in astronomischen Zahlen ausdrücken.

Nicht lange, und das Gesindel verlor alle Hoffnung auf einen Sieg, und selbst die Doms, die sie befehligten, konnten nur noch an Flucht denken. Die Masse der Universalisten flutete durch den Park zurück zur Ophalstraße, die den Park im Norden begrenzte, und die Hakenkreuzstreitkräfte sahen sich unvermittelt in der Verfolgung einer geschlagenen, desorganisierten und in blinder Panik davonlaufenden Herde menschlichen Rindviehs.

Ferics Kommandowagen fuhr an der Spitze dieser triumphalen Verfolgung, und während die Maschinenpistolen die Reihen des flüchtenden Gesindels lichteten, erlegte Ferics edler Knüppel alle Nachzügler, die in den Bereich der Angriffsspitze kamen. Die fliehende Menge konnte der motorisierten Vorhut der Sturmtruppen nicht entkommen, und bald brachen der Kommandowagen und die motorisierte SS in die Masse der Fliehenden ein und machten nieder, was ihnen in den Weg kam.

Doch auch in der anderen Richtung sollte das fliehende Gesindel nicht die erhoffte Rettung finden: als es sich über die Ophalstraße ergoß, brachen Stopas Motorradabteilungen und Sturmtruppen aus allen Seitenstraßen und Durchfahrten hervor, bewaffnet mit Ketten und Knüppeln. Das Geschmeiß war zwischen Hammer und Amboß gefangen.

Jeglicher Zusammenhalt unter den Universalisten war längst verlorengegangen, und nach dem Zusammenbruch des Widerstands suchten sich kleinere Gruppen in alle Richtungen zu retten, nur um von den Motorradabteilungen und Sturmtruppen zersprengt und zerschlagen zu werden. Diejenigen, welche aus der unmittelbaren Umgebung des Eichenparks in die brennenden Ruinen von Borburg entkommen konnten, wurden nicht verfolgt. Aber der gesamte Universalistenabschaum, der sich zu diesem Zeitpunkt noch innerhalb der Grenzen der vier Straßen befand, die den Park säumten, wurde in immer kleinere Gruppen aufgespalten und niedergemacht.

Da noch einige Minuten Fernsehzeit blieben, nachdem die letzten Universalisten entweder getötet, niedergeschlagen oder aus der Nachbarschaft des Eichenparks vertrieben worden waren, ließ Feric den Kommandowagen zum geometrischen Mittelpunkt des Parks fahren. Die motorisierte SS, die schwarzen Lederuniformen besudelt mit dem ehrenhaften Blut und Staub des Kampfes, bildeten auf ihren Motorrädern eine kreisförmige Ehrenwache um ihn. Ihren motorisierten Kameraden gegenüber war ein SS-Bataillon von fünfhundert Mann angetreten. Hinter dieser Elite standen die Reihen der Motorradabteilungen der Ritter des Hakenkreuzes, und hinter diesen die massierte Streitmacht von Tausenden von Kämpfern in ihren braunen Lederuniformen, auch sie meistenteils bespritzt mit dem Blut des Feindes.

Rings um diese siegreiche Armee lagen die Beweise ihrer Tüchtigkeit, ihrer rücksichtslosen Entschlossenheit und ihres ruhmreichen Sieges. Die Leichen von Universalisten und Dominatoren lagen über den ganzen Park verstreut, einzeln und in blutigen Haufen. Jenseits des Parks brodelten schwärzliche Rauchwolken aus dem Inferno der Flammen, das die letzten Spuren der Pestilenz aus den Schlupfwinkeln von Borburg brannte.

Feric bestieg den Sitz seines Kommandowagens und ließ sich ein Mikrophon geben, um sich an seine siegreichen Truppen zu wenden. Seine Stimme hallte durch das ganze Land wider.

»Mitbürger und Helder, ich grüße euch! Dieser große und ruhmreiche Sieg, den wir heute errungen haben, wird in den Herzen wahrer Menschen überall fortleben. Es lebe Heldon! Es lebe die Reinheit der Rasse! Es lebe der totale Sieg des Hakenkreuzes!«

Ein brüllendes »Heil Jaggar!« war die Antwort, und sie erschütterte ganz Heldon bis in die Fundamente. Die Männer ließen es sich nicht nehmen, den Ruf ein halbes Dutzend Male zu wiederholen, während ein Wald von ausgestreckten Armen Führer und Volk grüßte. Als die begeisterten Hochrufe endlich verstummten, schloß die letzte Großkundgebung vor dem Wahltag mit der im Chor gesungenen neuen Parteihymne ›Das Hakenkreuz für immer‹, die Feric für den Anlaß geschrieben hatte. Die edlen Klänge dieses feierlichen und kämpferischen Liedes, emporsteigend aus den Kehlen Tausender siegreicher Helden, verliehen den Ereignissen des Tages einen Abschluß von angemessener Würde. Nach dem durchschlagenden Erfolg der Großkundgebung im Eichenpark waren die verbleibenden drei Tage des Wahlkampfes für die Söhne des Hakenkreuzes nur noch ein Spaziergang; die Wahl Feric Jaggars in den Nationalrat mit dem größten Stimmenvorsprung in der Geschichte stand keinen Augenblick in Zweifel.

9

Als die Motorwagen der Ratsmitglieder am Haupteingang des Staatspalastes vorfuhren, war die Bühne bereitet für einen wahrhaft historischen Augenblick. Die erste Versammlung eines neugewählten Nationalrates war immer ein Ereignis von größter Bedeutung, aber diese besondere erste Versammlung sollte die erste direkte Konfrontation des abgewirtschafteten alten Systems mit dem Helden des heraufkommenden Neuen Zeitalters bringen. Es war kaum eine Übertreibung zu sagen, daß die Bevölkerung von Heldon den Atem anhielt.

Der Palast selbst war ein geeigneter Rahmen für ein solches Drama: ein eindrucksvolles Bauwerk aus schwarzem Marmor, an der Frontseite verziert mit vier riesigen Basreliefs aus Bronze, die große Schlachten in der Geschichte Heldons darstellten. Der Haupteingang ging auf den Heldon Boulevard und war von diesem durch eine breite Rasenfläche mit kunstvoll angelegten Baumgruppen und Gebüschen getrennt. Eine lange, gebogene Auffahrt zog sich anmutig die sanfte Steigung der Grünanlage zum Säulenvorbau hinauf, um dann in einer ähnlichen Kurve wieder zum Boulevard hinabzuführen, wo sich eine große Menschenmenge auf dem Gehsteig versammelt hatte. Eine Kette von Soldaten in feldgrauen Uniformen und mattierten Stahlhelmen hinderte die Schaulustigen am Betreten des Palastgeländes.

Die ziemlich einfachen Wagen der Ratsmitglieder trafen einer nach dem anderen ein, begleitet von einer Ehreneskorte der Armee auf Motorrädern. Die ebenso unauffällig aussehenden Politiker stiegen aus und verschwanden im Gebäude, bis alle außer Feric eingetroffen waren. Die dramatische Spannung unter den Zuschauern auf dem Boulevard wie auch unter dem Publikum, das das Geschehen vor den Fernsehempfängern auf den öffentlichen Plätzen des Landes verfolgte, näherte sich einem Höhepunkt, als alle des Auftritts von Feric Jaggar harrten.

Endlich war das Donnern zahlreicher Motorräder zu hören, die mit hoher Geschwindigkeit den Boulevard zum Palast des Staates heraufkamen, und einen Augenblick später erschien Ferics blitzender schwarzer Kommandowagen hinter einer Motorradabteilung von zehn SS-Männern, prachtvoll anzusehen in ihren schwarzen Lederuniformen und den roten Hakenkreuzumhängen. Die zwei vordersten Fahrer hielten zwei Parteistandarten. Feric selbst, eine großartige Gestalt in seiner schwarzen und scharlachroten Uniform, von deren blanken Knöpfen die Nachmittagssonne blitzte, stand aufrecht im Fond des offenen Wagens, die linke Hand an der Lehne des Sitzes vor ihm.

Als der Konvoi vom Boulevard in die Zufahrt einbog, brachen die guten Leute auf dem Trottoir in spontane Heilrufe aus und erwiesen ihm den Parteigruß mit ausgestrecktem Arm. Dieser Jubel dauerte an, bis der Kommandowagen den Säulenvorbau erreicht hatte. Feric erwiderte den Gruß mit erhobenem Arm, bis der Wagen zum Stillstand gekommen war.

Die Motorradeskorte saß ab, als Feric aus dem Wagen stieg, und während sechs der Männer in strammer Haltung vor den Marmorstufen blieben, sehr zum Unbehagen der Armeefunktionäre, gingen die beiden Standartenträger vor Feric die Stufen hinauf, während die letzten zwei SS-Leute eine Ehrenwache hinter ihm bildeten. Unmittelbar vor dem Betreten des Gebäudes machte Feric halt, beschrieb eine zackige Kehrtwendung und begünstigte die Zuschauermenge mit einem weiteren Parteigruß. Zum antwortenden Gebrüll von »Heil Jaggar! Heil Jaggar!« betraten Feric und seine Eskorte dann den Palast des Staates.

Feric marschierte durch eine lange Halle mit weißen Marmorwänden, einem Boden aus schwarzen, weißen und roten Fliesen und einer üppig bemalten Decke zu einer riesenhaften, mit reichem Schnitzwerk und Bronze bedeckten Flügeltür, die zu beiden Seiten von Soldaten der regulären Armee bewacht wurde. Die eisenbeschlagenen Stiefelabsätze der SS-Ehrenwache schlugen einen forschen, kriegerischen Rhythmus auf den schimmernden Fliesenboden, als die Truppe sich diesen Ehrenwachen näherte. Die Standartenträger kamen hackenknallend vor den Soldaten zum Stillstand, stießen die Stangen ihrer Standarten auf den Boden und entboten den Wächtern den Parteigruß und ein herzhaftes »Heil Jaggar!« Feric verhielt einen Moment lang hinter diesen erlesenen SS-Männern, während die zwei Soldaten, hin- und hergerissen zwischen ihrer natürlichen Neigung, den Gruß zu erwidern, und ihren kleinmütigen Befehlen, in Verwirrung zögerten. Schließlich gaben sie sich damit zufrieden, die Türflügel zu öffnen, und Feric, angekündigt von seinen Standartenträgern und gefolgt von zwei anderen SS-Wachen, marschierte in den Sitzungssaal.

Dieser war eine kleine Rotunde mit hoher Kuppel, in deren Mitte ein großer Tisch aus glänzend poliertem Ebenholz stand, eingelegt mit Ornamenten aus weißem Elfenbein und rotem Rosenholz. Neun Lehnstühle in passendem Stil waren gleichmäßig um den Tisch verteilt; alle bis auf einen waren besetzt von wahrhaft widerlichen Gestalten. Diese verhielten sich wie Wanzen, die plötzlich dem Tageslicht ausgesetzt werden, als Feric und seine Wachen in den Raum marschierten, rückten unbehaglich auf ihren Plätzen und stellten offen eine unmännliche Bestürzung zur Schau. Umgeben von seiner Ehrenwache, marschierte Feric zu dem leeren Stuhl und setzte sich, während die vier SS-Leute hinter seinem Platz hackenknallend Haltung annahmen, salutierten und brüllten: »Heil Jaggar!«

»Entfernen Sie Ihre Raufbolde unverzüglich aus dem Sitzungssaal«, keuchte ein triefäugiger alter Mann, in welchem Feric Larus Krull erkannte, den senilen Führer der Liberalen.

»Im Gegenteil«, erwiderte Feric. »Die SS-Elite wird zur rechten Zeit Ihre nutzlosen Kadaver aus diesem Etablissement werfen.«

»Es gibt keinen Präzedenzfall für private Leibwächter in diesem Sitzungssaal, Rechtmann Jaggar«, winselte ein geckenhaftes Individuum in auffallender blaugoldener Kleidung. Das war Rossback, einer der drei Traditionalisten, ein widerwärtiger Kretin.

»Ich habe diesem Mangel jetzt abgeholfen«, erwiderte Feric trocken.

»Ich verlange, daß Sie Ihre Männer sofort entfernen!« beharrte Guilder, ein notorischer Speichellecker von Krull.

»Wir müssen über diese Frage abstimmen«, nuschelte Lorst Gelbart, der Universalist. Dieser war ein wahrhaft abstoßender Haufen Protoplasma, aber wenn er den Mund öffnete, um Wind zu machen, zeigten die anderen Lumpen eine seltsame Ehrerbietung, verstummten sofort und lauschten Gelbarts Worten mit gespannter Aufmerksamkeit. Und kein Wunder, denn es bedurfte nur eines raschen Blicks von Ferics erfahrenem Auge, um zu erkennen, daß dieser Gelbart mit seinem fettigen schwarzen Haar, der fleischigen Nase und den schwarzglänzenden, unsteten Augen tatsächlich ein Dominator war! Seine grobporige, teigige, ungewaschene Haut dünstete es förmlich aus. Wenn die niederträchtige Kreatur den Nationalrat noch nicht völlig in ein Dominanzmuster verstrickt hatte, dann war es offensichtlich nur noch eine Frage der Zeit, und nicht von langer Zeit, wie die Dinge sich darstellten!

Daher war es sinnlos, mit Nettigkeiten Zeit zu verlieren. »Ich bin nicht zu dieser Sitzung gekommen, um Scherze auszutauschen oder um Fragen des Protokolls zu feilschen, so sehr ein solcher Zeitvertreib auch nach dem Geschmack von Leuten wie Ihnen sein mag«, sagte Feric mit klarer Stimme und richtete seinen geringschätzigen Blick nacheinander auf jeden der menschlichen Nationalräte, so daß kein Zweifel an seiner Verachtung für sie aufkommen konnte. Als seine Augen Gelbarts unstetem Blick begegneten, schien es einen seltsamen Augenblick beiderseitigen Erkennens zu geben, obgleich der stinkende Dom klug genug war, daß er keinen Versuch machte, Feric in sein psychisches Netz zu ziehen.

»Ich bin hier, um das Grundsatzprogramm der Söhne des Hakenkreuzes vorzulegen und seine völlige und sofortige Verwirklichung zu verlangen«, fuhr Feric fort. »Der Wille des Volkes verlangt es.«

Natürlich blieb den alten Windbeuteln der Mund offenstehen, als sie diese unverblümte Erklärung vernahmen, und sie schnappten nach Luft wie Fische auf dem Trockenen. Nur Gelbart wahrte seinen inhuman kalten Ausdruck, ohne eine Miene zu verziehen. Ohne die impotenten stummen Proteste zu beachten, zählte Feric die grundsätzlichen Forderungen der Partei auf. »Erstens: der Vertrag von Karmak muß gekündigt, alle Bastarde und Mutanten müssen für immer von heldonischem Boden verbannt werden. Zweitens: die Gesetze für die Reinhaltung der Rasse müssen mit erneuerter Strenge durchgesetzt werden, und wegen der Nachlässigkeit der letzten Zeit, die allen möglichen verseuchten Personen Gelegenheit gegeben hat, das heldonische Genreservoir zu infiltieren, müssen in allen Teilen des Landes Klassifizierungslager eingerichtet werden, wo alle Helder, deren rassische Reinheit in Frage gestellt werden kann, festgehalten werden, bis ihre Stammbäume und Erbanlagen einer gründlichen Nachuntersuchung unterzogen worden sind. Diejenigen, bei denen eine genetische Verseuchung festgestellt wird, werden die Möglichkeit erhalten, ins Exil zu gehen oder sich sterilisieren zu lassen.«

Feric starrte Gelbart mit ruhiger Festigkeit an, ohne seine Gefühle preiszugeben; er spürte jedoch, daß der Dom recht gut wußte, daß Feric ihn aufgespürt hatte. »Alle Dominatoren, die entdeckt werden«, fuhr Feric fort, »werden selbstverständlich ausgemerzt. Drittens: die Größe der Armee muß in kürzester Frist verdreifacht werden, damit wir uns in angemessener Weise der Horde von Mutanten erwehren können, die uns umgeben. Und viertens: um die Verwirklichung dieser neuen nationalen Politik mit der notwendigen Energie und Gründlichkeit durchzusetzen, muß der Nationalrat die Suspendierung der Verfassung beschließen und mir die Notstandsvollmacht erteilen, durch Dekrete zu regieren.«

»Der Mann ist verrückt!« schrillte der alte Pillbarm, das Oberhaupt der Traditionalisten, ein vertrocknetes altes Zwetschenmännchen, der die Fähigkeit zu menschlicher Sprache bis dahin noch nicht unter Beweis gestellt hatte.

Augenblicklich war Feric auf den Beinen, den Großen Knüppel von Held in der Faust, eine hochaufragende Gestalt rechtschaffenen Zornes. »Wagt einer von Ihnen die Verseuchung des Genreservoirs durch Mutanten und Bastarde zu verteidigen? Wollen Sie das Leben blutsaugerischer Dominatoren mit dem Ihrigen verteidigen? Wollen Sie vor das Volk hintreten und erklären, daß eine Position der Schwäche einer Politik der nationalen Stärke und Entschlossenheit vorzuziehen sei?«

Es gab keine Reaktion auf diese Herausforderung; das allein war ein sicherer Hinweis, daß Gelbarts Dominanzmuster so gut wie etabliert war. Wie auf einen stummen Befehl hin hielten die feigen Lumpen sich zurück und warteten, daß der Dom selbst antwortete.

»All dies Gerede von genetischer Reinheit ist längst überholt, Jaggar«, sagte Gelbart mit einem dünnen spöttischen Lächeln. »Schon heute verlangen viele Bürger unseres Landes, daß größere Mengen ausländischer Mutanten eine Einwanderungs- und Arbeitserlaubnis erhalten, um jene schweren und gering geachteten Arbeiten zu verrichten, für die sich keine einheimischen Bewerber finden, die aber notwendig sind, will man einen hohen Zivilisationsstand erhalten. Bald wird ganz Heldon erkennen, daß es die bei weitem beste Lösung ist, hirnlose Geschöpfe zu züchten, protoplasmische Roboter, wenn man so will, wie es in Zind geschieht. Sie stemmen sich gegen eine Entwicklung, die unaufhaltsam ist. Die natürliche Trägheit der Menschen ist Ihr Gegner.«

Feric ignorierte Gelbart vollständig; es hatte keinen Sinn, mit einem Dom zu argumentieren, und noch weniger, seine feigen Opfer zu überreden suchen, daß sie ihre rassische Pflicht täten. Das einzige, was die Pestilenz ausrotten konnte, die sich bis ins Herz Heldons eingefressen hatte, war die rücksichtslose Anwendung von Gewalt. Feric hängte den Großen Knüppel in die Gürtelschlaufe, blieb aber stehen und maß die Ratsmitglieder einen nach dem anderen mit seinem stählernen Blick. Alle bis auf Gelbart, der natürlich außerhalb solcher Reaktionsmuster war, schienen sich unter der Kraft seines Blickes zu krümmen.

»Ich habe meine Pflicht als ein Patriot und Bürger dieses Landes getan, Ihnen eine faire Warnung zukommen lassen und eine Gelegenheit gegeben, sich ohne Zwang den Kräften anzuschließen, die den Willen des Volkes und der Rasse ausdrücken«, sagte Feric ruhig. »Sofern Sie nicht augenblicklich über die sofortige Annahme des Parteiprogramms beschließen, erklären Sie öffentlich den moralischen Bankrott der Regierung der Großrepublik. Damit bringen Sie die unausweichlichen Konsequenzen selbst über sich.«

Nur Gelbart besaß die Unverschämtheit, auf diese ernste Warnung zu antworten. »Wagen Sie es, dem Nationalrat der Großrepublik zu drohen, Jaggar? Selbst ein Ratsmitglied kann wegen Verrats festgenommen werden.«

Der groteske Humor dieses winselnden Dom, der es tatsächlich fertigbrachte, einen wahren Menschen des Verrats an Heldon zu bezichtigen, wäre beinahe geeignet gewesen, Feric trotz des rechtschaffenen Zorns, den diese Perfidie in seinem Herzen wachrief, in Gelächter ausbrechen zu lassen.

»Ich möchte sehen, wie diese Kollektion von alten Dunghaufen versucht, die Ritter des Hakenkreuzes und die Schutzstaffel wegen Verrats festnehmen zu lassen!« sagte er. »Es würde sich bald zeigen, wer als Verräter vom Galgen hängen würde!«

Mit dieser Erwiderung machte Feric auf dem Absatz kehrt und marschierte aus dem Sitzungssaal.

Nach seiner Wahl in den Nationalrat hatte Feric die Parteizentrale in eine schloßartige Villa im Regierungsviertel von Heldheim verlegt, ungefähr gleich weit entfernt vom Palast des Staates, dem Generalkommando der Armee und den Kasernen der Garnison. Das neue Hauptquartier war die Residenz eines Industriellen gewesen, der mit der Sache der nationalen Erhebung sympathisierte und seine Villa den Söhnen des Hakenkreuzes für einen geringen Betrag vermietet hatte. Dieser herrschaftliche Wohnsitz war nun in Wohnungen für Feric, Bogel, Waffing, Remler und Best unterteilt. Daneben gab es Gästezimmer für geringere Parteifunktionäre, Konferenzräume und Büros, während zweitausend SS-Leute in Zelten untergebracht waren, die auf der weiten Rasenfläche innerhalb der hohen Umfassungsmauer des Grundstücks aufgestellt waren. Motorräder und Wagen waren in verschiedenen Nebengebäuden und Schuppen abgestellt; an strategischen Punkten der Umfassungsmauer hatte man gedeckte hölzerne Plattformen mit Maschinengewehrstellungen errichtet. Darüber hinaus waren innerhalb des Grundstücks fünf gut getarnte Haubitzen und mehrere Granatwerfer aufgestellt. Alles in allem war das neue Parteihauptquartier eine Festung, die auch ohne Verstärkungen einen Überraschungsangriff der Stadtgarnison einige Zeit abwehren konnte.

Nichtsdestoweniger standen Verstärkungen für den Notfall zur Verfügung, denn fünftausend Ritter des Hakenkreuzes unter dem Kommando von Stag Stopa waren in den Außenbezirken Heldheims kaserniert, keine fünfzehn Minuten Fahrzeit vom Parteihauptquartier entfernt. Ein Wort von Feric genügte, und diese Sturmtruppen würden in die Stadt brausen und jedem Belagerer des Hauptquartiers in den Rücken fallen.

Drei Wochen nach der Wahl rief Feric seine Vertrauten zu einer Beratung in sein privates Wohnzimmer, um über Pläne zur Liquidierung des Dominator-kontrollierten Nationalrates zu diskutieren. Dieses Wohnzimmer war ein etwas prunkvoller Salon im Neobarock, voll von vergoldetem Stuck, blauen Seidentapeten und Gobelins, den Feric allein wegen des großen Balkons bevorzugte, von dem aus man besonders bei Nacht einen prachtvollen Blick auf Heldheim hatte, wenn die Stadt wie ein Lichterteppich unter der dunklen Weite des Himmels funkelte. Feric, Bogel, Waffing und Best saßen in samtbezogenen Sesseln um einen runden Rosenholztisch, tranken Bier und warteten auf Remler, der sich ganz gegen seine Art verspätet hatte.

»Wie ich es sehe«, sagte Bogel, »kommt es darauf an, die Macht hinter einer legalen Fassade zu erobern, so daß es innerhalb der Armee nicht erst zu Loyalitätskonflikten kommen kann. Würde das Generalkommando nicht bereit sein, Feric als unumschränkten Führer der Nation zu akzeptieren, wenn der legale Schein gewahrt bliebe?«

Diese Frage war an Lar Waffing gerichtet, der einen langen Zug aus seinem Bierkrug tat, während er seine Antwort bedachte. Nachdem er den Krug abgestellt und an dem kleinen Faß, das auf dem Tisch stand, aufgefüllt hatte, ließ er seine wohlüberlegte Meinung hören.

»Es gibt überhaupt keinen Zweifel, daß das Generalkommando ein unter dem Hakenkreuz geeintes Heldon wünscht, denn wir sind die einzigen, die eine Vergrößerung der Armee durchsetzen und ihr das geben möchten, wonach sich alle guten Soldaten sehnen: Aktion.« Waffing blickte in die Runde. »Die Generäle sind jedoch durch ihren Eid gebunden, der rechtmäßigen Regierung von Heldon zu dienen und sie zu verteidigen, und der Stolz wird nicht zulassen, daß sie ihre Ehre verraten. Daher könnte ein gewaltsamer Staatsstreich zu diesem Zeitpunkt sehr wohl einen Bürgerkrieg auslösen.«

Die Situation verdroß Feric ungemein. Gelbart hatte eine Verordnung zur Entwaffnung der SS und der Auflösung der Ritter des Hakenkreuzes formuliert; sobald seine Stiefellecker im Rat die Verordnung verabschiedeten, würde der Teufel los sein. Am besten wäre ein rasches Zuschlagen, bevor die Ereignisse das Generalkommando in eine Position brächten, wo ihm nur die Möglichkeit blieb, offen vor den Parteistreitkräften zu kapitulieren oder den Bürgerkrieg auszulösen. Aber ein Staatsstreich ohne legale Absicherung würde die Armee in die gleiche Lage bringen.

»Es kommt hinzu«, sagte Waffing, »daß das Generalkommando die Aktivitäten der Ritter unter Stag Stopa mit wachsendem Unbehagen beobachtet. Man sieht, daß Stopa über eine gewisse persönliche Gefolgschaft verfügt, da seine Unterführer allesamt ehemalige Angehörige seiner Bande und ihm in persönlicher Loyalität verbunden sind . . .«

Plötzlich stürzte Bors Remler in den Raum, das schmale Gesicht wie im Fieber gerötet, brennende Erregung in den Augen.

»Was hat Sie so lange aufgehalten?«

»Mein Führer«, keuche Remler, als er sich zu Ferics Linker erschöpft in den Sessel sinken ließ, »ich muß die Existenz einer Verschwörung gegen Ihre Person und gegen die Partei melden, an der Stag Stopa in verräterischem Einvernehmen mit dem Nationalrat beteiligt ist!«

»Was?«

»Ich hatte als selbstverständliche Sicherheitsvorkehrung SS-Agenten in die Hierarchie der Ritter eingeschleust«, sagte Remler, allmählich zur Ruhe kommend. »Heute abend erhielt ich eine Meldung von höchster Dringlichkeit. Stopa ist mit Vertrauensleuten Gelbarts und möglicherweise Agenten von Zind zusammengetroffen. Eine Abteilung uniformierter Ritter wird die Mitglieder des Generalkommandos liquidieren, sobald die Verordnung zur Auflösung der Sturmtruppen der Partei verabschiedet ist. Dies wird die Armee zum Losschlagen gegen die Partei zwingen. Anscheinend ist Stopa von Gelbarts Vertrauensleuten die Position des Oberkommandierenden der Armee für die Zeit nach Beendigung der Feindseligkeiten versprochen worden; möglicherweise hat Zind ihm darüber hinaus die Oberherrschaft über Heldon angeboten, denn das Ergebnis eines solchen Bürgerkriegs wird mit Sicherheit die Vernichtung der Hauptmasse aller kampffähigen Streitkräfte von Heldon sein und das Land für die Horden von Zind zu einer leichten Beute machen. Ich bin überzeugt, daß Stopa während der Bürgerkriegswirren von Agenten Zinds beseitigt werden wird; aber er ist zu naiv, um das zu sehen.«

Betroffene Stille herrschte, als Remler geendet hatte. Feric war zutiefst verletzt und bestürzt. »Ich habe nie an Stopas Treue zur Sache und zu meiner Person gezweifelt!« widersprach er endlich.

»Ich habe reichlich Beweise, mein Führer!«

»Ich zweifle nicht einen Augenblick daran«, sagte Feric. »Aber ich bin durch diese Entwicklung überrascht und beunruhigt. Es liegt auf der Hand, daß mit Stopa abgerechnet werden muß, aber die Notwendigkeit ist mir zuwider.«

Wenn es ihn auch schmerzen würde, Stopa als einen Verräter

behandeln zu müssen, so ließ sich doch nicht leugnen, daß seine höchste und einzige Loyalität dem Hakenkreuz und der Sache der Reinhaltung der Rasse gelten mußte. Stopa war ein Verräter, der dem Sieg im Weg stand; Pflicht konnte nicht immer mit persönlichem Vergnügen zusammenfallen. Und schließlich mochte diese ganze unglückliche Entwicklung pragmatischen Zwecken nutzbar gemacht werden.

Nach kurzem Überlegen wandte Feric sich zu Lar Waffing. »Angenommen, die Bedenken des Generalkommandos hinsichtlich Stöpas und der Ritter könnten ein für allemal aus der Welt geschafft werden, würde man mich dann ohne Vorbehalte als Alleinherrscher von Heldon akzeptieren, vorausgesetzt, eine solche Machtvollkommenheit würde mir von einem verfassungsmäßig gewählten Nationalrat zugesprochen?«

»Unter solchen Umständen könnten Sie fest mit der Zustimmung des Generalkommandos rechnen, mein Führer!«

»Wie wollen Sie ein solches Kunststück fertigbringen, Feric?« fragte Bogel. »Das hieße ja, daß diese alten Männer sich selbst aus dem Amt und auf den Misthaufen wählen würden!«

»Mein lieber Bogel«, erwiderte Feric, »genau das wird ihr Schicksal sein, noch ehe die Woche um ist. Innerhalb von fünf Tagen wird das Hakenkreuz über ganz Heldon regieren!«

»Darauf trinke ich!« erklärte Waffing.

»Sie trinken auf alles, Waffing!« scherzte Bogel. Darauf brachen alle Anwesenden einschließlich des rundlichen Waffing in herzhaftes Gelächter aus.

Als die Sonne hinter der Stadtsilhouette Heldheims versank und die Schatten der Dämmerung sich über Straßen und Plätze breiteten, verließen Gruppen von SS-Männern in neutralen Fahrzeugen im Abstand von fünf Minuten das Gelände des Parteihauptquartiers. Jede Gruppe bestand aus sechs Uniformierten, die mit Maschinenpistolen und Knüppeln bewaffnet waren; insgesamt acht Gruppen verließen das mauerumgürtete Grundstück und verloren sich in der Dämmerung.

Zwei Stunden später, als es tiefe Nacht geworden war, verließ ein letzter neutraler Wagen das Grundstück, fünf Minuten später gefolgt von einer vierzigköpfigen SS-Motorradabteilung.

Die Anlagen um den Palast des Staates lagen im Halbdunkel der Straßenbeleuchtung, deren blendende Helligkeit von Baumgruppen und Büschen gemildert wurde. Nur eine Ehrenwache von einem Dutzend Soldaten bewachte zu dieser späten Stunde den leeren Palast. Zwei von diesen Männern waren am schmiedeeisernen Tor zum Heldon Boulevard stationiert, vier weitere am Haupteingang des Palastes selbst; die übrigen sechs patrouillierten durch das Palastgelände. Niemand dachte auch nur im entferntesten an einen Versuch, den Palast um diese Zeit zu stürmen, gab es doch niemanden und nichts darin, der oder das der Mühe wert gewesen wäre. Die Soldaten, die hier Wachdienst leisteten, waren zum größten Teil ältere Berufssoldaten, die sich der Verabschiedung aus dem Dienst näherten, anstelle von wachsamen und lebhaften jungen Burschen.

So war es der SS ein Leichtes, dieser Handvoll in Routine erstarrter Soldaten die Kontrolle über den Palast des Staates zu entwinden. Ein neutraler Wagen mit vier SS-Leuten in Zivil fuhr an das Tor heran und bat mit der Begründung um Einlaß, man habe den Auftrag vom Nationalrat Krull, einige Bücher und Papiere zu holen, die er zum Studium benötige. Als einer der Wachsoldaten den Kopf ins Wageninnere steckte, starrte er in den geölten Lauf einer Maschinenpistole. Nun war es nicht schwierig, den Mann zu überreden, daß er unter dem Vorwand, es gebe eine Unklarheit mit dem Passierschein, seinen Kameraden von der anderen Seite heranwinkte. Die beiden wurden gebunden und in den Fond des Wagens gelegt, während einer der SS-Männer das Tor öffnete.

Sobald dies geschehen war, entfiel die Notwendigkeit verstohlenen Vorgehens; ein Signal wurde gegeben, und in der Dunkelheit einer nahen Seitenstraße sprangen vierzig Motorräder an. Ehe die restlichen Wachsoldaten auf diesen jähen Motorenlärm mit mehr als Verwirrung und Beunruhigung reagieren konnten, kamen vierzig schwarze SS-Motorräder mit hoher Geschwindigkeit die Zufahrt herauf. Sie erreichten das Portal mit einem derartigen Spektakel massierter Macht, daß die vier armen Teufel auf den Stufen des Portals keinen einzigen Schuß abgaben, bevor sie von SS-Knüppeln gefällt wurden. Danach war es eine Kleinigkeit, die sechs in Zweierstreifen patrouillierenden Soldaten in ihrer Verwirrung zu überrumpeln. Zusammen mit den anderen Gefangenen wurden sie unter Bewachung in den Keller des Palastes geschafft.

Die Parteizentrale wurde telefonisch über die Einnahme des Palastes verständigt und brachte sofort Verstärkungen auf den Weg. Innerhalb von fünfzehn Minuten war der Palast des Staates von dreihundert Elitesoldaten der SS besetzt und mit Maschinengewehren gesichert. Darüber hinaus waren die Haubitzen auf dem Gelände der Parteizentrale gegen das Generalkommando in Stellung gebracht. Sollte die Armee einen Versuch unternehmen, den Palast zurückzuerobern, so würde sie einen hohen Blutzoll zu entrichten haben. Lar Waffing hielt sich in diesen Augenblicken im Generalkommando auf, um die militärische Führung über gewisse ausgewählte Einzelheiten der Situation zu unterrichten.

Innerhalb von dreißig Minuten nach der Inbesitznahme des Palastes durch SS-Sturmtruppen begannen in kurzen Abständen neutrale Fahrzeuge mit Gefangenen einzutreffen. Erst als die Nachricht vom Abschluß dieser Phase der Operation die Parteizentrale erreichte, machte sich Feric, eskortiert von einigen Maschinen der Motorradabteilung, auf den Weg zum Palast.

Nie hatte der Sitzungssaal des Nationalrates Feric einen so erfreulichen Anblick geboten. Alle acht Räte waren auf ihre Lehnstühle gefesselt wie Hühner auf einem Wochenmarkt, und hinter jedem von ihnen standen zwei hochgewachsene blonde SS-Männer mit stahlblauen Augen und Maschinenpistolen. Zwanzig weitere SS-Männer in schwarzen Lederuniformen umstanden die Rotunde; aus der Vorhalle drang der beruhigende Klang genagelter Stiefel. Es gab keinen Zweifel, wer hier das Regiment führte.

An der Spitze einer aus Best, Bogel und Remler bestehenden Gruppe trat Feric den Gefangenen gegenüber. Neben dem runden Tisch des Nationalrates war eine Parteifahne aufgezogen, und ein kleineres schwarzes Banner daneben zeigte das doppelte rote Blitzsymbol der SS.

Nur Krull in seiner senilen, winselnden Arroganz unternahm es in dieser Situation, Feric anzusprechen. »Was hat diese schmutzige Ungeheuerlichkeit zu bedeuten, Jaggar?« schnaufte er. »Wie können Sie wagen . . .«

Ehe der verkommene Tattergreis die Atmosphäre weiter verpesten konnte, beendete der nächste SS-Wachmann den Ausbruch mit einem scharfen Rückhandschlag über den Mund, der den alten Piraten Blut sabbern ließ.

Feric begünstigte diesen tüchtigen jungen Kämpfer mit einem knappen Kopfnicken, bevor er geruhte, das Wort an die Sammlung altgewordener politischer Gauner zu richten; der Bursche verdiente zu wissen, daß sein Führer Schneid und Schnelligkeit seines Eingreifens bemerkt hatte.

»Ich werde Sie jetzt über den Grund Ihrer Festnahme unterrichten«, sagte Feric.

»Festnahme!« rief Guilder. »Sie meinen Entführung!«

Der Kolben einer Maschinenpistole an den Hinterkopf beendete diesen unziemlichen Ausbruch, und Feric fuhr fort: »Sie stehen alle unter Anklage des Verrats. Unter Ihnen befindet sich ein Dominator, und Sie sind ihm ins Netz gegangen. Eine solche Unachtsamkeit und Willensschwäche bei Heldern in Ihrer hohen Position ist gleichbedeutend mit Feigheit vor dem Feind, sogar mit Vaterlandsverrat. Beides wird mit dem Tode bestraft.«

Die Gefangenen ließen den Kopf hängen. Nach und nach wanderten ihre Blicke zu Gelbart, der schließlich Universalist und daher derjenige unter ihnen war, der am ehesten ein Dom sein konnte. Gelbart selbst starrte gleichmütig ins Leere; Feric spürte jedoch, daß er die volle Kraft seines Willens auf die anderen wirken ließ. Langsam faßten sie wieder Mut und fingen plötzlich alle gleichzeitig zu reden an.

»Welch ein Unsinn!«

»Wo sind Ihre Beweise?«

»Ein Dom im Nationalrat? Völliger Unsinn!«

Feric hatte die Hand erhoben und damit die SS-Wachmänner daran gehindert, wie zuvor gewaltsam für Ruhe zu sorgen. Nun ließ er den bewußtlosen Guilder wachrütteln, damit alle Ratsmitglieder ihre Lage begriffen.

»Sehr gut«, sagte Feric. »Ich werde Ihnen die Chance geben, zu beweisen, daß Sie frei von der Kontrolle durch einen Dominator sind. Ich befehle Ihnen, mir durch Nationalratsbeschluß die Notstandsvollmacht zu erteilen, Heldon durch Dekrete zu regieren, diesen Nationalrat für unbestimmte Zeit zu vertagen, und anschließend Ihren Rücktritt zu erklären. Wenn diesen Befehlen Folge geleistet ist, wird es zu meinen ersten Amtshandlungen als Führer und Oberkommandierender von Heldon gehören, Ihre Todesurteile in lebenslängliche Verbannung und Ausbürgerung umzuwandeln. Sie haben sechzig Sekunden, sich zu entschließen.«

Das Gewinsel, das sich nun von den degenerierten alten Halunken erhob, war vorauszusehen gewesen. »Eine Unverschämtheit!« — »Es hat kein Gerichtsverfahren gegeben!« — »Sie haben keine Autorität!« Es war klar, daß solche Memmen nicht die Wil-

Festino -80-

lenskraft gehabt hätten, sich angesichts des Todes in dieser Weise aufzuführen, hätte der Dom, Gelbart, ihnen nicht den Rücken gestärkt.

Diese abstoßende Kreatur funkelte Feric jetzt mit unverhohlenem Haß an, kaltes Feuer in den schwarzen Rattenaugen. »Dies wird Ihnen nicht weiterhelfen, Jaggar«, zischte der Dominator. »Wenn die Armee davon erfährt, werden Sie vernichtet.«

Darauf schienen die Nationalräte sich ein Herz zu fassen, ermuntert von Gelbarts Worten wie von seiner psychischen Ausstrahlung.

»Ich sehe, daß es Zeit ist, ein für allemal die Luft zu reinigen«, bemerkte Feric, zog den Stahlkommandeur und hob den schimmernden Knüppel hoch über den Kopf. Er trat vorwärts und ließ das Kopfstück des Großen Knüppels mit unwiderstehlicher Gewalt auf Gelbarts Schädel niedersausen und zertrümmerte ihn vollständig.

Als der Dominator, der sie beherrscht hatte, leblos auf seinem Stuhl hing, das verderbte Gehirn über den ganzen Tisch verspritzt, machten die sieben verbleibenden Ratsmitglieder sich keine weiteren Illusionen über den Ernst ihrer Lage. Der Gestank der Angst stieg von ihnen auf wie die Methangase aus einem übelriechenden Sumpf.

»Ich stimme für Nationalrat Jaggars Antrag«, stammelte Rossback.

»Ich auch«, sagte Krull.

In ihrer Hast, den Beschluß einstimmig zu machen, fielen die anderen einander ins Wort.

»Die Papiere, Best«, befahl Feric. »Bindet den Gefangenen die Hände los.« Während Best ein Bündel Dokumente aus dem Aktenkoffer nahm, banden die SS-Wachen die Gefangenen los, die einen kollektiven Seufzer der Erleichterung hören ließen. Feric ließ den vorgefertigten Beschluß zur Unterschrift herumgehen. Als alle unterzeichnet hatten, setzte auch er seine Unterschrift um der Einstimmigkeit willen unter das Dokument, um es Best zur Aufbewahrung zu übergeben. »Die Rücktrittserklärungen«, sagte Feric. Als mehrere von ihnen den Text der Rücktrittserklärung zu lesen begannen, brüllte Feric: »Unterschreiben Sie sofort!« Die Gefangenen gehorchten augenblicklich.

Als Best alle Dokumente eingesammelt hatte, wandte Feric sich zu Bogel. »Der neue Staatsrat besteht jetzt aus den gegenwärtigen Mitgliedern des Hakenkreuzkreises. Ich werde durch

Notstandsdekrete regieren, bis eine neue Verfassung ausgearbeitet werden kann, die endgültig mit allem demokratisch-republikanischen Humbug aufräumt. Bereiten Sie die Proklamation bis morgen mittag zur Sendung vor.«

Bogel lächelte breit, salutierte, rief »Heil Jaggar!« und eilte hinaus.

Feric wandte seine Aufmerksamkeit wieder den feigen Lumpen zu, die um den Tisch saßen. Sie hatten den Beschluß zur Machtübertragung so unterschrieben wie ihre Rücktrittserklärungen und Geständnisse des Hochverrats. Es bestand kein weiterer Bedarf für dieses Ungeziefer, und es war höchste Zeit, daß es ihm aus den Augen kam. Der bloße Anblick dieser nichtswürdigen Verräter verursachte ihm Übelkeit. Die Welt würde ohne sieben Schweine wie diese gewiß besser dran sein!

»Remler, schaffen Sie diese stinkenden Säcke voll Abfall hinaus und lassen Sie sie erschießen!« befahl er. Kein anderer Befehl, den er bisher hatte ausgeben können, hatte ihm soviel patriotische Befriedigung verschafft.

Feric erwartete Feldmarschall Heermark Forman in einem kleinen, einfachen Büro im obersten Geschoß des Palastes, um dem Vertreter des Generalkommandos Gelegenheit zu geben, mehrere Treppen zu ersteigen und dabei zu sehen, mit welcher Gründlichkeit das Gebäude in eine befestigte Garnison verwandelt worden war.

Der Mann, den Waffing in das Büro geleitete, war ein imponierender alter Knabe Ende der Sechzig; ein ausgezeichnetes Beispiel dafür, wie ein genetisch reiner Mensch Tatkraft und Energie weit über die Zeit des besten Mannesalters hinaus bewahren konnte. Obgleich älter als Waffing, war er gute vierzig Pfund leichter, und was die schneidige Erscheinung anging, so machte er in seiner feldgrauen, mit Orden und Ehrenzeichen reich geschmückten Uniform eine gute Figur, mochte Waffings schwarzlederne Uniform auch von eindeutig eleganterem Schnitt sein. Sein grauer Schnurrbart und die stahlgrauen Augen fügten seiner Erscheinung Würde und Entschlossenheit hinzu: ein befehlsgewohnter Mann von Nüchternheit und Selbstdisziplin. Forman atmete schwer, als er sich auf einen der einfachen hölzernen Stühle setzte, welche die einzigen Sitzgelegenheiten in dem kleinen Büro waren. Je weniger über den Zustand von Waffings Atmung nach dem Aufstieg gesagt wird, desto besser.

»Ich gehe davon aus, daß Großkommandeur Waffing Sie bereits über die Gesamtlage unterrichtet hat«, begann Feric.

Forman betrachtete ihn kühl. »Man hat mir zu verstehen gegeben, daß Ihre Leute den Palast des Staates besetzt haben, um einem Komplott der Universalisten zuvorzukommen, an welchem der Nationalrat selbst beteiligt war«, sagte er vorsichtig.

»Die Ereignisse haben sich überstürzt«, sagte Feric. »Wir haben der schmutzigen Kabale ein Ende gemacht. Gelbart war ein Dom; alle Nationalräte bis auf mich selbst waren in sein Dominanzmuster verstrickt. Gelbart beabsichtigte, durch die Mehrheit des Nationalrates ein Verbot der SS und der Ritter des Hakenkreuzes durchzusetzen. Ich bedaure sagen zu müssen, daß Stag Stopa, der Kommandeur der Ritter, an dem Komplott beteiligt war. Seine Leute sollten dann die führenden Persönlichkeiten des Generalkommandos liquidieren und damit einen ruinösen Bürgerkrieg zwischen den Söhnen des Hakenkreuzes und der Armee auslösen. Der Bürgerkrieg würde die patriotischen Kräfte Heldons dermaßen dezimiert haben, daß es den Horden von Zind daraufhin ein Leichtes gewesen wäre, unser Land zu besetzen und den wahren menschlichen Genotyp auszulöschen. Als die SS dieses Komplott aufdeckte, ließ ich natürlich augenblicklich geeignete Gegenmaßnahmen anlaufen. Gelbart wurde ausgeschaltet, und die ihm hörigen Ratsmitglieder gestanden.«

Feric nahm eine Anzahl von Dokumenten vom Schreibtisch, die er Forman übergab. Dieser nahm sie ohne Kommentar entgegen. »Das Generalkommando mag ihre unterschriebenen Geständnisse in Ruhe prüfen«, fuhr Feric fort. »Bevor sie ihre Rücktrittserklärungen abgaben, verabschiedeten die Nationalräte einstimmig einen Beschluß zur Suspendierung der Verfassung und der Übertragung aller Machtbefugnisse auf mich, so daß mir die Möglichkeit gegeben ist, durch Dekrete zu regieren. Ich habe den Titel des Führers und Oberkommandierenden von Heldon angenommen und die vakant gewordenen Sitze im Nationalrat, der nun Staatsrat heißen wird, mit wahrhaften Patrioten von unzweifelhafter Loyalität zum Vaterland und dem Ziel der Reinhaltung der Rasse besetzt. Die Notstandssituation ist jetzt vorbei.«

»Was ist aus den Verrätern geworden?« forschte Forman.

»Mit Stopa muß ich mich noch befassen«, sagte Feric, »aber meine erste Handlung als Führer und Oberkommandierender von Heldon war, daß ich die ganze Verräterbande von Ratsmitgliedern erschießen ließ.«

Zum erstenmal zeigte das Gesicht des Feldmarschalls einen zurückhaltenden Ausdruck von Gemütsbewegung: eine gewisse soldatische Anerkennung für eine rasch und entschlossen gelöste Aufgabe. »Sie haben die Situation offensichtlich gut in der Hand«, sagte er. »Vorausgesetzt, alles verhält sich so, wie Sie sagen, wird das Generalkommando bereit sein, Sie als den rechtmäßigen Herrscher von Heldon anzuerkennen; ich sage dies als ein Beauftragter mit unbegrenzten Vollmachten.«

Feric gab Waffing einen anerkennenden Seitenblick, den Waffing mit einem Nicken quittierte; der Großkommandeur hatte gute Arbeit geleistet. Forman hatte die Vollmacht, bindende Abmachungen zu treffen, und verstand die Situation genau, so daß keine Partei zu Winkelzügen würde Zuflucht nehmen müssen.

»Es gibt in dieser Angelegenheit nur einen Aspekt, der das Generalkommando beunruhigt«, fuhr Forman fort. »Sie selbst sind fraglos ein Mann von überlegener Qualität, und wir erwarten, daß Sie den Zielen und Bestrebungen des Militärs als oberster Führer von Heldon weitaus aufgeschlossener gegenüberstehen werden, als das liberale Gesindel es je gewesen ist. Ich muß Sie jedoch davon unterrichten, daß das Generalkommando die fortdauernde Existenz einer vollausgerüsteten Privatarmee wie der Ritter des Hakenkreuzes als absolut unannehmbar betrachtet, und dies erst recht im Lichte der Tatsache, daß ihr Kommandeur an einer Verschwörung gegen Heldon beteiligt war. Es kann nur eine heldonische Armee geben; in diesem Punkt gibt es für uns keinen Kompromiß.«

»Das ist vernünftig gesprochen«, erwiderte Feric. »Es liegt auf der Hand, daß die jüngsten Ereignisse mich von der Weisheit einer solchen Position überzeugt haben. Die Angelegenheit mit Stopa und den anderen Verrätern innerhalb der Ritter muß in jedem Fall bereinigt werden, und Sie haben mir gerade die geeignete Verfahrensweise nahegelegt.«

»Bitte fahren Sie fort«, sagte Forman mit unverhohlenem Interesse.

»Die Ritter des Hakenkreuzes werden aufgelöst. Die Masse der Männer, das heißt jene, die sich nichts haben zuschulden kommen lassen, werden ein Angebot zur Übernahme in die reguläre Armee erhalten. Würden Sie zustimmen?«

»Wir können kräftige, gut ausgebildete Burschen immer gebrauchen«, sagte Forman. »Ich sehe keinen Grund, warum der großen Masse der Ritter die Übernahme in den Militärdienst verwehrt werden sollte, nur weil einige wenige Führer Verrat geübt haben.«

»Die SS wird als eine Eliteeinheit weiterexistieren«, sagte Feric. »Wie Sie wissen, ist die genetische, intellektuelle, körperliche und ideologische Qualifikation der SS von höchstem Niveau. Daraus folgt, daß die zahlenmäßige Stärke der SS niemals an jene der Armee heranreichen wird. Darauf haben Sie mein heiliges Wort.«

»Akzeptiert«, sagte Forman.

»Schließlich werde ich Großkommandeur Waffing zum Minister der Sicherheitskräfte ernennen. Obwohl diese Position traditionell von Zivilisten besetzt wurde, wird Waffing gleichzeitig zum Feldmarschall ernannt werden, um deutlich zu machen, daß die Beziehungen zwischen der Armee und der obersten Führung von Vertrauen und Wärme geprägt sein werden.«

Darauf ließ Forman endlich ein Lächeln sehen. Er stand auf. »Im Namen des Generalkommandos gelobe ich dem neuen Führer und Oberkommandierenden von Heldon die Treue.« Der Feldmarschall knallte forsch die Hacken zusammen und entbot ihm den Parteigruß. »Heil Jaggar!« erklärte er.

Feric erhob sich und erwiderte den Gruß, übermannt von seinen Gefühlen. Welch ein großartiger Augenblick war dies für ganz Heldon! Das Hakenkreuz und die Armee endlich vereint!

»Wenn Sie wünschen, daß die Armee sich Stopas und seiner Clique annimmt, brauchen Sie nur den Befehl zu geben«, sagte Forman.

Betrübnis verdrängte die frohe Heiterkeit, die Ferics Herz erfüllte; der perfide Verrat Stopas und der ehemaligen Rächer beschwerte seine Seele mit Trauer. Für ihn persönlich würde es weniger schmerzhaft sein, die Angelegenheit der Armee zu überlassen; der Vorschlag hatte etwas Verlockendes. Aber es war Sache der Partei, ihre Mitglieder zu disziplinieren.

»Ich muß das Angebot ablehnen«, sagte Feric bekümmert. »Diese Männer haben das Hakenkreuz verraten. Wir sind es uns selbst und Heldon schuldig, unsere eigenen Reihen von fäulnisverbreitenden Elementen zu reinigen.«

»Ich habe Verständnis für den Mut, den es erfordert, eine solche Entscheidung zu treffen«, sagte Forman. »Ja, ein rechter Mann muß innerhalb seines Befehlsbereichs selbst für Disziplin sorgen.«

In den trüben kalten Stunden vor dem Morgengrauen führte Feric selbst eine SS-Kolonne durch die stillen, leeren Straßen von Heldheim und hinaus in das schlafende Land zu der Ritterkaserne. Die Ehre verlangte, daß er selbst die Kolonne anführte, denn Stopa hatte einen Treueid nicht nur auf Heldon abgelegt, sondern auch auf Ferics eigene Person. Feric fühlte die gleiche soziale Verpflichtung wie der Eigentümer eines tollwütig gewordenen Hundes: es war seine Pflicht, das Geschöpf eigenhändig von seinen Qualen zu erlösen.

Für diese Mission hatte Feric dreihundert SS-Männer mit Maschinenpistolen und Knüppeln bewaffnet und auf Lastwagen verladen. Dreihundert Elitesoldaten, die ohne unnötigen Lärm operierten, konnten eine chirurgische Ausschneidung vornehmen, während ein massierter Angriff zu einer blutigen Schlacht führen würde, in welcher viele rettenswerte Ritter verlorengehen würden.

Daher ließ Feric halten, als die Lastwagenkolonne sich ihrem Ziel bis auf drei Kilometer genähert hatte. Er ließ die Männer absitzen und führte sie zu Fuß über die taunassen Felder, flankiert von Waffing und Remler. Nicht einer dieser prächtigen jungen Helden murrte oder beklagte sich; nur Waffing vertauschte seinen Sitzplatz ein wenig mißvergnügt mit den Füßen. Es nahm ein wenig Gewicht von Ferics Seele, als er den stolzen, aber entschieden konditionsschwachen Großkommandeur schnaufen und pusten sah, um mit ihm Schritt zu halten, durch das anstrengende Tempo in offensichtlicher Bedrängnis, aber ohne den Gedanken, es zu erwähnen.

Die Ritterkaserne war ein Barackenlager auf einer Bodenerhebung mit Blick auf die Landstraße nach Heldheim, um einen Überraschungsangriff von dort zu erschweren. Feric selbst hatte den Platz gewählt, und nun geriet ihm die eigene militärische Umsicht zum Nachteil. In einer mit Büschen und Bäumen dicht bestandenen Senke am Fuß des Hügels formierte er seine Männer zu Sturmabteilungen und überdachte die Situation. Die Holzbaracken auf der Anhöhe waren von einem elektrisch geladenen Zaun umgeben; vier hohe hölzerne Wachttürme, ausgerüstet mit Suchscheinwerfern und Maschinengewehren, erhoben sich an den Ecken des Lagerviertels, und Wächter patrouillierten in kurzen Abständen den Zaun. Auch das Tor war elektrifiziert und durch eine Maschinengewehrstellung gesichert. Feric wußte nur zu gut, wie schwierig eine solche Befestigung zu nehmen war, hatte er sie doch selbst entworfen. Es gab keinen anderen Weg als den der reinen Willenskraft.

»Sehr gut, Remler«, sagte er zu dem SS-Kommandanten, der neben ihm stand. »Sie behalten die Leute hier, während Waffing und ich zum Tor gehen und befehlen, daß es geöffnet werde. Ist das geschehen, führen Sie die Leute ins Lager. Schießereien müssen unter allen Umständen vermieden werden, bis wir das Offiziersquartier erreichen.«

»Aber mein Führer, ich möchte in der vordersten Linie stehen! Lassen Sie mich mitkommen!«

Feric war bewegt von Remlers Eifer und konnte verstehen, wie ihm zumute war, aber Remlers Anwesenheit könnte die Wachen am Tor mißtrauisch machen. »Tut mir leid, Remler«, sagte er, »aber wenn Sie Ihr Gesicht zeigten, würden die Wachen merken, daß etwas im Gange ist.«

Remler nickte und wandte sich zu seinen Leuten, und Feric verließ mit Waffing die Schatten der Deckung und ging auf die Straße, die zum Tor führte.

Sie hatten die Anhöhe noch nicht zur Hälfte hinter sich gebracht, als sie vom Lichtfinger eines Scheinwerfers erfaßt wurden. Wenigstens hatte Stopas Niedertracht nicht zum Verfall der Wachsamkeit und Kampfbereitschaft der Garnison geführt. Als der Scheinwerfer ihnen zum Tor leuchtete, hüllte Feric sich in seinen Umhang, zog die Schultern ein und blieb ein wenig hinter Waffing zurück, der würdevoll auf die nervösen Wachen am Tor zuschritt.

Feric hielt sich stumm im Hintergrund, als Waffing das Tor erreichte und die Männer dahinter anblaffte: »Öffnen Sie sofort das Tor!«

»Kommandant Stopa hat Befehl gegeben, heute abend niemanden einzulassen«, sagte einer der Männer unbehaglich, denn er wußte, wem er gegenüberstand.

»Öffnen Sie das Tor, oder ich lasse Sie wegen Insubordination aburteilen, Sie Pfeife!« erwiderte Waffing. »Ich bin Großkommandeur Waffing und mein Befehl hat Vorrang.«

»Aber — aber wir haben strikten Befehl, niemanden einzulassen«, stammelte der andere Wächter. »Bei Zuwiderhandlung ist uns Erschießung angedroht. Würden Sie von uns verlangen, daß wir gegen einen ausdrücklichen Befehl eines Vorgesetzten verstoßen?«

Feric begriff, daß diese guten Jungen in einer moralischen

Zwickmühle steckten, ungewiß, wessen Befehl sie folgen sollten. Nur er selbst konnte ihre Zweifel auflösen. Er schlug den Umhang zurück, trat vor und zeigte sich im hellen Lichtschein der Torbeleuchtung. Sofort nahmen die beiden Wächter Haltung an, grüßten mit ausgestreckten Armen und riefen in vollkommenem Gleichklang: »Heil Jaggar!«

Feric erwiderte den Gruß und hob das Kinn. »Ich übernehme selbst den Befehl über diese Garnison. Kommandant Stopa ist seines Postens enthoben. Sie werden keinen anderen Befehlen als meinen folgen. Sie werden das Tor öffnen und die SS-Abteilung einlassen, die uns folgt. Ist sie im Lager, werden Sie das Tor schließen und niemanden herein- oder hinauslassen, bis ich selbst anderslautenden Befehl gebe. Sie werden niemand von unserer Ankunft verständigen. Ist das alles klar?«

»Ja, mein Führer!«

»Sehr gut, Leute«, sagte Feric weniger streng. »Ich werde mich der Pflichterfüllung erinnern, die Sie heute nacht gezeigt haben.«

Innerhalb weniger Minuten hatte Feric die dreihundert SS-Leute im Kasernenbereich um sich versammelt. Sie waren über den bevorstehenden Einsatz genau unterrichtet, und es genügte ein Kopfnicken von Feric, um die Aktion anlaufen zu lassen. Seine Befehle waren einfach. Jeder SS-Mann hatte sich unauffällig so nahe wie möglich an die Offiziersbaracke heranzuarbeiten und erst dann das Feuer zu eröffnen, wenn er einen Schuß hörte. Je näher sie an ihr Ziel herankämen, desto größer würde der Überraschungseffekt sein, desto rascher und sauberer würde die ganze unerfreuliche Operation ablaufen.

Der größte Teil des Lagers lag zu dieser späten Stunde in tiefer Dunkelheit; die Mannschaften waren seit langem in den Betten. So hegte Feric die begründete Hoffnung, daß kein verfrühter Alarm gegeben würde. Die SS-Abteilung fächerte zwischen den Reihen der einfachen Holzbaracken aus und näherte sich der Offiziersbaracke in kleinen, verstohlenen Gruppen. Ihre schwarzen Lederuniformen halfen ihnen, mit dem Nachtdunkel zu verschmelzen.

Die Offiziersbaracke zeigte jedoch Lichtschein in den Fenstern; überdies standen zwei Wachen an der Tür, und Sicherungsposten waren an den vier Ecken der Baracke aufgestellt, um das gesamte Umfeld zu überwachen. Es war notwendig, daß sie sich den Weg freischossen.

Feric, Waffing und Remler näherten sich dem Eingang im Schutz der benachbarten Baracke, bis sie auf zwanzig Schritte an ihr Ziel herangekommen waren. Wie alle SS-Mannschaften, waren auch sie für den Einsatz mit Maschinenpistolen bewaffnet.

Feric verhielt im Schlagschatten der Baracke und gab seine letzten Anweisungen. »Wir werden den Angriff einleiten. In unserem Feuerbereich sind zwei Sicherungsposten und die Wächter neben der Tür. Diese beiden übernehme ich selbst; Remler, Sie nehmen den Posten an der rechten Ecke, Waffing den an der linken. Wir müssen sie mit einem einzigen kurzen Feuerstoß erledigen.«

Damit brachte Feric seine Maschinenpistole in Anschlag, zielte, drückte ab und rannte mit langen Sätzen auf die Baracke zu, ehe das Rattern des Feuerstoßes ganz verklungen war.

Abrupt zerriß ein Höllenlärm von Dutzenden ratternder Maschinenpistolen die Nachtstille. Die Wachtposten fielen im ersten Augenblick, ehe einer von ihnen seine Waffe hochreißen konnte. Als er zum Barackeneingang rannte und wahllos durch die Fenster feuerte, konnte Feric Trupps von SS-Leuten sehen, die von allen Seiten gegen die Offiziersbaracke vordrangen. Mündungsfeuer blitzte aus ihren Maschinenpistolen. Die Tür wurde aufgerissen und zwei benommen aussehende Ritter in zerdrückten braunen Uniformen begannen wild in die Nacht zu feuern. Feric streckte beide mit einem Feuerstoß nieder. Drei weitere Ritter erschienen und gingen augenblicklich im Kugelhagel der SS zu Boden. Feric sprang die Treppenstufen hinauf, gefolgt von seinen Getreuen, stieß die von Kugeln zersplitterte Tür mit dem Stiefel zur Seite und stürmte mit hämmernder Maschinenpistole in die Baracke.

Hier herrschten Verwirrung und Schrecken. Es stank wie in einer Bierschwemme; überall waren Bierpfützen, und drei umgestürzte Fässer lagen nebeneinander auf Sägeböcken, Zapfhähne in den Spundlöchern. Stopas Freunde waren meistenteils betrunken, viele von ihnen halb oder kaum bekleidet. Manche trugen nur ihre Kniehosen, andere nur Hemden, und einige liefen nackt in ihren Stiefeln. Alle aber waren in einem Zustand betrunkener Panik, stürzten hierhin und dorthin, um dem Kugelhagel zu entgehen. Bei ihnen war ein Dutzend oder mehr nackte Frauen, die kreischend und wimmernd zwischen ihnen umhertaumelten und die Panik vermehrten; diese Frauen waren keine wahren Menschen, sondern Lustschlampen von der Sorte, wie die Dominatoren sie in Zind für sich selbst züchteten: hirnlose Geschöpfe mit übermäßigen Hüften und Brüsten, angetrieben allein von einem grenzenlosen Bedürfnis nach Kopulation. Feric feuerte wütend in dieses Nest von Verderbtheit; aus den Augenwinkeln sah er Remler und Waffing zu beiden Seiten stehen und mit feuerspeienden Maschinenpistolen in diese Höhle des Lasters und Verrats hineinhalten, Abscheu und Ekel in den Zügen. Hinter ihnen waren Dutzende von SS-Leuten in die Baracke eingedrungen und erfüllten die Luft mit dem harten Gehämmer von Feuerstößen und dem erfrischenden Geruch von Pulverrauch.

Feric erblickte Stag Stopa, der sich, nackt in den Stiefeln, nach der Waffe eines gefallenen Kumpanen bückte. Sein Feuerstoß traf den Verräter in den Leib. Stopa wurde zurückgeworfen und brach mit einem gurgelnden, in blutigem Husten erstickenden Schrei zusammen, um sich in Agonie am Boden zu wälzen. Feric beendete sie mit einer Kugel in Stopas Kopf; selbst ein Verräter verdiente soviel Barmherzigkeit.

In weniger als einer Minute war alles vorbei. Betten und Fußboden waren übersät mit den Leichen der Verräter und der Lustschlampen aus Zind. Hier und dort beendete ein SS-Mann jemandes Todeskampf mit einem Gnadenschuß. Dann wurde es still.

Plötzlich rief Remler: »Mein Führer!«

Feric wandte sich um und sah, daß der SS-Kommandeur einen blutenden Mann bei der Gurgel gepackt hatte und auf die Beine zog. Als Feric die Augen des Sterbenden sah, erkannte er, daß dies kein Mensch war, sondern ein schändlicher Dom. Der kalte Haß, den die Kreatur ausströmte, ließ keinen Zweifel daran.

Feric trat näher und spähte in das Gesicht des sterbenden Doms. Die Verachtung für alles Menschliche, charakteristisches Merkmal dieser Monstrositäten, glomm wie erlöschende Glut in den reptilienhaften Augen. Sie erkannten Feric, und der blutigschäumende Mund bewegte die Lippen.

»Magst du in deinem eigenen Dreck ersticken, wertloses Fleisch!« röchelte der Dom. »Mögen deine Gene in den Wind verstreut werden!« Er hustete, bekam einen Blutsturz und starb. Remler ließ ihn fallen.

»Haben Sie den Akzent bemerkt, mein Führer?« fragte er.

Feric nickte. »Aus Zind selbst!«

Feric ließ seinen Blick über die toten Verräter wandern, von denen viele vielleicht ebenso Opfer wie Schurken gewesen waren, beherrscht von einem Agenten aus Zind. Es war gut, daß der Schlag jetzt geführt worden war! Zind mußte in der Tat für einen frühzeitigen Krieg rüsten, wenn es soviel wagte. Die Gefahr war unmittelbarer und größer, als er selbst geglaubt hatte.

»Mein Führer!« rief ein SS-Mann von der Tür. »Das Gebäude ist von Rittern umstellt!«

»Kommen Sie, Waffing!« sagte Feric, und sie eilten zum Barakkeneingang, wo sie sich einer großen Menge verwirrter Ritter gegenüber sahen, die hastig in ihre Uniformen gefahren oder auch nur halb bekleidet waren, bewaffnet mit allem, was sie in der Eile hatten finden können, von Gewehren und Maschinengewehren bis zu Knüppeln oder den bloßen Fäusten.

Als die Männer Ferics ansichtig wurden, versuchten sie Haltung anzunehmen. Eine ansehnliche Zahl hob die Arme im Parteigruß und rief »Heil Jaggar!« Aber die meisten zeigten nichts als Verwirrung.

Feric beschönigte nichts. »Kommandant Stopa und seine Offiziere waren Verräter, die sich einer Verschwörung schuldig gemacht und mit Zind zusammengearbeitet haben. Sie sind exekutiert worden. Großkommandeur Waffing hat in seiner neuen Funktion als Feldmarschall und Großkommandeur der Sicherheitskräfte von Heldon den direkten Befehl sowohl über die Ritter des Hakenkreuzes als auch die reguläre Armee übernommen.«

Er machte eine Pause, um ihnen Zeit zu lassen, diese Neuigkeit zu verdauen, bevor er ihnen die gute Nachricht brachte; sie würde es ihnen leichter machen, sich mit der neuen Lage abzufinden.

»Die Söhne des Hakenkreuzes haben ganz Heldon unter vollständiger Kontrolle«, fuhr er fort. »Ich habe den Titel des Führers und Oberkommandierenden von Heldon angenommen und regiere von nun an durch Dekrete.«

Darauf brachen die Ritter in undisziplinierte, aber laute und begeisterte Hochrufe aus. Feric ließ es mehrere Minuten andauern, und als er den Eindruck gewonnen hatte, daß die Begeisterung der Männer genug Gelegenheit zum Ausdruck erhalten hatte, nickte er Waffing zu.

»Ach — *tunk!«* brüllte Waffing wie ein Stier. Die jubelnde Truppe verstummte augenblicklich, formierte sich behelfsmäßig zu Formationen, schlug die Hacken zusammen und stand in strammer Haltung.

»Wir haben Arbeit zu tun, und nicht wenig!« erklärte Waffing. »Ich erwarte, daß dieser Saustall sofort gesäubert und aufgeräumt und das ganze Lager in dreißig Minuten bereit ist, den peinlichsten Ordnungsappell zu bestehen. Es lebe Heldon! Es lebe der Sieg! Heil Jaggar!«

Diesmal war die Antwort eine Ehrenbezeigung von echter militärischer Präzision, und der donnernde Ruf »Heil Jaggar!« ließ nichts zu wünschen übrig. Das Neue Zeitalter war geboren; das Hakenkreuz beherrschte Heldon. Die innere Bedrohung war ein für allemal beseitigt, und die Nation stand geeint hinter der Partei.

Doch als er den Parteigruß erwiderte, wußte Feric nur zu gut, daß er erst am Anfang seiner geheiligten Mission stand. Zind erhob sich wie eine riesenhafte brandige Monstrosität am östlichen Horizont, im Begriff, wie ein gigantisches Eitergeschwür aufzubrechen und die Menschheit in ihrem stinkenden Gift zu erstikken. In dieser Nacht waren einige Tentakel dieser krebsartigen Mutantenmasse innerhalb des Volkskörpers von Heldon mit rücksichtsloser Energie abgeschlagen worden, aber für Feric Jaggar und die wahre Menschheit würde es nicht eher Ruhe und Frieden geben, als bis der letzte verseuchte Mutant und der letzte heimtückische Dom vom Angesicht der Erde getilgt wäre. Der gesamte Erdball mußte von allen ansteckenden Elementen gereinigt werden, wie Heldon gereinigt worden war.

Heute Heldon, und morgen die ganze Welt!

10

Auf der hohen Tribüne vor dem Palast des Staates stand Feric Jaggar in der leichten Brise, die mit seinem scharlachroten Umhang spielte, und wartete auf den Beginn der großen Parade. Zu seiner Rechten standen Lar Waffing in der neuen feldgrauen Armeeuniform und Seph Bogel in seiner Parteiuniform; zu seiner Linken Ludolf Best und Bors Remler, beide wie er selbst in schwarzen Parteiuniformen.

Die Sonne schien hoch vom klaren blauen Himmel, und die Prachtstraße war in ihrer ganzen Länge mit schwarz-weiß-roten Hakenkreuzfahnen dekoriert. Die breiten Gehsteige auf beiden Seiten waren überfüllt von begeisterten Einwohnern der Hauptstadt, die ein Meer von Papierfähnchen schwenkten. Fernsehkameras sollten das Schauspiel aufnehmen und für die ganze Welt sichtbar machen, und Feric hoffte ernstlich, daß die Bedeutung den Dominatoren von Zind klar und deutlich sein würde.

Es war unzweifelhaft, daß Heldon in den wenigen Tagen, die seit der Machtergreifung vergangen waren, gewaltige Fortschritte gemacht hatte, und Feric wie auch seine Großkommandeure hatten ein Recht, auf das Geleistete stolz zu sein.

Bogel hatte im Ministerium für Volksaufklärung und Öffentlichen Willen Dutzende von Sympathisanten der Universalisten und sogar einige Doms aufgespürt und dieses Nest bläßlicher Schreiberlinge in eine echte Waffe des rassischen Bewußtseins verwandelt.

Waffing hatte mit eiserner Hand die Armee unter Kontrolle gebracht, die Befehlshierarchie von Schwächlingen, Unruhestiftern und überalterten Offizieren gereinigt und die alten Ritter des Hakenkreuzes in die Truppe integriert, wo sie Zuversicht, Kampfgeist und patriotischen Einsatzwillen verbreiteten.

Unter Ferics Aufsicht hatte Best eine neue Verfassung geschrieben, die alle Macht und Verantwortung in der Person des Führers und Obersten Feldherrn vereinigte. Dieser wurde vom Volk bestellt und eingesetzt, und das Volk konnte ihn durch ein Plebiszit jederzeit abberufen. So war dafür gesorgt, daß der Wille des Führers und der Wille des Volkes immer in Übereinstimmung blieben.

Remlers Aufgabe hatte erst begonnen. In allen Teilen des Landes waren Überprüfungslager in Bau, und mehrere arbeiteten bereits, aber die Aufgabe der genetischen Untersuchung und Einstufung aller Staatsbürger war enorm und erforderte längere heroische Anstrengungen. Die Vorteile, die sich auf lange Sicht daraus ergaben, lohnten jedoch jedes Opfer. Bei Abschluß des Programms würde der letzte Dominator innerhalb der Grenzen Heldons enttarnt und erschlagen sein, jeder durch mutierte Gene verseuchte Einwohner würde sterilisiert oder ausgewiesen sein, und das beste Material des Genreservoirs würde in der SS konzentriert werden können, welche damit zum reinrassigen Zuchtstamm für die nächste Stufe menschlicher Evolution würde.

Obgleich Feric an den unter seiner Führung erreichten Fortschritten nichts aussetzen konnte, gab es im gegenwärtigen Stadium wenig Grund zum Frohlocken. Diese Parade war keine wahre Feier, sondern eine Schaustellung von Macht, die hauptsächlich den Dominatoren von Zind galt. Das Wetterleuchten im

Osten wurde mit jedem Tag bedrohlicher. Agenten hatten von enormen Truppenkonzentrationen im westlichen Zind berichtet, unweit der Grenze von Wolack. Ob diese Mobilisierung als Antwort auf die fehlgeschlagene Verschwörung des Nationalrates gemeint gewesen war, ließ sich nicht mit Gewißheit sagen, aber alles deutete darauf hin, daß die Dominatoren einen Vorstoß nach Westen vorbereiteten.

Und Heldon war nicht hinlänglich gerüstet, sie gebührend zu empfangen. Die Größe der Armee war innerhalb eines halben Jahres verdoppelt worden, aber mit Ausnahme der ehemaligen Ritter waren die meisten neuen Soldaten frisch eingezogene und unerfahrene Rekruten. Die SS war auf zehntausend Mann angewachsen, und diese Elite war natürlich mehr als bereit, jede Aufgabe zu übernehmen, doch waren nach zuverlässigen Schätzungen weitere zehntausend reinrassige und entsprechend qualifizierte Anwärter durch die Überprüfungslager aus der Gesamtbevölkerung zu gewinnen, und dieser Prozeß würde weitere vier Monate beanspruchen. Auch hatte man ein neues Waffenentwicklungs- und Rüstungsprogramm eingeleitet, aber erst die Hälfte der Truppen mit den neuen Maschinengewehren ausrüsten können. Die ersten zwanzig schweren Kampfflugzeuge waren eben ausgeliefert, und was die neuen leichten Panzerfahrzeuge betraf, so lief die Serienproduktion erst dieser Tage an. Außerdem gab es noch Engpässe in der Munitionsversorgung für alle neuen Waffen.

Heldon brauchte Zeit, ehe es bereit sein würde, seine ganze Kraft gegen das barbarische Zind zu wenden. Darum hoffte Feric inständig, daß die heutige Schaustellung bewaffneter Macht genug Furcht und Bestürzung unter den Dominatoren erzeugen würde, um etwaige Angriffsoperationen nach Westen zu verzögern; Mut war nie die Stärke der Dominatoren gewesen.

Großer Jubel brandete auf, als zehn schwarz uniformierte Motorradfahrer mit großen Parteistandarten an Messingstangen in langsamer Fahrt die breite Straße heraufkamen. Unmittelbar hinter ihnen marschierte ein Karree von einhundert SS-Soldaten, von denen die Hälfte Parteiflaggen trug, die andere Hälfte das Banner der SS. Beim Vorbeimarsch an der Tribüne wurden die Fahnen im Ehrensalut geneigt. Feric beantwortete dies, indem er den rechten Arm zum Parteigruß ausstreckte und so verharrte, während die Truppen vorbeimarschierten.

Eintausend SS-Soldaten folgten im Parademarsch, und als sie

die Tribüne passierten, wandten sie wie ein Mann die Augen nach rechts und rissen die Arme zum Parteigruß hoch. Ihre Uniformbesätze blitzten in der Sonne, ihre genagelten Stiefel knallten im Marschtritt auf dem Beton. Ein Anblick, der geeignet war, unter den Feinden Heldons Entsetzen zu verbreiten!

Als nächstes marschierte eine große Armeeabteilung in feldgrauen Uniformen an der Tribüne vorbei, Reihe um Reihe, und als die Kolonnenspitze die Tribüne bereits passiert hatte, war das Ende der Formation am anderen Ende des Boulevards noch nicht in Sicht gekommen. Diese Soldaten in ihren praktischen und gutsitzenden neuen Uniformen, den schimmernden Maschinenpistolen und dem erneuerten Kampfgeist hatten wenig gemein mit dem nachlässigen und schlecht ausgerüsteten Haufen, den Feric bei der Parade anläßlich seines Amtsantritts gesehen hatte. Sie mochten jung und unerfahren sein, aber diese Burschen verkörperten die besten Qualitäten des wahren menschlichen Genotyps. Der Stolz und die schneidige Eleganz, mit der sie bei jedem Marschtritt die Stiefel auf das Pflaster knallten, ließen im Bewußtsein des Betrachters keinen Zweifel an ihrer Ergebenheit und Treue zur geheiligten Sache. Selbst der Schmutz von Zind mußte erkennen, daß er es mit einer Armee entschlossener Helder zu tun hatte.

Nach der Infanterie rollte die erste Schwadron der neuen Panzerfahrzeuge auf ihren Gleisketten vorüber. Diese schnellen, mit Verbrennungsmotoren ausgerüsteten Panzer waren ein enormer Fortschritt gegenüber den riesigen und unbeholfenen Dampfpanzerwagen, die noch immer den größten Teil der gepanzerten Landstreitkräfte ausmachten. Bei einem Viertel der Größe dieser schwerfälligen alten Schildkröten, erreichten sie die dreifache Geschwindigkeit. Anstelle einer großen, waffenstarrenden Kabine aus dicken Panzerplatten besaßen diese Panzer drehbare Geschütztürme mit Schnellfeuerkanonen und schweren Maschinengewehren, sowie zwei weiteren Maschinengewehren, die vom Fahrer und seinem Beobachter bedient wurden. Innerhalb des nächsten halben Jahres würde die Armee Hunderte von diesen schnellen Kettenfahrzeugen erhalten, und sobald die Ölfelder des südwestlichen Zind zur Verfügung stünden und die Treibstofffrage kein Problem mehr darstellte, könnten Tausende von ihnen eingesetzt werden. Die Armee Heldons würde Zind hinter einem undurchdringlichen Schild von schnellen und feuerstarken Panzerfahrzeugen überrollen.

Als die letzten Panzer die Tribüne passierten, brausten fünf riesige Kampfflugzeuge über die Tribüne hinweg und erfüllten die Luft mit anhaltendem Donner. Als Feric diese ungefügen fliegenden Festungen beobachtete, jede von zehn Luftschrauben angetrieben, kam ihm eine plötzliche Inspiration. Warum nicht das gleiche Prinzip von Geschwindigkeit, Größe und Zahl, wie es durch die neuen Panzer verwirklicht war, auf die Kampfmaschinen der Luft anwenden? Die schweren Kampfflugzeuge waren langwierig zu bauen und ungemein teuer. Kleine Flugzeuge von einem Zehntel ihrer Größe würden nur einen Motor benötigen, doppelt so schnell sein und könnten zu einem Zwanzigstel der Kosten in Serien produziert werden. Heldon könnte eine große Luftflotte haben, statt einiger Dutzend schwerfälliger fliegender Giganten. Ja, die Entwicklung und Produktion solcher Maschinen mußte sofort eingeleitet werden.

Hinter den Panzern kamen Motorradabteilungen der SS mit den neueingeführten Beiwagenmaschinen, und dann ähnliche Abteilungen der regulären Armee, ein eindrucksvolles Schauspiel von Macht und gezügelter Geschwindigkeit. Auf jeden der Beiwagen war ein Maschinengewehr montiert, und das tiefe Grollen der ungezählten Maschinen war ein Schlachtruf, der die Erde erzittern machte.

Nach den Motorrädern rollte eine Gruppe schneller Lastwagen für den Truppentransport vorüber. Der Schlüssel zu der neuartigen Armee, die Feric aufbaute, war Feuerkraft und Geschwindigkeit. Eine Armee, welche die Fähigkeit hatte, eine überwältigende Feuerkraft gegen ein gegebenes Ziel einzusetzen, bevor der Feind reagieren konnte, würde imstande sein, einen zahlenmäßig zehnfach überlegenen Gegner zu zerschlagen.

Auf die Lastwagen folgte eine große Formation marschierender SS-Truppen, dann die zweite Formation regulärer Infanterie, die den Abschluß der Parade bildete. Als die ersten Reihen dieser feldgrauen Männer im Parademarsch an der Tribüne vorbeizogen, sah Feric einen SS-Hauptmann aufgeregt die Treppe heraufspringen und Remler einige kurze Worte zuraunen. Sofort verließ Remler seinen Platz auf der Tribüne, trat zu Feric und salutierte.

»Nun, Remler, was gibt es?« fragte Feric, das Gesicht der paradierenden Truppe zugewandt, den ausgestreckten Arm zum Gruß erhoben.

»Mein Führer, die Horden von Zind haben die Grenze nach

Wolack überschritten. Sie überschwemmen die östlichen Teile dieses Landes mit unwiderstehlicher Macht.«

Obwohl diese Nachricht Feric bis ins Innerste traf, zeigte er nicht die geringste Reaktion. Nicht das leiseste Zittern ging durch seine ausgestreckte Hand. Er war sich bewußt, daß alles andere als eisige Ruhe bei einem öffentlichen Anlaß wie diesem verhängnisvoll für die Autorität der Führerschaft sein würde. Er zog Waffing und Remler näher zu sich und ließ den SS-Hauptmann von rückwärts herantreten, wobei die Menschenmenge unter ihnen durch kein äußeres Zeichen auf die Vorgänge aufmerksam gemacht wurde.

»Wie ist die gegenwärtige Situation, Hauptmann?« fragte Feric.

»Mein Führer, nach den letzten Meldungen stehen die Vorhuten einer starken, von Zind eingedrungenen Armee nur noch fünf Tagesmärsche vor Lumb.«

»Wenn sie erst die Hauptstadt überrennen, wird es zwischen ihnen und unseren Grenzen keinen Widerstand mehr geben«, sagte Waffing. »In neun Tagen können sie auf uns sein. Wir sollten unsere Grenze zu Wolack augenblicklich mit unseren besten SS-Einheiten besetzen und die Horden von Zind dort abwehren, bis unsere neuen Armeen bereit sind.«

Nach Ferics Kenntnis waren die westlichen Teile von Wolack ausgezeichnetes, unverseuchtes Bauernland, das nach heldonischer Besiedlung und Kolonisation geradezu verlangte. Daß solches, von Rechts wegen Heldon zustehendes Territorium von Kreaturen wie den Wolacken bewohnt wurde, war schlimm genug; dem Eiter von Zind zu erlauben, ein solches Land zu überschwemmen, war für einen wahren Patrioten undenkbar, ganz abgesehen von der militärischen Bedrohung, die eine solche Besetzung durch Zind darstellen würde.

»Es kommt nicht in Frage, daß wir eine defensive Haltung einnehmen, während Wolack von Zind überrannt wird«, erklärte Feric mit Entschiedenheit. »Wir müssen angreifen, sofort, mit überraschender Schnelligkeit und erdrückender Kraft.«

»Aber mein Führer, wir sind noch nicht bereit, gegen Zind zu kämpfen; in einem halben Jahr . . .«

»Meine Entscheidung steht fest, Waffing!« erwiderte Feric. »Wir können Zind einfach nicht erlauben, in Wolack einzumarschieren, ohne auf Widerstand zu stoßen. Wir werden sofort angreifen, mit allem, was wir haben.«

Sechsunddreißig Stunden später stand eine heldonische Armee an der Grenze, bereit, in das westliche Wolack einzudringen. Feric hatte die besten Divisionen der Armee und SS aufgeboten und beabsichtigte, sie selbst in den Kampf zu führen. Da der Schlüssel zur Situation Überrumpelung des Gegners durch konzentrierte Feuerkraft und überlegene Geschwindigkeit war, hatte Feric eine vollständig motorisierte Streitmacht versammelt und in zwei Kolonnen geteilt.

Lar Waffing führte das aus zwei Divisionen motorisierter Infanterie bestehende Heereskontingent. Es war in sämtliche Motorlastwagen gepackt, die Heldon aufbieten konnte, und wurde von einer dreitausend Mann starken Motorradtruppe sowie zwanzig der riesigen Dampfpanzerwagen eskortiert. Diese Streitmacht sollte gerade durch die westlichen Teile Wolacks vorrücken und den Vorhuten der Horde von Zind irgendwo in der Nähe der Hauptstadt Lumb am Westufer des Flusses Roul entgegentreten. Wegen ihrer hoffnungslosen zahlenmäßigen Unterlegenheit würden Waffings Truppen kaum eine Möglichkeit haben, das Gros der Angreifer aus eigener Kraft aufzuhalten.

Feric jedoch, mit dem treuen Best an seiner Seite, würde eine motorisierte Division der besten SS-Sturmtruppen, verstärkt durch einige Dutzend der neuen schnellen Panzer, in einem weiten Flankenmanöver nach Nordosten führen. Wenn alles planmäßig verlief, würde Ferics Streitmacht die östlich des Roul stehenden Streitkräfte Zinds überraschend im Rücken fassen, während die schwerfällige Hauptmasse der feindlichen Armee im Begriff wäre, den Fluß auf einer vergleichsweise schmalen Brücke zu überschreiten. Der Plan erforderte, daß die SS-Truppen in kürzester Zeit Streitkräfte vernichteten, die ihnen zahlenmäßig hundert zu eins überlegen waren, aber der Überraschungseffekt würde die Chancen verbessern, und die qualitative Überlegenheit der SS, angefeuert von dem inspirierenden Bewußtsein, daß ihr Oberkommandierender an der Spitze der Angriffskolonne focht, sollte den Ausschlag geben.

Eine wäßrige Morgensonne schien matt vom bleigrau überzogenen Himmel, als Feric in seinem Befehlswagen an der Spitze der SS-Division saß und beobachtete, wie seine Uhr die letzten Sekunden zur Stunde Null abtickte.

Best saß neben ihm, das Gesicht in jugendlicher Erregung gerötet.

»Meinen Sie, die Wolacken werden unserem Vorstoß Widerstand leisten?« fragte er.

»Ich rechne kaum damit, Best«, versetzte Feric. »Die wolackische Armee ist ohnehin nichts als ein Mutantengesindel, und wie ich die Lage beurteile, hat sie im Osten alle Hände voll zu tun.«

Da es nichtsdestoweniger auf Schnelligkeit ankam, empfahl es sich, mögliche Widerstandslinien in kürzester Zeit zu durchbrechen. Geschützbatterien, die fünf Kilometer vor der Grenze in einer Senke aufgefahren waren, würden die wolackischen Grenzbefestigungen pulverisieren, bevor die motorisierten Streitkräfte sie erreichten. Weiterer Widerstand im Landesinneren mußte von Fall zu Fall zerschlagen werden. Erst wenn ganz Wolack in Panik und Verwirrung gestürzt wäre, unfähig zu organisiertem Widerstand, würde Feric seine verstärkte SS-Division nach Nordosten führen können.

Hinter Feric und Best war die hundertköpfige SS-Leibstandarte kampfbereit auf fünfzig Beiwagenmaschinen, bewaffnet mit Maschinengewehren und Knüppeln. Hinter dieser Leibwache warteten die Panzer, die vom Rest der Motorradabteilungen begleitet wurden. Ihnen schloß sich die auf Lastwagen verladene SS-Division an. Waffings Streitmacht stand einige hundert Kilometer weiter südlich und sollte gleichzeitig losschlagen.

»Ein großartiges Schauspiel!« sagte Feric und ließ den Blick über die hinter ihm wartende Fahrzeugkolonne schweifen.

Best nickte. »Ehe die Woche um ist, werden die Dominatoren einen Vorgeschmack von der Macht des Hakenkreuzes bekommen, mein Führer!« antwortete er.

Als die letzten Sekunden vertickten, zog Feric den Großen Knüppel von Held und reckte die schimmernde Metallkeule hoch in die Luft. Ein dumpfes Dröhnen und Brüllen, das die Erde erzittern machte und die Luft erfüllte, erhob sich auf dieses Signal von Tausenden von Motoren. In seinem Vibrieren, das sogar der Luft eine unerhörte Energie mitzuteilen schien, fühlte Feric den Willen ganz Heldons, und sein eigener Wille verschmolz mit dem kollektiven Willen der Männer, die er in die Schlacht führte; er war die Armee, sie waren sein, und zusammen waren sie Heldon.

Dann schwang Feric den Stahlkommandeur in weitem Bogen abwärts, daß er nach vorn wies und die Richtung angab. In der

Ferne rollte Kanonendonner, und Feric nickte Best zu, der den Befehlswagen anfahren ließ. Hinter ihm setzte sich die Streitmacht in Bewegung.

Das gewaltige Motorengedröhn schwoll weiter an, bis jedes individuelle Geräusch darin unterging. Der Wagen brauste mit rasch zunehmender Geschwindigkeit durch das wellige grüne Land auf die Grenze zu. Granaten heulten über ihre Köpfe hinweg, die Erde erbebte unter dem Rumpeln der Räder und Ketten, und eine ungeheure Wolke von Abgasen und Staub stieg in den verhangenen Himmel. Die Geräusche und Gerüche, die Geschwindigkeit und die gigantische Machtentfaltung erzeugten in Feric ein atemloses Hochgefühl. Ein Seitenblick zeigte ihm, daß auch Best von der Größe des Augenblicks mitgerissen war; sie tauschten ein kameradschaftliches Lächeln aus.

Feric führte seine Angriffsdivision eine letzte Bodenwelle hinauf, überwand den Kamm und erblickte die wolackische Grenze. Ein Stacheldrahtzaun markierte die heldonische Seite, in regelmäßigen Abständen von hölzernen Beobachtungstürmen mit Maschinengewehrständen unterbrochen. Darauf folgte ein mehrere hundert Meter breiter Streifen Niemandsland, und dahinter eine Reihe von wolackischen Unterständen und Bunkern aus Bruchsteinmauerwerk, errichtet in Abständen von ungefähr dreihundert Metern. Die heldonischen Grenzwachen waren schon in der Nacht zurückgezogen und die Straßensperren beseitigt worden. Was die wolackischen Grenzbefestigungen betraf, so hatten viele von ihnen vom gut deckenden Geschützfeuer Treffer erhalten und waren nur noch rauchende Trümmerhaufen. Andere waren teilweise zerstört, und die zerfetzten Körper von Wolacken lagen verstreut zwischen dem zerschossenen Mauerwerk.

Durch den Motorenlärm konnte Feric das gewaltige Triumphgebrüll hören, das von seinen Truppen aufstieg, als sie die niedergekämpften Grenzbefestigungen vor sich sahen. Als eine letzte Salve von Granaten in einer sauberen Linie inmitten der wolackischen Bunker und Unterstände explodierte und riesige Fontänen weißgrauen Gesteins, brauner Erde und schwärzlichen Rauches in die Luft schleuderten, durchfuhr der Befehlswagen den geöffneten heldonischen Schlagbaum und rollte durch das Niemandsland über die Grenze. Die geländegängigen Motorräder und Panzer fächerten aus und gaben der Kolonne Flankenschutz.

Als Feric die Vorhut seiner Division auf der Verbindungsstraße durch das Niemandsland gegen die wolackischen Linien führte, schlossen die Beiwagenmaschinen seiner Eskorte auf, und zwei von ihnen schoben sich an die Spitze, während andere den Wagen flankierten. Ihnen folgte die erste Panzerformation, deren Kanonen und Maschinengewehre auf alles feuerten, was sich in den Grenzbefestigungen noch regte. Hinter diesem Schild kamen die Lastwagen der Sturmdivision, flankiert und gefolgt von weiteren Motorradschützen und Panzerabteilungen. Bald erreichte die Angriffsspitze eine zweite Verteidigungslinie der Wolacken, die hier einen gewissen Widerstand zu leisten versuchten. Im Feuerschutz der Panzerabteilung vorgehend, hielt der Befehlswagen neben einem teilweise zerstörten Unterstand, aus dem ein halbes Dutzend Wolacken davoneilte — ein buckliger Zwerg, ein Papageiengesicht und andere Monstrositäten —, alle als Feiglinge, die sie waren, in kopfloser Flucht. Im Weiterfahren brachte Feric ein Papageiengesicht zur Strecke und zerschmetterte ihm das stinkende Gehirn mit einem heroischen Keulenschlag des Großen Knüppels, während Best seinerseits einen Zwerg niederknüppelte.

Plötzlich machte Feric einen feisten, froschartigen Mutanten mit nasser, aussätziger Haut aus, der mit einem rostigen Gewehr auf Best zielte. Auch der Fahrer des Wagens hatte ihn gesehen, riß geistesgegenwärtig das Steuer herum und rammte die Monstrosität mit dem linken Vorderrad, daß sie zur Seite geschleudert wurde. Gleichzeitig holte Feric mit dem Knüppel aus, beugte sich aus dem Wagen und zerschmetterte der Kreatur den Schädel.

Überall ringsum trieben die Kämpfer der Vorausabteilung die Wolacken aus ihren Löchern, spalteten ihnen die Schädel und jagten sie in alle Richtungen. Eine mit einem Knüppel bewaffnete Blauhaut rannte in blinder Raserei auf den Wagen zu, die Insassen anzugreifen; Feric enthauptete den Mutanten mit einem Streich des Stahlkommandeurs, daß der Kopf unter die Räder rollte, während der Körper, vom Schwung weitergetragen, noch einige Schritte dahinstolperte, ehe er zusammenbrach. Es war ein Schlachten, keine Schlacht. Die Wolacken rannten durcheinander wie aufgeschrecktes Federvieh; sie waren Memmen und Schwächlinge, die keinen Geschmack für ehrenhaften Kampf hatten!

Feric reckte den Großen Knüppel von Held hoch in die Luft und führte die SS-Vorausabteilung an den zerschossenen Feld-

stellungen vorbei weiter ins Land hinein. Es hatte keinen Sinn, kostbare Zeit mit dem Einfangen all dieser Kreaturen zu vergeuden; die Besatzungsstreitkräfte, die der motorisierten Kampfgruppe folgten, würden mehr als ausreichend sein, um diesen jämmerlichen Haufen zusammenzutreiben und zu entwaffnen.

Bald hatte sich die motorisierte Kolonne von neuem formiert und brauste ostwärts durch Wolack. Die Grenzbefestigungen, die sie hinter sich ließ, waren nur noch rauchende Ruinen.

»Welch ein feiner Beginn des Feldzugs, mein Führer!« rief Best durch den Motorenlärm. »Ein triumphaler Sieg!« Sein Gesicht war gerötet, die Augen leuchteten in der Erregung über sein erstes, glücklich bestandenes Gefecht.

»Soviel für die Armee von Wolack«, antwortete Feric, der Best nicht die Stimmung verderben wollte. Aber er wußte nur zu gut, daß diese jämmerlichen wolackischen Grenzsoldaten kein wirklicher Gegner gewesen waren. Sie hatten seinen unerprobten Truppen lediglich eine Gelegenheit gegeben, ihren eigenen Mut und ihre Geschicklichkeit zu erproben. Der eigentliche Kampf erwartete sie Hunderte von Kilometern weiter östlich, wo es galt, die Krieger von Zind zurückzuschlagen, und diese verderblichen Kreaturen würden nicht wie ein Haufen feiger Wolacken beim ersten Angriff auseinanderlaufen.

Aber auch Feric war nicht unempfänglich für die unglaublich massierte Sinfonie der Motoren, und als er über die unabsehbare stählerne Kolonne zurückblickte, die Motorrad- und Panzerabteilungen und die motorisierte Infanterie, da konnte er das Feuer und die Begeisterung und die Kampfbegier seiner Truppen als eine spürbare Kraft fühlen.

Sollten die Krieger von Zind bis zum Tode kämpfen! Sollten sie ihre ganze Macht gegen die Armee Heldons werfen! Um so gründlicher würde dieses Korps von Heldon ihr obszön deformiertes Protoplasma zu gallertigem Schleim zertreten und den staubigen Boden damit düngen!

Als die Sturmdivision tiefer ins Landesinnere vordrang, veränderte sich die Landschaft allmählich. Die Gräser und Getreidesorten wurden dürftiger und zeigten vielfach eine ungesunde blaugraue Verfärbung, die Stellen ausgewaschenen, vegetationslosen Bodens mehrten sich, und die Zahl der Bäume und Sträucher, die außer den Verfärbungen, die auch die Gräser zeigten, verkümmerten Wuchs und mutierte Blattformen aufwiesen, nahm ständig zu. Die Schweine und das Vieh in den Dörfern und auf den Weiden längs der Vormarschstraße wurden genetisch immer abartiger; viele waren behindert durch baumelnde oder nachschleifende verkümmerte Gliedmaßen, zahlreiche Tiere waren völlig haarlos und zeigten häßliche fleckige Verfärbungen und an Geschwüre gemahnende Gewebewucherungen, und einige hatten primitive Stümpfe von sekundären Köpfen, die wie Pestbeulen aus ihren Nacken hervorbrachen.

»Was für ein schreckliches Land!« bemerkte Best. »Vielleicht sollte man alles niederbrennen.«

»Das würde nicht helfen, Best«, erwiderte Feric. »Kein Feuer, das wir legen können, würde das Gift ausbrennen, das das Feuer der Alten hinterlassen hat.«

Tatsächlich verwandelte die Landschaft sich rasch in eine faulige Senkgrube, verdorben durch anhaltende Reststrahlung und jahrhundertelange genetische Verseuchung. Mutierte Krähen krächzten durch ihre grob verunstalteten, entfärbten Schnäbel; ihre Augen traten wie bei Tiefseefischen weit vorquellend aus den Höhlen. In der Ferne erspähte Feric da und dort die ersten Flecken von Strahlungsdschungel: wuchernde, unzugängliche Dickichte aus verschlungener Vegetation, weißlichfahl und bläulichgrau gefleckt und durch ungezählte Mutationen bis zur Unkenntlichkeit verändert; Karikaturen von Sträuchern und Gräsern, die die Höhe kleiner Bäume erreichten, riesige, krebsartig aufgedunsene Blumen, grotesk verkrümmte Bäume mit Ästen und Zweigen wie erstarrten Schlangen. In diesen Eiterherden der Radioaktivität lebten Tiere, die jeder Beschreibung spotteten: wilde Hunde, die ihre Eingeweide in durchscheinenden Säcken nachschleppten, zweiköpfige Schweine, federlose Vögel, bedeckt mit wässernden Geschwüren, die giftige Flüssigkeit ausschieden, alle Arten von mutierten Insekten, Würmern und Nagetieren, die von Generation zu Generation neue und immer abstoßendere Variationen hervorbrachten.

Gelegentlich stieß die Kolonnenspitze auf wolackische Bauern, die es versäumt hatten, sich rechtzeitig aus dem Staub zu machen. Diese erbärmlichen Mutanten waren von der Art, die man in einer so verwüsteten Umwelt anzutreffen erwartete. Es gab nicht einen unter ihnen, der keine groben Abweichungen vom wahren menschlichen Genotyp zeigte. Blauhäute, Papageiengesichter, Krötenmenschen, Zwerge und alle anderen bekannten Mutationen waren auch hier verbreitet, zum Teil jedoch in extremen Ausformungen. Man sichtete mehrere der froschhäutigen Monstrositäten; diese schleimausscheidenden Kreaturen wurden von den Mitgliedern der Motorradabteilung gejagt und erschlagen, denn ihr Anblick war für normale menschliche Augen ein besonders starker Affront. Was die Masse der wolackischen Bevölkerung betraf, so ließ man sie in Ruhe; nur diejenigen, die zu stumpfsinnig oder verkrüppelt waren, um der Kolonne die Straße freizumachen, bekamen die Härte heldonischer Knüppel zu spüren. Die Registrierungslager, die später von den Besatzungsstreitkräften eingerichtet werden sollten, würden sich zu gegebener Zeit mit diesen Elenden befassen.

Alles in allem war der verdrießlichste Aspekt des Marsches nach Osten die Übelkeit, die sich in Feric aufbaute, als er tiefer in die verseuchten Bereiche der wolackischen Niederungen vordrang. Widerstand gab es keinen, und nur die gelegentliche Jagd auf einen besonders abstoßenden Mutanten gab der Truppe eine bescheidene Gelegenheit zur Erhaltung ihres Kampfgeistes. Die Kolonne mied weder die elenden Dörfer und kleinen Landstädte, deren Häuser meist aus lehmbeworfenem Flechtwerk bestanden, noch suchte sie sie auf; um rasch nach Osten voranzukommen, war sie an die einzige halbwegs befahrbare Landstraße gebunden, die die nördlichen Provinzen Wolacks durchzog.

Am zweiten Tag ihres unaufhaltsamen Vormarsches und mehr als dreihundert Kilometer tief in wolackischem Gebiet, sah Feric den Zeitpunkt gekommen, um sein Umfassungsmanöver einzuleiten. An einer Gabelung, die er auf seiner Karte markiert hatte, ließ er den Fahrer von der Durchgangsstraße in eine schmale Allee einbiegen, die über eine Bodenwelle und hinaus in die Tiefländer des Rouldeltas führte.

»Bei diesem Tempo sollten wir morgen an den Roul kommen«, sagte er zu Best. »Nach meinen Informationen gibt es ungefähr dreihundert Kilometer stromabwärts von Lumb eine alte Brücke, die durch Zufall die Zeit des Feuers überdauerte. Dort können wir den Fluß vom Feind unentdeckt überqueren.«

Best sah ihn zweifelnd an. »Sicherlich wird Zind eine solche Schlüsselposition besetzt und befestigt haben, mein Führer?« erwiderte er.

Feric lächelte. »Die Gegend, in der die Brücke steht, soll von derart abscheulichen und furchterregenden Ungeheuern bevölkert sein, daß nicht einmal die Krieger von Zind ihnen mit

Gleichmut gegenübertreten«, sagte er. »Wegen dieser sogenannten Trolle ist das Gebiet unbesiedelt.«

Als er sah, daß Best über diese Neuigkeit erschrak, brach Feric in gutmütiges Gelächter aus. »Keine Sorge, Best«, sagte er. »Es gibt kein Lebewesen, das gegen Kanonen und Maschinenpistolen immun ist!«

Darauf stimmte Best in sein Lachen ein.

Der Vormarsch zum Rouldelta konnte wegen des schlechten Straßenzustands nicht als eine angenehme Spazierfahrt bezeichnet werden, aber er verlief ohne ernste Zwischenfälle, da die Tiefländer sehr viel dünner besiedelt waren als der Rest von Wolack; häufige Überschwemmungen und das Vorkommen gefährlicher mutierter Lebensformen hatten dazu geführt, daß dem Landstrich unter den Wolacken ein schlechter Ruf anhaftete.

Feric konnte gut verstehen, warum selbst Untermenschen wie Wolacken Gebiete dieser Art unbesiedelt ließen, als die Truppe sich dem Roul näherte. Die Reststrahlung war hier offensichtlich hoch, denn die Zahl der in Strahlungsdschungel verwandelten Sumpf- und Auwälder nahm zu, je mehr sie sich dem Strom näherten, und es gab Gegenden, wo sie miteinander verschmolzen und alptraumhafte Wälder von beträchtlicher Ausdehnung bildeten. Die Kolonne bewegte sich ohne Flankenschutz weit auseinandergezogen und mit verringerter Geschwindigkeit die morastige, seit langem nicht mehr instandgesetzte und an vielen Stellen überwachsene Straße entlang. Feric war zum erstenmal seit Beginn der Operation unruhig und besorgt; nicht aus Furcht vor den Monstrositäten, die in den obszön wuchernden Dickichten lauerten, sondern wegen des gefährlich hohen Strahlungspegels, der von solchen Eiterherden geschädigter Chromosomen gezeichnet wurde.

Endlich gewannen sie wieder offenes Gelände, und im Osten zeigten sich die Doppeltürme der alten Brücke.

Feric ließ anhalten und eine Umgruppierung der Kolonne durchführen, um gegen alles gerüstet zu sein, was den Flußübergang sperren mochte. Vier Panzer wurden an die Spitze der Kolonne beordert, die anderen so verteilt, daß sie die kilometerlange Fahrzeugschlange wirksam gegen Angriffe von den Seiten oder von rückwärts schützen konnten.

Die alte Straße führte auf einem Damm durch sumpfigen

Buschwald, der alle Kennzeichen eines bizarr entarteten Strahlungsdschungels trug. Weiter zur Brücke hin leitete der Damm in die Brückenrampe über. Wo die Reste eines alten Flußdeiches auf die Brückenrampe trafen, wucherte die entartete Vegetation in üppiger Fülle bis an die Straße heran; nur die betonierte Fahrbahn war frei von dem fahlfarbenen, fleckig gedunsenem Laubwerk und den verkrümmten Zweigen des Dickichts, das sich über der Straße in einem eklen Triumphbogen krankhaft entarteter Flora vereinigte.

Um die Tragfähigkeit der alten Brücke durch eigenen Augenschein beurteilen und die Kolonne im Zweifelsfall jederzeit anhalten zu können, kletterte Feric auf den ersten Panzer und setzte sich neben den Kommandanten, der im offenen Turmluk stand. Er hob den Arm, und die Kolonne rollte auf die Brücke zu, in die schmale Schlucht zwischen den dichtverwachsenen Wänden des wuchernden Strahlungsdschungels.

Wieder tauchten sie in eine faulig stinkende Welt üppig aufschießender und schleimig zerfallender Vegetation. Mehrköpfige Schlangen hingen von verkrusteten Bäumen. Große federlose Vögel mit weichen, zum Greifen geeigneten Schnäbeln hüpften schwerfällig von Ast zu Ast und stießen gurgelnde Töne aus. Gräßliche Schreie gellten aus der Waldestiefe. Da und dort machte Feric riesige schattenhafte Umrisse aus, die sich hinter den verbogenen Stämmen der ungesunden Bäume bewegten: große Flächen nasser grüner Haut, bewegliche Massen violettrosa geäderter Formlosigkeit, Dinge wie riesenhaft angeschwollene innere Organe, beseelt mit unabhängigem Leben.

»Welch eine scheußliche Kloake genetischen Abfalls!« murmelte er.

Die Antwort des Kommandeurs war ein jähes entsetztes Keuchen.

Feric spähte in die Blickrichtung des anderen. Fünfzig Schritte voraus gewahrte er etwas, was ihm die Kehle zuschnürte. Ein mächtiger Hügel aus ungeformtem Protoplasma hatte sich auf die Straße geschoben und versperrte sie, eine pulsierende Amöbe aus grünlich durchscheinendem Fleisch, ungefähr drei Meter hoch und breiter als die Straße. Die Oberfläche dieses enormen Klumpens aus lebendem Schleim siedete mit Dutzenden von großen lippenlosen saugenden Mündern, in deren Hintergrund Reihen messerartig spitzer Zähne in unablässiger Bewegung waren; aus jeder dieser obszönen Öffnungen ringelte sich eine lange, runde rote Zunge. Damit nicht genug, bildete das Ungetüm mit unheimlicher Schnelligkeit einmal hier und einmal dort kraftvoll aussehende Fangarme aus, die es fast beliebig verlängern zu können schien, um sie dann genauso schnell wieder einzuziehen und an anderer Stelle neu zu bilden. Aus den Mundöffnungen kamen scheußliche, naß schmatzende Geräusche, in die sich ein an- und abschwellendes scharfes Pfeifen mischte.

Der Panzerfahrer brachte sein Fahrzeug ungefähr dreißig Meter vor dem Ding zum Stillstand. Aus dieser Entfernung war der an verwesenden Fisch gemahnende Gestank des Ungeheuers beinahe überwältigend. Und der amöbenhafte Haufen von Protoplasma begann näherzufließen. Kein Wunder, daß die Wolacken diesen Ort mieden!

Aber feige Wolacken waren eine Sache, und rasseechte Helder eine ganz andere. Feric brachte seine Maschinenpistole in Anschlag und gab probeweise einen Feuerstoß auf das scheußliche Monstrum ab.

Die Kugeln fetzten wie eine Serie von kleinen Explosionen in das pulsierende Fleisch der amöbenartigen Kreatur und riß schleimige grüne Stücke heraus, die in alle Richtungen davonspritzten. Eine schreckliche Folge langgezogener Kreischtöne kam aus dem Ding, als Dutzende von Saugmündern in blinder Agonie aufschrien. Eine gelbliche, zähflüssige Masse entströmte den Einschußwunden, und die abscheuliche Monstrosität geriet in furchterregende Zuckungen.

Feric nickte dem Panzerkommandanten zu. Dieser verschwand im Turm, richtete die Kanone an und feuerte, während Feric hinter dem Stahlkoloß Deckung suchte, aus nächster Nähe eine Sprenggranate in das Ungeheuer. Der Doppelschlag von Abschuß und Detonation zerriß die Luft, und in einer gewaltigen Eruption flogen schleimige Fetzen, Splitter und Rauch in die Höhe.

Als der Rauch abgezogen war, gab es nichts mehr, was das Vorrücken der Kolonne hätte aufhalten können; eine dampfende schleimige Lache und verstreute Fetzen stinkenden, zuckenden Protoplasmas waren alles, was zurückblieb.

Feric kletterte auf den Panzer zurück und nickte dem Kommandanten zu. »Soviel für die Trolle des Rouldeltas!« rief er ihm durch das Motorengedröhn zu.

»Kaum das richtige Übungsschießen für moderne Panzerkanonen«, sagte der Kommandant. »Ich hoffe, wir werden bald echte Aktion sehen, mein Führer!«

»Seien Sie unbesorgt, wir werden jetzt bald auf den Feind stoßen.« Damit zog Feric den Stahlkommandeur, hob ihn in die Höhe und führte die Kolonne vorwärts über die Rampe und hinaus auf die alte Brücke, die mit enormen Stahlkabeln an steinernen Türmen aufgehängt war, hoch über den lehmigen Wassern des Roul.

Auf halbem Weg hinüber vernahm Feric Maschinengewehrfeuer und kurz darauf das Krachen von Panzerkanonen. Zurückblickend sah er, daß weitere Monster aus dem Strahlungsdschungel hervorgekommen sein mußten, um die Kolonne anzufallen. Panzerkanonen und Maschinengewehre machten kurzen und blutigen Prozeß mit ihnen.

Als die Nachhut der Kolonne sicher das Ostufer des Flusses erreicht hatte, zog Feric die Panzer der Vorhut heraus und ließ sie in Stellung gehen und mit panzerbrechenden Granaten das Feuer auf die alten Brückentürme eröffnen. Wenige Salven genügten, und sie stürzten ein, und die Mitte der Brücke brach unter dem eigenen Gewicht zusammen und fiel in den trübe dahinziehenden Strom.

Dann ließ er die Kanoniere, einer nachträglichen Eingebung folgend, mit Brandgranaten nachladen und unter Berücksichtigung der vorherrschenden Windrichtung eine volle Salve in den Strahlungsdschungel feuern. Als die Kolonne ihren Vormarsch in südöstlicher Richtung fortsetzte, ließ sie dunkle Rauchschwaden und eine orangegelbe, sich ausbreitende Feuerfront zurück, wo das obszöne Geschmeiß des Strahlungsdschungels gewesen war.

Achtzig Kilometer vor Lumb mehrten sich die Anzeichen einer großen Schlacht. Nicht abreißende Flüchtlingsströme zogen nach Norden und Westen, der Sturmkolonne entgegen, die ungefähr dreißig Kilometer östlich des Roul und parallel zu seinem Lauf südwärts gegen die Hauptstadt vorstieß. Bastarde und Mutanten jeglicher Art zogen auf der Landstraße nach Norden und verstopften sie mit ihren ärmlichen Habseligkeiten, die sie auf Leiterwagen, Karren und Fahrrädern beförderten oder auf dem Rükken dahinschleppten. Es wäre möglich gewesen, diesen eklen Strom mit Gewalt von der Straße zu treiben oder mit den Panzern kurzerhand niederzuwalzen, was ihnen nicht Platz machte, hätte aber eine unliebsame Verzögerung mit sich gebracht, denn selbst aus dieser Entfernung konnte man die vom Feuerschein erhellten Rauchwolken über dem Südhorizont sehen und das Grollen entfernten Artilleriefeuers hören: ein sicheres Zeichen, daß Waffings Armeeabteilung bereits Feindberührung hatte, da die Wolacken nicht über eine derartige Feuerkraft verfügten und Zind kaum in einem solchen Umfang Geschütze gegen einen bereits geschlagenen Gegner einsetzen würde.

Daher führte Feric die Sturmtruppe über versteppte mageres Ackerland, das jedoch trocken, eben und gut befahrbar war, nach Süden und mied die drei Kilometer östlich verlaufende überfüllte Landstraße, denn es war für das Gelingen seines Planes von ausschlaggebender Bedeutung, daß sie den Schauplatz erreichten, bevor die Horden von Zind in ihrer Gesamtheit den Fluß überquert hätten. Gelang ihnen der Übergang des ganzen Heeres, so wäre der Vorteil des Umfassungsmanövers verloren, Waffings Armee würde überrannt und die SS-Sturmdivision von allen Verbindungslinien zur Heimat abgeschnitten weit hinter dem vorrückenden Heer von Zind im feindlich besetzten Gebiet stehen.

Bald wurde aus dem fernen Grollen des Artilleriefeuers naher Donner, und im Süden, eindeutig auf dem Westufer des Roul, war ständiges Aufblitzen von Mündungsfeuer auszumachen; darüber hinaus vernahm man als Kontrapunkt zum Artillerieduell ein unglaubliches Knattern und Hämmern von massierten Maschinengewehren. Waffings Streitkräfte bekämpften die Horden von Zind in den westlichen Stadtteilen Lumbs; die einzige und zugleich entscheidende Frage lautete, wieviel vom feindlichen Heer noch östlich des Flusses stand. Davon mochte sehr wohl der weitere Gang der Weltgeschichte und das Überleben des wahren menschlichen Genotyps abhängen.

Als die Kolonne in die Außenbezirke von Lumb kam, war der Flüchtlingsstrom versiegt, und alles, was nicht gemauert oder in vielen Jahren zu Umfang und Stärke herangewachsen war, war vollständig platt getrampelt; ein klarer Hinweis darauf, daß die Horden von Zind hier durchgezogen waren, und vor nicht langer Zeit, wie es den Anschein hatte.

Feric ließ seine Streitkräfte in Gefechtsformation antreten. Es war eine Ehrensache für ihn, daß er mit dem Befehlswagen an der Spitze des Angriffskeils fuhr, flankiert und gefolgt von den vier Panzern der Vorhut und seiner hundertköpfigen SS-Leibwache auf Beiwagenmaschinen. Hinter dieser Speerspitze kam eine langgezogene, an den Flügeln zurückgebogene Linie von Panzern, durchsetzt vom Gros der Motorradabteilungen. Ihnen folgten die Lastwagen mit den Infanterieregimentern der SS-Sturmdivision. Weitere Panzer verstärkten Flügel und Flanken dieses Stoßkeils aus eisenharten Männern und stählernen Maschinen. Kein Zindgesindel würde in der Lage sein, den inneren Zusammenhalt einer derartigen Streitmacht aufzubrechen!

Feric befestigte gemeinsam mit Best das Maschinengewehr des Befehlswagens in der Halterung, zog einen Gurt und nickte dem Kampfgefährten zu. »Jetzt werden Sie alle Aktion bekommen, die Sie sich gewünscht haben, Best!« Er hob den Großen Knüppel von Held in die Höhe, daß er weithin sichtbar im blassen Sonnenschein blitzte, und die Sturmdivision setzte sich mit tausend brüllenden Motoren in Bewegung und brandete in einem letzten prachtvollen Schauspiel von Disziplin und unbezwingbarer Kraft vorwärts in die Schlacht.

Feric führte seine Truppen über Felder und offenes, welliges Gelände, das mit Stücken und Gliedmaßen toter Wolacken übersät war, die von den ekelerregenden Aasfressern Zinds teilweise verschlungen worden waren. Endlich überwand die Sturmtruppe einen letzten Höhenrücken, und Feric erblickte das breite, lange Tal, das von Osten her nach Lumb führte, vollgestopft mit den Massen aus Zind.

Beim ersten Anblick der Krieger von Zind stieß Ludolf Best unwillkürlich einen Schreckenslaut aus. Der gesamte Talboden war bedeckt mit riesigen Formationen dieser Monstrositäten, und die Geschöpfe selbst waren geeignet, selbst den standhaftesten Helden das Fürchten zu lehren. Jede dieser eigens gezüchteten lebenden Kampfmaschinen war eine scheußliche Karikatur der menschlichen Gestalt: volle drei Meter hoch, von unglaublich massivem Körperbau, und mit winzigen Köpfen, die kaum groß genug waren, um als Sitz für ihre Sinnesorgane zu dienen, die aus kleinen roten Augen, aufgestülpten Nasen, Knopfohren und lippenlos sabbernden Mündern bestanden. Diese schrumpfköpfigen Riesen waren völlig nackt, sah man von den derben Ledergürteln ab, an welchen Knüppel von immenser Größe und Gewicht hingen; auch waren sie mit Kot, Schmutz und allen Arten von Unrat gräßlich beschmiert und verklebt. Am erschreckendsten aber war, daß jede Formation von vielleicht fünfhundert solcher Krieger in vollkommener Synchronisation miteinander im Gleichschritt marschierte, die schenkeldicken Arme in absolut perfektem Gleichmaß schwingend, lange Gewehre über die Schulter gelegt, als wären sie auswechselbare Teile einer riesigen fleischlichen Maschine.

Als Feric die Bestürzung seines Kameraden bemerkte, rief er ihm beruhigend zu: »Hirnlose Roboter, alle miteinander! Nur Muskeln und kein Gehirn!«

Was ihn betraf, so war er weit davon entfernt, durch diesen Anblick eingeschüchtert zu sein, bedeutete er doch, daß etwa die Hälfte der Armee noch auf dieser Seite des Roul stand: sein verzweifelt kühner Plan schien der Verwirklichung nahe! Überdies wußte er, daß diese unübersehbare Masse von Kriegern völlig von den Dominatoren abhängig war, welche die Formationen steuerten; jede synchronisierte Formation war die Dominanzgruppe eines einzigen Dom. Im Kampf besaßen die Krieger nur Rudimente eines eigenen Willens. In mehr oder weniger regelmäßigen Abständen über die Menge verteilt, waren große, primitive Kampfwagen: hölzerne Plattformwagen, gezogen von Gespannen gigantischer Mutanten, die ganz enorme Schenkel und Hinterbacken hatten, mit verkümmerten Oberkörpern und praktisch ohne Arme und Köpfe. Auf den Ladeflächen dieser Kampfwagen drängten sich gewöhnliche Mutanten, die als Maschinengewehrschützen und Geschützmannschaften dienten, aber es war eine vernünftige Annahme, daß auch die beherrschenden Doms unter dem Gesindel auf diesen Wagen verborgen waren. Des weiteren war es durchaus wahrscheinlich, daß die acht schwerfälligen dampfbetriebenen Panzerwagen in der Nachhut des Heeres die obersten Dominatoren der gesamten Armee beherbergten; man konnte sich darauf verlassen, daß ein Dom seinen feigen Kadaver am sichersten Ort verwahrte! Gelänge es, diese Meisterdominatoren unschädlich zu machen, so mochte die ganze Armee in führerlos unkontrollierte Verwirrung geraten.

Mit einem wilden Schlachtruf und hoch erhobenem Knüppel führte Feric die Sturmdivision den weiten Hang hinunter gerade auf die nächste Kriegerformation zu. Als sein Befehlswagen auf etwa hundert Schritte an den Feind herangekommen war, eröffnete Feric das Feuer mit dem Maschinengewehr, unterstützt von Best, der ihm den Gurt zuführte. Ein langer Feuerstoß bleiernen Todes fuhr in die Reihen des Feindes, und auf dieses Signal hin eröffneten die Panzer das Feuer mit Schrapnellgranaten, so daß die erste Warnung, die die Horde von Zind erreichte, der Tod von tausend Kriegern war, die im Feuer der Maschinengewehre und unter den hochgezogenen Explosionen der Schrapnellgranaten unversehens in dampfende blutige Stücke gerissen wurden.

Augenblicke später führte Feric die Speerspitze seiner Sturmdivision durch die klaffende Bresche in die Flanke des Feindes. Wieder feuerten die Panzer eine massierte Salve gewöhnlicher Explosivgranaten direkt in den Feind, und die ganze Mauer aus nacktem, haarigem, von Kot und Schweiß sauer stinkendem Fleisch vor Feric flog in einem Hagel von Schmutz und zerrissenen Gliedmaßen auseinander und überschüttete den Befehlswagen mit Blut und Unrat. Erst jetzt eröffneten die Kanonen der dampfbetriebenen Panzerwagen von Zind das Feuer und legten ein ungleichmäßiges Sperrfeuer in die Angriffsformation. Mehrere Dutzend Männer der Motorradabteilungen wurden von den Explosionen mit ihren Maschinen zerrissen, aber die Präzision und der Kampfgeist der SS-Formationen geriet nicht einen Augenblick ins Wanken.

Das überraschende Auftauchen, die enorme Geschwindigkeit und die vernichtende konzentrierte Feuerkraft des heldonischen Angriffs erzeugten Verwirrung und Unordnung in der Menge der Krieger. Die acht Panzerwagen fuhren fort, Granaten in die angreifenden Formationen zu feuern, und auf diese Distanz konnte selbst der Abschaum, der den Dominatoren als Kanoniere diente, kaum umhin, ihre Geschosse ins Ziel zu bringen und den heldonischen Truppen schmerzliche Verluste beizubringen. Aber während die Kriegerformationen in hirnloser Stupidität weiterhin gegen Lumb marschierten und erst eine zusammenhängende Abwehrfront gegen die rasch vordringenden Helder bilden mußten, bewahrte die SS-Sturmdivision selbst im direkten Beschuß ihre eiserne Disziplin.

Feric führte die Speerspitze seiner Vorhut durch die von Panzerkanonen und Maschinengewehren in die Kriegermassen geschlagene Schneise gerade auf die feindlichen Dampfpanzerwagen zu.

Endlich schienen die Dominatoren, die diesen Abschnitt der Horde steuerten, sich von ihrem anfänglichen Schock zu erholen, denn auf einmal vollführten Tausende der Riesen mit einer unheimlichen, übermenschlich anmutenden Präzision eine Wendung um neunzig Grad und gingen im Sturmlauf zum Gegenangriff über, liefen in hellen Scharen in das vernichtende Sperrfeuer der Kanonen und Maschinengewehre, wobei sie ihre massigen Knüppel wie enorme Sensen schwangen. Welle um Welle der nackten Riesenkrieger wurde in Stücke zerrissen, aber so ungeheuer zahlreich war die Horde, so unerschöpflich der Vorrat an Kanonenfutter, daß Tausende und aber Tausende der Kreaturen von allen Seiten über die heldonische Streitmacht herfielen, sich durch die schiere Gewalt der Zahl gegen das massierte Kanonen- und Maschinengewehrfeuer voranwälzte. Die Kommandeure ließen ihre SS-Sturmtruppen von den Lastwagen absitzen und Schützenketten zur Verstärkung der Angriffsfront bilden, während Transporter und Nachschubfahrzeuge ihnen auf den Fersen folgten.

Plötzlich sah Feric sich von einem massiven Wall drei Meter hoher, muskelbepackter, schmutzstarrender Monstrositäten am weiteren Vordringen gehindert. Sie schwangen riesige, derbe Knüppel in scheinbar wahllosen Schlägen durch die Luft, stumpfsinnige Wut in den trüben kleinen Augen, als sie auf Beinen dick wie Marmorsäulen gegen ihn anrannten. Feric schwang sich auf den Kühler des Wagens, zog den Großen Knüppel von Held und stellte sich ihnen entgegen, die mystische Waffe in gewaltigen Bogen vor sich herschwingend.

Eine ungeheure Kraft schien seinen rechten Arm zu durchströmen und seinen Körper mit unerschöpflicher Energie und übermenschlicher Stärke zu erfüllen. Der Stahlkommandeur war wie eine Feder in seiner Hand, aber sein erster Schlag traf die andrängenden Leiber mit der Gewalt einer Lawine, zerschmetterte die winzigen Köpfe von sechs Kriegern und warf ihre zuckenden, blutverspritzenden Körper zu Boden. Durch das ohrenbetäubende Knattern der Maschinenwaffen hörte er ein großes Jubelgeschrei hinter sich aufbranden; vom Anblick dieser unglaublichen Tat zu heroischer Inbrunst befeuert, warf sich die SS-Elite seiner Leibwache unter der Führung von Ludolf Best zu beiden Seiten ihres Führers und Oberkommandierenden in das Handgemenge. Wenn sie auch gegen eine überwältigende zahlenmäßige Übermacht kämpften und sich mit Kreaturen zu messen hatten, die das Doppelte ihres Körpergewichts mitbrachten, glichen die fanatischen Kämpfer diesen Nachteil durch Gewandtheit, überlegene Bewaffnung und individuellen Kampfgeist aus; warfen den Ansturm mit feuerspeienden Maschinenpistolen zurück, fällten Krieger mit ihren stählernen Knüppeln, zerbrachen Knochen mit dem Gewicht ihrer Motorräder und hielten mit Feric Schritt, als er sich mit dem unwiderstehlichen Stahlkommandeur immer tiefer in das Herz der feindlichen Streitmacht vorarbeitete.

Er mähte die haarigen, schweißüberströmten Riesen nieder wie der Schnitter das reife Getreide: durchschlug einen Wald von Beinen und überließ die heulenden Kreaturen der nachfolgenden Truppe, dann schwang er den Großen Knüppel wieder in höherem Bogen und zermalmte mit dem Kopfstück der stählernen Faust Dutzende der winzigen, ausdruckslosen Gesichter.

Selbst im Nahkampf zeigten die Krieger von Zind wenig oder gar keine persönliche Initiative. Sie drängten einfach vorwärts, Reihe auf Reihe, schwangen ihre Knüppel gegen alles, was sich regte; vielleicht waren sogar ihre Knüppelschläge mehr mechanisches, programmiertes Verhalten als individuell gezielt. Wenn ein Krieger fiel, drängte ein anderer aus der Masse dahinter einfach in die Lücke, ein Ersatzteil in der großen protoplasmischen Tötungsmaschinerie, die die Kriegerhorde von Zind war.

So nahm die Schlacht einen unausweichlichen Verlauf. Angeführt von Feric, kämpfte der Stoßkeil sich vorwärts, alles niedermachend, was sich ihm in den Weg stellte, doch auch nicht ohne eigene Verluste durch schiere Abnutzung. Die Dominatoren warfen den anstürmenden Heldern einfach eine Welle von Kriegern nach der anderen entgegen, denn ihre Reserven schienen unerschöpflich. Die Folge davon war ein so ungeheures Gemetzel unter den Kriegern, daß die Vorausabteilung der Sturmdivision in ihrem Vorankommen hauptsächlich von den Haufen der erschlagenen Riesenleiber aufgehalten wurde, die sich vor ihr auftürmten.

Bald hatte Feric sich bis auf hundert Schritte an die Dampfpanzerwagen herangekämpft, die sich zu einem von Kriegern vollständig umgebenen Verteidigungsring formiert hatten. Sein Befehlswagen war flankiert von den vier Panzern und der motorisierten Leibwache und dichtauf gefolgt von der Masse der Panzer und Infanterie, die eine kilometerbreite Schneise in die Kriegerhorden schlug und Berge von Gefallenen hinter sich ließ.

Die Dominatoren änderten ihre Taktik. Die Dominanzgruppen der um die Panzerwagen versammelten Krieger griffen zu ihren Gewehren und feuerten Salve um Salve über die Köpfe ihrer ins Handgemenge drängenden Artgenossen hinweg in die Reihen der angreifenden Helder. Unmittelbar neben Feric erhielt ein junger Offizier seiner Leibwache einen Kopfschuß und stürzte rücklings von seiner Beiwagenmaschine. Nun ging der

Festino -80

Tod durch die eigenen Reihen und berührte bald diesen, bald jenen mit bleiernem Finger; eine Kugel traf den Rand der Windschutzscheibe, wurde abgelenkt und schrillte als Querschläger davon, Ferics Kopf um wenige Handbreit verfehlend.

»Maschinengewehre!« brüllte Feric, aber die meisten Mitkämpfer der Vorausabteilung hatten ihre Magazine verschossen und waren gezwungen, entweder mit ihren Stahlknüppeln zu fechten oder zurückzufallen, um Munition nachzufassen. Feric erkannte, daß seine Absicht, die Dominatoren-Befehlshaber in ihren Panzerwagen gefangen zu nehmen, um ihnen Informationen zu entreißen, nur um den Preis hoher eigener Verluste durchführbar war. Daher gab er Befehl zum Halten, ließ Munition nach vorn bringen und erteilte den Panzern Feuerbefehl.

Augenblicke später detonierte eine Salve Panzergranaten inmitten der feindlichen Fahrzeuge. Schwarzer Rauch stieg aus den grellen Explosionsblitzen, und ein Regen von Metalltrümmern ging auf die Umgebung nieder. Sofort folgte eine zweite Salve, dann eine dritte und eine vierte.

Als der Rauch abzog, waren von den acht Dampfpanzerwagen nur noch unkenntliche geschwärzte Metalltrümmer übrig, die verstreut zwischen den Granattrichtern lagen.

Die Wirkung dieser Zerstörung auf die zur Verteidigung der Panzerwagen eingesetzten Kriegerformationen war erstaunlich. Die disziplinierten, in ihren Aktionen absolut synchron handelnden Formationen lösten sich augenblicklich auf; die hirnlosen Riesenkrieger begannen in allen Richtungen durcheinander zu drängen. Einige feuerten ihre Gewehre blindlings in die Luft, andere warfen ihre Waffen einfach fort. Viele von diesen plötzlich von Zwang und Antriebskraft befreiten Muskelbergen begannen ziellos zu urinieren und bespritzten ihre Kameraden. Ein Wirrwarr von widerwärtigen Grunzlauten, Kreischtönen und Geheul erhob sich in die Luft. Die gesamte Masse der Krieger um die Trümmer der Panzerwagen, aber auch große Teile der Horde in der weiteren Nachbarschaft waren zu einer Herde vernunftloser Tiere reduziert; die Doms, die diesen Abschnitt kontrolliert hatten, mußten mit dem Armeeoberkommando von Zind in den Panzerwagen gewesen sein. Mit ihrer Zerstörung waren die Horden von Zind der Führung beraubt, und die Kampfabteilungen in diesem Talabschnitt hatten sich in unwillkürlich zuckende Muskeln verwandelt.

Kanonen und Maschinengewehre mähten diese hirnlosen

Sklaven der Doms in riesigen Scharen nieder, als Feric die Sturmdivision durch das Tal und auf den südlichen Höhenkamm führte. Ungezählte Tausende waren vernichtet; viele Tausend mehr hätten erschlagen werden können, wäre Ferics Taktik nicht auf Überrumpelung des Gegners durch Schnelligkeit und Ausnutzung des Überraschungseffekts aus gewesen.

Statt seine Kräfte in einem Gemetzel unter der führerlos durcheinanderdrängenden Herde zu verzetteln, führte Feric seine Streitmacht auf dem Höhenzug mehrere Kilometer nach Westen, um dort wieder ins Tal vorzustoßen und die Horden von Zind in unmittelbarer Nähe der Stadt zu schlagen. Die Sturmdivision konzentrierte ihre Angriffe jetzt planmäßig auf die Kampfwagen, die von den riesigen Schleppern gezogen wurden, denn jedesmal, wenn eine dieser beweglichen Geschützstellungen von einer Panzergranate zerrissen wurde, verlor eine weitere Kriegerformation Disziplin und Zusammenarbeit, und die schrumpfköpfigen Riesen warfen ihre Waffen fort, feuerten blindlings in die Luft, griffen grundlos ihre Kameraden an, urinierten und entleerten sich wie eine eingepferchte Herde verrückter Schweine. Es gab keinen Zweifel, daß die kontrollierenden Doms ihre Plätze auf den Kampfwagen hatten; jeder dieser Sklaventreiber, der von einem Feuerstoß getroffen oder von einer Granate zerfetzt wurde, machte tausend Krieger militärisch nutzlos.

Als der östliche Stadtrand von Lumb erreicht war, hatte innerhalb der Horden von Zind jeder Zusammenhalt aufgehört und dem totalen Chaos Platz gemacht. Zehntausende von Kriegern waren erschlagen, und zehntausend weitere, ihrer Herren beraubt, von wirkungsvollen Teilchen in einer gigantischen protoplasmischen Kampfmaschine in eine abscheuliche, selbstzerstörerische Masse hirnloser Muskeln verwandelt. Wie ein großes enthauptetes Reptil, das in seinem langen verzweifelten Todeskampf um sich schlägt, tobten und zappelten diese Massen bärenstarker, aber buchstäblich hirnloser Riesen ziellos umher, schossen, traten, urinierten, bissen, entleerten ihre Därme und schlugen willkürlich um sich, schlachteten dabei Hunderte ihrer Schicksalsgenossen ab und verhinderten damit jede wirksame Operation solcher Einheiten, die noch unter der Kontrolle von Dominatoren standen.

Als Feric im Befehlswagen die breite Allee hinunterfuhr, die das völlig verwüstete Ruinenfeld des östlichen Stadtteils Lumbs durchzog, erwartete ihn und seine Männer ein alptraumhaftes Chaos.

Die Horden von Zind waren auf breiter Front durch die Stadt vorgegangen. Die primitiven Häuser aus lehmbeworfenem Flechtwerk und vermörtelten Feldsteinen waren zerfetzt und niedergetrampelt; nichts war stehengeblieben, und der Schutt, der die schmalen unbefestigten Straßen bedeckte, war kaum als die Trümmer von Häusern kenntlich. Die Krieger hatten alles erschlagen, was ihnen in den Weg gekommen war, und jeder Fußbreit der Stadt war übersät mit den in Verwesung übergehenden Leichen aller nur denkbaren Arten von Mutanten und Bastarden, die einen infernalischen Gestank verbreiteten. Anscheinend bereitete die Nähe von so vielen unkontrolliert umherlaufenden Kriegern den verbleibenden Doms große Schwierigkeiten, die ihnen verbliebenen Krieger fest in der Hand zu behalten, denn Tausende der schmutzigen Riesen trampelten ziellos über dieses scheußliche Leichenfeld, rempelten einander in sinnloser Panik an, feuerten ihre Gewehre ab, schlugen mit ihren Keulen aufeinander oder auf Leichenhaufen ein, beschmutzten sich selbst mit Urin und Kot, grunzten, kreischten und begeiferten sich mit schleimigem Speichel aus ihren lippenlosen Mündern.

Es war ein Anblick, bei dem Feric die Galle hochkam, und das Blut pochte ihm in den Schläfen. »Das ist die Zukunft, mit der die Dominatoren die Welt beglücken wollen!« rief er Best zu. »Die Welt als Senkgrube, bevölkert von sabbernden, hirnlosen Monstrositäten, die von den Doms und von ihnen allein kontrolliert werden! Ich schwöre bei meinem Großen Knüppel und dem Hakenkreuz, daß ich nicht ruhen werde, ehe diese Geißel nicht für immer vom Angesicht der Erde getilgt ist!«

Er führte die Kolonne die Straße hinunter, eine unwiderstehliche Gewalt aus Kanonen, Maschinengewehren und den heißen Herzen rechter Männer, zu äußerstem Heroismus befeuert, von unbeschreiblichem Abscheu für die verrückten und erniedrigten Perversionen dessen, was einst menschliches Erbgut gewesen war und jetzt überall um sie her tobte, rohe Leichenteile fraß, obszön urinierte und sich mit dem eigenen Kot beschmierte. Indem sie alles niedermachten, was ihnen den Weg versperrte, stieß die Truppe westwärts vor, dem düsteren Leichentuch aus Feuer und Rauch entgegen, das die westlichen Stadtteile Lumbs verhängte. Obgleich die Entfernung noch mehrere Kilometer betrug, waren der Kanonendonner und das rasende Stakkato Hunderter von Maschinengewehren, die von der großen Schlacht auf der anderen Seite des Flusses herüberdrangen, von ohrenbetäubender Intensität.

Eine einsame Pontonbrücke überquerte den mit treibenden Leichen bedeckten Roul, und als Feric mit der Kolonnenspitze in Sichtweite des Flußübergangs kam, bot sich ihm ein Anblick, der einem Pandämonium gleichkam. Eine Formation von Kriegern, die einen Kampfwagen umgab, marschierte in vollkommen synchronisiertem Gleichmaß über die Brücke; diese Krieger, auf das schmale Band der Fahrbahn beschränkt, waren augenscheinlich nicht von der allgemeinen Panik und Desintegration beeinflußt, die Feric und seine SS-Sturmdivision über ihre Artgenossen gebracht hatten. Dagegen war das ganze Ostufer des Roul vollbepackt mit Massen von brüllenden, unkontrolliert um sich schlagenden mörderischen Riesen. Ungeordnete Haufen dieser Krieger suchten sich an der disziplinierten Truppe auf der Brücke vorbei zum anderen Ufer durchzuschlagen, vielleicht aus einem übriggebliebenen Impuls von vergessenen psychischen Kommandos heraus, vielleicht allein als Ergebnis der mathematischen Gesetze der Wahrscheinlichkeit. Was immer die Ursache sein mochte, unkontrollierte Krieger wogten in großer Zahl um den Brückenkopf und richteten Metzeleien unter den beherrschten Formationen an, die der Schlacht am Westufer zustrebten.

Feric sah, daß die Panzer nicht eingesetzt werden konnten, um die Brücke freizumachen, da eine Granate genügte, um die Pontonbrücke auseinanderzureißen und diese einzige Verbindung mit dem Westufer des Roul zu zerstören, womit seine Streitmacht hier in dieser stinkenden Hölle aus Leichen und zuckendem, hirnlosem Unrat gestrandet wäre.

Darum zog er den Großen Knüppel von Held und signalisierte damit seinen Truppen. Die Panzer der Vorausabteilung fielen zurück, so daß die Vorhut der Sturmdivision jetzt neben dem Befehlswagen vollständig aus Motorrädern und Beiwagenmaschinen bestand, blutbespritzt und gefahren von den heldenhaftesten Kämpfern der wahren Menschheit, erfüllt von fanatischer Entschlossenheit. Dieser bewährten Truppe war es vorbehalten, mit nacktem Stahl und eiserner Entschlossenheit die Brücke freizukämpfen.

Feric gab das Zeichen, und mit einem vielstimmigen Schlachtruf brauste diese massive Phalanx in die Herde grunzender, tobender Riesen, die das Vorfeld der Brücke verstopften. Mit einem Streich des Stahlkommandeurs köpfte er einen sabbernden, rotäugigen Krieger und führte den machtvollen Schlag zu Ende, indem er die säulenartigen Schenkel von zwei weiteren glatt durchschlug. Auf der anderen Seite des Wagens schlug Best einen riesigen Krieger mit Knüppelschlägen auf die Knie und erledigte ihn mit einem Hieb, der ihm das Genick brach. Zur gleichen Zeit hielt der Beifahrer mit dem Maschinengewehr in die dichtgedrängten Riesenleiber voraus und öffnete dem Wagen und seiner Eskorte eine Gasse. Auf beiden Flanken verbreiterten die Kämpfer der Vorausabteilung den Einbruch mit präzisem, sparsamem Feuer und geschwungenen Knüppeln; es wurde kaum zu einem Schlag ausgeholt, der sein Ziel nicht mit vernichtender Wirkung traf.

So kämpfte sich die Vorausabteilung durch das Gewühl zur Brücke. Hunderte der kotigen Kreaturen wurden erschlagen, bevor der Rest endlich in kopflose Panik geriet und die heulenden, geifernden Riesen wie rasend in alle Richtungen davonliefen und der Kolonne den Weg auf die Brücke und in den Rücken der marschierenden Formation freimachten.

Ehe der Dominator auf dem Kampfwagen seine Truppen in der Enge der Pontonbrücke zu einer Kehrtwendung veranlassen konnte, waren Feric und seine Kampfgefährten den marschierenden Kriegern schon in den Rücken gefallen und erschlugen sie zu Dutzenden und bald zu Hunderten. So drangen sie in wenigen Minuten ein gutes Stück über die Brücke vor und ermöglichten der Kolonne das Nachrücken.

Bis die Kriegerformation gewendet hatte, um sich den nachdrängenden Heldern entgegenzustellen, hatten Feric und seine Männer sich beinahe zu den großen, knarrenden Holzrädern des Kampfwagens durchgekämpft. Nun stellte sich ihnen eine Wand von Kriegern entgegen, die Schulter an Schulter standen und das weitere Vordringen wie Drescher auf der Tenne mit rhythmisch geführten Schlägen ihrer langen Knüppel verhinderten. Mit einem letzten gewaltigen Streich des Großen Knüppels schlug Feric einem Dutzend der Kreaturen die Arme ab, daß ihre Knüppel davonflogen und ihre kleinen, sabbernden Mundöffnungen in ein Kreischen und Heulen ausbrachen.

Darauf hob er seine Maschinenpistole und gab einen langen Feuerstoß auf die Mutanten an Bord des Kampfwagens ab; aus der Entfernung war es nicht möglich, festzustellen, welcher der

Dom war, also mußte rasch reiner Tisch gemacht werden. Sechs der Zindsoldaten wurden von Ferics Feuerstoß sofort getötet; dann eröffneten Best und der Beifahrer das Feuer, und auch die SS-Leute zu beiden Seiten beharkten die Ladefläche des Kampfwagens mit ihren ratternden Maschinenpistolen.

Nach wenigen Augenblicken dieses vernichtenden Feuers war auch der letzte Soldat auf dem Kampfwagen ein durchsiebter Leichnam, und unter den Zindsklaven auf der Brücke breitete sich Verwirrung und Panik aus. Die titanischen, nahezu armlosen Schlepper, die den Kampfwagen zogen, machten ihren dumpfen Empfindungen mit gewaltigem Heulen und Brüllen Luft und begannen in verschiedene Richtungen zu ziehen, so daß der Kampfwagen schwankte und schlingerte. Die übrigen Krieger auf der Brücke fielen rasch dem gleichen Wahnsinn anheim wie ihre Artgenossen östlich des Roul: sie schlugen um sich, hieben einander die Keulen über die Schädel, grunzten, urinierten, stießen ihre Kameraden von der Brücke und sprangen selbst in den mit treibenden Leichen gefüllten Fluß.

Für Feric und seine Kämpfer war es ein Kinderspiel, sich durch diese tobende Masse führungsloser Muskelgestalten zu schlagen; noch einfacher wurde die Arbeit, als die Mehrheit der Schlepper zufällig in dieselbe Richtung zog und den Kampfwagen und sich selbst über den Brückenrand und mit einem gigantischen Aufplatschen in die Tiefe des Roul beförderte. Dieses Ereignis schien die Panik zu vergrößern, und Dutzende von Kriegern sprangen ohne ersichtlichen Grund von der Brücke in den Fluß, wo sich bald herausstellte, daß ihre rudimentären Gehirne den Anforderungen, die das Schwimmen an sie stellte, nicht gewachsen waren.

Angeführt von Feric und seiner Leibwache, fegte die motorisierte Kolonne allen restlichen Widerstand beiseite und rollte ungefährdet über die Brücke, um in die am Westufer des Roul tobende Schlacht einzugreifen. Fünf Panzer bildeten die Nachhut, und als sie sicher das Westufer erreicht hatten, drehten sie ihre Türme zurück und schossen die Brücke mit drei rasch aufeinanderfolgenden Salven in Trümmer. Die dezimierten und führerlosen rückwärtigen Formationen des Heeres von Zind waren jenseits der unüberwindlichen Barriere des Flusses aufgehalten und unfähig, den weiteren Verlauf der Kämpfe zu beeinflussen. Die restlichen Kriegerhorden aber waren nun in einer noch weniger beneidenswerten Lage, gefangen zwischen Waffings

Truppen im Westen und Ferics Sturmdivision im Osten, halbiert in der Größe, abgeschnitten von Nachschub und Verstärkungen und eingeschlossen.

Waffings Truppen hatten sich auf breiter Front in den eingeebneten westlichen Vororten von Lund eingegraben. Aus der Dekkung von Gräben, Erdunterständen und hastig aufgeschütteten Brustwehren lieferten die heldonischen Soldaten den Angriffswellen von Kriegern, die unaufhörlich gegen ihre Positionen anbrandeten, einen heldenhaften Kampf. Aus ihren Positionen weit hinter den Linien feuerten die alten Dampfpanzerwagen der Armee Sprenggranaten in die Horden der Angreifer, ohne wirksame Gegenwehr der Mörser befürchten zu müssen, die auf den Kampfwagen der Zind montiert waren und nur geringe Reichweite hatten. Dichte Schwaden beißenden Pulverrauchs lagen kilometerweit über den Stellungen und verdunkelten den Himmel, und der Schlachtenlärm war ungeheuer.

Zu dem Zeitpunkt, als Ferics Sturmdivision in das Kampfgeschehen eingriff, hatten die Horden von Zind durch die schiere Gewalt in ihrer zahlenmäßig erdrückenden Übermacht vorgeschobene Positionen erreicht, die nur noch hundert Schritte vor Waffings vordersten Gräben lagen, buchstäblich hinter einem mächtigen Wall aus gefallenen Kriegern und direkt in vernichtendem Maschinengewehrfeuer. Als Feric den Verlauf der Kämpfe beobachtete, sah er die Krieger in dicht gestaffelten Schützenketten vormarschieren und ihre Gewehre in synchronisierten Massensalven abfeuern. Innerhalb von kürzester Zeit waren sie von den Maschinengewehren der Helder niedergemäht, aber ebenso rasch von einer weiteren Schützenkette drei Meter hoher Riesen ersetzt. Jede neue Angriffswelle brachte die Horde den Linien der Helder einen oder zwei Schritte näher, wenn auch unter enormen Opfern. Das Vordringen der angreifenden Massen glich einem langsamen Erosionsprozeß, so unmerklich, aber auch so unwiderstehlich wie die Bewegung eines Gletschers, der alles unter sich begräbt.

Das riesige Heer marschierte gleichmäßig westwärts, in endlosen Reihen gestaffelt, gerade vor die Läufe der heldonischen Maschinengewehre. Feric wandte sich mit einem wölfischen Lächeln zu Best. »Das letzte, was die Doms erwarten, ist ein Angriff von hinten«, sagte er. »Wir werden sie wie die Insekten, die sie sind, zwischen uns zerquetschen.«

Er gab seine Befehle, und die Sturmdivision nahm eine dem erwarteten Kampfverlauf entsprechende Schlachtordnung ein: einer in regelmäßigen Abständen von Panzern verstärkten motorisierten Schützenkette von nahezu drei Kilometern Länge, gefolgt von einer Welle Infanterie. Als die Truppe in Bereitschaft war, hob Feric den Großen Knüppel, senkte ihn in Marschrichtung, und die eindrucksvolle Formation aus Männern und Maschinen setzte sich in Bewegung und rückte aus der Bereitstellung über den Höhenrücken und durch die verkohlten und eingefallenen Ruinen von Lumb gegen den Rücken des Feindes vor. Während die Maschinenwaffen noch schwiegen, feuerten die Panzerkanonen Salve um Salve in die Reihen des Feindes. Dabei konzentrierten sie ihr Feuer auf die Kampfwagen und zerstörten Dutzende von ihnen in wenigen Minuten, so daß zu dem Zeitpunkt, als die motorisierte Schützenkette Feindberührung bekam, zahlreiche Kriegerformationen bereits in ungeordnete Haufen verwirrter Tiere verwandelt worden waren.

Feric enthauptete fünf Krieger mit einem einzigen heroischen Streich des Großen Knüppels, als sie in einem plötzlichen Impuls an den Befehlswagen herandrängten. Dann, als die motorisierte Schlachtreihe einer geordnet marschierenden Formation in den Rücken fiel und die Krieger reihenweise niedermähten, marschierte der Rest der Formation unbeirrt vorwärts gegen Waffings Linien, ohne das mörderische Feuer von rückwärts zu beachten, das sie in Stücke zerriß. So richtete die vordringende Sturmdivision ein Blutbad unter den Kriegerhorden an, ohne auf nennenswerten Widerstand zu stoßen.

Als es den verbliebenen Dominatoren endlich gelang, ihre rückwärtigen Formationen zu einer vollen Kehrtwendung zu bringen und dem neuen Gegner entgegenzustellen, hatte Feric seine Truppe bereits tief in das feindliche Heer geführt und ihm schwerste Verluste zugefügt; überdies waren so viele Kampfwagen zerstört und Dominatoren getötet worden, daß es mehr führungslose Krieger gab, die stumpfsinnig und ziellos umhertrampelten, als disziplinierte Truppen. Die Angriffe gegen Waffings Positionen brachen in einem wüsten Getümmel schwachsinnigen Tobens zusammen.

Angesichts dieser Wendung, die ihm anzeigte, daß Ferics Entlastungsangriff durchgeschlagen hatte, ließ Waffing seine Truppen aus den Gräben zum Angriff vorgehen.

Die Horden von Zind, bereits in völliger Auflösung begriffen, waren nun zwischen zwei unaufhaltsam vorrückenden, Tod und Verderben speienden Schlachtreihen gefangen. Unter solchen Bedingungen konnte es keinen Zweifel am Ausgang der Schlacht geben.

In seinem Befehlswagen stehend, flankiert von seinen heldenhaften Sturmtruppen, vordringend durch ein Meer stinkender, in hirnlose Raserei verfallener Krieger, war Feric erfüllt von einem wilden Hochgefühl. Jeder mächtige Streich des Stahlkommandeurs fällte mehrere der abscheulichen Monstrositäten; jeder erschlagene Krieger war ein Feind weniger, der ihm den Weg zum totalen Sieg versperren konnte. Auch die Truppe fühlte, daß der Sieg zum Greifen nahe war, drang mit erneuerter Kraft vorwärts und mähte die Krieger wie in einem Rauschzustand übermenschlicher Energie nieder, vielleicht genährt aus dem Urgrund des rassischen Willens selbst. Feric und seine Männer waren in der Gemeinsamkeit eines heroischen und triumphalen Ringens auf dem Schlachtfeld vereint, Werkzeuge eines höheren Willens, für den Zeit und Erschöpfung leere Worte ohne Bedeutung waren. Feric hatte keine Vorstellung von der Dauer des Gemetzels. Er stand im Zentrum der in das brodelnde, von Panik erfaßte Chaos vordringenden Schlachtreihe und erschlug alles, was in die Reichweite seines Großen Knüppels kam. Seine schwarze Lederuniform war von Blut rot gefärbt. Blut rann über den Schaft des Stahlkommandeurs und überströmte seine rechte Hand. Dennoch hatte er kein Gefühl für den Zeitablauf noch kündigte sich ein Nachlassen seiner Kräfte an. Die Krieger vor ihm existierten, um erschlagen zu werden, und er erschlug sie; dies waren die einzigen Parameter des Schlachtenuniversums, durch das er sich bewegte.

Endlich sah man mehr tote Krieger über das Schlachtfeld verstreut liegen als lebendige darauf herumirren; bald brachte man die widerwärtigen Kreaturen einzeln zur Strecke, statt in Haufen, weil die Zahl der lebenden Ziele rasch abnahm.

Feric machte zwei Krieger aus, die ein kurzes Stück voraus auf einem Haufen ihrer gefallenen Artgenossen standen und einander halbherzig mit ihren riesigen Knüppeln bearbeiteten. Er ließ den Befehlswagen näher an das Riesenpaar heranfahren und schwang den Großen Knüppel von Held gegen ihre Köpfe. Aber bevor seine Waffe ihr Ziel traf, brach einer der hirnlosen Giganten plötzlich mit eingeschlagenem Schädel zusammen; Feric mußte sich damit begnügen, den anderen zu erledigen.

Und auf eimal sah er unerwartet die massige Gestalt Lar Waffings vor sich, die feldgraue Uniform blutbefleckt, in den Händen einen großen blutverklebten Knüppel.

Feric ließ halten, sprang vom Trittbrett und ging auf den strahlenden Waffing zu. Einen Augenblick später kam Best an seine Seite. Die drei Männer standen eine kleine Weile schweigend beisammen, als SS-Männer in schwarzem Leder die feldgrauen Truppen der Armee begrüßten. Die Falle war zugeschlagen, die Horde von Zind vernichtet.

Der temperamentvolle Waffing brach als erster das feierliche Schweigen. »Wir haben es geschafft!« rief er aus. »Heldon ist gerettet! Dies ist der größte Augenblick in der Weltgeschichte!«

»Nein, mein lieber Waffing«, berichtigte ihn Feric. »Der größte Augenblick in der Weltgeschichte wird der Augenblick sein, in dem der letzte Dominator seinen letzten Atemzug tut. Freuen wir uns über eine siegreich gewonnene Schlacht, aber bilden wir uns nicht ein, sie wäre das Ende des Krieges.«

Waffing nickte, und die drei Männer standen in der späten Sonne und blickten über das Schlachtfeld hin. Zwischen der Stelle, wo sie standen, und dem Fluß erstreckte sich eine weite Fläche, die vollständig mit den Leichen des Feindes und den Trümmern seiner Ausrüstung bedeckt war. Säuberungstrupps der SS und Armee begannen diesen ungeheuren Abfallhaufen zu durchstreifen; vereinzelte Schüsse brachen die feierliche Stille. Die orangeroten Lichtstrahlen der untergehenden Sonne schienen die Gestalten Ferics und seiner beiden Gefolgsleute mit einem Glorienschein zu umgeben und badeten das Schlachtfeld in himmlischem Feuer.

11

Nachdem es gelungen war, die Horden von Zind über den Roul zurückzudrängen, ging der Aufbau des Neuen Heldon in einem Tempo voran, das nur atemberaubend genannt werden konnte. Der Sieg von Lumb hatte dem Mut und der Gesinnung aller Helder Auftrieb verliehen, und die Erkenntnis, daß es nur eine Frage der Zeit war, ehe die Dominatoren abermals ihre viehischen Horden entfesseln und gegen die geheiligte Erde des Vaterlandes anstürmen lassen würden, befähigte sie zu unglaublichen Leistungen fanatischer Selbstaufopferung und noch nicht dagewesener Einsatzfreude und Leistungsbereitschaft.

Das Programm der Überprüfungslager war eines der großartigsten Beispiele der Qualitäten, die von der Neuen Ordnung verkörpert wurden. Nichts gefiel Feric besser als die Inspektion dieser Lager, denn hier erfuhr die patriotische Inbrunst, die das ganze Land erfaßt hatte, ihren höchsten und zugleich konkretesten Ausdruck.

So war es nicht verwunderlich, daß Feric von hochgespannten Erwartungen durchströmt wurde, als er Heldons neuestes Überprüfungslager nahe dem nördlichen Rand des Smaragdwaldes zu einer inoffiziellen Inspektion besuchte, die von Bors Remler selbst geleitet wurde. Der ihn begleitende SS-Befehlshaber strahlte geradezu patriotische Inbrunst aus, und Feric gestand sich ein, daß nicht einmal Waffing — der beim Aufbau der Armee und der Rüstungsindustrie Wunder gewirkt hatte — Leistungen vollbracht hatte, die denjenigen Remlers und der SS während dieser wenigen Monate fieberhafter Aktivität gleichkamen.

Der äußerliche Anblick des Lagers war bescheiden genug. Ein langes Rechteck aus elektrisch geladenem Stacheldrahtzaun umgab ein großes Behandlungsgebäude und Reihen einfacher Holzbaracken, und das Ganze wurde beherrscht von vier hölzernen Wachttürmen mit Maschinengewehrständen. Die Baracken waren geräumig genug, um vielleicht zehntausend Helder zu beherbergen. Es warf ein bezeichnendes Licht auf die übermenschliche Tüchtigkeit der SS, daß Remler für jedes der drei Dutzend Lager im Lande einen vollständigen Umschlag der Insassenpopulation alle fünf Tage versprochen und diese projektierte Leistung bisher auch eingehalten, wenn nicht unterboten hatte.

Unnötig zu sagen, daß nichts von alledem ohne die fanatische Unterstützung der Bevölkerung von Heldon möglich gewesen wäre, Leuten wie den zweitausend oder mehr Volksgenossen, die Remler anläßlich Ferics Inspektion in Reih und Glied auf dem zentralen Aufmarschplatz des Lagers hatte antreten lassen. Diese Leute schienen zum größten Teil rassisch makellose Exemplare des wahren menschlichen Genotyps zu sein, die ihre Zivilkleidung vorübergehend mit den schlichten grauen numerierten Anzügen des Überprüfungslagers vertauscht hatten. Obgleich der Aufenthalt im Lager eine gewisse Härte bedeutete, selbst für die überwältigende Mehrheit, deren Beglaubigung bestätigt wurde, bemerkte Feric mit Freude, daß es in der gesamten angetretenen Menge nicht ein mürrisches Gesicht gab. Zweifellos war die Möglichkeit, Aufnahme in die SS zu erlangen, ein Faktor, der bedeutsam zur hohen Moral in den Lagern beitrug, denn kaum ein Augenblick verging, ohne daß den Lagerinsassen der Anblick eines schneidigen, hochgewachsenen, blonden SS-Mannes in gutgeschnittener schwarzer Lederuniform zuteil wurde, Inspiration und Beispiel zugleich.

Als Feric ungefähr zehn Schritte vor der Front der Lagerinsassen stehenblieb, schlug Remler neben ihm die Hacken zusammen und streckte den rechten Arm zum Parteigruß aus.

Sofort rissen zweitausend Volksgenossen die Arme hoch, und der donnernde Ruf »Heil Jaggar!« dröhnte durch das Lager.

Feric erwiderte den Gruß und machte, wie es seine Gewohnheit war, einige kurze Bemerkungen, um die Lagerinsassen für ihren aufopfernden Patriotismus zu belohnen.

»Volksgenossen und Volksgenossinnen, ich beglückwünsche Sie zu Ihrem Geist und der Bereitschaft, mit der Sie dem Vaterland dieses Opfer bringen. Es ist mir bekannt, daß mehr als die Hälfte unter Ihnen Freiwillige sind. Eine solche idealistische Haltung ist nicht nur für mich selbst eine Ermutigung, sondern für jeden wahren Menschen, der unter dem Hakenkreuz lebt. Sie ist darüber hinaus eine Botschaft, die den Dominatoren von Zind und allen, die ihnen dienen, Angst und Schrecken einjagen wird. Ich wünsche Ihnen, daß nicht ein einziger Dom unter Ihnen gefunden werden möge! Ich wünsche Ihnen, daß Ihnen allen ein erfolgreicher Abschluß der Überprüfung beschieden sein wird! Mögen viele unter Ihnen sein, die der Aufnahme in die SS für würdig befunden werden! Es lebe Heldon! Es lebe der Sieg!«

Während der tausendfache Antwortruf »Heil Jaggar!« noch in seinen Ohren dröhnte, ließ Feric sich von Remler zum Behandlungsgebäude führen, um seine Lagerinspektion abzuschließen.

Das Behandlungsgebäude war ein großer, niedriger, rechteckiger Wellblechschuppen. Neben dem Haupteingang wartete eine große Menge von Lagerinsassen unter Aufsicht eines hochgewachsenen blonden SS-Mannes in fleckenlosem schwarzem Leder. Weitere SS-Männer überwachten vier geordnete Reihen von Insassen, die das Gebäude betreten durften. In dem Maße, wie diese Reihen vorrückten, winkten die SS-Leute weitere Kandidaten aus der Menge der Wartenden herüber, damit sie sich anstellten, während andere SS-Leute immer wieder Gruppen von Lagerinsassen von den Wohnbaracken heranführten und in die Menge der Wartenden eingliederten. Das Ergebnis war ein kontinuierlicher Prozeß, ein Fließbandverfahren. Feric bemerkte, daß die auf der Wartefläche herumstehenden Leute lebhafte Gespräche miteinander führten, während diejenigen, die bereits aufgereiht standen, eine Haltung feierlicher Würde einnahmen, die der Bedeutung des Anlasses entsprach.

»Es freut mich zu sehen, daß die Schlangen so rasch vorrükken«, bemerkte Feric zu Remler. »Ebenso aus humanitären Erwägungen wie aus solchen der Effizienz.«

Remler nickte lebhaft. »Unter den jungen Burschen gibt es welche, die so zuversichtlich sind, in die SS aufgenommen zu werden, daß sie versuchen, ihre Verpflegungsrationen gegen einen der vorderen Plätze in der Reihe zu vertauschen«, sagte er.

Feric nickte beifällig und ließ sich von Remler zu einer Seitentür führen; er sympathisierte mit solchem Eifer. Trotzdem war es nicht gut, daß die besten potentiellen SS-Kandidaten ihre Kräfte durch Fasten schwächten.

»Lassen Sie Anweisung geben, daß jeder, der beim Vertauschen seiner Verpflegungsration ertappt wird, des eingetauschten Vorrechts verlustig geht und zehn Plätze zurückgestellt wird«, befahl er. »Wir können nicht zulassen, daß unsere besten Kandidaten sich in fehlgeleiteter Begeisterung durch Hunger kasteien.«

»Jawohl, mein Führer!« erwiderte Remler.

Das ungestrichene Innere des Wellblechschuppens war schlicht und zweckmäßig. Jede der vier Reihen wurde an einem langen Tresen vorbeigeschleust, der sich durch die halbe Länge des Schuppens erstreckte; hinter ihm standen zahlreiche Analytiker und Untersuchungsführer der SS, ausgerüstet mit Prüfgeräten und Instrumenten der verschiedensten Art. Nach erfolgter Überprüfung durch eine ausreichende Zahl gründlicher Tests mündeten die vier Reihen in eine kleine freie Fläche, die von bewaffneten SS-Männern bewacht wurde. Jenseits dieses freien Raumes erhob sich eine Trennwand mit vier unmarkierten Türen. Nach abgeschlossener Überprüfung wurde jeder Kandidat zur weiteren Behandlung durch eine dieser Türen gewiesen. Feric bemerkte, daß die meisten Lagerinsassen durch die erste Tür rechts gewinkt wurden.

»Wir haben in letzter Zeit vier zusätzliche Tests entwickelt«, berichtete Remler stolz. »Jeder Helder muß dreiundzwanzig genetische Kriterien erfüllen, und die Anforderungen zur Aufnahme in die SS sind natürlich noch bedeutend höher. Da wir in den Lagern bereits annähernd siebzigtausend männliche Kandidaten entdeckt haben, die als SS-Rekruten in Frage kommen, konnten wir die Kriterien für die Aufnahme nochmals verschärfen. Was die Frauen betrifft, so haben wir schon jetzt vierzigtausend registriert, die genetisch geeignet sind, um mit der SS gepaart zu werden. Wir dürfen uns berechtigte Hoffnungen auf eine neue Generation machen, mein Führer, die allen Anforderungen an eine rassische Elite gerecht werden wird.«

»Ich zweifle nicht daran, Remler«, sagte Feric. »Sie haben Hervorragendes geleistet.«

Strahlend vor Freude und Stolz führte Remler seinen Besucher durch die erste Tür auf der linken Seite und in einen kleinen Raum, wo zwei mit Maschinenpistolen und Knüppeln bewaffnete SS-Männer augenblicklich Haltung annahmen und dem hohen Besuch einen zackigen Parteigruß entboten. Im Boden des Raumes war ein Abflußloch; außerdem gab es einen Wasserhahn mit angeschlossenem Gummischlauch. Nichtsdestoweniger wies der Betonboden rötlich-braune Verfleckungen auf.

»Bisher haben wir nur einige tausend Doms enttarnt«, sagte Remler. »Unsere Wissenschaftler sind jedoch im Begriff, einen spezifischen Test für den Genotyp des Dominators zu entwikkeln. Wie die Dinge stehen, fürchte ich, daß immer wieder einige Doms mit den gewöhnlichen Bastarden und Mutanten durchschlüpfen.«

Feric erwiderte den Gruß der SS-Männer, die als Vertilger Dienst taten, und nickte Remler zu. »Wenn erst ein narrensicherer Test entwickelt ist, wird es relativ einfach sein, die sterilisierten Personen einer Nachuntersuchung zu unterziehen und so das letzte Dominator-Gen vom Angesicht unseres Landes zu tilgen.«

»So oder so, in der nächsten Generation wird das Problem gelöst sein«, erwiderte Remler.

Er führte Feric durch die rückwärtige Tür aus der Vertilgungskammer, durch einen Korridor und in einen großen Raum, in welchem lachende, aufgeregte Helder vor einer Wand voller Schließfächer aufgereiht standen, um ihre neuen Beglaubigungszertifikate der genetischen Reinheit und ihre Zivilkleidung in Empfang zu nehmen.

Bevor der SS-Befehlshaber die Anwesenden auffordern konnte, den hohen Besucher zu begrüßen, wurde Feric bemerkt, und die Wartenden brachen in einem etwas unvollkommenen Chor in Heilrufe aus, die sie mit mehr oder minder individualistischen Abwandlungen des Parteigrußes begleiteten. Darauf folgte minutenlanger Applaus, gemischt mit Hochrufen.

Feric konnte nicht umhin, den Leuten zuzulachen, als er ihren Gruß erwiderte. Diese Helder hatten guten Grund zum Jubeln — sie hatten die neuen verschärften genetischen Tests bestanden und waren wieder zugelassen zur Gemeinschaft der wahren Menschheit. Feric war von ihrer ansteckenden Freude tief bewegt; sie erneuerte seine eiserne Entschlossenheit, dafür Sorge zu tragen, daß nur wahre Menschen die Zukunft der Welt erbten.

Remler führte ihn wieder hinaus in den Korridor und von dort in einen langen, rechteckigen Raum, der als Laboratorium diente und offenbar sein besonderer Stolz war. An den Arbeitstischen standen fünf SS-Analytiker, alles hochgewachsene blonde Männer mit weißen Arbeitsmänteln über den Uniformen. Ein Stück weiter von diesen Genetikern arbeitete ein SS-Arzt an Gewebeuntersuchungen mit Mikroskop und Präzisionsinstrumenten. Der rückwärtige Teil des Laboratoriums diente der Ausbildung von Spezialisten für die Durchführung der genetischen Tests. Hier saßen fünfzehn junge Männer, auch sie blond und blauäugig, und machten sich eifrig Notizen, während ein erfahrener SS-Genetiker ihnen mit Hilfe von Schautafeln den Lehrstoff nahebrachte. Die Atmosphäre von patriotischem Verantwortungsbewußtsein und wissenschaftlichem Ernst war deutlich spürbar, denn in diesem Laboratorium wurde festgestellt, ob jene Prüflinge, die in der allgemeinen genetischen Untersuchung Anzeichen von besonderer Eignung hatten erkennen lassen, den außerordentlich strengen genetischen und somatischen Anforderungen der Aufnahmeprüfung in die SS genügten. Bei einem positiven Ergebnis mußte der Aspirant sich dann noch nicht minder strengen Eignungsprüfungen seiner Intelligenz und politischen Bildung unterziehen.

Als sie Ferics ansichtig wurden, nahmen alle im Raum Anwesenden Haltung an, entboten ihm den Parteigruß und brüllten im Chor: »Heil Jaggar!« Feric erwiderte den Gruß und deutete mit einer Handbewegung an, daß man die Arbeit fortsetzen solle, ohne sich weiter um seine Anwesenheit zu kümmern. Darauf führte er selbst Remler durch eine Seitentür hinaus, denn diese Männer hatten in einer Zeit wie dieser das Recht auf ungestörtes Arbeiten, und die Gegenwart ihres Führers bedeutete eine Ablenkung, der keiner sich entziehen konnte.

Als er hinaustrat, sah Feric sich einer Schlange von Blassen, betroffen aussehenden Menschen gegenüber. SS-Männer mit Knüppeln und Maschinenpistolen bewachten diese Schlange von Unglücklichen. An ihrem Kopfende stand ein SS-Major mit Klemmtafel und Schreibgerät; hinter ihm waren zwei Türen.

Beim Eintreten hörte Feric diesen Funktionär das Wort an den grimmig dreinschauenden Helder an der Spitze der Warteschlange richten, einen bei oberflächlicher Betrachtung ordentlich aussehenden Mann.

»Es ist meine Pflicht, Ihnen mitzuteilen, daß Sie den Anforderungen des reinen menschlichen Genotyps nicht ganz entsprochen haben. Sie haben zwei Optionen: Verlassen des Vaterlandes und lebenslanges Exil, oder Sterilisierung. Für welche der beiden entscheiden Sie sich?«

Der Mann zögerte einen Moment lang; Feric glaubte Tränen in seinen Augen zu sehen. Dann wurde plötzlich Ferics Anwesenheit bemerkt, und alle Versammelten — SS-Leute und mißmutige Lagerinsassen in gleicher Weise — nahmen Haltung an, rissen die Arme im Parteigruß hoch und riefen mit einer Kraft und Begeisterung »Heil Jaggar!«, die nichts zu wünschen übrig ließen. Feric war von dieser Demonstration rassischer Solidarität tief berührt, kam sie doch von Leuten, die aufgerufen waren, ihre Hoffnung auf Nachkommenschaft zum Wohle des Vaterlandes zu opfern.

Einen Augenblick später straffte der Helder an der Spitze der Reihe seine Haltung, schlug die Absätze zusammen und antwortete mit fester Stimme: »Ich wähle die Sterilisierung zum Besten des Vaterlandes!« Dann grüßte er mit gestrecktem Arm und marschierte durch die rechte Türöffnung.

»Fünfundachtzig Prozent der Abgewiesenen ziehen die Sterilisierung dem Exil vor«, wisperte Remler.

Ein seltsames Zusammenwirken von Freude und Traurigkeit beengte Ferics Brust, denn in den Abgewiesenen, die einer nach dem anderen in stoischer Ergebenheit durch die rechte Tür gingen, um sich ihrer Fortpflanzungsfähigkeit berauben zu lassen, hatte er den letzten und höchsten Beweis der Rechtmäßigkeit seiner Sache vor Augen.

Feldmarschall Lar Waffing erhob sich ein wenig schwerfällig, blickte auf die große Übersichtskarte hinter Ferics erhöhtem Platz, nickte den im Lagerraum des Generalkommandos versammelten Generälen zu, richtete den Blick auf Feric und erstattete seinen Bericht.

»Mein Führer, es ist mir eine Ehre und ein Vergnügen, Ihnen zu melden, daß die Erneuerung und der Ausbau der Armee nunmehr als abgeschlossen betrachtet werden können. Unsere Streitkräfte verfügen über dreihundert Panzer und mehrere Dutzend weitere verlassen wöchentlich die neuen Rüstungswerke. Wir besitzen über zweihundert Jagdflugzeuge und Stukas, und auch hier kommen wöchentlich neue Maschinen aus der Serienfertigung hinzu. Die Ausbildung der neuen Rekruten ist abgeschlossen, die Engpässe in der Aufstellung geeigneter Kader der unteren Führung sind behoben, und ich bin stolz darauf, melden zu können, daß wir mehr als sechshunderttausend Mann unter Waffen haben. Die Munitionsversorgung ist gesichert, und wir haben genug Treibstoffvorräte für einen Monat motorisierter Kriegführung. Die Wissenschaftler in den Entwicklungslaboratorien der Rüstungswerke sind dabei, Lenkraketen und viele andere Waffen der Alten neu zu konstruieren.

Mit einem Wort, mein Führer, Sie haben jetzt eine Streitmacht zu Ihrer Verfügung, die nur Ihre Befehle erwartet, um in Aktion zu treten!«

»Gut gemacht, Waffing«, sagte Feric anerkennend, als der Feldmarschall sich wieder setzte. Armee und SS brauchen nur Aktion, um ihre Kampfkraft zu stählen. Die einzige Frage war jetzt, wo und wie.

»Meinen Sie, daß wir schon bereit sind, Zind auszulöschen, Waffing?« fragte er.

Waffing dachte eine Weile nach. »Ich zweifle nicht daran, daß wir Zind besiegen könnten, wenn wir jetzt angriffen«, sagte er. »Aber der Krieg würde lang und schwierig sein. Geben Sie uns sechs Monate, und unsere Armee wird noch um einiges größer und stärker sein. Vor allem aber werden wir bis dahin über Tausende von Panzern und Flugzeugen verfügen, und die Geschwindigkeit unseres Vormarsches durch Zind wird hauptsächlich von den Marschleistungen unserer Panzer bestimmt werden. Dann können wir den Gegner in einem Blitzkrieg niederwerfen.«

Feric überdachte diese Einschätzung der Lage. Es würde sicherlich besser sein, einige Monate zu warten, bis die Armee ihre volle vorgesehene Stärke erreicht und ihre Ausrüstung ebenso wie den Ausbildungsstand weiter verbessert hätte, bevor sie zum entscheidenden Schlag gegen Zind ausholte. Auf der anderen Seite brauchte die neugeschaffene Armee Aktion, um sich zu beweisen und Selbstvertrauen zu gewinnen.

»Würde es möglich sein, daß Zind uns innerhalb der nächsten sechs Wochen angreift?« fragte er.

»Kaum«, erwiderte Waffing. »Seine Logistik ist sehr schwerfällig. Wir würden von einem solchen Angriff lange im voraus unterrichtet sein. Zur Zeit sind keine derartigen Vorbereitungen im Gange.«

Feric stand auf. Er hatte seinen Entschluß gefaßt. Er verließ seinen Platz, trat an die große Übersichskarte und richtete das Wort an die versammelte Generalität.

»Innerhalb von zwei Wochen werden wir marschieren. Eine Heeresgruppe wird durch Borgravia vorgehen, Gormond nehmen und westwärts nach Vetonia vorstoßen. Zur gleichen Zeit wird eine zweite Heeresgruppe weiter nördlich durch Feder nach Vetonia vordringen. Diese Heeresgruppe Nord wird sich bei der Hauptstadt Vetonias mit der Heeresgruppe Süd vereinigen. Beide Heeresgruppen werden dann auf breiter Front gegen Husak vorgehen, allen Widerstand brechen und die Reste der feindlichen Streitkräfte in die westlichen Wildnisse treiben, um sie dort dem Untergang zu überlassen. Während dieser Operationen wird die Luftwaffe jede Lehmhütte in Cressia, Arbona und Karmak dem Erdboden gleichmachen und das Ungeziefer in die südlichen Ödländer jagen. Auf diese Weise werden wir uns für die endgültige Auseinandersetzung mit Zind den Rücken freihalten. Ich würde enttäuscht sein, wenn diese gesamte Operation länger als einen Monat dauern sollte.«

Die alten Generäle waren sprachlos ob der Kühnheit dieses Planes; Waffing aber schlug mit der Faust auf den Tisch und blickte strahlend in die Runde. »Sollten die Operationen länger dauern als einen Monat, mein Führer«, erklärte er, »so werde ich mich selbst zum Rang eines gemeinen Soldaten degradieren und mich eigenhändig wegen Hochverrats hinrichten.«

Feric schmunzelte gutmütig über das komische Talent seines treuen Feldmarschalls; auch Waffing konnte nicht länger an sich halten und brach in Gelächter aus. Augenblicke später schlossen sich sogar die sauertöpfischen alten Generäle der allgemeinen Heiterkeit an.

Feric aber verstand, daß eben derselbe Geist, der Waffing dazu brachte, ein so extremes Gelöbnis abzulegen, ihn veranlassen würde, es in dem unvorstellbaren Fall, daß solche Sühne notwendig werden sollte, auch einzulösen. Es war in der Tat eine Ehre für ihn, solche heldenhaften Männer zu befehligen!

Als die Mitternachtsstunde heranrückte, setzte sich Feric Jaggar auf den Beobachterplatz des Führungspanzers der heldonischen Panzerspitze. Ludolf Best hatte den Fahrersitz neben ihm eingenommen. Dieser Feldzug versprach im wesentlichen ein Wettlauf mit der Zeit zu werden, weil die borgravische Armee als Gegner kaum in Betracht kam. Die von Feric geführte Vorhut der Heeresgruppe Süd war am südöstlichen Rand des Smaragdwaldes zusammengezogen und bestand aus einhundertfünfzig Panzern. Im Verein mit der verheerenden Zerstörungskraft von hundert Sturzkampfbombern, die um diese Stunde zum Angriff auf die borgravische Hauptstadt starteten, genügten die Panzer dieser Vorhut, um allen organisierten Widerstand in Borgravia innerhalb weniger Stunden zu brechen. Die nachfolgenden Verbände der Heeresgruppe, die überwiegend aus motorisierter Infanterie und SS bestanden, brauchten nur noch Säuberungsaktionen durchzuführen, und zu dem Zeitpunkt, da die Panzerspitzen nach dem Feldzugsplan die Grenze Vetonias erreichen sollten, würde Remler im Hinterland bereits die ersten Lager zur Überprüfung und Registrierung errichten.

Feric hatte sich entschlossen, die Vorhut der Heeresgruppe Süd selbst nach Borgravia hineinzuführen und diese Senkgrube zu säubern, bis Gormond erreicht und dem Erdboden gleichgemacht wäre; dies ebenso aus persönlichen Gründen wie aus Erwägungen der allgemeinen Moral. Er konnte sich kaum etwas vorstellen, was ihn mehr erfreuen würde als der Anblick der elenden borgravischen Hauptstadt, in der er seine Jugend vergeudet hatte, wie sie in Flammen aufging und dem Erdboden gleichgemacht wurde.

Best sah fast alle dreißig Sekunden auf die Uhr. Dann war es endlich soweit, daß er den Panzermotor starten konnte. Er wandte den Kopf mit jungenhaftem Grinsen zu Feric und sagte: »Es ist Zeit, mein Führer.«

Mit einem Lächeln über Bests jugendlichen Enthusiasmus

schaltete Feric das Funkgerät ein und erteilte der Vorhut den Angriffsbefehl. Abrupt belebte sich die Nacht mit dem stotternden Donnern von hundertfünfzig spuckenden, anspringenden und blubbernden Panzermotoren. Das machtvolle Vibrieren der Maschine, das sich dem ganzen Panzer mitteilte, durchdrang Ferics Wesen mit erwartungsvoller Erregung, als wäre es mitreißende Marschmusik. Er verriegelte das Turmluk über seinem Kopf, schnallte sich an und nickte Best zu. »Vorwärts!«

Erdbrocken und Grasbüschel unter den massiven Stahlketten zermahlend, rumpelte der Panzer von der Lichtung, die als Bereitstellungsraum gedient hatte. Während Best allmählich beschleunigte, spähte Feric durch sein Periskop zurück und sah einen breiten Strom von Panzern, die sich zur Marschkolonne formierten, während sie über die Lichtung und auf die Straße brandeten, die zur Furt über die Ulm führte. Die motorisierten Verbände sollten nach dem Plan erst zwei Stunden später der gepanzerten Vorhut folgen.

Auf Bogels Drängen — wenn auch nicht ohne Ferics ungeteilte Zustimmung — waren die Panzer für diesen Feldzug in heroischer Großartigkeit ausgeschmückt worden. Laufwerk und Wanne waren glänzend schwarz gestrichen, während die Türme scharlachrot mit großen schwarzen Hakenkreuzen in weißen Kreisen zu beiden Seiten leuchteten. Außerdem flatterte vom Antennenmast jedes Panzers ein Hakenkreuzwimpel. Als die Panzerkolonne die breite Ebene erreichte, die sich zum Fluß hinbsenkte, wurde dieses mitreißende Schauspiel von Fernsehkameras aufgenommen und nicht nur in ganz Heldon ausgestrahlt, sondern über Relaisstationen bis hinein nach Husak und Vetonia, um die Streitkräfte dieser Länder durch gerechtfertigte Furcht vor der bewaffneten Macht Heldons um so wirksamer zu lähmen. Welch einen prachtvollen Anblick diese Phalanx glänzender stählerner Ungeheuer bot, als sie über die Ebene dahinbrauste, die Luft kilometerweit mit rollendem Donner erfüllte und eine gewaltige Schleppe aus brodelndem Staub hinter sich ließ!

Der Fluß war in dieser Gegend, weit stromaufwärts von Ulmgarn, nicht viel mehr als ein kleines seichtes Gewässer; die borgravischen Grenzbefestigungen am jenseitigen Ufer bestanden im wesentlichen aus Gräben und Erdunterständen hinter Stacheldrahtrollen, bemannt mit Bastarden und Mutanten, über deren Kampfmoral man keine Worte zu verlieren brauchte. Nichtsdestoweniger, als die Panzer sich in der mondhellen Nacht dem Flußübergang näherten, blitzte in den borgravischen Stellungen plötzlich Mündungsfeuer auf, und Feric hörte ein paar Gewehrkugeln mit harmlos hellem Klang von der undurchdringlichen Panzerung seines Fahrzeugs abprallen. Wahrscheinlich hatten die Flugzeuggeschwader, die eine halbe Stunde zuvor die Grenze überflogen hatten, die armen Teufel aus dem Schlaf gerissen und munter gemacht. Aber es würde ihnen nicht helfen.

Feric drückte auf den Mikrophonschalter und gab über Funk Anweisung an die Panzerabteilung: »Feuer frei, bis aller Widerstand erloschen ist!«

Ein schnarrendes mechanisches Winseln wurde hörbar, als der Kanonier den Turm schwenkte, um die Kanone auf die gegnerischen Stellungen auszurichten. Dann fuhr eine Erschütterung und ein gewaltiges Krachen durch den Panzer, und einen Augenblick später sah Feric in der Dunkelheit des anderen Ufers eine orangegelbe Explosion aufblühen. Gleich darauf rollte der betäubende Donner massierten Kanonenfeuers über ihn hinweg, und die borgravischen Stellungen eruptierten in riesigen Feuerfontänen.

Wieder feuerte Ferics Richtkanonier, während die Panzerabteilung mit unverminderter Fahrt weiterbrauste; das massierte Feuer der schwarzen Ungetüme zerschlug die feindlichen Stellungen innerhalb weniger Minuten. Eine letzte Salve fuhr in den aufgewühlten Grund und schleuderte Erdbrocken und Trümmer in alle Richtungen, dann neigte der Panzer sich ein wenig weiter vorwärts, die Ketten ratterten über Geröll und Flußkiesel und tauchten ins laut aufrauschende Wasser. Dann ging es am anderen Ufer die Böschung hinauf, und der Panzer überrollte die zerschossenen Reste des Stacheldrahtverhaus und der Gräben. Die Panzerkolonne hinter ihm erfüllte die Luft mit Motorenlärm, Kettengerassel und den Feuerstößen der Maschinengewehre auf wirkliche und vermeintliche Widerstandsnester.

Von den Borgraviern war außer einigen blutigen Fetzen und Gliedmaßen zwischen den Granattrichtern wenig zu sehen. Die wenigen wertlosen Strolche, die vom Kanonenfeuer nicht zerrissen worden waren, hatten sich in Panik davongemacht. Bei Sonnenaufgang würden die nachrückenden Regimenter der motorisierten Infanterie und SS diese Versprengten zur Strecke bringen. Je rücksichtsloser von Anfang an Gründlichkeit demonstriert wurde, desto eher würde allen Mutanten und Bastarden klar werden, daß Widerstand gegen die vorrückenden Armeen Heldons nutzlos war. Auf diese Weise würde sich eine straff durchgeführte Politik totaler Vernichtung des Feindes auf lange Sicht als das barmherzigste Verfahren erweisen.

Die ganze Nacht hindurch brauste die Panzerabteilung ohne Aufenthalt durch das wellige Land westwärts auf Gormond zu, ohne nennenswertem Widerstand zu begegnen.

Feric hatte die Niederlegung aller Dörfer, Gehöfte und anderen Bauwerke entlang der Vormarschstraße angeordnet und darüber hinaus befohlen, alles borgravische Gesindel zu liquidieren, das dumm genug war, sein verderbtes Gesicht zu zeigen. Größtenteils bestanden die Siedlungen dieser Gegend aus verstreuten Einzelgehöften von ärmlichem Aussehen. Die meisten Häuser waren aus rohbehauenen Balken gefügt, deren Ritzen man mit Lehm oder Dung verschmiert hatte. Eine einzige Brandgranate war mehr als ausreichend, um eines dieser Gehöfte samt angebauten Schuppen und Scheunen in Flammen aufgehen zu lassen. Zuweilen eilten kleinwüchsig-gedrungene Gestalten Mistkäfern gleich aus den brennenden Hütten fort, um von einem Feuerstoß aus dem Maschinengewehr erledigt zu werden, zumeist ergriffen die Borgravier jedoch rechtzeitig vor dem Eintreffen der Panzerkolonne die Flucht, so daß es den Aufräumungsaktionen der nachfolgenden Truppenteile überlassen bleiben mußte, sie zusammenzutreiben. Selbst die gelegentlichen Dörfer, die die Kolonne auf ihrem Vormarsch berührte, lagen verlassen und unverteidigt, so daß die Panzerabteilung eine breite Bahn totaler Zerstörung durch das Land legen konnte, ohne ihren Munitionsvorrat zu erschöpfen.

Ungefähr eine Stunde vor Sonnenaufgang machte Feric ein rötliches Glühen am Westhorizont aus, das wie ein weit entfernter Flächenbrand zu flackern schien.

»Sehen Sie, Best«, sagte er. »Das muß Gormond sein!«

»Unsere Stukas zeigen den Strolchen, was eine Harke ist.«

Nicht viel später war undeutlich das ferne Grollen von Explosionen zu hören, und als die Sonne aufgegangen war, hatte das Grollen sich zu rollendem Donner verstärkt, und man sah deutlich die Explosionsblitze detonierender Bomben vor der rauchigen Glut der Flächenbrände. Feric glaubte sogar einzelne Flugzeuge auszumachen, wie sie mit ihrer Bombenlast heulend auf die brennende Stadt herabstießen.

Plötzlich zeigte Best nach Nordwesten. »Dort drüben, mein Führer«, sagte er. »Ich glaube, das ist die borgravische Armee.«

Über die weite Fläche verstreut, welche die heldonische Panzerabteilung von Gormond trennte, war etwas wie ein graues Gesprenkel in der dürftigen graugrünen Landschaft zu erkennen; dies war anscheinend die borgravische Armee, die sich versammelt hatte, um dem Vormarsch der Helder Widerstand zu leisten.

Wie um diese Beobachtung zu bekräftigen, blitzten inmitten dieses grauen Abschaums die Mündungsfeuer einiger Geschütze auf, und Augenblicke später explodierte ein halbes Dutzend Granaten harmlos annähernd tausend Meter vor der Panzerabteilung. Deren Richtkanoniere dachten nicht daran, Munition zu vergeuden, indem sie aus dieser Distanz das Feuer erwiderten. Feric schaltete mit einem Daumendruck sein Kehlkopfmikrophon ein und rief über Funk den Geschwaderchef der über Gormond kreisenden Luftstreitkräfte.

»Hier spricht der Oberste Feldherr. Kommandieren Sie zwei Staffeln Ihrer Maschinen zur Bekämpfung der borgravischen Truppen östlich der Stadt ab.«

»Sofort, mein Führer! Heil Jaggar!«

So kam es, daß zu der Zeit, als das graue Gesprenkel als eine jämmerliche Ansammlung borgravischer Bastarde in stumpfgrauen Uniformen erkennbar wurde, die in ungeordneten Linien das Vorfeld der Stadt sicherten, bereits vierundzwanzig schnelle schwarze Kampfmaschinen auf den Feind niederstießen und das Gesindel mit unablässigem Maschinengewehrfeuer niederhielten und zerfetzten. Wie gewaltige metallene Adler stiegen die Flugzeuge auf, zogen ihre Kreise und stießen wieder herab, Hunderte der mutierten Feiglinge niedermähend, als sie in Panik davonrannten, und mit ihren Bomben die wenigen schwerfälligen alten Dampfkampfwagen, deren die Borgravier sich rühmen konnten, in zerfetzte rauchende Wracks verwandelnd. Es war eine großartige und erhebende Leistung.

Nun gab Feric der Panzerabteilung das Feuer frei und ließ sie in Gefechtsformation ausfächern. Donner erschütterte seinen Panzer, als die Kanone feuerte, Granaten pfiffen über ihn hinweg, und ein Wald von Explosionen erhob sich in den Linien der Borgravier. Wieder und immer wieder feuerten die Panzer Salven hochexplosiver Granaten in das undisziplinierte Gesindel, während die Flugzeuge fortfuhren, die Mutanten mit ihren

Maschinengewehren zu beschießen. Dann brachen die Panzer in die Abwehrstellungen der borgravischen Armee ein, soweit sie diese Bezeichnung überhaupt verdiente.

Ein weitläufiges und unordentliches Labyrinth von Gräben und Schützenlöchern war hastig in die Ebene vor der Hauptstadt gegraben worden; zwischen diesen primitiven und lächerlichen Befestigungen hatte man beinahe nach Gutdünken Stacheldrahtsperren gezogen. Die gesamte Fläche war zernarbt von Hunderten von Bomben- und Granattrichtern; stechender Pulverrauch hing in gelbgrauen Schwaden über dem Schlachtfeld. Allenthalben waren Trümmer zerschlagenen Kriegsmaterials zu sehen — zerschossene Haubitzen, ausgebrannte Reste zerbombter Dampfpanzerwagen, zerbrochene Gewehre und verbogene Maschinengewehre —, und überall lagen die blutigen und zerrissenen Reste der verschiedensten abstoßenden Mutanten in grauen Uniformen.

»Kaum etwas übrig, womit abzugeben sich lohnte, mein Führer«, bemerkte Best mit einer gewissen Enttäuschung.

Dies war ein wenig übertrieben, denn aus den Deckungen von Gräben, Schützenlöchern, Kratern und Unterständen feuerten Papageiengesichter, Blauhäute, Krötenmänner, Zwerge und andere Geschöpfe mit jeder nur denkbaren genetischen Deformation ihre Gewehre vergeblich auf die anrollenden Panzer ab, so daß die Kugeln zeitweilig wie große Hagelschloßen gegen die Panzerplatten prasselten.

Feric hielt den Daumen auf dem Feuerkopf seiner Maschinenpistole und deckte alles, was sich in seinem Feuerbereich in der Deckung von Gräben und Granattrichtern regte, mit tödlichen Garben ein. Die Panzerketten walzten einen Stacheldrahtverhau nieder und zermalmten ein Papageiengesicht, einen buckligen Zwerg und eine Blauhaut, die hinter einer zerschossenen Geschützlafette kauerten. »Maschinengewehre einsetzen!« befahl Feric über Funk den Panzerkommandanten. »Kanonen feuern mit Brandgranaten nur auf größere Ansammlungen!«

Die weit ausgefächerten und in mehreren Wellen aufeinanderfolgenden Panzer überrollten das primitive borgravische Stellungssystem mit der Unaufhaltsamkeit einer Naturgewalt, zermalmten Stacheldrahtverhaue, Gräben, Schützenlöcher und Borgravier unter den massiven stählernen Laufketten. Da und dort feuerten die Kanonen Phosphorgranaten in flüchtende Trupps des Mutantengesindels. Hunderte der mißgestalteten Kreaturen rannten und krochen mit brennenden Uniformen wie von Sinnen in alle Richtungen. Immer häufiger sprangen die demoralisierten Borgravier vor den heranrollenden Panzern aus ihren Deckungslöchern, warfen ihre Waffen weg und suchten in feiger Panik das Weite, nur um von Maschinengewehren niedergemäht und von den Panzerketten zu Brei zermahlen zu werden.

Das Panzerkorps rollte über die Ebene auf Gormond zu und trieb die Reste der zersprengten borgravischen Armee vor sich her; eine geschlossene Formation schwarzer Ungetüme mit flatternden Hakenkreuzwimpeln, die alles pulverisierte, was sich ihr in den Weg stellte, nichts als Rauch, Verwüstung und tote Gegner zurücklassend.

»Welch ein großartiger Anblick, Best!« rief Feric aus. »Können Sie sich vorstellen, welche Wirkung dies in Vetonia und Husak haben wird?«

»Vielleicht werden diese Länder jetzt kapitulieren, ohne an Widerstand zu denken, mein Führer.«

»Kapitalution wird in diesem Krieg nicht geduldet!« sagte Feric. »Wir müssen ein Exempel statuieren.«

Kurze Zeit später erreichte die Panzerspitze die Außenbezirke von Gormond und drang in die Stadt ein. Viel war von der borgravischen Hauptstadt nicht übriggeblieben: schwelende Trümmerhaufen, da und dort belebt von lichterloh brennenden Gebäuden. Die Leichen von Mutanten und Bastarden waren allgegenwärtig, viele von ihnen bis zur Unkenntlichkeit verbrannt, aber allzu viele in schwer erträglicher Aufdringlichkeit die scheußlichste rassische Degeneration zur Schau stellend — winzige Spitzköpfe, lang herabbaumelnde Arme, fleckige Haut von bläulicher, bräunlicher oder sogar purpurner Farbe, widerwärtige haarige Buckel, chitinartige Schädel und grotesk deformierte, hauerartig vorstoßende Zahnreihen, Mißbildungen der Gliedmaßen von jeder nur denkbaren Art —, mit einem Wort, ein ekelerregendes Sortiment deformierter und zerstörter Erbanlagen.

Als die Panzer durch diesen brennenden Abfallhaufen genetischen Unrats brausten, gelegentlich ein intakt gebliebenes Gebäude mit ihrer Artillerie zerstörend oder eine Rotte grotesker Überlebender mit ihren Maschinengewehren niedermähend, kehrten Ferics Gedanken in die schreckliche Zeit seines Exils zurück, als diese stinkenden Höhlen von abscheulichem Ungeziefer gewimmelt hatten, das jeden seiner wachen Augenblicke zu einer Beleidigung seines Menschseins gemacht hatte.

Festino -80-

Eine Blauhaut sprang von einem Trümmerhaufen zum nächsten, und Feric durchsiebte sie mit einem Feuerstoß des Maschinengewehrs. »Wieder ein Sack verdorbener Chromosomen weniger!« rief er aus. »Best, Sie können sich nicht vorstellen, welche persönliche Befriedigung es mir bereitet, diese stinkende Senkgrube endlich vom Angesicht der Erde zu vertilgen!«

Innerhalb einer Stunde hatte die Panzerabteilung in weit auseinandergezogener Gefechtsformation das Ruinenfeld von Gormond durchquert und alle gebotene Aufmerksamkeit darauf verwandt, daß nicht ein Gebäude stehenblieb, nicht eine verderbte Monstrosität überlebte, um aufs neue ihre unreine Art zu wekken.

Feric zweifelte nicht im mindesten daran, daß Remler und die SS ohne Einschränkung der Aufgabe gewachsen sein würden, das ehemalige Territorium Borgravia von seinen letzten verseuchten Elementen zu reinigen und für seine Eingliederung in den Herrschaftsbereich von Heldon vorzubereiten. Aber es war eine Sache der persönlichen Ehre, daß er selbst an der Spitze dieses Panzerkorps die Reinigung von Gormond bis zum letzten stinkenden Gebäude und dem letzten krankhaften Gen vollendete. Die Senkgrube, zu welcher der Schandvertrag von Karmak ihn für die Dauer so vieler Jahre verurteilt hatte, mußte durch reinigendes Feuer vom Antlitz der Erde getilgt werden, als hätte es sie niemals gegeben.

Und als die Panzerspitzen über die Ebenen weiter nach Westen vorstießen, Herden von flüchtenden Untermenschen wie Schweine vor sich hertreibend, blickte Feric durch das Periskop zurück und sah nichts als Feuer und eine gewaltige Rauchwolke, die sich hinter ihm, wo der Dunghaufen von Gormond gewesen war, brodelnd in den Himmel erhob.

»Ich frage mich, ob Sie die persönliche Befriedigung verstehen können, die ich empfinde, nachdem ich diesen Makel endlich vollständig von der Ehre meines Stammbaums entfernt habe, Best«, sagte er.

»Aber mein Führer, Ihre Fähigkeit, den Großen Knüppel von Held zu schwingen, ist ein klarer Beweis dafür, daß Ihr Stammbaum der beste der Welt ist!«

Feric lächelte. »Sie haben ganz recht«, sagte er. »Trotzdem habe ich irgendwie das Gefühl, daß eine persönliche Schande getilgt worden ist, und dies verdoppelt meine Freude über eine gründlich verrichtete Arbeit.«

Darauf nickte Best energisch. »Das kann ich nur zu gut nachempfinden, mein Führer!« rief er aus.

Die Sonne schien strahlend auf die klaren Wasser der Ulm, als Ferics frisch auf Hochglanz polierter schwarzer Kommandowagen, eskortiert von einer ebenso makellosen Motorradabteilung der SS, über die Ulmgarnbrücke in die Provinz Südulmland fuhr, die noch vor kaum einem halben Jahr die Pestilenz von Borgravia gewesen war. Bors Remler saß stolz an seiner Seite, denn schon in diesem frühen Stadium hatten der Fleiß und der Fanatismus der heldonischen Volksgenossen unter der Anleitung der SS wahre Wunder gewirkt, um den vormaligen genetischen Dunghaufen in eine gesunde, für die Besiedelung mit wahren Menschen geeignete Provinz umzuwandeln.

Die Grenzstadt, die einst als Pormi bekannt gewesen war und nun Neu-Ulmgarn hieß, befand sich in einem Prozeß völliger Umgestaltung. Heldonische Pioniere hatten die elenden Hütten und Schuppen der borgravischen Stadt vollständig eingeebnet und nach den Plänen berufener Architekten neue Straßen abgesteckt, die Betonfahrbahnen erhielten und ein fantasievolles Gittermuster mit einer Serie von diagonalen Alleen bildeten, die von großen runden Plätzen ausstrahlten. Zahlreiche Neubauten waren im Entstehen. Die öffentlichen Gebäude wurden aus schwarzem Naturstein oder rosageädertem Marmor errichtet, von klassischer Formvollendung und eindrucksvollen Dimensionen, ausgeschmückt mit bronzenen Fliesen und heroischen Statuen, in welchen das Thema der Kontinuität zwischen den Helden der Vergangenheit und den größeren Helden des Hakenkreuzes vorherrschte. Die Wohn- und Geschäftshäuser sollten aus glasierten Ziegeln in verschiedenen Abtönungen und vorzugsweise in Fachwerkkonstruktion mit kunstvoll geschnitztem Balkenwerk errichtet werden. Neu-Ulmgarn wurde bereits von mehreren hundert Kolonisten bewohnt. Diese säumten gemeinsam mit den Trupps der Bauarbeiter die Straßen der halbfertigen Modellstadt, schwenkten kleine Hakenkreuzwimpel aus Papier, jubelten, hoben ihre Arme zum Parteigruß und riefen immer wieder »Heil Jaggar!«, als Ferics Wagen vorüberrollte.

Feric lächelte erfreut, als er aufrecht im Fond des offenen Wagens stand und die Begrüßung erwiderte. Nachdem er gerade von einer triumphalen Rundfahrt durch das Westland zurückgekehrt war, der neuen Provinz, die noch vor einem Monat Vetonia gewesen war, war er sehr genau über den günstigen Kriegsverlauf im Bilde. Die Heeresgruppen Süd und Nord hatten sich drei Wochen nach dem Beginn des Feldzugs vereinigt, eine volle Woche vor dem planmäßigen Termin, hatten die vetonische Armee innerhalb von drei Tagen zerschmettert und dann die Hauptstadt Barthag mit Waffings neuentwickelten Lenkraketen vollständig zerstört. Dies hatte den vollständigen Zusammenbruch Vetonias zur Folge gehabt, dessen Bewohner daraufhin in hellen Scharen in die südlichen Wildnisse oder nach Husak geflohen waren. Gegenwärtig führte Waffing die vereinigten Heeresgruppen gegen Kolchak, die Hauptstadt Husaks, mit deren Fall in wenigen Tagen gerechnet wurde. Mit der Zerstörung Kolchaks würde der Krieg seinen erfolgreichen Abschluß gefunden haben, und alles, was zu tun bliebe, würde die Reinigung der eroberten Länder und ihre Besiedelung mit wahren Menschen sein.

Und hier erblickte er den unwiderleglichen Beweis der Energie, des Fleißes und der Ordnungsliebe, mit denen die heldonischen Volksgenossen, angeleitet von der SS, erobertes Land reinigen und für die Eingliederung in das Staatsgebiet von Heldon bereitmachen konnten.

Als der Konvoi weiterfuhr und offenes Land erreichte, wandte Remler sich mit einem Ausdruck leichter Unsicherheit und Sorge zu Feric. »Mein Führer«, sagte er, »ich habe mir die Freiheit genommen, dem Fahrer Anweisung zu geben, daß er uns in ein nahegelegenes Registrierungslager fährt. Wir haben ein kleines Problem, das Ihrer persönlichen Entscheidung bedarf, und ich denke, Sie sollten ein borgravisches Lager sehen, bevor Sie handeln.«

Feric nickte ein wenig abwesend, denn seine Gedanken waren noch mit dem Fleiß und dem Einfallsreichtum der Helder beschäftigt, die auch hier auf dem Lande deutlich in Erscheinung traten. Die Straßendecke war jetzt harter grauer Beton anstelle des borgravischen Schlammes und Staubes. Da und dort zierten schmucke Bauerngehöfte in stilvoller und widerstandsfähiger heldonischer Holzbauweise die Landschaft, und Siedler bearbeiteten den neugewonnenen Boden. Ferics Konvoi folgte der neu ausgebauten Landstraße mehr als dreißig Kilometer weit durch eine Landschaft, die schon jetzt mehr wie ein Teil Heldons als ein solcher Borgravias wirkte.

In der Tat war von den früheren bastardisierten Bewohnern Borgravias nichts zu sehen, bis der Konvoi sich einem der großen Registrierungslager näherte, die überall in der Provinz Süd-Ulmland errichtet worden waren, sorgfältig abgesondert von den Zentren menschlicher Besiedelung.

Dieses Lager, typisch für diejenigen, die innerhalb kürzester Frist in den besetzten Gebieten errichtet worden waren, hatte eine bei weitem größere Ausdehnung als die nach gleichen Gesichtspunkten angelegten heldonischen Überprüfungslager, denn man hatte es hier mit anderen Größenordnungen zu tun. Allein in diesem Lager waren annähernd hunderttausend Borgravier zusammengefaßt. Sie bewohnten eine ausgedehnte, in Blocks unterteilte und von Straßen durchzogene Barackenstadt, die von einem elektrifizierten Stacheldrahtzaun ganz umgeben war.

Als der Fahrer des Kommandowagens vor dem hohen Zaun hielt, bot sich Feric ein Anblick, wie er ihn abstoßender kaum jemals zu Gesicht bekommen hatte. Hinter dem Stacheldraht zusammengepfercht war eine scheinbar unübersehbare Menge grotesker Kreaturen, die jeder übelkeiterregenden Beschreibung spotteten. Tausende von Papageiengesichtern klapperten mit ihren schnabelartig deformierten Kiefern. Bucklige Zwerge von jeder Spielart eilten gleich Herden von Monsterkrabben umher. Langarme mit verkümmerten Beinen bewegten sich wie Affen auf allen vieren durch das Gedränge. Es gab keine Hautfarbe, keine Deformation oder Hautkrankheit, die nicht vertreten war. Spitzköpfe standen Schulter an Schulter mit abscheulichen Krötenmenschen. Damit nicht genug, waren überall Kot, Abfälle und Schmutz sichtbar, und ein unbeschreiblicher Gestank hing über dem Lager.

»Ich wollte Sie zuerst mit der Realität des Problems vertraut machen, mein Führer«, sagte Remler. »Wir haben alle Borgravier zusammengetrieben, und die SS hat sich der Aufgabe, sie in den Lagern zusammenzufassen, ohne weiteres gewachsen gezeigt. Außerdem bereitet die Auslese kaum Schwierigkeiten; selbst ein Blinder hätte keine Mühe, das wahre menschliche Erbgut von dem genetischen Abfall zu unterscheiden, so lange er fühlen und riechen kann. Aber was sollen wir mit all diesen schmutzigen Mutanten und Bastarden anfangen? Allein in den borgravischen Lagern halten wir einige Millionen von ihnen fest, und in den anderen eroberten Provinzen ist die Situation nicht besser.«

Jenseits des Stacheldrahts stocherten Papageiengesichter, Blauhüte, Krötenmenschen und alle Arten von anderen Monstrositäten mit den Fingern in Unrat und Dung, um eßbare Brokken zu finden, die sie gierig in den Mund schoben. Feric kämpfte mit aufsteigender Übelkeit.

»Es ist offensichtlich, daß sie alle sterilisiert und dann in die unbewohnten Ödländer und Wildnisse exiliert werden müssen«, sagte er.

»Aber mein Führer, was soll Millionen der armen Teufel daran hindern, einfach zu ihren früheren Wohnsitzen zurückzuwandern? Sie haben gesehen, welche Wunder wir hier gewirkt haben; in ein paar Monaten wird dieses Land nicht mehr von den übrigen Provinzen Heldons zu unterscheiden sein. Wie aber soll das bewerkstelligt werden, wenn Scharen verarmter Mutanten vagabundierend das Land durchziehen?«

Es ließ sich nicht leugnen, daß Remler hier einen wesentlichen Punkt angesprochen hatte. Welch ein Gegensatz zwischen der zivilisierten Atmosphäre von Neu-Ulmgarn und der umgebenden Landschaft auf der einen Seite und dem verwahrlosten heruntergekommenen Zustand, in dem dieselbe Gegend sich befunden hatte, als das hinter dem Stacheldraht gefangene Geschmeiß sie bevölkerte, auf der anderen Seite! Wie sollte es möglich sein, Helder zur Besiedelung der neuen Provinzen zu finden, wenn sie an jeder Ecke mit dem widerwärtigen Anblick degenerierten Ungeziefers konfrontiert würden?

»Vielleicht würde es besser sein, die Kreaturen für die Dauer ihrer Lebensspannen in den Lagern festzuhalten«, sagte Feric, als ein stumpf blickender Krötenmann keine zehn Schritte vom Wagen entfernt die Hosen herunterließ und ungeniert defäkierte.

»Das war auch meine Überlegung, mein Führer«, erwiderte Remler. »Aber die Kosten der Verpflegung, Bekleidung und Unterbringung von Millionen solcher unnützer Esser über Jahrzehnte hinweg entziehen sich der Vorstellung. Und zu welchem sinnvollen Zweck?«

»Ich sehe, worauf Sie hinauswollen«, sagte Feric. »Ich weiß aus meiner eigenen Erfahrung unter den Borgraviern, daß fast alle ein primitives Leben in Schmutz und großem Elend führen; sie sind genetisch unfähig zu etwas Besserem. Ohne Zweifel würde die Euthanasie ein humaner Dienst an den armen Teufeln sein, wie sie auch für uns die pragmatischste Lösung wäre. Aber ich muß absolut darauf bestehen, daß die Aktion mit einem Minimum an Schmerz für die Betroffenen und so effizient und kostensparend wie möglich durchgeführt wird.«

»Selbstverständlich, mein Führer!« sagte Remler. »SS-Wissenschaftler haben ein Gas entwickelt, welches den Euthanasiepatienten zunächst vom Bewußtsein und dann von den Vitalfunktionen erlöst, ohne daß eine Spur von Unbehagen oder Unwohlsein empfunden wird, von Schmerz gar nicht zu reden. Außerdem ist es schon in sehr kleinen Dosen wirksam und läßt sich ohne allzu hohe Kosten herstellen. Wir könnten die Insassen sämtlicher Lager in den neuen Territorien in dieser Art und Weise zu etwa den gleichen Kosten behandeln, wie sie uns bei Aufrechterhaltung der Lager in der gegenwärtigen Form in sechs Wochen entstehen.«

Der Gestank der zusammengedrängten Borgravier bedrängte Ferics Nase wie das Miasma eines unvorstellbar großen Misthaufens. Unleugbar war das von Remler vorgeschlagene Programm die praktischste Art und Weise, um mit den früheren Bewohnern der neuen Territorien zu verfahren; man konnte kaum erwarten, daß das Volk von Heldon jahrzehntelang ungeheure Summen für die Versorgung dieser elenden Monstrositäten ausgab, und solche Kreaturen in von Menschen bewohnten Gebieten frei herumlaufen zu lassen, war ebenso undenkbar. Schließlich hatten diese armen Geschöpfe sicherlich ein Recht darauf, daß die biologisch höherwertige Nachfolgerasse, die sie im Einklang mit den Gesetzen der Natur verdrängt hatte, ihrem Elend ein möglichst rasches und schmerzloses Ende bereitete, statt sie im eigenen Unrat verrotten zu lassen. In dieser Frage deckten sich die Forderungen des Pragmatismus mit denen absoluter Moral. Die humanitäre Pflicht des heldonischen Volkes war identisch mit der ökonomischen Notwendigkeit.

»Sehr gut, Remler«, sagte Feric. »Sie werden die notwendigen Voraussetzungen schaffen und die Behandlung der Lagerinsassen innerhalb von zwei Monaten zum Abschluß bringen.«

»Innerhalb von sechs Wochen, mein Führer!« versprach Remler inbrünstig.

»Sie machen dem Hakenkreuz Ehre!« rief Feric aus.

Obwohl ihm durchaus klar war, daß der Kampf um die Erhaltung des wahren menschlichen Genotyps nicht gewonnen war, solange die Dominatoren über die Weiten von Zind herrschten, fühlte Feric, daß die Bevölkerung von Heldon ein Fest mehr als verdient hatte. Darum bestimmte er eine Woche nachdem der Fall von Kolchak den endgültigen Sieg des Hakenkreuzes über den letzten verbliebenen Bastardstaat im Westen vollendet hatte, einen Tag zum Nationalfeiertag.

Im gesamten Machtbereich Heldons wurden Parteiversammlungen und Aufmärsche geplant; in Heldheim aber beschloß Feric das größte und begeisterndste Schauspiel aller Zeiten zu inszenieren, das zur Erbauung und Inspiration aller Volksgenossen über Fernsehen bis in die entferntesten Winkel der vergrößerten Nation ausgestrahlt werden sollte.

Auf offenem Feld vor der Stadt war eine gewaltige Tribüne errichtet worden. Als die Sonne zum Westhorizont sank, bot dieses Bauwerk schon für sich einen großartigen Anblick für die Hunderttausende von Heldern, die sich auf dem freien Feld versammelt hatten, so weit das Auge reichte. Die Tribüne war als eine Serie von Zylindern mit kontinuierlich abnehmenden Durchmessern errichtet, einer auf dem andern. Die Basis des Turmes war eine kreisförmige Tribüne, auf deren fünfzehn Meter hinaufreichenden Rängen tausend SS-Leute standen, die Elite der Elite: keiner unter einem Meter neunzig groß, alle blond und blauäugig und gekleidet in makellose schwarze Lederuniformen, deren hochglanzpolierte verchromte Knöpfe das Licht der untergehenden Sonne wie mit tausend Facetten in orangefarbenen Blitzen widerspiegelten. Jeder dieser Übermenschen hielt eine brennende Fackel, deren Feuerbrand zur Farbe ihrer Hakenkreuzumhänge paßte. Auf dieser gigantischen Rundtribüne erhob sich ein kleinerer Zylinder, drapiert mit Hakenkreuzfahnen, auf dem Waffing, Best, Bogel und Remler als die führenden Funktionäre der Partei standen, in ihren schwarzen Uniformen prächtig anzusehen. Von dieser Ebene ragte ein hoher dünner Zylinder auf, auch er mit scharlachrotem Fahnentuch umkleidet und volle fünfzehn Meter hoch. Auf seiner Spitze stand Feric in heroischem schwarzem Leder und scharlachrotem Umhang, den Großen Knüppel von Held am breiten Ledergürtel. Eine verborgene, rötlich-getönte Lichtquelle strahlte ihn von unten an, so daß er einer heroischen Bronzefigur glich, als er dort oben stand und aus vierzig Metern Höhe auf das unübersehbare Heer seiner Anhänger herabblickte.

Über die weite Fläche eines fackelgesäumten Aufmarschplatzes hinweg, der im Zentrum einer langen, schnurgerade die Zuschauermenge zerteilenden Paradestrecke lag, stand Feric einem enormen hölzernen Hakenkreuz von fünfzig Metern Höhe gegenüber.

Genau in dem Augenblick, als der untere Rand der Sonnenscheibe den westlichen Horizont berührte und das Land mit rotem Glutschein überhauchte, sausten zwanzig schwarze Kampfflugzeuge keine zweihundert Meter hoch über den Aufmarschplatz hinweg; der verhallende Donner ihres Vorbeiflugs verschmolz mit den mächtigen Hochrufen der Menge. Auf dieses spektakuläre Signal hin ging das riesenhafte Hakenkreuz mit einem explosiven Brüllen, das die Zuschauer bis ins Innerste erbeben ließ, in Flammen auf.

Noch über die Fläche des Aufmarschplatzes hinweg konnte Feric die ausstrahlende Wärme dieses ruhmreichen Symbols fühlen. Gleichzeitig begann die große Parade mit fünftausend schimmernden schwarzen Motorrädern, die in präzisen Formationen an der Tribüne vorbeizogen, geschmückt mit im Fahrtwind flatternden Hakenkreuzfahnen. Als die Reihen der Motorräder in schwarz-weiß-roter Glorie tief unter ihm die Tribüne passierten, hoben die SS-Männer die gestreckten Arme im Parteigruß und riefen »Heil Jaggar!« so daß sich von Ferics Gesichtspunkt aus das Bild einer kontinuierlichen stehenden Welle von grüßenden Armen und ein rollender Donner von Heilrufen ergab, der mit dem Brüllen von fünftausend Motoren verschmolz, um die Hügel und Täler erzittern zu machen.

Feric beantwortete diese erhebende Ovation mit dem Parteigruß, den er jedesmal erneuerte, wenn eine weitere Formation die Tribüne passierte, so daß jede SS-Motorradabteilung ihre persönliche Anerkennung vom Oberkommandierenden empfing.

Auf die Motorradabteilungen folgte eine Formation von zweihundert Panzern, die in exakt ausgerichteten Zehnerreihen an der Tribüne vorbeidefilierten. Vor der Tribüne feuerten die Panzerkanonen Salutschüsse und erfüllten die Luft mit kontinuierlichen, weithin dröhnenden Salven und dem berauschenden Duft von Pulverrauch. Feric antwortete, indem er den Stahlkommandeur zog und die mächtige Waffe emporreckte, bis der letzte Panzer vorbeigerasselt und die letzte Salve von Salutschüssen über dem dämmernden Lande verhallt war. Der glänzende Schaft des Großen Knüppels von Held funkelte mit tausend eingefangenen Glanzlichtern vom riesigen brennenden Hakenkreuz auf der anderen Seite des Aufmarschplatzes.

Tief zu seinen Füßen sah Feric einen Ozean von Menschen, der sich bis zu den dunkelnden Horizonten erstreckte, eine jubelnde, rufende und winkende Menge, mitgerissen von der Glorie des Augenblicks. Bierfässer wurden angezapft, und hier und dort fanden sich Gruppen zu spontanen Volkstänzen zusammen. Tausende von provisorischen Fackeln wurden angezündet und wild in der Luft geschwenkt. Feuerwerkskörper wurden abgebrannt und trugen ihren Teil zur fröhlichen Volksfeststimmung bei.

Große Formationen regulärer Infanterie marschierten in ihren feldgrauen Uniformen vorbei und ließen den Boden unter den Tritten ihrer genagelten Stiefel erzittern. Der Lärm der feiernden Menge wurde zu einer spürbaren Kraft, die Feric mit jeder Faser seines Wesens fühlen konnte, eine hinreißende Mischung aus Jubel, Feuerwerk, Musik, Tanz, Motorengedröhn, marschierenden Kolonnen, Salutschüssen. Staffeln schnittiger Jagdmaschinen sausten durch den Abendhimmel, lange Schleppen aus blauem, grünem, rotem und gelbem Rauch ausstoßend.

Motorisierte Infanterie in geländegängigen Kettenfahrzeugen rasselte vorüber und feuerte ihre Maschinengewehre in die Luft. Ihnen folgten weitere Panzerabteilungen, die mit ihren Kanonen Salutschüsse abgaben. Feric war von der Glorie und Festlichkeit des Augenblicks ebenso mitgerissen wie der einfachste Helder. Wieder und immer wieder grüßte er seine vorbeiziehenden Truppen, den ausgestreckten Arm in nie erlahmender Disziplin und Präzision erhoben, bis ins Innerste verschmolzen mit der mystischen Kraft der Rasse, die über allem in der Luft lag, einer Kraft, die ihm aus der Inbrunst der riesigen Menge zuwuchs, aus der Macht der marschierenden Legionen, dem Triumph des Augenblicks und der leidenschaftlichen Glut, von der die Herzen aller Helder entflammt waren.

Jedesmal, wenn Feric seinen Arm zum Gruß ausstreckte, erreichte der übernatürliche Lärm ein neues Crescendo, einen neuen Höhepunkt aufbrandenden Jubels, der Ferics ganzes Wesen durchströmte und die Ekstase dieser Kommunion mit seinem Volk weiter steigerte, so daß sein nächster Gruß zu einer noch inbrünstigeren Geste wurde.

Nun rollte Waffings Stolz und Freude an der Tribüne vorüber: lange, schlanke, glatte, silbrige Raketen auf Anhängern, die von Lastwagen gezogen wurden, letzter und höchster Ausdruck heldonischen Potentials, fähig, mit Überschallgeschwindigkeit aus Hunderten von Kilometern Entfernung auf feindliche Ziele herabzustoßen. Diesen folgten Motorradabteilungen der Armee, die ihr Bestes taten, um ihre Waffenbrüder von der SS in schneidiger Disziplin zu übertreffen. Weitere Flugzeuge donnerten über die Tribüne hinweg und warfen Leuchtfallschirme, die den Nachthimmel in allen Farben des Regenbogens erhellten.

Sturmtruppen der SS in schwarzen Lederuniformen zogen im Parademarsch vorbei, die gestreckten Beine mit jedem Schritt bis in Kopfhöhe hochreißend und dann mit unglaublicher Wucht auf den Boden knallend, wozu sie die Arme in völliger Präzision zum Gruß erhoben und mit einem wilden Nachdruck, der beinahe übernatürlich schien, »Heil Jaggar!« brüllten.

Und so nahm die großartige Parade bis weit in die Nacht hinein ihren Fortgang, als die militärische Macht Heldons am großen Tribünenturm vorüberzog. Die Menge schien immer größer und immer inbrünstiger zu werden, als erschiene ganz Heldon auf eine mystische Art und Weise zu diesem glorreichen Anlaß.

Auf seinem mit Fahnentuch bespannten Denkmalssockel stand Feric aufrecht und unermüdlich, begrüßte jede vorbeimarschierende Formation mit disziplinierter Lebhaftigkeit und Teilnahme, die unvermindert anhielt, selbst als das erste Licht des Morgens über den östlichen Horizont zu leuchten begann. Sein ganzes Wesen war eingegangen in die ruhmreiche Apotheose der Rasse, die alle Helderherzen vereinte.

Einen Augenblick vor Sonnenaufgang zog Feric den Großen Knüppel von Held und reckte die große schimmernde Metallfaust, die sein Kopfstück war, dem Osthorizont entgegen. Als die aufgehende Sonne das blanke Metall aufleuchten ließ, stieg aus der unübersehbaren Menge ein titanischer, ekstatischer Jubel auf. Denn in diesem Augenblick schien es nur natürlich und passend, daß die Sonne selbst die Parade abschloß, wie sie sie am Abend zuvor eingeleitet hatte, und so ihrer eigenen unsterblichen Loyalität zur heiligen Sache des Hakenkreuzes Ausdruck verlieh.

12

Mit einem Gefühl tiefer Befriedigung und lebhafter Erwartung rief Feric seine Großkommandeure einen Monat nach dem Fall von Kolchak zu einer privaten Strategiediskussion in sein Quartier, denn die fanatische Entschlossenheit und heroische Selbstaufopferung des heldonischen Volkes hatte während der Zeit, die jeder wahre Mensch als zeitweiligen Frieden verstand, nicht für einen Augenblick nachgelassen.

Es gab nicht den geringsten Zweifel, daß Remler, Waffing und Bogel ein wohlerworbenes Recht auf das stolze Selbstbewußtsein hatten, das sie ausstrahlten, als sie mit Feric beim Bier saßen und darauf warteten, ihre Rechenschaftsberichte zu geben. Was den getreuen Best anging, so wußte er sich in tausend kleinen Dingen unentbehrlich zu machen.

»Nun, mein lieber Remler«, sagte Feric, stellte seinen Bierkrug ab und kam zur Sache, »fangen wir mit Ihnen an. Wie ist die Situation in den Registrierungslagern der neuen Territorien?«

»Die Insassen werden innerhalb der nächsten zwei Wochen alle behandelt sein, mein Führer«, sagte Remler. »Danach können wir die Lager schließen und unsere Kräfte auf positivere eugenische Projekte konzentrieren.«

»Ich hoffe, Sie vergeuden in Ihrer Eile, die Behandlung zu beschleunigen, kein gesundes genetisches Material, Remler«, sagte Feric. »Jeder rasseechte Mensch, der aus den Dunghaufen der vormaligen Mutantenstaaten gewonnen werden kann, ist ein potentieller Soldat unseres Landes.«

Remlers scharfgeschnittenes schmales Gesicht zeigte sich verletzt, beinahe indigniert. »Mein Führer«, versetzte er steif, »es ist mir eine Genugtuung, zu melden, daß wir aus den genetischen Abfallhaufen annähernd einhunderttausend wahre Menschen gelesen haben! Es ist uns sogar gelungen, einige Dutzend SS-Anwärter zu entdecken, so unwahrscheinlich das scheinen mag.«

»Gut gemacht!« rief Feric aus, beeindruckt von den Zahlen und bestrebt, seinen Skeptizismus wieder gutzumachen. »Sie haben mit dieser Behandlung wirklich Wunder gewirkt, Remler.«

»Mein Führer, die Behandlung ist ein unbedeutenderes Detail, verglichen mit den neuesten Leistungen der SS-Genetiker. Diesen Wissenschaftlern ist es gelungen, einen kompletten Satz aller genetischen Kriterien aufzubauen, die den Übermenschen der Zukunft charakterisieren werden. Diese Krone der Schöpfung wird bis zwei Meter zwanzig groß sein, mit heller Haut, blondem Haar, dem Körperbau griechischer Göttergestalten und einer durchschnittlichen Intelligenz, welche diejenige eines Genies unserer Tage übertreffen wird. Durch rigorose Zuchtwahl innerhalb der gegenwärtigen SS-Generation können die Anfänge einer solchen Herrenrasse bereits in drei Generationen in Erscheinung treten.«

Darauf hätten die anderen Großkommandeure vor Staunen fast den Mund aufgesperrt. »Fantastisch!« rief Feric aus. »Sobald wir einen ausreichenden Vorrat solcher reinrassigen Züchtungen haben, werden wir in der Lage sein, die gesamte Bevölkerung Heldons in einer einzigen Generation auf ein gottähnliches Niveau emporzuheben, einfach, indem wir die Zucht der SS-Übermenschen zu den alleinigen Erzeugern der nächsten Ernte heldonischer Sprößlinge machen.«

Remler konnte kaum an sich halten. »Genau, mein Führer!« rief er. »Aber die visionär Begabten unter unseren Wissenschaftlern glauben, daß sie auf dem Wege sind, etwas noch Besseres zu entwickeln: die Technik der Zellkernverschmelzung. Einer rasseechten Person, deren Stammbaum den höchsten Anforderungen genügt, wird eine Gewebeprobe entnommen. Da der genetische Kode dieser Person in jedem Zellkern vorhanden ist, kann er isoliert und in einem komplizierten Verfahren in ein befruchtetes menschliches Ei eingebracht werden, dessen ursprünglichen genetischen Kode man zuvor entfernt hat. So kann ein mit der Spenderperson identischer Nachkomme entweder im Mutterleib ausgetragen oder in einer Nährlösung herangezogen werden. Die Zufälligkeiten der sexuellen Reproduktion werden damit vollständig umgangen. Damit nicht genug, kann ein Spender ohne weiteres Hunderte, sogar Tausende identischer Nachkommen hervorbringen, vorausgesetzt, es stehen ausreichend befruchtete menschliche Eier zur Verfügung. Auf diesem Wege könnte die Herrenrasse innerhalb einer einzigen Generation Wirklichkeit werden! Die Forschung befindet sich gegenwärtig allerdings noch in einem frühen Stadium.«

Während dieser Erörterung hatte Waffing ungeduldig auf seinem Stuhl gerückt, mannhaft seinem Bierkrug zugesprochen und durch mancherlei Anzeichen zu erkennen gegeben, daß er darauf brannte, Remlers Leistungsbericht einen eigenen zur Seite zu stellen.

»Ich sehe, daß Sie am Platzen sind, Waffing, und nicht nur vom Bier«, sagte Feric lächelnd. »Geben Sie uns Ihren Bericht, bevor Sie explodieren.«

»Die Armee hat nicht gerade auf ihren Händen gesessen, während die SS Wunder wirkte«, sagte Waffing. »Wir holen aus den Arbeitern der Rüstungsindustrie Leistungen heraus, die zu glauben selbst mir schwerfällt, und die Wiederentdeckung der Kriegskünste der Alten durch unsere Wissenschaftler macht gewaltige Fortschritte. Unsere neuesten Panzer sind neben der üblichen Bewaffnung mit Kanone und Maschinengewehren mit Flammenwerfern ausgerüstet, die vernichtende Glutströme über hundert Meter weit schleudern können. Bald werden auch unsere neuen Düsenkampfflugzeuge einsatzbereit sein; diese Maschinen werden Geschwindigkeiten erreichen, welche diejenige des Schalls überbieten werden! Was die Produktionsziffern betrifft, so haben wir nun mehr als tausend Panzer und ebenso viele Flugzeuge, genug moderne Waffen und Ausrüstungen für eine Armee von einer Million Mann, sowie Berge von Munition. Sobald wir die Ölfelder des südwestlichen Zind in die Hand bekommen, werden auch unsere logistischen Probleme für alle Zeiten gelöst sein.«

Waffing hielt inne, um sich mit einem mächtigen Schluck Bier zu stärken und vielleicht auch, um die dramatische Wirkung zu verstärken. »Das Beste aber habe ich bis zuletzt aufgespart, mein Führer«, sagte er mit triumphierendem Lächeln. »Unsere Raketenbauer haben Geschosse entwickelt, die eine Nutzlast von drei Tonnen über eine Entfernung von sechstausend Kilometern auf den Feind werfen können. Ganz Zind liegt jetzt innerhalb unserer Reichweite.«

»Gut gemacht, Waffing!« rief Feric aus.

Wieder hob Waffing den Bierkrug an die Lippen, diesmal offensichtlich zur dramatischen Betonung, denn als er ihn vor sich niedersetzte, zeigte er ein breites und listig-selbstzufriedenes Lächeln.

»Und das ist erst die Hälfte, mein Führer!« sagte er. »Eine unserer Forschungsgruppen hat Techniken zur Gewinnung der legendären Bestandteile des Feuers der Alten entdeckt: angereichertes Uran, Plutonium und Schweres Wasser. Geben Sie uns noch einige Monate Zeit, und wir werden imstande sein, ganz Zind mit der fürchterlichsten Waffe der Alten vom Angesicht der Erde zu brennen — mit nuklearen Raketen!«

Es schien Feric, daß er in der vollkommenen Stille, die darauf folgte, das Rieseln von Staubteilchen durch die Luft hören könne.

Nukleare Waffen! Das Feuer der Alten, das die Erde verwüstet, die radioaktiven Wildnisse geschaffen, das Genreservoir verseucht und die Dominator-Mutation hervorgerufen hatte! Das Feuer war unmittelbar verantwortlich für die Verhältnisse, die zum Besseren zu wenden die heilige Pflicht aller wahren

Menschen war. Welch ein Wahnsinn, an die neuerliche Entfesselung dieser Kräfte zu denken! Ein fehlgeschlagenes Experiment, und die Reinigung des Genreservoirs könnte um Generationen zurückgeworfen werden. Was die Führung eines nuklearen Krieges betraf, so waren die Aussichten unausdenkbar! Wie konnte man die Erde mit demselben Feuer reinigen, das sie zuvor verseucht hatte?

Best und Bogel waren entgeistert, wie es sich für vernünftige Menschen geziemte, aber Remler hatte einen grimmigen, unergründlichen Ausdruck im Gesicht.

Endlich brach Feric die schreckliche Stille. »Waffing, ich verbiete ausdrücklich jede Forschung in dieser Richtung. Ein weiteres Mal dieses Feuer über die Welt zu bringen, ist undenkbar.«

Waffing öffnete den Mund zu einer Entgegnung, doch kam Remler ihm zuvor: »Für uns, mein Führer, aber nicht für die Doms.«

»Ich finde es schwierig zu glauben, daß irgend jemand — selbst Dominatoren — sich zu einer so abgrundtiefen Schlechtigkeit hergeben könnte«, stieß Feric hervor.

»Es ist allgemein bekannt, daß die Doms die Keimzellen ihrer Sklaven radioaktiver Strahlung aussetzen, um neue und immer scheußlichere Perversionen des menschlichen Genotyps zu züchten«, erklärte Remler.

Der Einwand war gut gewählt. Feric hatte wenig Hoffnung, daß Ungeheuer, die solcher schändlicher Obszönität fähig waren, von moralischen Skrupeln zurückgehalten würden, wenn es um den Einsatz nuklearer Waffen ginge. »Darin haben Sie natürlich recht«, sagte er leise. »Aber die eigentliche Frage ist wohl akademisch. Das technologische Niveau von Zind ist, gemessen an unserem Standard, primitiv. Diese Leute mögen radioaktives Material besitzen, aber sie sind außerstande, Nuklearwaffen zu konstruieren.«

»Vielleicht«, sagte Ramler unbehaglich. »Aber auf der anderen Seite gibt es einige recht beunruhigende Berichte aus Zind. Wir wissen, daß die Doms eine Sklavenexpedition ausgerüstet und tiefer in die östlichen Wildnisse haben vordringen lassen, als das je zuvor geschehen ist; diese Wildnisse sind derart verseucht, daß die eingesetzten Sklaven innerhalb weniger Monate qualvoll zugrunde gehen werden. Es muß dort etwas geben, was von großer Bedeutung für die Doms ist, daß sie soviel Protoplasma dafür aufwenden. Und es ist allgemein bekannt, daß in den Tagen der Alten viele Nuklearwaffen der gefährlichsten Art in Bunkern gelagert wurden, die über weite Gebiete verstreut waren.«

»Sicherlich werden die Nuklearwaffen der Alten auch heute nicht mehr einsatzfähig sein, selbst wenn die Dominatoren welche entdecken sollten«, sagte Feric.

»Ganz recht, mein Führer«, erwiderte Remler. »Vielleicht ist dies nur ein Verzweiflungsakt der Doms, denn sie müssen wissen, daß der Tag ihres Untergangs nahe bevorsteht.«

»Aber auf der anderen Seite«, sagte Waffing, »informieren meine Wissenschaftler mich, daß die spaltbaren Materialien der Nuklearwaffen eine Haltbarkeit von Jahrtausenden besitzen, und daß die Herstellung dieser geheimnisvollen Substanzen der schwierigste Aspekt des Baus nuklearer Waffen ist. Selbst die Dummköpfe von Zind könnten möglicherweise Nuklearwaffen der Alten erneuern, sollten solche entdeckt werden.«

Feric schwand der Mut, denn Waffings Logik war unwiderleglich. Wenn Zind die Waffen der Alten entdeckte, konnte es das Feuer wieder über die Welt bringen; und wenn die Doms das Feuer in die Hände bekämen, würden sie es gebrauchen. Dennoch bewahrte er seine absolute moralische Entschlossenheit, daß Heldon niemals die endgültige und irreparable Verseuchung des Genreservoirs durch ein Spiel mit dem Feuer riskieren dürfe. Es mußte einen Ausweg geben! Und ein plötzlicher Einfall kam ihm zu Hilfe.

»Nehmen wir das Schlimmste an, Waffing«, sagte er. »Wieviel Zeit würde Zind in einem solchen Fall nach vorsichtiger Schätzung benötigen, um ein Arsenal brauchbarer Nuklearwaffen aufzubauen?«

Waffing schob seinen Bierkrug eine Weile auf dem Tisch hin und her, während er nachdachte. »Wer weiß?« meinte er schließlich. »Sie müssen die Waffen der Alten finden, ihre Prinzipien ergründen und anschließend die technischen Vorrichtungen wie Zünder erneuern. Wenn wir Pech haben und sie Glück, könnten sie innerhalb von sechs Monaten im Besitz solcher funktionsfähiger Waffen sein.«

»Aber nicht innerhalb von zwei Wochen?«

»Das ist völlig unvorstellbar!«

Feric sprang auf und zog den Großen Knüppel von Held. »Sehr gut!« erklärte er. »Es ist entschieden! Bereit oder nicht, wir werden in den nächsten zehn Tagen mit allen unseren Kräften gegen Zind losschlagen und diesen Unrat vom Erdboden vertilgen, bevor die Frage des Feuers Aktualität erlangen kann!«

Augenblicklich waren auch Best, Bogel, Remler und selbst der beleibte Waffing auf den Beinen, die Bierkrüge in den Händen und Feuer in den Augen.

»Tod den Dominatoren!« rief Best.

»Auf den Endsieg!«

»Es lebe Heldon!« rief Bogel.

»Auf unseren glorreichen Führer Feric Jaggar!« brüllte Waffing, den Bierkrug in die Höhe hebend. Die anderen Großkommandeure stießen mit ihm an; alle riefen »Heil Jaggar!« und schütteten das Bier in sich hinein.

Feric aber fühlte sich von einer wilden Freude überkommen, die alle Zweifel hinwegspülte; nichts war so geeignet, einen Menschen oder ein Volk über sich selbst hinauswachsen zu lassen, wie ein Kampf um Leben und Tod. Er hob seinen Bierkrug und brachte einen weiteren Toast aus: »Auf die Kraft der Evolution! Auf Blut und Eisen und den totalen Sieg des Tüchtigsten!«

Angeführt von Waffing, brachen die Großkommandeure in spontane Hochrufe aus und zerschmetterten ihre Bierkrüge an der Wand.

Für Feric gab es nicht den geringsten Zweifel, daß der blitzartige Zugriff auf die großen Ölfelder im Südosten von Zind der Schlüssel zum Sieg war. Solange diese reichen Ölfelder in den Händen des Gegners blieben, würde die mächtige, hochmechanisierte Armee von Heldon innerhalb eines Monats uneingeschränkter Kriegführung aus Kraftstoffmangel liegenbleiben, während die frühzeitige Eroberung der Ölfelder Heldon befähigen würde, die Streitkräfte von Zind mit massivem Einsatz von Panzern und Flugzeugen zu zermalmen.

Unglücklicherweise mußte diese Situation den Doms ebenso offensichtlich sein wie jedem anderen. Daher blieb Feric kein anderer Weg offen als die Vortäuschung eines mit aller Kraft geführten Vorstoßes durch das nördliche Zind gegen die Hauptstadt Bora; wenn die Dominatoren überzeugt waren, daß die heldonische Strategie auf raschem Kriegsentscheid durch Überrollen des nördlichen Kernlandes von Zind und Einnahme der Hauptstadt beruhte, würden sie geneigt sein, die Hauptmasse ihrer Streitkräfte in einem Versuch, Bora zu schützen, im Norden zu binden. Eine zweite Heeresgruppe aus schnellen Panzer- und motorisierten Infanterieverbänden, unterstützt von den ersten Geschwadern der neuen Düsenmaschinen, könnte dann aus Neu-Ulmland nach Südosten vorstoßen und die Ölfelder erobern, ehe Zind eine wirksame Reaktion möglich sein würde.

Der Schlüssel zum Erfolg dieser Strategie lag in der Glaubwürdigkeit des heldonischen Vorstoßes auf Bora in den Augen der Doms; darum würde dieser ein Großangriff der Hauptmacht der Armee gegen das eigentliche Bollwerk des Feindes sein müssen. Schwere Verluste, Kämpfe von unglaublicher Erbitterung und harter Widerstand waren gewiß. Unter diesen Umständen würde eine spektakuläre Schaustellung von fanatischem Heroismus seitens der heldonischen Streitkräfte sicherlich erforderlich sein. Schon aus diesem Grund war Feric sich darüber im klaren, daß er selbst diesen großangelegten Scheinangriff würde führen müssen, während Waffing die Eroberung der Ölfelder überlassen bliebe. Seine auffällige Anwesenheit in der vordersten Front der auf Bora vordringenden Heeresgruppe würde ein übriges tun, um der Operation in den Augen der Herren von Zind das letzte Maß von Glaubwürdigkeit zu verleihen.

So ergab es sich, daß Feric, als das erste Licht des Morgens den Himmel über dem welligen Hügelland des östlichen Heldon zu erhellen begann, erwartungsvoll angespannt neben Best in seinem Befehlspanzer an der Spitze der größten Armee saß, die Heldon je ins Feld geführt hatte. Zweihundert Kilometer weiter nördlich überquerten zwei heldonische Panzerdivisionen zu dieser Stunde den Roul auf Pontonbrücken in der Nähe von Lumb. Diese verhältnismäßig kleine Streitmacht war um Hunderte von leeren Armeelastwagen zum Truppentransport verstärkt, um den Anschein einer viel größeren Armee zu erwecken; inzwischen würden die Doms überzeugt sein, daß der heldonische Hauptstoß durch Wolack erfolgen würde, und ihre Truppen nach Westen schicken, um dem Angriff zu begegnen. Indem sie den wirklichen Angriff zweihundert Kilometer weiter südlich durch den Rumpfstaat Malax führte, würde die heldonische Heeresgruppe daher in der Lage sein, den feindlichen Streitkräften hundertfünfzig oder mehr Kilometer tiefer in Zind selbst in die offene Südflanke zu fallen. Feric hoffte, daß dieses Täuschungsmanöver in einem Täuschungsmanöver seiner Strategie noch mehr Glaubwürdigkeit verleihen würde, während es gleichzeitig die Möglichkeit bot, den Krieg mit einem feinen Vorspiel und einer betäubenden Niederlage für Zind zu eröffnen.

»Zwei Minuten bis zur Stunde X, mein Führer!« sagte Best. Feric nickte und blickte auf zum offenen Turmluk des Befehlspanzers, hinter dem eine Armee aufmarschiert war, die sicherlich selbst den Alten Furcht und Schrecken eingeflößt haben würde.

Siebenhundert schnelle Panzer — die meisten von ihnen ausgerüstet mit den neuen Flammenwerfern — bildeten die eherne Spitze der Heeresgruppe. Sie wurde gefolgt und flankiert von zwei motorisierten SS-Divisionen mit bewaffneten Schützenpanzern und Spähwagen, denen drei Divisionen motorisierter Infanterie folgten. Vervollständigt wurde diese ganz motorisierte Vorhut der Heeresgruppe von zehn Batterien Artillerie auf Selbstfahrlafetten. Eine starke Luftflotte, die von sicheren Feldflugplätzen in Heldon operierte, würde beim ersten Zeichen ernsthaften Widerstandes die Luft mit stählernen Schwingen füllen. Der Rest der Heeresgruppe bestand aus einer Viertelmillion Soldaten verschiedener Waffengattungen, die den Angriffsspitzen auf breiter Front folgten, bereit, wenn nötig, in die Kämpfe einzugreifen und im übrigen beschäftigt mit der Säuberung und Sicherung des Hinterlandes. Feric hatte der Truppe befohlen, alle Gebäude, die nicht für eigene Zwecke benötigt wurden, dem Erdboden gleichzumachen und nichts am Leben zu lassen. Alles, was Zind war, sollte buchstäblich vom Angesicht der Erde getilgt werden!

»Eine Minute, mein Führer«, sagte Best, und in diesem Moment schob sich der bronzefarbene Rand der Sonne über den dunstigen Osthorizont, überhauchte die Zirruswolken mit rosigen und orangefarbenen Tönen und verlieh der grauen Einförmigkeit des Hügellandes plötzlich Farben, Tiefe und Struktur. Feric schloß das Turmluk, schnallte sich an, schaltete das Funkgerät ein und gab den Befehl zum Starten der Motoren. Das dumpfe Aufbrüllen Hunderter anspringender Panzermotoren ging unter im heulenden Donner immer neuer Wellen von Jagdbombern, die im Tiefflug über die Panzerspitzen hinwegrasten, dem Sonnenaufgang entgegen.

Best nickte Feric zu.

»Vorwärts!« rief Feric.

Best kuppelte ein, und mit einem mächtigen Ruck setzte sich der Befehlspanzer in Bewegung, um rasch Geschwindigkeit aufzunehmen. Die Erde erzitterte unter dem Gewicht der Panzermassen, die hinter und neben ihm vorwärtsbrausten. Weit im Osten stiegen auf breiter Front Fontänen roter Flammen und dikken schwarzen Rauches auf, als die Jagdbomber den kümmerlichen Grenzbefestigungen von Malax den Garaus machten. Erst mehrere Sekunden später war das anhaltende Rumpeln und Grollen des Bombardements durch den Lärm der Panzerketten, Motoren und Antriebsräder zu vernehmen.

Die Flugzeuge kreisten weiter über den zerbombten Stellungen, als Feric seine Panzertruppe über sanfte Bodenwellen und Senken vorwärtsführte, eine graubraune Staubwolke aufwirbelnd, die Hunderte von Metern in den Himmel stieg. So rasselte und dröhnte eine wahre Lawine von Männern und Stahl zur Grenze; es schien Feric, als rollte sie geradewegs auf eine Wand von Rauchwolken zu, die von den jähen Explosionsblitzen der Bombeneinschläge durchzuckt wurde.

Als die Panzerspitze noch etwa einen Kilometer von diesem schrecklichen Inferno entfernt war, drehten die Jagdbomber ab, und wieder war der Donner ihrer Triebwerke bis in die Bäuche der Panzer zu hören, als Staffel um Staffel nach Westen zurückflog, ihrer Bombenlast ledig.

Wenige Minuten später führte Feric seine Streitmacht über die Grenze von Malax und in eine unwirkliche Landschaft der Zerstörung.

»So mochte den Alten die Oberfläche des Mondes erschienen sein«, flüsterte Best.

Feric nickte. So weit das Auge reichte, war das Land von riesigen rauchenden Kratern zerrissen und zernarbt, bestreut mit scharfkantigen Trümmern von Felsgestein, Metall und Holz; jeder Quadratmeter Boden war aufgewühlt und nackt, als hätte ihn ein Riesenpflug für die Aussaat bereitet. Ein dichter Dunst von bitterem Rauch teilte der Luft einen chemischen Gestank mit und vervollständigte die unirdische Illusion. Was das Gesindel von Malax anging, so war außer einigen Stoffetzen und roten Schmierern hier und dort nichts mehr zu sehen.

»Die Luftwaffe hat wirklich ganze Arbeit geleistet«, sagte Best bewundernd.

»So ist es, Best«, sagte Feric. »In der Kriegführung ist ein neues Zeitalter angebrochen — blitzartige Vernichtungsschläge vom Himmel, dann ein unwiderstehliches Heranfluten von gepanzerter Macht. Die beiden kraftvollen Stahlfäuste Heldons, die in enger Koordination arbeiten.«

»Es scheint, daß eine Faust genügte, um mit Malax fertig zu werden, mein Führer!«

Feric schmunzelte, aber er wußte sehr wohl, daß die riesigen Horden von Zind nicht mit solcher Leichtigkeit davongefegt würden. Nicht lange, und die neue Art der Kriegführung, die er entwickelt hatte, sollte ernstlich auf die Probe gestellt werden. Er genoß die Vorstellung, die volle Gewalt seiner Streitkräfte zu Luft und zu Lande gegen die Macht von Zind einzusetzen, denn dies war ein Feind, welcher der immensen Zerstörungskraft, die ihm jetzt zu Gebote stand, würdiger war als Kleinstaaten wie Wolack oder Malax.

Der Vorstoß durch Malax, der auf keinerlei Widerstand stieß, wurde von Feric bald als ermüdende Plage empfunden. Es gab nichts zu sehen als einförmiges Hügelland, Waldgebiete aus entartetem Strahlungsdschungel, die immer zahlreicher und ausgedehnter wurden, als die Armee ostwärts vorrückte, kümmerliche Felder mit mutierten Getreidesorten, Einfriedungen, in denen verkrüppeltes, blindes Vieh stand, sechsbeinige Rinder und unförmig gedunsene Schweine, deren fleckige Haut mit widerwärtigen Abszessen und Geschwüren bedeckt war, und da und dort eine Ansammlung armseliger Lehmhütten. Organisierter Widerstand existierte nicht; tatsächlich ließ sich kaum ein Malaxier blicken, denn die Staubwolke der anrückenden Armee war genug, um die Bastarde die Flucht ergreifen zu lassen, lange bevor die ersten Panzer in Sicht kamen.

Der militärische Geheimdienst hatte Berichte erhalten, nach denen eine kleinere Streitmacht von Zind die östlichen Regionen Malax' besetzt hätte; diese Krieger sollten nach Ferics Vorsatz die ersten sein, die den Tatendurst löschen sollten, der in jeder Helderseele nach Stillung verlangte. Diese Truppen würden der gepanzerten Vorhut der Heeresgruppe nicht mehr als hinhaltenden Widerstand leisten können, aber wenigstens konnte man darauf zählen, daß sie nicht weichen und bis zum Tode kämpfen würden.

Daher war es einigermaßen überraschend, als der erste Kontakt mit den Streitkräften von Zind aus der Luft kam.

Die Panzerspitze war bis auf hundert Kilometer an die Grenze von Zind selbst herangekommen; der dichte Strahlungsdschungel nahm hier bereits größere Flächen ein als die verseuchten Wiesen und Felder der wenigen, sich kümmerlich durchbringenden Bewohner. Da es seit Wochen kaum geregnet hatte, ließ Feric einige der Dschungelgebiete entlang der Vormarschstraße mit

Flammenwerfern in Brand setzen, um diese ekligen Senkgruben genetischer Fäulnis auszumerzen. Während der folgenden Stunde sahen die Panzerbesatzungen alle Arten von Monstrositäten aus dem verseuchten Dschungel fliehen: große federlose Vögel mit krallenbewehrten Armen anstelle der Flügel und nässenden Karzinomen, wo ihre Schnäbel sein sollten, schlangenartig kriechende, hautlose Obszönitäten, die pulsierende Organe nachschleiften, mit eitrigen Geschwüren bedeckte Vierbeiner, deren Abstammungslinien auf Hunde und Schweine zurückgehen mochten, und ganze Rudel von kleinen Schreckensgestalten, die deformierte Wiesel, Marder, Ratten und Igel zu sein schienen, oder vielleicht bastardisierte Mischungen von ihnen allen.

Daher schien es kaum der Mühe wert, ein Aufhebens zu machen, als Best auf einige zwanzig dunkle Punkte zeigte, die vom östlichen Horizont herübergeflogen kamen. »Wahrscheinlich eine abscheulich mutierte Vogelart«, bemerkte Feric und achtete nicht weiter auf sie, denn sie schienen klein und langsam zu sein.

Doch wenige Minuten später erfuhr seine Perspektive eine jähe Veränderung: statt klein und langsam waren die Vögel schnell und groß, denn auf einmal waren sie über den Panzern der ersten Linie.

»Was für gräßliche Ungetüme!« rief Best aus. Und es war womöglich noch eine Untertreibung. Die Tiere bestanden hauptsächlich aus riesigen Schwingen von fünfzehn Metern Spannweite, aus schleimigglänzender, durchscheinender Haut, die straff über ein Rahmenwerk aus dünnen Knochen gespannt war. Unter diesen gewaltigen Flügeln hing ein beinahe verkümmerter Rumpf, auch er bedeckt mit schleimig glänzender, durchscheinender Haut, hinter der pulsierende innere Organe deutlich sichtbar waren. Sie hatten keine nennenswerten Köpfe oder anderen Anhängsel, ausgenommen zwei enorm aufgeblähte Hautsäcke, die scheußlich anzusehen auf beiden Seiten des dünnen Körpers hingen.

Als die Scheußlichkeiten in dicht aufgeschlossener Formation die Panzer überflogen, öffneten sich Schließmuskel in den Unterseiten der Säcke, und eine grüne Flüssigkeit begann auf die Panzer herabzuregnen. Als dieser ekelhafte Regen mit dem Stahl der Panzerplatten in Berührung kam, stiegen unter durchdringendem Zischen dichte Wolken eines üblen gelben Rauches vom Metall auf.

»Feuer frei!« rief Feric ins Mikrophon. Er stieß das Turmluk auf, brachte das Maschinengewehr in Anschlag und jagte einen langen Feuerstoß in eine der Scheußlichkeiten, so daß die schleimige Membrane der Flügel an vielen Stellen von Löchern zerfetzt wurde. Sofort geriet das Untier ins Taumeln, klappte zusammen, und die großen Säcke platzten auf wie Eiterpusteln und überschütteten einen der nachfolgenden Panzer mit einem Säureregen, bevor das Ding am Boden aufschlug und unter den Panzerketten der stählernen Armada zermalmt wurde. Der getroffene Panzer kam in einer enormen Wolke ätzend scharfen Rauches zum Stillstand und schien sich aufzulösen.

»Flammenwerfer einsetzen!« kommandierte Feric, während er fortfuhr, mit dem Maschinengewehr des Turms auf die Monstrositäten zu feuern, wobei er auf Kosten eines weiteren Panzers eine zweite herunterholte. Unterdessen waren andere Panzerbesatzungen seinem Beispiel gefolgt, und die Luft über der Panzertruppe belebte sich mit den einander vielfach kreuzenden Bahnen der Leuchtspurgeschosse; sechs weitere Hautflügler entleerten ihre Säcke und stürzten ab, doch wurden vier weitere Panzer getroffen und zerstört.

Einen Augenblick später schoß ein gewaltiger Feuerstrahl aus dem schwenkbaren Flammenwerfer im Turm von Ferics Panzer und erfaßte einen der Hautflügler mit einem Bad aus feurigem Petroleum. Das Ding schrumpelte zu einer verkohlten Masse zusammen, bevor es am Boden aufprallte, seine Säuresäcke zerplatzten unschädlich mitten in der Luft.

Nun setzten auch die Kommandanten der anderen Panzer ihre Flammenwerfer ein und erledigten sieben der großen Hautflügler, bevor die restlichen wie ein Schwarm Wildgänse alle gleichzeitig eine abrupte Schwenkung vollzogen, emporstiegen und nach Osten abdrehten, von wo sie gekommen waren.

»Mein Führer!« rief Best, mit dem Arm hoch in die Luft über die Formation der abziehenden Monstrositäten weisend. Hundertfünfzig Meter über ihnen war ein ähnlicher Hautflügler; doch durch den Feldstecher sah Feric, daß dieser anstelle der Säuresäcke eine Art Metallkorb umgeschnallt trug, in welchem eine humanoide Gestalt erkennbar war.

»Ein Dom!« rief Feric aus und reichte Best den Feldstecher. »Natürlich! Es mußte ein Dom in der Nähe sein, der die Bestien lenkte!« Er drückte mit den Daumen auf die Schalttaste eines Kehlkopfmikrophons: »Das über dem Schwarm fliegende Tier trägt einen Dom! Versuchen wir ihn abzuschießen, oder er entwischt uns!«

Im nächsten Augenblick erzitterte die Luft unter dem Krachen der Kanonen, und Granaten jaulten aus Dutzenden von Rohren, begleitet von einem Hagel ratternder Maschinengewehrgarben, die allesamt vergeblich waren. Das fliegende Ding mit dem Dom war außerhalb der Reichweite von Maschinengewehren, und da die Panzergranaten nicht mit Annäherungszündern ausgerüstet waren, mochte die Chance eines Treffers eine Million zu eins sein.

Als Feric die Vergeblichkeit erkannte, ließ er dieses gigantische Sperrfeuer einstellen, um keine weitere Munition zu vergeuden.

»Nun, wir haben viele von den Teufelsdingern heruntergeholt, mein Führer«, sagte Best ein wenig entmutigt, als die Hautflügler zu winzigen Punkten am Osthorizont schrumpften.

»Aber nicht das eine, das zählte, Best«, sagte Feric. »Zweifellos war dies mehr ein Erkundungsvorstoß als ein ernsthafter Angriff. Nun wird der Dom, der das Geschwader lenkte, in allen Einzelheiten über unsere anrückende Armee berichten.«

»Das wird die Kampfmoral der Doms kaum erhöhen«, meinte Best.

Das half Feric, seine Verärgerung zu überwinden. Best war ein guter Kampfgefährte; der Junge sah immer die positive Seite einer Situation.

Nach diesem Zwischenfall bestand keine Möglichkeit mehr, die Panzersoldaten und Grenadiere der Vorhut zur Wachsamkeit aufzurufen; alles war in höchster Alarmbereitschaft, als Feric die Sturmdivisionen ostwärts gegen die Grenzen von Zind führte. Mittlerweile mußten die feindlichen Streitkräfte im Grenzgebiet alarmiert und kampfbereit sein, und in spätestens einigen Stunden würden die Massenheere im Norden von der wahren Situation unterrichtet sein und nach Süden umschwenken. Eine gewaltige Schlacht bahnte sich an; es war wichtig, daß sie so weit nördlich wie möglich und tief im Innern von Zind stattfand.

Darum änderte Feric die Stoßrichtung ein wenig mehr nach Nordosten; sobald die Grenzverteidigung überrollt wäre, sollte es möglich sein, in der allgemeinen Marschrichtung auf Bora mehrere hundert Kilometer weit ins Landesinnere von Zind vorzustoßen, bevor die schwerfälligen Kriegerhorden verlegt werden und gegen den neuen Angreifer Front machen konnten. Um dieses Ziel zu erreichen, war es notwendig, die Grenzverteidigung rasch auszuschalten; jede Stunde Aufenthalt würde den Schauplatz der Entscheidungsschlacht entsprechend weit von der Hauptstadt nach Westen verlegen. Um nichts dem Zufall zu überlassen, forderte Feric fünfzig Jagdbomber für einen Luftschlag gegen die Grenzverteidigungen an, um der Panzerspitze den Weg nach Zind hinein mit den zerschmetterten Körpern und der zerfetzten Ausrüstung der Verteidiger zu pflastern.

Eine halbe Stunde später donnerten zehn V-Formationen schnittiger schwarzer Jagdbomber über die Panzertruppe hinweg, wackelte grüßend mit den Tragflächen, und brausten ostwärts über dicht mit Strahlungsdschungel bewachsene Hügel davon. Bevor die Maschinen hinter den Hügelkämmen außer Sicht kamen, durchschnitt plötzlich ein heulendes Pfeifen den rollenden Donner der sich entfernenden Geschwader, und keine dreihundert Meter vor den vordersten Panzern rissen Granateinschläge hohe Fontänen aus Erde und Rauch aus dem Boden.

»Zind-Artillerie!« sagte Best.

Feric stieß das Turmluk auf, suchte den Himmel ab und entdeckte einen winzigen schwarzen Punkt hoch in der Luft. Sofort rief er über Funk den Geschwaderchef der Jagdbomber. »Über uns ist ein Artilleriebeobachter der Zind! Schicken Sie eine Maschine zurück, daß sie ihn erledigt. Und lassen Sie eine weitere Maschine über den Stellungen des Gegners kreisen und die Richtwerte für unsere Kanoniere durchgeben.«

»Sofort, mein Führer!«

Eine weitere Salve detonierte vor den Panzern, diesmal nur noch etwa hundert Schritte voraus, da Feric von einer Verringerung der Geschwindigkeit nichts wissen wollte. Dann machte Feric tief über dem Horizont ein blitzendes Objekt aus, das in weitem Bogen von Osten her einschwenkte. Eine weitere Salve schlug vor der Panzerspitze ein, diesmal so nahe, daß sie Ferics Panzer mit einem Schauer von Steinen und Erdbrocken überschüttete. Das blitzende schwarze Objekt wuchs rapide zu einem heldonischen Jagdbomber; die Maschine zog aufwärts in die Sonne, um in einem eleganten und schnellen Bogen auf den feindlichen Flieger herabzustoßen. Feric sah die orangefarbenen Bahnen der Leuchtspurmunition; dann montierte der feindliche Flieger ab und fiel wie ein Stein aus dem Himmel. Der Jagdbomber kam im Tiefflug über die Panzertruppe, wackelte mit den Tragflächen und nahm wieder Kurs nach Osten.

Die nächste Artilleriesalve lag wieder weit vorn. »Die Zind-Richtschützen sind jetzt blind«, bemerkte Feric. »Wir erhöhen die Geschwindigkeit um zehn Stundenkilometer und weichen um fünf Grad nach Süden aus; dann werden sie auf Phantome feuern.«

Kurze Zeit später meldete sich der heldonische Artilleriebeobachter über Funk und gab Koordinaten durch. Hinter einem entfernten Höhenzug sah man jetzt Explosionsblitze den Himmel erhellen, und bald darauf wolkte schwarzer Rauch empor, als die Jagdbomber sich auf den Feind stürzten.

Dann schienen Himmel und Erde unter dem unglaublich massierten Donner von siebenhundert Panzergeschützen zu erzittern, die mit einem Feuerschlag antworteten. Die Salve war als ein blitzender stählerner Meteorschwarm sichtbar, der durch den Himmel ostwärts raste. Augenblicke später leuchtete der Horizont jenseits der Hügelkette in einer gewaltigen Aurora orangefarbenen Widerscheins auf, die in dichtem schwarzen Rauch verblaßte. Mit einiger Verzögerung war ein gewaltiges tiefes Grollen vernehmbar; es wurde augenblicklich ausgelöscht vom urweltlichen Gebrüll des nächsten Feuerschlags.

Indem sie beinahe jede Minute eine weitere Salve abfeuerte, jagte die auf eine Frontbreite von kaum einem Kilometer zusammengefaßte Panzertruppe mit einer Geschwindigkeit von nahezu fünfzig Stundenkilometern vorwärts durch den Strahlungsdschungel, fahles bläuliches Gras, verknäulte Stämme, schlangenartiges Geäst, Ranken und Laubwerk niederwalzend, eine unwiderstehliche Gewalt aus Feuer und Fleisch und Stahl, nach vorn Vernichtung ausspeiend und eine Bahn totaler Verwüstung hinterlassend. Bald überwand die Truppe den letzten Höhenzug; und plötzlich waren im Tal voraus die Krieger von Zind sichtbar. Furchtbare Verheerungen waren unter dieser Streitmacht angerichtet. Der gegenüberliegende Höhenzug war ein rauchender Schrottplatz aus zerfetzten und brennenden Panzerwagen und Kriegsfahrzeugen. Im Tal waren ungefähr zehntausend Krieger in langen Reihen aufgestellt gewesen, um den Angriff abzufangen. Die Masse dieser ekelhaften Kreaturen lag in blutige Fetzen zerrissen über die graue Mondlandschaft rauchender Bombenkrater und Granattrichter verstreut. Die meisten der Überlebenden drei Meter hohen Riesen rannten ziellos durcheinander, feuerten ihre Gewehre in die Luft, bespritzten sich und ihre Artgenossen mit scharfem gelbem Urin, grunzten, schnatterten und balgten sich, denn der Talboden war übersät mit den ausgebrannten und zerschossenen Resten von Dutzenden von Kampfwagen, deren Dom-Personal das Schicksal der zerrissenen Sklavenhorde teilte.

Ein letztes Quintett von Jagdbombern raste im Tiefflug heran, ließ seine Bombenlast auf eine Formation nackter muskelbepackter Krieger fallen, zog scharf aufwärts, während unter ihm die Explosionsblitze aufblühten, und ging im weiten Bogen auf Westkurs, um sich den anderen zu den Feldflugplätzen in Heldon zurückkehrenden Staffeln anzuschließen. Eine dieser letzten Bomben schlug unmittelbar neben einen der noch verbliebenen Kampfwagen ein und zerriß ihn und den Dom darauf in tausend Fetzen. Sofort löste sich die umgebende Kriegerformation auf und begann in individueller Willkür durcheinanderzulaufen, wobei die Riesen einander unaufhörlich anrempelten und mit wahllosem Gewehrfeuer dezimierten.

Als die Armada der Panzer auf ihrem unaufhaltsamen Vormarsch durch das Tal rollte, waren die Kanonen bereits auf Direktbeschuß ausgerichtet, und eine massierte Salve von Sprenggranaten blies Tausende der hirnlosen Riesen in die Luft, von wo sie als ein roter Regen aus Knochen und blutigen Fetzen wieder auf die Erde herabfielen. Zwei weitere vernichtende Salven wurden abgegeben; dann führte Feric seine Panzertruppe geradewegs in eine brodelnde Wolke aus Pulverrauch, Staub, Erdbrokken und Fleisch. Maschinengewehre eröffneten das Feuer mit dutzendfachem Geratter, und Flammenwerfer spien Ströme aus haftendem feurigem Petroleum auf den Feind.

Feric hatte den Daumen auf dem Feuerknopf des Maschinengewehrs und hielt ihn dort, während die tödliche Waffe in seinem Griff wie ein lebendiges Wesen stieß und bockte. Es hatte keinen Sinn, in diesem wogenden Chaos auf etwas zu zielen, denn plötzlich war der Panzer in einen See aus riesigen nackten Mutanten mit winzigen, praktisch gesichtslosen Köpfen und Gliedmaßen wie Baumstämmen eingetaucht. Diese Ungeheuer feuerten wild ihre Gewehre ab, schlugen mit riesigen Knüppeln auf alles ein, was in ihrer Reichweite war, grapschten blindlings nach ihren Artgenossen oder sogar nach den stählernen Leibern der Panzer, spuckten und sabberten. Es war wie eine Höllenfahrt durch eine Unterwelt voller erboster Dämonen.

Die unaufhaltsame Front der Panzer brach sich hinter einem Trommelfeuer von Maschinengewehren und zischenden Feuerstrahlen ihre Bahn durch diese Riesenherde von hirnlos tobendem, kotverklebtem Protoplasma. Krieger brannten wie Talgkerzen, kreischten, urinierten und setzten in ihrem Todeskampf die eigenen Kameraden in Brand, und in die Gerüche von Pulverrauch, heißem Metall, Abgasen, Staub und Öl mischte sich der süßliche Gestank verbrannten Fleisches. Wie Getreide unter der Sense des Schnitters fielen die widerwärtigen Kreaturen im massierten Maschinengewehrfeuer und wurden unter den stählernen Panzerketten der heldonischen Macht zu dünnem blutigem Brei zermahlen.

Fünf Minuten später hatte Ferics Panzer den jenseitigen Höhenzug erreicht, flankiert und gefolgt von der mächtigen Phalanx seiner Panzertruppe. Das Tal hinter ihnen war ein breiter, rauchender Graben, umgepflügt von Bomben und Granaten und angefüllt mit den zermalmten, zerrissenen und verbrannten Körpern Zehntausender Krieger. Für die Wellen der motorisierten Infanterie, die der Panzerspitze dichtauf folgten, gab es nichts mehr zu tun. Das zur Grenzverteidigung zusammengezogene Heer war von der überwältigenden Macht der Luftwaffe und der Panzertruppen Heldons in pulverisierte Knochen und stinkenden Brei verwandelt worden.

Best wandte den Kopf zu Feric und seine blauen Augen leuchteten. »Mein Führer«, sagte er, »dies ist der größte Augenblick in meinem Leben, an Ihrer Seite in dieser großartigen und glorreichen Schlacht gekämpft zu haben!«

Feric klopfte ihm auf die Schulter. »Dies ist nichts, verglichen mit dem, was vor uns liegt«, sagte er. Doch auch in seiner Seele vibrierte Freude bei dem Gedanken an die überlegene Manier, mit der die Heerscharen des Hakenkreuzes endlich in Zind eingefallen waren: im Gefolge eines glorreichen und vollständigen Triumphes.

Die Landschaft glich einem Alptraum. Weite Gebiete entarteter Strahlungsdschungel, die sich wie formlose, amöbenhafte Karzinome über das Land hin erstreckten, wechselten mit schorfig aussehenden erodierten Felsrücken und nackter, vergifteter Erde, auf der nicht einmal die kümmerlichste mutierte Travestie von Vegetation gedeihen wollte. Da und dort gab es Flächen von grüngrauem Gras und ärmliche Felder, die mit bis zur Unkenntlichkeit mutierten Getreidearten bestellt waren. Alle diese Nutzpflanzen hatten allem Anschein nach verzweifelt zu kämpfen, um sich in der Umgebung von vergiftetem Ödland und Strahlungsdschungel zu behaupten.

Die erbärmlichen Gehöfte, zu denen diese Felder und Weiden gehörten, waren von dem gleichen buntscheckigen Gesindel bewohnt, das die ausgestorbene wolackische und borgravische Bevölkerung ausgemacht hatte: Blauhäuten, Papageiengesichtern, verwachsenen Zwergen verschiedener Art, spitzköpfigen Riesen, Halbmenschen, deren Körperoberfläche von wuchernden Geschwüren bedeckt war, die ihre Gestalten unförmig veränderten, Krötenmenschen — mit einem Wort, von dem üblichen abstoßenden Sortiment von Mutanten und Bastarden. Anders als das Pack in den bisher eroberten Territorien, leistete dieses Zind-Gesindel jedoch sinnlosen Widerstand und versuchte die heldonische Streitmacht mit Sensen, Keulen, Steinbrocken und vereinzelten Feuerwaffen aufzuhalten. Zweifellos war jedes Bauerngehöft in das Dominanzmuster des örtlichen Dom verstrickt; nur so war es zu erklären, daß sich das Mutantengesindel den Panzern entgegenwarf, um von den Ketten zermalmt zu werden: durch psychischen Befehl, nicht durch eigenen Entscheid. Es half alles nichts, denn jede Ansiedlung und alle Strahlungsdschungel, die in der Reichweite der Heeresgruppe lagen, wurden mit Feuer gereinigt; eine fünfzehn Kilometer breite und Hunderte von Kilometern lange Bahn aus Asche, umgepflügter Erde und zermahlenem Gestein markierte die Vormarschrichtung der Heeresgruppe wie der Schaft eines immensen brennenden Pfeils mit einer scharfen Stahlspitze.

Tag und Nacht rollte der Vormarsch durch Zind, ohne Aufenthalt und ohne auf ernsthaften Widerstand zu stoßen. Die Streitkräfte, die dieses Gebiet hatten verteidigen sollen, waren im Grenzgebiet zermalmt worden, und zwischen ihren Überresten und den Panzerspitzen lag ein von der vorrückenden heldonischen Infanterie gründlich befriedetes Gebiet. Man konnte sagen, daß die Grenze Heldons identisch war mit der Frontseite von Ferics Panzer, der mit fünfzig Stundenkilometern Geschwindigkeit in das Territorium von Zind vorstieß.

Aufklärungsflugzeuge hatten gemeldet, daß zwischen der Heeresgruppe und der großen feindlichen Truppenansammlung hundertfünfzig Kilometer weiter nördlich, die gerade umgeschwenkt war und nach Süden marschierte, um den Eroberern auf breiter Front entgegenzutreten, keine erwähnenswerten feindlichen Einheiten standen. Feric schätzte, daß es am kommenden Morgen zur entscheidenden Schlacht kommen würde, in einem Gebiet, das sechshundert Kilometer innerhalb der Grenzen Zinds und achthundert von der Hauptstadt Bora entfernt lag; bei Tagesanbruch würde er seine Heeresgruppe nach Norden schwenken lassen, um den feindlichen Gegenangriff schon im Aufmarsch zu zerschlagen. Im Norden deckten Wellen heldonischer Kampfflugzeuge die vorrückenden Horden unterdessen mit Bomben und Bordwaffen ein. Die Piloten hatten gemeldet, daß diese gigantische Streitmacht selbst der mächtig erstarkten Armee Heldons mit einer zahlenmäßigen Überlegenheit von zehn zu eins gegenübertrat. Obgleich die Flugzeuge Heldons alle feindlichen Maschinen vom Himmel gefegt hatten und das Heer von Zind nach Belieben mit Bomben belegen konnten, schwebten starke Formationen der Hautflügler wie Schwärme ungeheurer giftiger Insekten über den marschierenden Horden. Zusätzlich zu den gewohnten Kriegern, Kampfwagen und Dampfpanzerwagen, hatten die Aufklärungsmaschinen mehrere hundert Panzer, von Schleppern gezogene Artillerie und große Truppenabteilungen von Kriegern ausgemacht, die sich von der bekannten Spielart irgendwie zu unterscheiden schienen. Das Heer von Zind war in noch nicht dagewesener Stärke auf dem Marsch; vom Ausgang der bevorstehenden Schlacht würde die Zukunft der Erde für alle Zeit abhängen.

Das erste Licht des neuen Tages erhellte eine grausige Landschaft. Hier gedieh nichts als kärgliches, fahlfarbenes Gestrüpp, krankhaft und strahlungsverseucht. An vielen Stellen hatte man die durch Strahlung unfruchtbar gewordene steinharte Erde aufgegraben und riesige Teiche angelegt; diese waren angefüllt mit schleimigem, graugrünem Schaum, der zweifellos zu Sklavenfutter weiterverarbeitet wurde. Der Gestank, den diese Algenbekken ausströmten, war überwältigend und unterschied sich kaum von demjenigen offener Latrinengruben. Zwischen diesen Teichen lagen mit primitiven Holzzäunen eingegrenzte Pferche oder Weiden, wo ein abstoßendes Sortiment genetisch deformierten Viehs gehalten wurde: aufgedunsene beinlose Schweine, die sich, riesigen weißen Maden gleich, im Schmutz wanden, sechsbeinige Rinder mit winzigen verkümmerten Köpfen und Kloakenöffnungen, aus denen es grünlich-braun und zähflüssig tröpfelte, haarlose Ziegen von einem ungesunden Bläulichrosa, die unförmige Euter durch den Dreck schleiften, Hühner mit einem sirupartigen Überzug von grünlicher, schwammig-schleimiger Beschaffenheit anstelle von Federn.

Die Sklaven, die diese pervertierte Travestie von Land- und Viehwirtschaft betrieben, waren ihrer Umgebung mehr als angepaßt; eine widerwärtigere Sammlung von Mutanten zu erblikken, war Feric bisher erspart geblieben. Abscheuliche Erscheinungen wie Papageiengesichter, Krötenmenschen und bucklige Zwerge erschienen hier als Vorbilder rassischer Tugend! Wie abgehäutet aussehende Hominiden, durch deren feuchtrote Körperoberfläche bläuliche Adern sichtbar waren, schienen ebenso häufig wie auf allen vieren sich fortbewegende Mutanten mit überlangen Armen und verkümmerten Beinen. Die warzenbedeckten, krötenhäutigen Mutanten mit gummiartigen, lose herabhängenden Lippen wurden an Zahl allenfalls von den wandernden Hügeln aus drahtigem schwarzem Haar übertroffen, durch welches außer brennenden roten Augen und lippenlosen speichelnden Mündern nichts zu sehen war.

Obwohl die Zeit kostbar war, verlangsamte Feric den Vormarsch der Truppe, um sicher zu gehen, daß auch die letzte dieser Abscheulichkeiten in die Luft gesprengt, verbrannt oder von den Panzerketten zermalmt wurde, und daß jeder stinkende Algenteich mit reinigenden Explosivstoffen himmelhoch in die Luft geblasen wurde.

Erst als die Panzerspitze das Gebiet dieser abscheulichen Landwirtschaft hinter sich gelassen hatte und in eine wellige Ebene von leblos grauer Eintönigkeit vordrang, fühlte Feric sich wieder rein. »Ich vermag kaum zu glauben, daß solche Schrecken existieren, selbst in Zind«, sagte er zu Best. »Wie können die Dominatoren sich selbst ertragen?«

Best war bleich. »Ich kann es mir nicht vorstellen, mein Führer«, sagte er grimmig. »Meine ganze Natur sträubt sich mit Übelkeit gegen einen solchen Anblick.«

»Genug!« sagte Feric. »Machen wir diesem Schmutz ein für allemal ein Ende. Vorwärts, Best! Es ist an der Zeit, der Fäulnis und Verwerflichkeit von Zind mit der ganzen Gewalt unserer gepanzerten Macht und unseres unversöhnlichen Abscheus entgegenzutreten!«

Etwa eine Stunde später sahen sie den nördlichen Horizont auf breiter Front im Widerschein orangefarbenen Feuers glimmen, und eine ungeheure Wolke aus Staub und dichtem schwarzem Rauch hing wie ein schreckliches Unwetter über den toten grauen Hügeln, wetterleuchtend von den Explosionsblitzen der einschlagenden Bomben. Zweifellos hatten die Horden von Zind ihrerseits die Staubwolke der herannahenden Heeresgruppe ausgemacht; die zwei mächtigen Kriegsmaschinen waren einander endlich auf Sichtweite nahe gerückt.

Die Panzerspitze der Vorhut fächerte aus, ohne den Zusammenhang als kompakte Angriffsphalanx zu verlieren. Während ein Aufklärungsflugzeug als Artilleriebeobachter über den anrückenden Horden von Zind kreiste und unaufhörlich der Lage angepaßte Koordinaten durchgab, erzitterte die Erde unter den rollenden Feuerschlägen der Panzerkanonen und der motorisierten Artillerie, die Salve um Salve von hochexplosiven Sprenggranaten durch den bleiernen Himmel auf den Feind schleuderten. Auch der Gegner setzte Artillerie ein, und immer wieder detonierten schwere Granaten inmitten der heldonischen Armee, rissen tiefe Krater in den Boden, schleuderten Feuer, Rauch und Erdbrocken himmelwärts und ließen Panzer in jähen Ausbrüchen aufschießender Flammen zerbersten. Acht Staffeln heldonischer Stukas kamen in blitzender Formation mit durchdringendem Motorengedröhn von Westen her durch den Himmel und griffen in den Kampf ein, kippten nacheinander über die Tragflächen ab und stürzten sich schrill heulend fast senkrecht mit unglaublicher Geschwindigkeit auf den Feind, klinkten ihre tödliche Last aus und zogen wieder empor, außer Reichweite der Bombenexplosionen. Mehr als hundert dieser prachtvollen Silbervögel bevölkerten den Himmel, stießen herab, schwangen sich wieder empor, überschütteten den Feind wie Racheengel mit Tod und Verderben.

Da segelte von Norden her eine riesige Schar monströser Hautflügler mit schleimig glänzenden Schwingen heran, daß ihre Menge den Himmel verdunkelte. Ein Dutzend Kampfmaschinen schwenkte ab und nahm mit hämmernden Maschinenwaffen die Verfolgung auf. Augenblicke später war der Luftkampf direkt über der Panzertruppe. Säure regnete von den geschwollenen Säcken der Hautflügler herab und ließ Wolken von erstickendem gelbem Rauch aufsteigen, wo sie das Metall der Panzer traf. Hautflügler wurden von den feurigen Kugeln der Flugzeuge zerrissen und stürzten ab.

Aber es gab keine Muße, um den Luftkampf zu beobachten,

denn in den nächsten Augenblicken kamen die unübersehbaren Horden von Zind in Sicht, einer sturmbewegten, heranbrandenden See gleich, die mit unermüdlich erneuerter Wucht gegen die Bastionen der Küste anrennt.

Das Heer von Zind erfüllte Ferics Gesichtsfeld von Osten bis Westen und überdeckte die graue Einförmigkeit des Nordens, so weit das Auge reichte. Eine Schützenkette muskulöser Riesenkrieger, unterstützt von nachfolgenden Reserven, die buchstäblich unerschöpflich schienen, marschierte entlang einer Front vorwärts, die zu breit war, als daß man ihre Endpunkte hätte ausmachen können; eingeschoben in diese Schützenkette waren stumpfgrün gestrichene Panzer, die der heldonischen Bauart nicht unähnlich waren. Hinter dieser Front wurden Tausende von Kampfwagen von Schleppern inmitten eines Meeres von Kriegern, die in ihrem erschreckenden Gleichmaß dahermarschierten, mitgezogen. Undeutlich waren weit hinter von Schleppern gezogener Artillerie, Lastwagen und Dampfpanzerwagen, gewaltige Massen von Kriegern zu sehen, die sich mit individueller Gleichzeitigkeit wie selbstgesteuerte Soldatenameisen vorwärtsbewegten. Der Himmel über diesen unüberschaubaren Horden war voll von heldonischen Flugzeugen und Hautflüglern von Zind. Dichte schwarze Rauchwolken dräuten überall. Teile des Heeres waren von Flammen und Bombenexplosionen eingehüllt; große Zahlen von Kriegern waren der Kontrolle entglitten und brachen wogend durch die rückwärtigen Reihen des Feindes. Von den Kampfwagen, Panzern und der Artillerie kam kontinuierliches Granatfeuer, das sich aus dieser kurzen Distanz unter den Panzern auszuwirken begann.

Als die Schlachtreihen nur noch zweihundert Schritte voneinander entfernt waren, ließ Feric Schützenpanzer und abgesessene Infanterie in die Lücken zwischen den Panzern aufschließen. Dann gab er das Feuer frei und drückte auf den Feuerknopf seines Maschinengewehrs, daß feuriger Tod in die anstürmende Horde spie. Die Panzerkanonen sandten eine letzte Salve in die Reihen der anstürmenden Krieger und zerrissen sie in Fontänen von Erde und Fleisch und Metallsplittern.

Dann prallten die beiden Armeen mit gewaltigem Getöse aufeinander. Die Kampftaktik der Horden von Zind hatte sich nicht geändert, nur waren die riesigen Krieger, die in perfektem Gleichschritt vormarschierten, gefolgt von unübersehbaren Reihen ihrer Gefährten, jetzt mit Maschinenpistolen bewaffnet. Ihr rasendes, wenn auch ungezieltes Feuer prallte unschädlich von den Panzerplatten ab, forderte jedoch erhebliche Verluste unter den Infanteristen, die mit Todesverachtung gegen den zahlenmäßig haushoch überlegenen Gegner vorgingen, nur unvollkommen gedeckt von der stählernen Phalanx der eigenen Panzer und Schützenpanzer.

Flammenwerfer überschütteten die andrängenden Horden mit brennendem Petroleum; Tausende der Kreaturen wurden zu brüllenden Fackeln, die dennoch weitermarschierten, bis sie von den Maschinengewehren niedergemäht und von den Panzerketten zermalmt wurden, noch im Todeskampf in hilfloser Loyalität an die psychischen Kommandos der Dominatoren gebunden.

Zindpanzer, gedeckt durch die Reihen der Riesen, feuerten ihre Granaten durch die Körper ihrer eigenen Sklavensoldaten, um die Panzer Heldons zu zerstören. Als Feric die Gefahr erkannte, gab er seinen Panzerkommandanten den Befehl, unter allen Umständen die feindlichen Panzer auszuschalten. Auf breiter Front brüllten nun die Panzerkanonen; Granaten fetzten durch das wogende Fleisch und zerschmetterten Zindpanzer in Atome. Offenbar saßen die Dominatoren in diesen Panzern, denn mit ihrer Zerstörung gerieten große Formationen der Angriffswellen plötzlich durcheinander, und die Krieger wurden von einem Augenblick zum anderen zu undisziplinierten, hirnlosen Tieren, die in der vordersten Front Amok liefen und das unglaubliche Chaos der tobenden Schlacht vermehrten.

Feric sah sich mit Best und der Panzerbesatzung isoliert in einem zeitlosen Universum hitzigen Kampfes, einer Welt voller nackter, schrumpfköpfiger Riesen, die gegen den Panzer anrannten, ihre Maschinenpistolen abfeuerten, mit bloßen Händen und Knüppeln auf die Panzerplatten schlugen, in Flammen aufgingen, von Maschinengewehren niedergemäht und unter den Panzerketten zu einem dicken roten Brei zermahlen wurden. In seiner Nase vermischte sich der Geruch verbrannten Fleisches mit dem scharfen Aroma von Pulverrauch. Obwohl er Kopfhörer trug, glaubte er von dem ungeheuren Schlachtgetöse aus Maschinengewehren, Kanonen, Motoren, Schreien und Detonationen ertauben zu müssen. Er fühlte sich zu einer direkten Erweiterung des Maschinengewehrs werden, das er bediente; die Geschosse schienen in einem feurigen Strom aus den Tiefen seines eigenen Wesens hervorzukommen, und er glaubte zu spüren, wie sie das Fleisch der Krieger zerrissen, die vor der feuerspeienden Mündung zusammenbrachen. Und durch die Erschütterungen des rollenden Panzers konnte er die Körper fühlen, die unter den Ketten zermalmt wurden.

Er warf Best einen schnellen Seitenblick zu; der junge Held schien mit den Bedienungshebeln und der Steuerung des Panzers verwachsen. Sein Gesicht war eine Grimasse stahlharter Entschlossenheit; wilde Kampfesleidenschaft glühte in seinen blauen Augen. Für einen Moment begegneten sich ihre Blicke, und sie waren vereint in der kameradschaftlichen Kommunion der Schlacht, verklärt in einem Zustand jenseits von Zeit und Erschöpfung. Durch die gemeinsame Waffe, die sie teilten, schienen ihre Seelen einander zu berühren und für einen Augenblick in der größeren Kommunion des rassischen Willens zu verschmelzen. Alles das fand während des kurzen Blickkontaktes statt; beide waren nicht eine Sekunde lang von der heiligen Aufgabe abgelenkt.

Die individuellen Heldentaten von Tausenden und Abertausenden braver Heldersoldaten vereinten sich in einem rassischen Epos von übermenschlichem Fanatismus und höchstem Ruhm. Motorradabteilungen der SS in glattem schwarzem Leder rasten feuernd in den feindlichen Kugelhagel, zerschmetterten stinkende haarige Beine und zerquetschten Krieger mit ihren Beiwagenmaschinen, erledigten Dutzende der Ungeheuer aus nächster Nähe mit ihren Knüppeln, bis sie selbst von Kugeln zerrissen wurden. Panzer rammten ihre Gegenstücke von der anderen Seite, warfen sie um, setzten sie dann mit Flammenwerfern in Brand. Stukas schleuderten Tod in die Reihen des Feindes; vom feindlichen Feuer abgeschossene Flugzeuge wurden von ihren Piloten auf Zindpanzer und Kriegswagen gelenkt, um mit ihnen in grellem Glorienschein unterzugehen. Die Infanterie warf sich in heldenmütigem Ansturm gegen den Feind, was viele tapfere Männer das Leben kostete; aber sie rissen Tausende und Abertausende von Kriegern mit sich in die Vernichtung.

Die mystische Verschmelzung zwischen Feric, seinen heldenhaften Truppen und dem rassischen Willen Heldons war total; die Armee kämpfte als ein einziger Organismus, dessen Herz der Wille Feric Jaggars war. Kein Mann schenkte dem eigenen Leben und der persönlichen Sicherheit die leiseste Beachtung; Furcht und Ermüdung waren unbekannt.

Langsam, Schritt für Schritt, kämpfte die Heeresgruppe sich gegen das volle Gewicht der übermächtigen Horden von Zind vorwärts, deren anbrandende Formationen Stück für Stück zu einer riesenhaften Herde schnatternder, spuckender, defäkierender, hirnloser, rotäugiger Monstrositäten reduziert wurde, die ihre massigen nackten Körper im Amoklauf gegen die Panzer und vor die Mündungen der Helder warfen und diese wie ihre eigenen Kameraden mit gleicher Hingabe erschlugen. Flammen waren überall, und die Luft war eine mächtige Wolke stinkenden Rauches. Jedes Panzerfahrzeug, jeder heldenhafte Einzelkämpfer war mit einer dicken Schicht feindlichen Blutes bedeckt. Feric fühlte den rassischen Willen des Volkes in seinen Körper einströmen, durch seine Muskeln gehen und durch die rotglühende Mündung des hämmernden Maschinengewehrs seinen Ausgang nehmen. Er selbst war nichts als eine Waffe, die von etwas abgefeuert wurde, was jenseits seiner selbst war. Hunderte von Panzern und Hunderttausende von Männern, die den Feind zu blutigen Fetzen schossen, waren Erweiterungen seines eigenen Ichs, Finger, Arme, ausführende Organe, wie er seinerseits der höchste Ausdruck des rassischen Willens seines Volkes war. Insgesamt war dieser ungeheure Organismus Heldon, die Hoffnung der Welt, die vom Schicksal gewollte Herrenrasse, die sich in die Eingeweide des verderbten rassischen Feindes hineinfraß.

Das furchtbare Gemetzel dauerte durch die ganze Nacht und bis in den nächsten Tag hinein an. Eingeschmolzen, wie er in den gemeinsamen Organismus seiner Armee war, konnte Feric mit den Fasern seines Wesens spüren, daß die Heeresgruppe sich nordwärts vorkämpfte und gleichzeitig nach Osten gegen Bora zu an Boden gewann. Wie Sinnesorgane seines eigenen Körpers meldeten die Luftbeobachter, daß die Horden von Zind im äußersten Osten und Westen die Linien der Helder wie die fließenden Pseudopoden einer gigantischen Amöbe umflossen.

»Es ist schwer zu sagen, ob wir eingeschlossen werden, oder ob wir die feindliche Armee entzweischneiden«, bemerkte Feric zu Best.

»Mein Führer, ich habe Waffing am Radio!«

»Lassen Sie mich über den Innenlautsprecher mithören.«

Waffings dröhnende Stimme erfüllte den engen Innenraum des Panzers; im Hintergrund war Gefechtslärm zu hören. »Mein Führer, wir haben die Ölfelder erreicht und stehen im Kampf gegen starke gegnerische Streitkräfte. Ich hoffte, spätestens bis heute abend die Erreichung unseres Ziels melden zu können.«

»Gut gemacht, Waffing!« sagte Feric ins Mikrophon. »Ich muß jetzt unterbrechen: wie Sie hören können, sind auch wir nicht ganz untätig!«

Waffings Funkspruch gab Feric zu denken. Vielleicht waren die Umgehungsmanöver des Feindes nichts anderes als ein Versuch, das Hindernis der Heeresgruppe zu umgehen und die bedrängten kleineren Streitkräfte zu verstärken, welche die wichtigen Ölfelder halten sollten. In diesem Fall mußte die Ausführung dieses Vorhabens um jeden Preis verhindert werden.

Gegen seinen eigenen Kampfinstinkt rief Feric über Funk die Befehlshaber der Heeresgruppe und befahl die Umgruppierung seiner Streitkräfte in Verteidigungspositionen; südlich der Horden von Zind mußte eine Verteidigungslinie geschaffen und gehalten werden, die weder durchbrochen noch umgangen werden konnte. Die feindlichen Horden mußten festgehalten werden, bis Waffing seine Mission erfolgreich abgeschlossen und Verbindung mit der nördlichen Heeresgruppe hergestellt hätte.

Darum grub sich die Infanterie zwei Kilometer weiter südlich auf breiter Front ein, abgeschirmt von den Panzerverbänden, errichteten Maschinengewehr- und Geschützstellungen, zogen Laufgräben und hoben Schützenlöcher aus und verankerten beide Enden der Verteidigungslinie mit je einer Division der erprobtesten SS-Elitetruppen. Sobald dies geschehen war, lösten sich die Panzertruppen vom Feind und bezogen neue Eingreifpositionen hinter der Abwehrlinie.

Erst als diese Umgruppierungen abgeschlossen und sein eigener Panzer hinter einer Erdaufschüttung Stellung bezogen hatte, nahm Feric sich die Zeit für eine Gesamteinschätzung der strategischen Situation. Aus dem offenen Turmluk des Panzers konnte er sehen, daß die Feindarmee den zurückgehenden Panzern nicht gefolgt war, denn ihre gesamte Frontlinie war ein chaotisches Katastrophengebiet. Selbst aus der Distanz von nahezu zwei Kilometern war der massive Deich aus blutigen, zerschossenen Körpern zu sehen, der den Frontverlauf im Norden entlang der alten Hauptkampflinie kilometerweit markierte. Von den Zindpanzern waren kaum noch welche in Betrieb, und diese wurden von den pausenlos angreifenden Jagdbombern und Stukas vernichtet. Hinter dem gewaltigen Frontwall aus toten Kriegern war ein wogendes Chaos von unkontrollierten hirnlosen Riesen, die aus dieser Entfernung wie ein ungeheurer Schwarm aufgestört durcheinanderwimmelnder Ameisen erschien. Weit hinter diesem Getümmel hirnloser Muskeln war eine endlose See disziplinierter Streitkräfte. Was die Zindartillerie anging, so war sie von der Luftwaffe völlig zum Schweigen gebracht worden, ebenso wie die Luftwaffe den Himmel vom fliegenden Zind-Ungeziefer reingefegt hatte.

Die heldonischen Motorradabteilungen und Infanterieregimenter hatten ziemlich schwere Verluste erlitten, doch war die Artillerie praktisch intakt, von den Panzern waren nicht mehr als fünfzig verlorengegangen, und die Luftwaffe operierte nach wie vor in voller Stärke. Große Mengen Munition und Treibstoff waren verbraucht worden, doch der Munitionsnachschub lief, und sobald Waffings Verstärkungen von den Ölfeldern kämen, würde auch die Treibstoffversorgung von dort erfolgen können, was eine Halbierung der Transportwege bedeutete.

»Unsere gegenwärtige Aufgabe ist kristallklar«, sagte Feric zu Best. »Wir müssen diese Positionen um jeden Preis halten, bis Waffing seinen Auftrag erfüllt hat und seine Heeresgruppe mit der unsrigen vereinigen kann.«

Bests Reaktion ließ die Begeisterung ein wenig vermissen. »Lieber würde ich gegen den Feind vorrücken, ganz gleich, wie die Kräfteverhältnisse aussehen mögen, als eine noch so uneinnehmbare Verteidigungslinie zu halten, mein Führer«, sagte Best.

Feric konnte nur in verständnisvoller Zustimmung nicken; genau dies waren auch seine Empfindungen und die, dessen war er sicher, eines jeden anständigen Soldaten. Immerhin gab es Zeiten, da man zum Besten des Vaterlandes auf eigene Wünsche verzichten mußte. Ohne Zweifel waren auch die Truppen nicht glücklich über diesen defensiven Einsatz. Vielleicht war es angezeigt, etwas für die Aufrechterhaltung der Moral zu tun.

Um sich ein Bild vom Kampfgeist seiner Truppen zu machen und ihm nötigenfalls aufzuhelfen, verließ Feric seinen Befehlspanzer, legte eine saubere schwarze Uniform und einen fleckenlosen scharlachroten Umhang an und unternahm eine Inspektionsfahrt entlang den Stellungen, wobei er sich des schwarzlackierten und reich verchromten Motorrades eines gefallenen SS-Helden bediente. Best folgte ihm als sein Adjutant auf einer zweiten Maschine. Er trug den Stahlkommandeur für alle Augen sichtbar an seiner Seite, so daß das frisch polierte prächtige Kopfstück und der dicke silbrige Schaft in der Sonne schimmerten und blitzten.

Obgleich diese Truppen beinahe zwei Tage lang mit nie erlahmender Wildheit und Hingabe gekämpft hatten, ohne Schlaf und in den meisten Fällen ohne warme Verpflegung, drückten sie nichts als den sehnlichen Wunsch aus, wieder an den Feind zu gehen. Dies war evident in der fanatischen Entschlossenheit, die in ihren Augen brannte, der liebenden Fürsorge, die sie ihren Waffen während dieser Kampfpause angedeihen ließen, der schneidigen Präzision ihrer Ehrenbezeigungen, dem Feuer, mit dem sie »Heil Jaggar!« riefen, wo immer der Führer und Oberste Feldherr auftauchte, und den spontanen Hochrufen, in die sie jedesmal ausbrachen, wenn eine Artilleriesalve über ihre Köpfe hinwegrauschte, um unmitten des Feindes Tod und Verwüstung zu säen.

Feric hatte mit dieser Inspektionsfahrt kaum eine halbe Stunde zugebracht, als überall entlang der feindlichen Linien eine mächtig brandende Vorwärtsbewegung erkennbar wurde.

»Was gibt es, mein Führer?« fragte Best.

»Es scheint, als ob unser Kampfdurst wieder einmal gestillt werden sollte«, sagte Feric. Eine Angriffswelle nach der anderen überstieg den riesigen Leichenwall der gefallenen Krieger und stürmte mit hämmernden Maschinenpistolen durch das Niemandsland auf die heldonischen Linien zu.

Feric nahm seine eigene Maschinenpistole von der Schulter und setzte sie in das Feuergestell am Lenker; überall entlang der Verteidigungslinie wurden Panzerkanonen, Maschinengewehre und Feldgeschütze auf den stürmenden Feind angerichtet, und ein verheerendes Sperrfeuer zerriß die Kreaturen zu Tausenden in Stücke, als sie in Sprüngen über die aufgewühlte Erde setzten. Gleichzeitig stieß eine Kette Stukas um die andere herab und sprengte riesig klaffende Trichter in die rückwärtigen Formationen.

Trotzdem dauerte es nicht lange, bis die ersten Angriffswellen in den Wirkungsbereich von Maschinenpistolen und Flammenwerfern kamen. Feric gab der Infanterie Feuerbefehl.

Sofort eröffneten hunderttausend Maschinengewehre und Maschinenpistolen entlang der Verteidigungslinie das Feuer. Die erste Angriffswelle wurde buchstäblich von den Füßen gerissen und rücklings zu Boden geschmettert. Die nächste Welle erlitt das gleiche Schicksal, und auch die übernächste. Aber währenddessen ging die Gesamtstreitmacht von Zind unerschütterlich und scheinbar unaufhaltsam über die gefallenen Leichen der eigenen Krieger vor, als übten die Feuer und Tod speienden Mündungen der heldonischen Waffen eine unwiderstehliche Anziehungskraft auf sie aus.

Als er beobachtete, wie seine Feuerstöße durch die Leiber eines halben Dutzend nackter Monster fuhren und Fleischbrocken aus den übereinanderstürzenden Kreaturen rissen, wurde Feric plötzlich klar, daß weder Panzer noch Kriegswagen im Kampfgebiet waren.

»Das sind keine gewöhnlichen Zindkrieger, Best!« rief er aus. Und nun, da er genauer darauf achtete, fiel ihm sofort auf, daß sie nicht in den gewohnten, absolut präzisen Formationen vormarschierten. Auch hatten ihre Köpfe, wenn sie auch weit unter den menschlichen Durchschnitt geschrumpft waren, größere Schädel als diejenigen der bisher bekanntgewordenen Krieger, und um Kiefern und Münder war ein Zug, der Ferics Miene unwillkürlich verhärtete. Dann verhüllten die Flammenwerfer der Panzer die Angriffsfront mit einer Flutwelle von brennendem Petroleum, hinter der Feric durch den Gefechtslärm ein schreckliches Kreischen und Heulen hören konnte.

Halb verbrannte Krieger stürzten taumelnd aus diesem Feuervorhang, feuerten noch im Todeskampf aus ihren Maschinenpistolen und brachten den Angriff bis auf knapp hundert Schritte an die Verteidigungsstellung heran. Feric gab Befehl, die Petroleumvorräte der Flammenwerfer zu schonen, zog den Großen Knüppel von Held, schwenkte ihn großartig über dem Kopf, gab Gas und donnerte auf dem Motorrad aus dem Schutz der Feldstellungen gerade auf die anstürmenden Massen der wilden Riesen zu.

Unter vieltausendfachen Hochrufen, die sich in Windeseile über die gesamte Ausdehnung der Verteidigungslinien hinweg fortpflanzte, brausten alle Motorradabteilungen von SS und Armee durch die Linien nach vorn, um sich ihm anzuschließen. Tausende dieser Helden wurden sofort von den ratternden Maschinenpistolen der Krieger gefällt; auch Feric pfiffen die Kugeln um den Kopf, aber innerhalb weniger Sekunden hatte die Angriffswelle der Motorradabteilungen die Monstrositäten erreicht. Feuerwaffen waren nutzlos, und es ging Mann gegen Mann.

Feric fand sich in einem Wald von riesigen, schmutzigen und

haarigen Beinen. Übermenschliche Kraft strömte ihm vom Großen Knüppel zu, und er schwang die mächtige Waffe wie eine Weidengerte durch die Luft. Der gewaltige Hieb durchschlug Dutzende der widerwärtigen Gliedmaßen wie fauligen Käse und warf zwanzig oder mehr von den heulenden Obszönitäten zu Boden, wo sie wie geköpfte Schlangen zappelten. Als er die Schädel der verkrüppelten Kreaturen wie Melonen einschlug, bemerkte er, daß ihre Augen glühende Kohlen waren, ihre Münder blutig schäumten und mit rasiermesserscharfen Zähnen gefüllt waren.

Diese Kreaturen waren eine ganz andere Zucht als die Krieger, denen Heldon bisher gegenübergestanden hatte. Jeder kämpfte unabhängig und mit der schäumenden Raserei eines verwundeten Kampfstiers. Furchtlos warfen sie ihre massierte Kraft gegen den eisernen Willen der fanatischen Helder auf ihren stählernen Maschinen.

Mit gewaltigen Streichen ihrer riesigen Knüppel schlugen sie Motorräder und Fahrer gleichermaßen in Stücke, daß ihnen der rote Schaum von den widerwärtigen lippenlosen Mündern flog. Doch so riesenhaft und wild diese Ungeheuer auch waren, sie konnten es bei weitem nicht mit dem übermenschlichen Heroismus der Heldersoldaten aufnehmen, die an der Seite ihres geliebten Obersten Feldherrn fochten. Diese prachtvollen Männer in Feldgrau oder schwarzem Leder warfen sich mit begeistertem Kampfgeschrei auf Kreaturen, die doppelt so groß waren wie sie selbst, Feuer in den blauen Augen und stählerne Knüppel wie Schmiedehämmer schwingend. Diese Helden ihrer Rasse anzugreifen, glich einem selbstmörderischen Anstürmen gegen die wirbelnden Zähne einer riesigen Kreissäge.

Ein geiferndes Ungetüm nach dem anderen rannte heulend auf Feric zu, nur um vom Großen Knüppel von Held zu Brei geschlagen zu werden; bald war der Schaft des Stahlkommandeurs mit dickem rotem Blut beschmiert, und das glänzende schwarze Leder von Ferics Uniform mit Hunderten von scharlachroten Tropfen bespritzt. Der Nahkampf dauerte, wie es schien, tagelang an, konnte in Wahrheit aber kaum eine Stunde gewährt haben. Es war Feric unmöglich, den Kampfverlauf zu beurteilen, denn sein Universum war begrenzt von massiven Wänden aus haarigen, stinkenden, sabbernden Riesen mit einem unlöschbaren Durst nach dem Blut wahrer Menschen. So schnell diese Kreaturen sich den Weg durch die Leichenbarrikade bahnen konnten, die Feric um sein Motorrad aufgehäuft hatte, bekamen sie den knochenzermalmenden Zorn des Stahlkommandeurs zu spüren. Nichtsdestoweniger drängten immer neue Monster nach, wie verzehrt von einer ebenso verrückten wie machtvollen Sehnsucht nach dem eigenen Untergang.

Endlich begann Feric zu bemerken, daß mit jeder Minute, die verstrich, weniger und weniger Krieger auf ihn eindrangen. Ein halbes Dutzend Riesen riß unter wortlosem Gekreisch die Leichen der gefallenen Kameraden aus dem Weg, um sich auf Feric werfen zu können; er erlegte sie mit beinahe peinlicher Mühelosigkeit. Drei weitere fielen wenige Augenblicke später. Dann vergingen lange Sekunden, in denen nichts geschah. Feric stand allein in einem riesigen Krater, dessen Wände aus den zerschlagenen und blutigen Leichen von Hunderten, vielleicht Tausenden von Kriegern bestanden.

Mit energischen Streichen des Stahlkommandeurs schlug Feric einen Pfad durch den Deich der toten Krieger und lenkte sein Motorrad durch die Bresche.

So weit er sehen konnte, war die Erde mit Leichenhaufen bedeckt; die meisten von den Toten waren Zindkrieger, doch nicht wenige tapfere Helder lagen unter ihnen, Heroen, die ihrer Treue zum Hakenkreuz das letzte und größte Opfer gebracht hatten. Durch dieses unvorstellbare Leichenfeld bewegten sich Zehntausende von Kämpfern der Motorradabteilungen und gaben verwundeten Kriegern den Gnadenschuß.

Aus mehreren hundert Metern Entfernung kam Ludolf Best auf seinem Motorrad auf Feric zugebraust, jubelnd vor Freude über den Anblick seines unverletzten und triumphierenden Führers. Mit seinen Jubelrufen lenkte er die Aufmerksamkeit Hunderter von Soldaten auf Ferics Person; diese begannen ihrerseits in begeisterte Hochrufe auszubrechen und schwenkten ihre Knüppel in der Luft oder feuerten ihre Maschinenpistolen ab. Augenblicke später wußten alle Kämpfer auf dem Schlachtfeld vom Überleben ihres Oberkommandierenden und seinem ungefähren Aufenthalt.

Zehntausende triumphierender Helder streckten ihre blutverklebten Knüppel im Parteigruß aus und brüllten mit einer Wildheit und Inbrunst »Heil Jaggar!«, die alles bei weitem übertraf, was Feric bislang erfahren hatte.

Als Feric während einer kurzen Kampfpause neben Ludolf Best an der stählernen Flanke eines Panzers lehnte und die Lage überdachte, schien die Strategie der Dominatoren nur zu offensichtlich. Seit zwei Tagen schickten sie selbstmörderische Angriffswellen der neuen Kriegerzüchtung gegen die Verteidigungslinien der Heeresgruppe; jede der Wellen war vollständig vernichtet worden, aber unter ständig steigenden Kosten an Menschenleben, Munition und Treibstoff.

»Sie haben keine Hoffnung, uns in Beweglichkeit oder Feuerkraft gleichzukommen«, murmelte er, »und doch beharren sie auf der gleichen Taktik.«

»Ich verstehe nicht, warum sie keinen Versuch unternehmen, uns auf einer der Flanken zu umgehen, mein Führer«, sagte Best. »Es liegt auf der Hand, daß ihnen daran gelegen sein muß, an uns vorbeizukommen und Waffings Heeresgruppe aufzuhalten, ehe sie uns nun, da die Ölfelder gefallen sind, mit Verstärkungen und Nachschub von Treibstoff und Munition erreichen kann.«

Feric lächelte über die Naivität der Überlegung. »Nein, Best«, sagte er, »selbst die Doms wissen inzwischen, daß die überlegene Geschwindigkeit unserer Panzertruppen in Verbindung mit der Luftwaffe jeden ernsthaften Umgehungsversuch zunichte machen könnte. Meine Vermutung ist, daß sie uns zu überwältigen hoffen, ehe Waffings Streitkräfte eintreffen.«

»Was für Dummköpfe müssen sie sein, zu denken, daß sie unsere Armee überrennen können!« rief Best aus.

Feric nickte; es war nicht nötig, den braven Kerl mit der wahren Situation zu bekümmern. Die Dominatoren schienen über einen grenzenlosen Vorrat an deformiertem Protoplasma zu gebieten. Nach zwei Tagen des schrecklichsten Gemetzels hatten die Helder schwere Verluste zu beklagen. Zwanzigtausend Kämpfer der Motorradabteilungen und vierzigtausend Infanteristen hatten das höchste Opfer gebracht. Besonders hoch waren die Verluste unter den fanatischen Helden der SS, und sie bedeuteten einen unersetzlichen Aderlaß des Genreservoirs, den Feric tief bedauerte. Das Schlimmste aber war, daß die unerwartete Größenordnung und Erbitterung der Kämpfe enorme Mengen an Munition verbraucht und den Treibstoffvorrat praktisch erschöpft hatte. Ein oder zwei weitere Großangriffe, und die gesamte heldonische Heeresgruppe würde dazu übergehen müssen, allein mit Knüppeln zu kämpfen. Die Weite des Raumes und die Unwegsamkeit des Geländes stellten den direkten Nachschub aus Heldon vor große Probleme. Alles hing jetzt von Waffings baldigem Kommen ab!

Trotz allem hatte die Kampfmoral der Truppen niemals auch nur für einen Augenblick zu wünschen übrig gelassen. Je höher die Verluste gewesen waren, desto größer auch die Erbitterung, mit der die Kämpfer sich auf den Feind gestürzt hatten. Nach zwei Tagen konnte noch immer gesagt werden, daß es nicht einem einzigen Krieger von Zind gelungen war, sich bis zu den Gräben der Verteidigungsstellung vorzukämpfen, noch daß eine der Kreaturen ihren selbstmörderischen Angriff gegen die heldonischen Positionen überlebt hätte. Überdies standen Waffings Truppen, versehen mit reichlichen Munitionsvorräten und unbegrenzten Nachschubmengen an Treibstoff, nur wenige Stunden südwestlich. Unter diesem Aspekt war die Situation kaum hoffnungslos!

Best hatte seinen Gesichtsausdruck mit einiger Besorgnis beobachtet. »Ist etwas nicht in Ordnung, mein Führer?«

»Nein, Best, alles ist in Ordnung! Inspizieren wir die Truppen!«

Als er sein Motorrad auf eine kleine Anhöhe fuhr, nachdem er die begeisterten Ehrenbezeigungen eines müden, aber zuversichtlichen SS-Bataillons entgegengenommen hatte, bemerkte Feric eineinhalb Kilometer im Norden eine große Unruhe und Bewegung in den Horden von Zind. Er ließ sich von Best den Feldstecher reichen und spähte über die mit Leichen bedeckte Verlassenheit des Niemandslandes hinüber zu der noch immer kaum übersehbaren Menge nackten mutierten Fleisches, die plötzlich in eine blinde Massenbewegung geraten zu sein schien, nicht anders als ein riesiger Schwarm Wanderameisen.

»Die gesamte Armee ist auf dem Marsch!« sagte er. »Der Feind geht jetzt aufs ganze. Es ist der Entscheidungsangriff auf unsere Positionen!«

Best zeigte ein breites Lächeln, seine blauen Augen blitzten, und seine straffe Gestalt strahlte eine beinahe mystische heroische Kraft aus. Feric wußte, wie dem treuen Mitkämpfer zumute war, denn auch in ihm hatte ein Aufbranden wilder Freude und Kampfbegier die letzten Spuren von Müdigkeit und Erschöpfung weggewischt. Endlich war der entscheidende Augenblick gekommen: das Volk von Heldon, verkörpert in seiner Armee, würde den Streitkräften von Zind in einer letzten mythischen Entscheidungsschlacht um den Besitz der Erde gegenübertreten. Kein Mensch konnte größeren Ruhm gewinnen als den, die

Streitkräfte der wahren Menschheit in dieses endgültige Harmageddon zu führen.

Inzwischen waren Soldaten entlang der gesamten Verteidigungslinie auf die anrückenden Horden des Gegners aufmerksam geworden, und alles versammelte sich vor den Gräben und brach in spontanes Jubelgeschrei aus. Ohne daß es eines Befehls bedurft hätte, eilten die Kämpfer der Motorradabteilungen zu ihren Maschinen, machten sich Panzerbesatzungen zum Angriff bereit, griffen Infanteristen mit blitzenden Augen zu den Waffen. Ein massenhaftes »Heil Jaggar!« ging wie ein Schlachtruf durch die Reihen, zuerst ein wenig ungleich und lückenhaft, dann aber anschwellend zu einem mächtigen Kampfruf, den die Stimme des Volkes von Heldon selbst in Haß und Trotz dem Feind entgegenschleuderte. Es war nicht mehr daran zu denken, auch nur einen einzigen Mann in Reserve zu halten; eine derartige Schmach konnte kein rechter Helder hinnehmen.

Feric zog den Großen Knüppel von Held, das Symbol des Volkswillens, und reckte diese mystische Waffe so hoch über seinen Kopf, wie sein Arm reichen konnte, fühlte die Kraft in dem mächtigen schimmernden Schaft mit der Kraft seines eigenen Willens eins werden und ihn in diesem schicksalhaften Augenblick mit dem rassischen Bewußtsein der Truppe vereinen.

Dann weckte er seine Maschine mit einem Stiefeltritt zu brüllendem Leben, tauschte einen letzten Blick mit Best aus, richtete seine gewaltige Waffe trotzig auf den anstürmenden Feind und führte die Heerscharen von Heldon mit einem wilden Schlachtruf in den Kampf.

Es hatte keinen Sinn mehr, sich um Treibstoff- und Munitionsvorräte zu sorgen; die gewaltige Streitmacht der Heeresgruppe ging hinter einer Springflut von Artilleriegranaten und Maschinengewehrfeuer gegen den Feind vor. Angefeuert von dem erregenden Schauspiel unter ihnen, verdoppelten die Stukapiloten Geschwindigkeit und Kühnheit ihrer Angriffe, stießen bis auf dreißig Meter herab, ehe sie ihre Maschinen über den winzigen Köpfen der Kriegerhorden abfingen, überschütteten sie mit Spreng- und Brandbomben, schwangen sich durch die Kronen der aufschießenden Explosionswolken wieder empor und in die Sonne, um abermals mit hämmernden Bordwaffen auf den Feind herabzustoßen, bis die Magazine leergeschossen waren. Die Horden von Zind marschierten in ein Inferno von Kugeln, Explosionen und Flammen; jeder Fußbreit Bodens wurde mit den zerschmetterten Körpern Tausender von Kriegern erkauft.

Während Ferics Motorrad den anstürmenden Wellen der Riesenkrieger entgegenbrauste, stellten die Panzerkanonen das Feuer ein, um ihre letzten Granaten für Feindpanzer und andere lohnende Ziele aufzusparen. Nichtsdestoweniger reichte die unglaublich massierte Feuerkraft von annähernd zweihunderttausend Maschinenwaffen aus, um jede Angriffswelle von Kriegern niederzumähen, sobald sie zur Angriffsfront wurde. Feindliches Feuer schlug Feric entgegen, als er seine Truppe über die letzten hundert Meter gegen den Feind führte, aber es war keine Furcht in ihm, nur die absolute, eiserne Überzeugung seiner eigenen Unverwundbarkeit; er war Heldon, er war das Instrument der Vorsehung, er war das Hakenkreuz, und nichts konnte ihm etwas anhaben.

Dann tauchte er ein in eine Welt brüllender, stinkender Verrückter, die roten Schaum vor dem Mund hatten und riesige Stahlknüppel durch die Luft schwangen, ohne an irgend etwas zu denken als die Chance, einen weiteren wahren Menschen zu erschlagen, bevor sie selbst zugrunde gingen.

In langsamer Fahrt vordringend, schwang Feric den Großen Knüppel von Held in einem gleichmäßigen Rhythmus von rechts nach links und von links nach rechts wie ein Schnitter, ohne einen Schlag auszulassen oder einem der rotäugigen Krieger auch nur die geringste Chance zu geben, mit einem eigenen Schlag seine Deckung zu durchbrechen. Mit jedem gertenschnellen Streich wurden zehn oder mehr Krieger in der Mitte entzwei geschlagen, eruptierten Blut und schleimig grünliche Eingeweide. Nach wenigen Augenblicken war das Blut an dem schlüpfrigen Schaft seiner mystischen Waffe so dick, daß es ihm über den Arm herabrann und das fleckenlose schwarze Leder seiner frischen Uniform mit den Lebenssäften seiner Feinde taufte.

Ein Seitenblick zeigte ihm Best nahe hinter ihm und zu seiner Linken, wo er mit ekstatischer Hingabe auf die Krieger einschlug, das Leuchten eines rücksichtslosen, sich selbst aufopfernden Fanatismus in den Augen. Und gleichauf mit Best rückten hochgewachsene blonde SS-Männer der Motorradabteilungen in ungebrochener Linie vor, warfen sich mit übermenschlichem Mut und heldenhafter Kühnheit auf den Feind. Massen von grunzenden, sabbernden Riesen schlugen in vergeblicher Raserei mit ihren Knüppeln auf die heldonischen Panzer ein und rissen sich in ihren vernunftlosen Versuchen, die Panzerplatten aufzubrechen, die eigenen Hände in blutige Fetzen, während die Maschinengewehrschützen, sicher in den beweglichen Festungen, die dichtgedrängten Leiber der Riesen mit Tausenden von Kugeln durchsiebten und die schweren Stahlketten der Panzer unerbittlich über die noch um sich schlagenden Körper vorwärtsrollten.

Für Feric nahm der Kampf auf Leben und Tod eine mystische Schönheit an. Heldon und Zind standen an diesem verlassenen Ort im Entscheidungskampf, nicht individuelle Krieger oder Menschen; der wahre menschliche Genotyp kämpfte mit der genetischen Perversion der Dominatormutation um nichts Geringeres als die Alleinherrschaft über die Erde für alle Zeiten. Jedem Kämpfer war die volle Bedeutung dieses Kampfes wie ein flammendes Hakenkreuz ins Bewußtsein eingebrannt, seine Seele war entflammt von dem Kampfgeist, den Feric angefacht hatte, und sein Wille war vollkommen verschmolzen in die rassische Identität mit Heldon. Dieses enorme Reservoir kollektiven Willens und Bewußtseins wurde unmittelbar durch Ferics eigene Seele kanalisiert, so daß Feric Jaggar Heldon war, und Heldon Feric Jaggar, und beide waren Vollstrecker einer Vorsehung, die nicht irren konnte.

Das Blut des Feindes, das Feric und sein metallenes Roß bedeckte und in Bächen von den Uniformen seiner Männer rann, vereinte sie in der heiligen Gemeinschaft rechtschaffenen Kampfes. Jeder freigekämpfte Fußbreit Bodens war ein konkreter Schritt vorwärts zu dem Ziel einer ausschließlich von reinrassigen wahren Menschen bewohnten Erde, die völlig frei sein sollte von der Möglichkeit rassischer Vermischung und Verseuchung. Jede sabbernde Monstrosität, die unter den Kugeln und Knüppeln der Helder fiel, war eine Krebszelle weniger im Körper des großen Genreservoirs der Erde.

Was war das Leben eines einzelnen, verglichen mit der Größe dieser geheiligten Sache? In dieser Schlacht zu fallen, bedeutete die Erreichung des höchsten Gipfels von Heldentum in der gesamten Menschheitsgeschichte; sie siegreich zu überleben, bedeutete den Genuß der Ehrerbietung und Dankbarkeit von Zeitgenossen und Nachgeborenen. Kein Zeitpunkt in der Menschheitsgeschichte hatte einem einzelnen jemals an Ruhm geboten, was diesem gleichkam. Diejenigen, die heute hier fochten, würden für alle Zeit die Vorbilder der Rasse werden; die Betrachtung seines eigenen Platzes im Pantheon der Zukunft erfüllte Feric mit einem Staunen, das über Ehrfurcht und Demut hinausging.

Dergestalt zu glorreichen Taten übermenschlichen Heldentums und unermüdlichen Fanatismus' angefeuert, stieß die rassische Einheit, die Heldon verkörperte, wie ein von Dämonen besessener Gott, in das Wesentliche seiner totalen Antithese, das obszöne Karzinom im Genreservoir der Welt, das der seelenlose, lebensverleugnende Ameisenhaufen von Zind war. Die Krieger von Zind ihrerseits kämpften mit einer Wildheit, die ihren Genen von einer verderbten, alles Leben außer dem eigenen verachtenden Mutantenrasse aufgeprägt worden war.

Aus diesem Grunde war die Schlacht die erbittertste Konfrontation, die die Welt je gesehen hatte, ein wahrhaftes Harmageddon zwischen allem, was im Menschen edel und erhebend war, und der denkbar erbärmlichsten Perversion dessen, was einst menschliches Erbgut gewesen war. Das Gute kämpfte unter dem Banner des Hakenkreuzes einen totalen Krieg gegen das Böse, und dieses antwortete in gleich kompromißloser Härte.

An der Spitze des heldonischen Vorstoßes, sah Feric sich gleichzeitig von zwanzig, vierzig, sogar fünfzig Kriegern angegriffen. Die aus dem Hintergrund die Horde steuernden Dominatoren hatten ohne Zweifel erkannt, daß sie mit Feric Jaggar den rassischen Willen von Heldon erschlagen würden, denn die Krieger schreckten in ihrer rasenden Begier, ihn zu fällen, nicht einmal davor zurück, einander mit den Knüppeln beiseite zu schlagen.

Was Feric betraf, so begrüßte er diese Konzentration der gegnerischen Streitkräfte auf seine Person, denn sie feuerte den Fanatismus Heldons nur zu größeren Höhen von Heldentum und Wildheit an, und die unglaubliche Geschwindigkeit und Energie, mit welcher die edle Waffe in seiner Hand der Herausforderung begegnete und den Feind auslöschte, verlieh dem Kampfgeist der zahlenmäßig unterlegenen Helder mächtigen Auftrieb.

In seinem Griff schien der Stahlkommandeur getränkt mit Ferics eigener Lebenskraft, Metall, das durch die transzendente Kraft des rassischen Willens, dem es diente, zu gottähnlichem Leben erweckt wurde. Mühelos schwang er die Waffe mit mächtig sausenden Streichen durch die Luft, daß sie einen Kometenschweif von zerschlagenem Fleisch und spritzendem Blut hinterließ.

Dessenungeachtet drangen die Krieger von Zind weiter mit

unverminderter Wut auf ihn ein, blutigen Schaum vor dem Mund, die feurigen Schweinsaugen rollend, Knüppel von der Stärke eines Männerschenkels und der Länge eines Mannes schwingend. Zwanzig dieser Unholde stürzten sich von links auf ihn. Feric begegnete ihnen mit einem Streich des Großen Knüppels, der ihre Brustkörbe durchschlug, Lungen zerriß und die noch schlagenden Herzen aus ihren Körpern trieb. Zur gleichen Zeit kamen zehn weitere von rückwärts; als er den letzten Streich seines Knüppels beendet hatte, warf er das sich aufbäumende Motorrad auf der Stelle herum und schaffte sich diese Riesen mit einem Rückhandschlag in Hüfthöhe vom Hals, der ihnen die säulenartigen Beine unter dem Körper wegschlug, daß sie wie Steine zu Boden fielen und im Todeskampf um sich schlagend den blutgetränkten Grund bedeckten, während Dutzende von nachstoßenden Motorradkämpfern sie unter ihren Maschinen zermalmten.

Doch als Feric diesen Angriff erfolgreich abwehrte, waren schon zwanzig weitere Krieger auf ihm, und als er sie mit zwei gewaltigen Streichen des Stahlkommandeurs erledigte, landete der riesige Knüppel eines der Unholde mit voller Wucht auf dem Hinterrad seines Motorrades und verwandelte es in verbogenes Blech. Feric war gezwungen, abzusteigen und zu Fuß zu kämpfen.

Dies spornte die Krieger zu noch größerer Raserei an, aber schon war Ludolf Best von seiner Maschine gesprungen, um an Ferics Seite zu kämpfen. Einige zwanzig hochgewachsene, blonde und blauäugige Herrenmenschen in enganliegenden schwarzen Uniformen, die vom Blut so rot bespritzt waren wie ihre Hakenkreuzumhänge, folgten seinem Beispiel und bildeten eine Phalanx von SS-Helden, die ihren Oberkommandierenden flankierte und von ihm zu Ruhmestaten inspiriert wurde, die seinen eigenen nahezu gleichkamen. Diese heldenhafte Truppe, versammelt um die Inkarnation des rassischen Willens, bahnte sich mit einer Gewalt und einem Fanatismus ihren Weg durch die anstürmenden Krieger, daß der Anblick alle benachbarten Truppenteile zu inbrünstiger Nacheiferung anspornte.

Bald hatte sich ein großer Abschnitt der in vorderster Linie kämpfenden Soldaten zu einer Bruderschaft übermenschlicher Helden um die Person Feric Jaggars geschart. Männer der Motorradabteilungen rammten ihre Maschinen in die geifernden Riesen, sprangen ab und warfen sich mit ihren Knüppeln auf weitere

Krieger und fochten bei alledem mit einer fanatischen Energie, die sie unbezwingbar erscheinen ließ. Infanteristen stürmten furchtlos in regelrechte Wälder von massiven haarigen Beinen, schlugen mit ihren Knüppeln wütend um sich, um die Krieger in die Knie und auf ihre Höhe zu zwingen, um sodann Köpfe einzuschlagen und mit ihren eisenbeschlagenen Stiefeln in Mägen zu treten. Die Panzer mahlten sich unaufhaltsam durch massive Wände aus Zind-Protoplasma vorwärts, unaufhaltsam wie gepanzerte Planierraupen.

Die unglaublichen Heldentaten, die von Zehntausenden gewöhnlicher Heldersoldaten verrichtet wurden, feuerten die SS-Elite um Feric zu immer wilderem Fanatismus an, der wiederum die Massen der Truppe anspornte, ihre bereits übermenschlichen Anstrengungen zu verdoppeln, womit sie wiederum die SS-Elite inspirierten — in einem sich gleichmäßig steigernden Rückkopplungsprozeß rassischen Heldentums, der einen ganzen Frontabschnitt in eine unwiderstehliche Gewalt verwandelte, der keine Macht der Welt standhalten konnte. Was Feric betraf, so gab es im ganzen Universum nicht genug Zind-Krieger, um seinen Blutdurst zu löschen.

Die Mitte der Kampffront entwickelte eine Ausbauchung und wurde bald zu einem großen Keil, der durch den Körper der Streitmacht von Zind vorgetrieben wurde. Diese unwiderstehliche Angriffsspitze durchstieß das Meer der primitiven, schwerfällig reagierenden Monster mit zunehmender Gewalt und Geschwindigkeit, öffnete im weiteren Vordringen den Einbruch und zog mehr und mehr Kämpfer nach.

Feric hieb sich seinen Weg durch die Reihen der Krieger, beflügelt vom Hochgefühl des bevorstehenden Sieges, und sah sich plötzlich auf freier Fläche stehen. Vor ihm waren vierzig stumpfgrüne Zindpanzer in geschlossener Formation, und sonst nichts.

Als Best an seine Seite kam, erkannte Feric die Bedeutung der Situation. »Wir haben es geschafft, Best!« rief er und legte dem treuen Gefährten seinen kraftvollen Arm um die Schultern. »Wir haben die feindlichen Horden in zwei Teile gespalten!« Überdies gab es keinen Zweifel, daß die Panzerformation, noch vor Minuten in der sichersten Position auf dem Schlachtfeld, die feigen Doms beherbergte, welche die gesamte Horde steuerten.

Hunderte von hochgewachsenen blonden SS-Helden brachen durch die Bresche, dann ein Dutzend Panzer mit donnernden Kanonen. Zehn der Zindpanzer barsten in orangeroten Glutwolken und dichtem schwarzem Rauch. Von den übrigen erwiderten einige das Feuer, aber dann stießen zwanzig weitere durch die Frontlücke vor, gefolgt von Schützenpanzern mit Infanterie und Kämpfern der Motorradabteilungen; drei weitere massierte Salven zerschlugen die restlichen Zindpanzer. Feric schwenkte den Großen Knüppel in wildem Triumph, daß das daran haftende Blut erschlagener Krieger umherspritzte, dann führte er Best und die Elite seiner SS-Leibwache vorwärts, als Dutzende von humanoiden Gestalten in grauen Uniformen sich da und dort aus den zerschossenen Panzern retteten, um das Weite zu suchen. Hunderte von Heldersoldaten schlossen sich Feric und seinen Leuten an und nahmen die Verfolgung auf.

Feric erreichte als erster die rauchenden Panzerwracks. Zwei rattenäugige Doms sprangen plötzlich aus der Deckung eines brennenden Panzers vor, Maschinenpistolen in den Händen, geifernd vor Panik und Wut. Ehe Feric seine Maschinenpistole hochreißen konnte, hämmerte ein Feuerstoß zu seiner Rechten und durchsiebte die abscheulichen Doms. Feric wandte den Kopf und sah Ludolf Best mit rauchender Maschinenpistole einige Schritte abseits stehen und herüberlächeln.

Drei weitere Dominatoren versuchten sich zwischen den qualmenden Wracks nach links davonzumachen; Feric mähte sie mit der Maschinenpistole nieder, dann sah er sich um und lächelte zu Best zurück. Die SS-Männer der Leibwache machten kurzen Prozeß mit den restlichen Doms. Ihre letzten Feuerstöße waren noch nicht verhallt, als ein ungeheurer Donnerschlag die Luft zerriß, wie wenn der Himmel sich gespalten hätte, und vierzig schlanke schwarze Düsenmaschinen jagten in wenigen hundert Metern Höhe über den Himmel, führten in geschlossener Formation eine Rolle aus und stießen mit rasender Geschwindigkeit und einem betäubenden Kreischen auf den Feind herab.

»Waffings Truppen sind da, mein Führer!« rief Best.

Die Bedeutung dieser großartigen Flugvorführung blieb keinem Heldersoldaten verborgen. Überall auf dem weiten Schlachtfeld wurden Hochrufe laut, die sogar das Donnern der Düsenmaschinen übertönten, die ihre Raketen in die aufgespaltenen Reste der feindlichen Kriegermassen feuerten.

Der plötzliche Verlust ihrer Dominatoren, verbunden mit der jähen Erscheinung im Himmel und dem überall in der heldonischen Heeresgruppe aufbrandenden Triumphgebrüll, entnervte die feindlichen Krieger vollständig. Noch immer versklavt von der mörderischen Wut, die ihnen einprogrammiert war, aber jeglicher psychischer Führung beraubt, gerieten diese schwachsinnigen protoplasmischen Tötungsmaschinen in eine besinnungslose Raserei, rannten kreischend und heulend in alle Richtungen durcheinander, schlugen ihre Kameraden mit Keulen, würgten und bissen einander und warfen sich eher zufällig auf die disziplinierten heldonischen Truppen, als folgten sie einem nachträglichen Einfall.

Unnötig zu sagen, daß der Ausgang der Schlacht jetzt eine ausgemachte Sache war. Beflügelt von berauschender Siegesgewißheit, strömten die heldonischen Truppen durch die Bresche, erweiterten sie und fielen den tobenden Kriegern von beiden Seiten her in den Rücken. Von Süden her rückte eine große Panzerformation als Spitze einer langen Kolonne von motorisierten Kampftruppen und Nachschubeinheiten an. Gleichzeitig donnerten Hunderte von Düsenmaschinen über die Walstatt und rissen mit Raketen und Bordwaffen riesige Löcher in die sich auflösenden Formationen der Zind.

Bald waren die unorganisierten Horden in zwei große Kessel eingeschlossen. Flugzeuge und Panzer überschütteten die dichtgedrängten Massen der Krieger mit Bomben und Granaten, während die Infanterie die tobenden Riesen von allen Seiten unter Feuer nahm. Außerstande, den Einschließungsring zu durchbrechen, kehrten die abscheulichen Kreaturen ihren unersättlichen Blutdurst selbstzerstörerisch nach innen und schlugen sinnlos aufeinander ein, während sie von den Truppen Heldons ausgelöscht wurden.

Nicht lange, und Waffings Kampfmaschinen erhielten weitere Verstärkung durch die zurückkehrenden Stukas und Jagdbomber der Luftwaffe, welche für diese endgültige Vernichtung der gegnerischen Horden mit Napalmkanistern ausgerüstet worden waren. Wenige Minuten nach dem Beginn der Bombardierung waren die restlichen Krieger von Zind reduziert zu einer stinkenden See aus geröstetem, flammendem Protoplasma, da und dort bewegt von letzten Todeszuckungen.

Als Feric die riesigen Rauchsäulen aus fettigem schwarzem Qualm beobachtete, die kilometerhoch in die windstille Luft aufbrodelten, wußte er, daß zur Vollendung des endgültigen und vollständigen Sieges des reinen menschlichen Genotyps nichts weiter zu tun blieb als durch das nun von aller Verteidigung entblößte Kernland von Zind nach Bora zu marschieren und dieses letzte Dominatorennest vom Erdboden zu vertilgen.

Über dem riesigen Brand hatten sich Hunderte von Flugzeugen zu einer improvisierten Hakenkreuzformation vereinigt und verherrlichten das Symbol des heldonischen Sieges weithin sichtbar am Himmel.

13

Der Vormarsch auf Bora war nicht mehr als eine Siegesparade. Die Verwundeten waren nach Heldon zurückgebracht worden, und starke Infanterieverbände gingen auf breiter Front von dort durch Wolack und Zind vor, um Säuberungsaktionen durchzuführen und die weiten, neu eroberten Gebiete durch Garnisonen zu sichern. Schon in den ersten Tagen nach dem entscheidenden Sieg über Zind hatte die SS mit der Errichtung neuer Registrierungslager für die Mutantensklaven der Doms begonnen. In der Erkenntnis, daß der letzte ernstliche Widerstand in Zind gebrochen war, gruppierte Feric die Kräfte der beiden Heeresgruppen unter seinem Kommando zu einer Front von annähernd tausend Kilometern Länge um, die mit verlangsamter Geschwindigkeit durch verseuchte Ödländer, Strahlungsdschungel und Siedlungsgebiete ostwärts vordrang. Auf ihrem Vormarsch machte sie jedes Gebäude bis hin zur letzten Bauernkate dem Erdboden gleich, pulverisierte jede militärische Einrichtung, vernichtete alle Strahlungsdschungel, verseuchten Getreidefelder und Viehherden und merzte alle Mutanten aus, deren sie habhaft werden konnte. So zog Heldon selbst über das Angesicht von Zind, absorbierte das Territorium und verwandelte es für alle Zeit in gereinigten, für menschliche Inbesitznahme geeigneten Erdboden, während seine heroischen und siegreichen Truppen unter ihrem Obersten Feldherrn Feric Jaggar gegen die letzte Zitadelle der Dominatoren marschierten.

Für diesen letzten Vorstoß hatte Feric seinen schnittigen schwarzen Kommandowagen an die Front bringen lassen, so daß er in der Gesellschaft seiner vertrauen Mitkämpfer und Feldmarschälle Best, Remler, Waffing und Bogel in Bora einziehen konnte, denn diese Männer hatten die Ehre verdient, ihren Führer in die feindliche Hauptstadt zu begleiten.

Diese vier Männer saßen im vorderen Teil des offenen Fahrzeugs, und da der beleibte Waffing die Sitzfläche zweier normaler Männer einnahm, saßen sie aneinandergedrängt wie die Erbsen in der Schote. Dennoch hätte die Stimmung nicht besser sein können, als der Wagen inmitten einer Menge von Panzern, Beiwagenmaschinen, Schützenpanzern und Transportern ostwärts fuhr. Überdies hatte Waffing nicht versäumt, den Wagen mit einem Faß schäumenden Bieres zu versehen, dem sie alle kräftig zusprachen. Feric selbst saß allein auf dem erhöhten Rücksitz, wo seine Truppen ihn gut sehen konnten, das Faß in bequemer Reichweite vor sich.

»Bora sollte bald in Sicht kommen«, sagte Waffing. »Wenigstens das, was davon übrig ist. Ich fürchte, nach den Angriffen der Luftwaffe wird uns nicht viel zu tun bleiben.«

Zwei weitere Jagdbomberstaffeln donnerten über die leeren Ödländer ostwärts, unterwegs nach Bora.

»Ich habe nur noch einen Wunsch«, sagte Feric. »Den letzten Dominator auf Erden mit dem Großen Knüppel von Held zu erschlagen. Das wäre die der Sache angemessene reale Symbolik. Ich hoffe, daß unsere Piloten das Leben eines Dominators schonen werden, so daß dieser letzte Krieg mit dem geeigneten Zeremoniell abgeschlossen werden kann. Was das übrige Bora angeht, so mag sie es in rauchende Trümmer verwandeln, bevor wir hinkommen, das würde mich nicht kümmern.«

Waffing lachte. »Sie stellen die totale Effizienz unserer Piloten in Frage?« scherzte er. »Ich glaube wirklich nicht, daß irgend jemand, wer es auch sei, sonderlich gute Chancen hat, unsere Bombardierungen zu überleben.«

»Sicherlich wird uns wenigstens ein Dominator bleiben, nicht wahr?« sagte Feric. »Oder sind unsere Bomber wirklich so gut?«

Waffing breitete die Arme aus, als wollte er das ganze eroberte Zind umfassen. In Sichtweite des Kommandowagens gab es nicht eine Spur von lebendem Protoplasma, das in dieser kranken grauen Landschaft heimisch war, noch einen intakten Gegenstand, den Einwohner von Zind gefertigt hatten. »Der Beweis ist überall um Sie, mein Führer«, sagte er.

Feric lachte. »Es ist sehr seltsam«, meinte er, »zu hoffen, daß unsere Luftwaffe mit etwas weniger als ihrer gewohnten Gründlichkeit aufwarten wird!«

Eine Stunde später erwies sich Waffings Prahlerei hinsichtlich der Effizienz der Bomberpiloten als mehr denn gerechtfertigt.

Jenseits einer trostlosen grauen Ebene, die mit vereinzelten strahlenverseuchten Buschdickichten und Gestrüppinseln bestanden war, sah Feric in der Ferne einen riesigen Flächenbrand, überlagert von schwefelgelb erhellten, schwarzbraunen Rauchwolken. Im Näherkommen konnte Feric Schwärme von Flugzeugen ausmachen, die über der brennenden Stadt kreisten und auf sie herabstießen, um weitere Napalmkanister und Sprengbomben auf den Scheiterhaufen der Dominatoren von Zind zu werfen. Selbst aus dieser Entfernung war die von der Feuersbrunst ausgehende Hitze in der Luft spürbar.

»Keine große Chance, daß jemand das überlebt, mein Führer«, sagte Waffing, nachdem er seinen Bierkrug mit einem Zug geleert hatte. »Ich fürchte, ich muß mich für die Gründlichkeit unserer Piloten entschuldigen.«

Feric vermochte nicht wirklich ärgerlich zu sein. Wer konnte anders als frohlocken, wenn er die letzte Bastion des gefährlichsten Feindes der wahren Menschheit in Flammen aufgehen sah? Neben der großen Freude und Genugtuung, die jeder wahre Mensch bei diesem Anblick empfinden mußte, war seine Enttäuschung, nicht in der Lage zu sein, den letzten Dominator auf Erden eigenhändig zu töten, schließlich eine triviale Angelegenheit.

Die Feuersbrunst über der Stadt schien plötzlich zuzunehmen. Die ausgedehnten Flächenbrände, die Bora verzehrten, schienen auf einmal in einem enorm auflodernden Feuer zu verschmelzen, das sich über der Mitte der Stadt zu erheben schien und dem auszuweichen, die Kampfflugzeuge sich beeilten. Dieser wilde Feuerschein schwebte einen langen, grellen Augenblick über der zum Untergang verurteilten Stadt; dann stieg er aufwärts, als suche er seinen rechtmäßigen Platz im Himmel wiederzugewinnen. Unter ihm hob sich eine enorme Feuersäule von wenigstens eineinhalb Kilometern Durchmesser empor, genährt von den Flächenbränden ringsum, die sich wie unter einem furchtbaren Luftzug nach innen orientierten. Erstaunlicherweise blieb diese Feuersäule stabil, als der Wagen weiterrollte.

»Unsere Flugzeuge haben einen Feuersturm ausgelöst!« rief Waffing aus. »Unsere Wissenschaftler sagten eine solche Möglichkeit voraus — daß, wenn die Brände einen bestimmten Umfang annehmen, von allen Seiten Frischluft angesogen wird, die schließlich Orkangeschwindigkeit erreicht und das Feuer weiter anfacht, bis es sich zu einem einzigen Brandherd vereint, dessen erhitzte Abluft wie durch einen Schornstein in die Wolken geblasen wird. Bisher kam mir das ziemlich theoretisch und unwahrscheinlich vor.«

»Es sieht wie das Feuer der Alten aus«, flüsterte Bogel.

Waffing nickte. »Es ist das Zweitbeste«, sagte er.

»Für mich hat der Anblick eine schreckliche Schönheit«, sagte Remler mit leuchtenden Augen. Er tat einen Trunk aus seinem Bierkrug, ohne den Blick von der gigantischen Feuersäule zu wenden, die gelbe und orangerote Glut himmelwärts schleuderte.

Feric konnte gut verstehen, wie der SS-Kommandeur empfand. In ihm selbst löste der Anblick des Feuersturms zwei verschiedene Reaktionen aus, die beide angenehm waren: die patriotische und die ästhetische. Die totale Zerstörung des letzten Widerstandsnestes gegen die Herrschaft Heldons über die bewohnbare Welt in einem reinigenden Inferno aus Feuer und Glut war etwas, das das Herz eines wahren Menschen nur höher schlagen lassen konnte. Zugleich ließ das abstrakte Schauspiel dieser prachtvollen, unglaublich großen Feuerfontäne, die das ganze umliegende Land in orangefarbenes Licht tauchte, eine Saite seines ästhetischen Empfindens anklingen. So nahm er den Feuersturm über Bora als ein wahres und großes Kunstwerk wahr: edel und erhebend in seiner inneren Bedeutung für den wahren menschlichen Geist, und ästhetisch anregend in Stil und Form. Nur eine Kleinigkeit fehlte, und man konnte ein visuelles Epos daraus schaffen, das das Volk von Heldon begeistern und diesen Gipfelpunkt der Menschheitsgeschichte für alle Zeiten unsterblich machen würde.

»Bogel, haben Sie Flugzeuge mit Filmkameras über Bora?«

»Selbstverständlich, mein Führer! Was wäre ich für ein Minister für Volksaufklärung, wenn ich mir die Gelegenheit entgehen ließe, den Höhepunkt der Menschheitsgeschichte zu filmen? In diesem Augenblick haben wir Fernseh-Direktübertragungen zu jedem öffentlichen Platz in Heldon! Gleichzeitig wird das Schauspiel natürlich für die Nachwelt festgehalten.«

»Sehr gut, Bogel. Ich werde Ihren Kameras etwas geben, was der Würde und Bedeutung des Augenblicks angemessen ist und zugleich das Auge erfreuen wird!«

Feric beschloß, das Schauspiel gemeinsam mit Bogel von einem kamerabestückten Flugzeug aus zu betrachten, denn dies würde der bestmögliche Aussichtspunkt sein, um das Kunstwerk zu betrachten, das er geschaffen hatte; außerdem sollte diese Draufsicht das Bild zeigen, welches für alle Zeit in Geschichte und Überlieferung der wahren Menschheit eingebrannt bleiben würde.

Die Maschine schraubte sich in schwindelerregenden Spiralen aufwärts, hoch über die Feuersäule hinaus, was Feric kein geringes Unbehagen verursachte und Bogels Gesicht zu einer krankhaft grünlichen Farbe verhalf. Endlich erreichte die Maschine eine Höhe von annähernd dreitausend Metern, ging in Geradeausflug über und begann den Feuersturm zu umkreisen, die Kameras auf das Schauspiel tief unter ihnen gerichtet.

Feric hatte Motorradabteilungen der SS, Panzerverbände und Infanterieeinheiten in Schützenpanzern in einer riesenhaften Hakenkreuzformation um die im Feuersturm brennende Stadt antreten lassen. Aus dieser gewaltigen Höhe bot sich ein atemberaubender Anblick: ein metallisch schimmerndes Hakenkreuz mit kilometerlangen Achsen, angeordnet um einen Feuerkreis, aus dem sich die Flammensäule zum Himmel erhob und ihren orangegelben Widerschein vom schwarzbrünierten Metall der massierten Militärfahrzeuge blitzen ließ.

»Ein schöner Anblick, mein Führer«, sagte Bogel andächtig.

Feric schaltete sein Mikrophon ein, um Waffing, der die Schaustellung an Ort und Stelle lenkte und überwachte, die letzten Anweisungen zu geben. »Wir sind noch nicht ganz fertig«, sagte er zu Bogel. Dann erteilte er den angetretenen Truppenteilen Marschbefehl.

Tief unter ihnen begann das schimmernde schwarze Hakenkreuz langsam um die Mittelachse der Feuersäule zu rotieren. Eine riesige Armee, formiert zum geheiligten Emblem der Rasse, führte einen Triumphzug um die brennende Hauptstadt des letzten Feindes der wahren Menschheit aus.

»Feuer!«

Von dem riesigen, die Brandstätte umkreisenden Hakenkreuz eruptierten Blitz und Rauch, als alle Kanonen gleichzeitig das Feuer eröffneten und alle Handfeuerwaffen Lichterketten von Leuchtspurmunition verschossen, alles einwärts gerichtet, um den im Herzen des großen Schauspiels tobenden Feuersturm zu nähren.

Nun war die unglaubliche Inszenierung des Triumphes vollständig und der höchste Ruhm dieser Stunde angemessen begangen. In der Tiefe drehte sich ein Hakenkreuz aus Rauch und Feuer majestätisch langsam um den Scheiterhaufen der Dominatormutation, und in einem erweiterten Sinne jeder großen oder kleinen Entwürdigung des menschlichen Genreservoirs. Das ungeheure funkelnde Hakenkreuz aus Zehntausenden von aufblitzenden Mündungsfeuern vor schimmerndem schwarzem Metall und seine feierliche Rotation um die Hunderte von Metern emporschießenden orangegelben Flammen bot einen Anblick, der allein mit seiner schieren Größe und physikalischen Schönheit die Seele anrührte. Aber die Symbolik erfreute eine noch edlere Ebene des menschlichen Geistes: das große kreisende Hakenkreuz aus Feuer und Metall war die für jedermann erkennbare Verkörperung von Idealismus und Macht; in gleicher Weise konnte niemand die gefangene Feuerfontäne für etwas anderes nehmen, als was sie war, der Scheiterhaufen von Zind. In dieser Weise symbolisierte das Schauspiel gleichermaßen vollkommen den Endsieg der Streitkräfte Heldons über die Verderbtheit von Zind und den tatsächlichen historischen Augenblick des Sieges; einen Höhepunkt der Menschheitsgeschichte und die Feier dieses Ereignisses in einem großen Kunstwerk, alles in einem.

Tränen füllten Ferics Augen, als er dieses Schauspiel erblickte. Seine kühnsten Träume hatten sich erfüllt. Er hatte Heldon zum totalen Sieg geführt und das Fortleben des reinen menschlichen Genotyps für immer gesichert; bald würde das Zuchtwahlprogramm die Rasse der Helder in eine Rasse von Übermenschen fortentwickeln. Er hatte die Menschheit auf die Ebene ihrer früheren genetischen Reinheit emporgehoben und würde eines Tages die beispiellose Ehre haben, den nächsten Schritt in der menschlichen Evolution einzuleiten, dessen Ziel eine wahre Herrenrasse sein sollte. Kein Sterblicher konnte hoffen, Größeres zu leisten.

Er hatte das endgültige, triumphale Harmageddon mit einem überragenden Kunstwerk verherrlicht, das für alle Zeit fortleben würde.

Einen Tag später, als der Feuersturm sich ausgebrannt hatte und die Truppen das Ruinenfeld Boras betreten konnten, war von der Stadt nichts übrig als ein endloses Feld aus schwelender grauschwarzer Asche, da und dort belebt von sporadisch aufflackernden Flammen, und geschwärzten Mauerresten. Obwohl die Stadt Zehntausende von Dominatoren und Millionen ihrer monströsen Sklaven beherbergt hatte, waren nicht einmal ihre Knochen auffindbar.

Feric fuhr mit Bogel, Best, Waffing und Remler in seinem frisch polierten schwarzen Kommandowagen in die Stadt ein, eskortiert von zwanzig blonden Helden der SS-Motorradabteilung in schwarzem Leder auf frisch geputzten, chromblitzenden Maschinen. Hinter seinem Fahrzeug waren auf breiter Front Panzer und Infanterieeinheiten angetreten, um den Leichnam der Stadt zu durchkämmen und die Asche nach Lebenszeichen abzusuchen.

»Es gibt keinen Zweifel, daß die Dominatoren endlich aus der Geschichte verschwunden sind«, sagte Remler, als sie über die öde Fläche dahinfuhren, Wolken aus feiner grauer Asche aufwirbelnd.

Feric nickte; so weit das Auge reichte, war nichts zu sehen als eingestürzte und geschwärzte Ruinen, Asche und Glutreste. Die Wahrscheinlichkeit, daß auch nur ein Dom dieses Inferno überlebt hatte, war in der Tat minimal; nicht ein einziges Gebäude hatte den Feuersturm in einer Gestalt überstanden, die es in seiner früheren Funktion kenntlich gelassen hätte.

Plötzlich gestikulierte Best aufgeregt und zeigte in die Ruinen links vom Wagen. »Mein Führer! Dort drüben!«

Feric blickte in die angezeigte Richtung und machte etwas Hartes und Metallisches aus, das sich hundert Schritte vom Wagen aus der Asche erhob, die es halb verschüttet hatte. Er befahl dem Fahrer, näher an das Objekt heranzufahren, was immer es sein mochte. Als der Kommandowagen und seine Eskorte durch Schutt und tiefe Asche pflügten, sah Feric, daß sie sich einem stählernen Würfel näherten, der vielleicht drei Meter Kantenlänge hatte, von der Feuersbrunst bläulich verfärbt und unter Asche und Trümmern halb begraben war. Der Fahrer hielt unmittelbar vor dem Würfel; die SS-Elite saß auf ihren im Leerlauf blubbernden Motorrädern und wartete auf Befehle.

»Sehen wir uns dieses Ding selbst an«, schlug Feric vor. Ihrem Obersten Feldherrn folgend, stiegen die vier Feldmarschälle aus und stapften durch die Asche auf den zernarbten Metallwürfel zu.

Feric erreichte die vordere Wand des Würfels: eine Stahlplatte, die einen sehr massiven Eindruck machte. Beim Umkreisen seines Fundes stieß er auf eine schwere runde Luke von ungefähr zwei Metern Durchmesser, mit einem Sperrad in der Mitte.

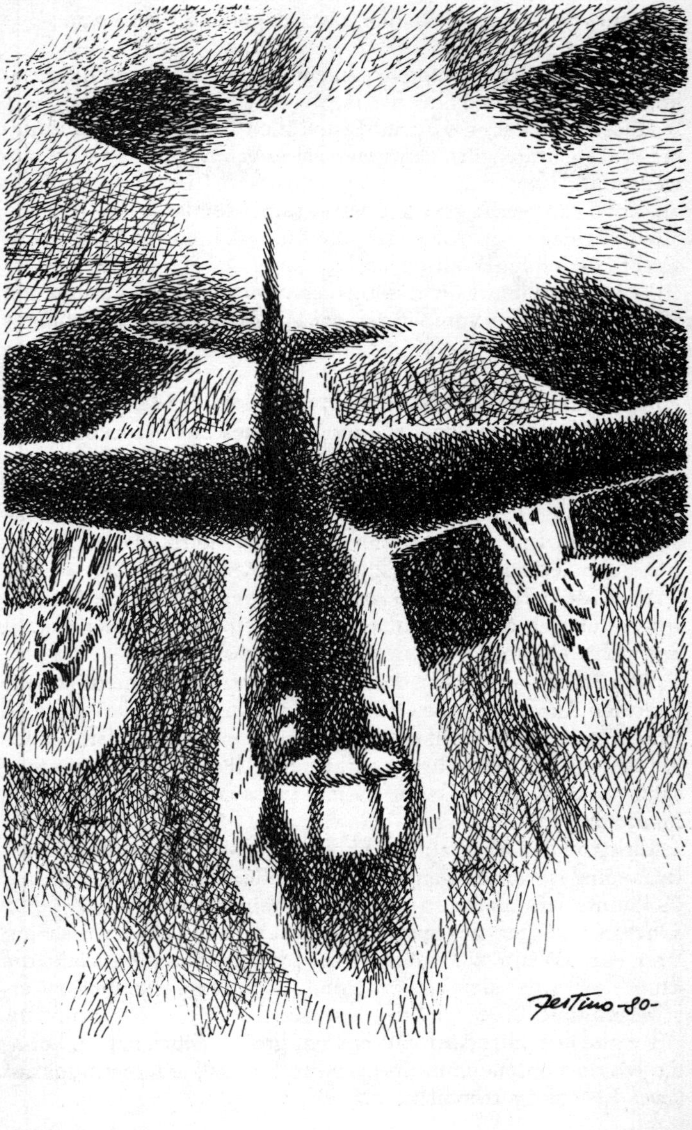

Als er sich ohne Erfolg bemühte, das Rad zu drehen und die Luke zu öffnen, kamen Remler, Best, Bogel und Waffing an seine Seite.

»Offensichtlich ein Eingang zu einem unterirdischen Bunker«, bemerkte Bogel.

»Fassen Sie mit an«, befahl Feric. Alle fünf packten das Handrad und stemmten sich dagegen, aber es gab nicht einen Millimeter nach.

»Muß von innen gesperrt sein«, sagte Remler.

»Ich schlage vor, wir lassen die Luke von einem Panzer aufschießen«, schlug Waffing vor.

»Das ist vielleicht nicht nötig«, erwiderte Feric und nahm den Stahlkommandeur vom Gürtel, die Waffe, die allein er mühelos schwingen konnte und die die effektive Masse eines kleinen Berges hatte.

Er umfaßte mit beiden Händen den Griff des Großen Knüppels, holte aus und versetzte der Mitte des Lukendeckels einen mächtigen Schlag. Es gab ein ohrenbetäubendes Dröhnen, ein schrilles metallisches Bersten, und der Schaft der edlen Waffe durchschlug zwanzig Zentimeter Stahl, als wäre es Käse. Das Sperrad und der Verschlußmechanismus fielen klappernd ins dunkle Innere. Feric versetzte dem Lukendeckel zwei weitere Schläge, dann fiel er heraus und wirbelte eine mächtige Aschenwolke auf. Wo er gewesen war, gähnte eine runde Öffnung, in der nichts als undurchdringliche Finsternis war.

Den Stahlkommandeur noch immer fest umklammert, steckte Feric den Kopf durch die Öffnung. Nach kurzer Zeit hatten seine Augen sich an die Dunkelheit gewöhnt, und er sah, daß das Innere des stählernen Würfels nichts enthielt als einen Treppenabsatz, von dem steinerne Stufen in die Schwärze des Untergrunds hinabführten.

Feric zog den Kopf zurück und wandte sich zu seinen Gefährten. »Dies ist der Eingang zu einer unterirdischen Einrichtung. Es könnte sein, daß dort unten noch jemand am Leben ist.«

»Warum sehen wir nicht selbst nach, mein Führer?« schlug Best vor. »Wenn wir Glück haben, bleibt Ihnen vielleicht die Ehre, doch noch den letzten Dom auf Erden persönlich zu erschlagen!«

Remler war ganz dafür. »Wenn wir großes Glück haben, könnten wir dort unten genug Doms antreffen, daß jeder von uns auf seine Rechnung kommt!«

Feric war ganz für die Expedition. Selbst wenn es in der unterirdischen Anlage keine lebenden Doms gäbe, so lieferte die Durchsuchung der Anlage einen ausgezeichneten Vorwand, sich nach der langen, beengten Fahrt im Kommandowagen ein wenig Bewegung zu verschaffen. »Auf jeden Fall!« erklärte er.

Nur Bogel schien zu zögern. »Es wäre vielleicht gut, die SS-Wachen mitzunehmen«, meinte er.

»Fürchten Sie sich vor einem Loch im Boden, Bogel?« spottete Waffing.

»Es hat keinen Sinn, das Leben des Führers und Obersten Feldherrn ohne Notwendigkeit aufs Spiel zu setzen«, erwiderte Bogel. »Welch ein Fiasko, wenn ihm ausgerechnet in diesem geschichtlichen Augenblick etwas zustoßen sollte!«

Bogels Argument überzeugte alle. Feric sah ein, daß er gegenüber dem Volk von Heldon die heilige Pflicht hatte, vernünftige Maßnahmen zum Schutz seiner persönlichen Sicherheit zu ergreifen.

»Richtig«, sagte er. »Waffing, bringen Sie zehn Mann von der Wache und lassen Sie die Leute Taschenlampen mitbringen.«

Wenig später stieg Feric in Begleitung seiner Großkommandeure und zehn hochgewachsener blonder SS-Männer der Wache die steinerne Treppe hinunter durch einen feuchten kühlen Schacht, eine Lampe in der Linken und den Stahlkommandeur zum Zuschlagen bereit in der Rechten. Er hatte seine Maschinenpistole umgehängt, die anderen aber hatten die ihrigen schußbereit im Anschlag, begierig, sich mit Doms zu messen, die in diesem unterirdischen Bunker etwa verborgen sein mochten.

Die Treppe führte tiefer als dreißig Meter unter die Erde und mündete endlich in einen aus dem anstehenden Felsgestein gehauenen Gang, dessen Wände feucht von Kondenswasser waren.

»Für mich sieht das Ganze nach einer Art Luftschutzkeller aus«, sagte Waffing, worauf er sich zu den SS-Leuten wandte und sie unnötigerweise zur Wachsamkeit ermahnte. Der Gang führte ungefähr hundert Schritte weit durch die Dunkelheit und endete dann vor einer weiteren stählernen Luke, deren Bauart derjenigen glich, die den oberirdischen Zugang verschlossen hatte. Wenn in diesen feuchtkalten Höhlen etwas am Leben war, dann würde es hinter dieser runden Stahltür sein. Die massive doppelte Sicherung und die ungewöhnlich tiefe Anlage machten es überdies wahrscheinlich, daß noch lebte, wer sich bei Beginn der Bombenangriffe hierher gerettet hatte.

Feric winkte die anderen zurück, dann trat er vor, holte mit dem Stahlkommandeur aus und versetzte der Luke einen kräftigen Schlag, während er gleichzeitig seitwärts aus der möglichen Schußlinie eines auf der anderen Seite stehenden Gegners sprang. Mit einem furchtbaren Geklirr, das ohrenbetäubend durch den engen Gang dröhnte, spaltete der Große Knüppel von Held die stählerne Luke, und die Stücke fielen heraus auf den Steinboden.

Sofort waren die zehn SS-Männer der Wache an Ferics Seite, die Maschinenpistolen schußbereit vor sich, gespannte Wachsamkeit in den eisblauen Augen. Aber aus dem Inneren kam kein Abwehrfeuer; statt dessen erhellte flackernder rotgelber Lichtschein den Raum hinter der stählernen Luke und drang in den Gang heraus. Feric führte die Gruppe durch die Luke und in einen kleinen, aus dem Fels gehauenen Raum, der von einem Ring brennender Fackeln erhellt wurde.

Im Inneren des Raumes gab es nichts als eine einzige kleine Instrumentenkonsole, hinter der ein steinalter, eingeschrumpfter Dom mit gebeugtem Rücken, eingesunkenen schwarzen Augen und einem frettchenhaften, verschlagenen Lächeln stand. Dieses alte Ungeheuer war in die graue Uniform von Zind gekleidet, besetzt mit allerlei goldenen Borten, kostbaren Steinen und goldener Stickerei, wodurch man unwillkürlich an ein schädliches Nagetier gemahnt wurde, das von Schuljungen als Teil eines besonders bösartigen Lausbubenstreiches in eine königliche Uniform gestopft worden war.

Nichtsdestoweniger war das Dominanzmuster, das vom schmutzigen Gehirn dieses Großvaters aller Dominatoren ausströmte, das stärkste und machtvollste, was Feric je verspürt hatte. Es hätte nicht viel gefehlt, und Feric wäre dem mächtigen Impuls erlegen, der sein Gehirn durchzuckte und ihn zum Wegwerfen des Großen Knüppels aufforderte. Hinter ihm entstand ein lautes Geklapper von Metall auf Stein, als die Feldmarschälle und die SS-Wachen ihre Maschinenpistolen auf den Befehl der nichtswürdigen Kreatur fallen ließen. Nur Ferics Wille war stark genug, um diesem unglaublich mächtigen Dominator zu widerstehen, und selbst seine Muskeln erstarrten in Unbeweglichkeit, gelähmt im Widerstreit der übermenschlichen Willenskräfte.

»Willkommen, menschlicher Schmutz«, krächzte der Dominator in einer gräßlichen Parodie menschlicher Sprache. »Unnötig zu sagen, daß ich einen Besuch erwartet habe. Wie auch immer, die Anwesenheit von Feric Jaggar selbst ist mehr, als ich hoffen konnte. Es wird mir Spaß machen, Ihr Gesicht zu sehen, Jaggar, wenn der menschliche Genotyp für alle Zeiten vom Angesicht der Erde gewischt wird!«

Der alte Teufel war offensichtlich verrückt, verwechselte irgendwie die endgültige Zerstörung seiner eigenen verabscheuungswürdigen Art mit derjenigen der wahren Menschheit! Feric bot seine äußerste Willenskraft auf, um das Dominanzmuster lange genug aufzubrechen, daß er dem Scheusal mit dem Stahlkommandeur den Schädel einschlagen könnte, aber es gelang ihm nur eine angedeutete Armbewegung.

Der Dominator betätigte einen Schalter auf der Konsole vor sich, dann lachte er in der Art eines Wahnsinnigen, daß dünner Speichel von seinen lederigen Lippen sprühte.

»Somit ist das Schicksal Ihrer wertlosen Art besiegelt, Jaggar!« krähte der alte Dom. »Das aktivierende Signal wurde zu einer Installation der Alten ausgesendet, die weit im Osten von hier liegt und von unseren Geschöpfen wiederhergestellt wurde. In Minuten wird dort draußen in der Wildnis eine riesige nukleare Explosion stattfinden, die Millionen von Tonnen radioaktiven Staubes in die Luft speien wird. Die Alten hier bauten die Installation, um sich zu versichern, daß kein Feind ihren Untergang überleben sollte. Wir waren nicht in der Lage, die Installationen vollständig wiederherzustellen, aber wir haben getan, was uns möglich war, und das reicht aus. In Wochen wird die Erdatmosphäre so verseucht sein, daß kein Mensch jemals wieder rein weitervererben wird. Ihre hochgeschätzten rassereinen wahren Menschen werden nichts als bucklige Zwerge, Papageiengesichter, Blauhäute und Dutzende neuer Mutationen hervorbringen, vielleicht auch solche von unserer Art. Sie haben das Reich der Dominatoren zerstört, und nun zerstören wir die Menschheit für alle Zeit! Stirb, menschlicher Schmutz!«

Eine gewaltig aufflammende Wut brannte durch Ferics Bewußtsein und zerbrach augenblicklich das Dominanzmuster, als hätte es nie existiert. Den Großen Knüppel von Held schwingend, sprang er vorwärts und ließ die mächtige Waffe auf den Schädel des sabbernden, kichernden Dom niedersausen, daß er wie eine Melone zerplatzte und schmieriges graues Gehirn überallhin verspritzte. Damit nicht genug, fuhr die stählerne Faust durch den Rumpf der Kreatur, spaltete ihn entzwei und verschüttete pulsierende, schleimige Organe über den feuchten Steinboden. Mit einem zweiten Streich schlug Feric die Instrumentenkonsole in Stücke, und die Gewalt seines im Zorn geführten Schlages war so, daß das Kopfstück seiner Waffe einen Fuß tief in den Steinboden fuhr.

Mit dem Tod des letzten Dom waren Ferics Begleiter vom Dominanzmuster frei und begannen alle auf einmal verwirrt und bestürzt durcheinander zu reden.

»Es kann nicht sein!«

»Das Feuer!«

»Der Tod der menschlichen Rasse! Es ist das Ende!«

»Unsinn! Sie können nicht . . .«

»Ruhe!« brüllte Feric, dem rotglühender Zorn im Herzen brannte und die Kehle beengte. »Hören Sie auf mit dem Geschnatter! Gehen wir hinauf und sehen selbst, ob der alte Teufel mehr als leere Drohungen ausstieß, bevor wir unsere Rasse betrauern!«

Als sie die Oberfläche erreichten, hatte sich nichts geändert: eine endlose Fläche aus grauer Asche und schwelendem Gemäuer, durchkämmt von den Schützenketten der Armee, die auf keinen Widerstand stießen und nichts Lebendiges fanden.

Ferics und seiner Gefährten Stimmung hob sich ein wenig, als sie wieder unter freiem Himmel standen und nichts Außergewöhnliches bemerkten.

»Ich sehe kein Feuer der Alten, mein Führer«, sagte Best.

»Pah, das alte Ungeheuer war einfach verrückt«, sagte Waffing, und Feric neigte dazu, sich dieser Einschätzung anzuschließen.

»Vielleicht«, sagte Bogel unbehaglich, »aber Sie selbst sagten uns, daß die Doms damit beschäftigt wären, die nuklearen Waffen der Alten zu exhumieren.«

Diese Bemerkung verdüsterte die Stimmung der Gruppe abermals, und Feric erkannte, daß es keinen Sinn hatte, länger an diesem öden Ort zu verweilen und auf eine Katastrophe zu warten, die niemals eintreffen mochte. Er führte die Gruppe zurück zum Kommandowagen und setzte die Fahrt durch die zerstörte Stadt fort, als ob nichts Widriges geschehen wäre.

Mehrere Minuten lang fuhren sie durch Asche und Trümmer,

begleitet von der Motorradeskorte, wirbelten graue Wolken auf und sichteten nichts. Feric und seine Vertrauten hatten sich vom Bierfaß erfrischt, und der verrückte Dom in seiner unterirdischen Kammer mit seinen Drohungen von nuklearer Vernichtung schien bereits ganz und gar unwahrscheinlich und unwirklich.

Doch plötzlich schien der Himmel selbst zu explodieren; ein enormer Lichtausbruch strahlte am östlichen Horizont auf, eine Glut heller als tausend Mittagssonnen erfüllte die Hälfte des Himmels mit ihrem grellen Licht und bleichte dem Rest des Himmels und der Erdoberfläche alle Farbe aus.

Ferics Magen krampfte sich zusammen und Übelkeit befiel ihn, noch als er die Hände vor die schmerzenden, geblendeten Augen preßte, denn diese Erscheinung konnte nichts anderes sein als das Feuer der Alten. Nach endlosen Sekunden schien die schreckliche, weltüberstrahlende Glut ein wenig zu verblassen und enthüllte einen enormen orangegelben Feuerball vom Zehnfachen des scheinbaren Sonnendurchmessers, der unheilverkündend über dem Osthorizont schwebte.

Langsam stieg diese enorme Feuerblase aufwärts, sog eine riesenhafte, brodelnde, schwarze Wolke von Staub und Schutt mit sich in den Himmel, als sie emporstieg. Wenig später hatte die feurige, überkochende Wolke ihre volle Form erreicht, und niemand, in dessen Sichtweite sie war, konnte umhin, den erschrekkenden Anblick des legendären Zeichens und der gefürchteten Inkarnation des Feuers der Alten wiederzuerkennen, den Atompilz.

Niemand brachte im Angesicht dieses grauenhaften himmlischen Giftpilzes ein Wort hervor. Die Größe der Explosion und ihre Gewalt waren jenseits des menschlichen Begriffsvermögens. Es gab keinen Grund zu zweifeln, daß die Drohung des letzten Dominators den Tatsachen entsprochen hatte.

Viele Minuten später wurde die Welt von einem Donnerschlag erschüttert, der den Himmel zu spalten schien und zu einem rumpelnden Erdbeben wurde, ohne an Intensität nachzulassen. Zur gleichen Zeit spürte Feric einen Luftstoß von der Gewalt eines körperlichen Schlages; die SS-Männer wurden wie Papierfetzen von ihren Motorrädern gefegt, und das widerstandsfähige Stahlchassis des Kommandowagens knarrte und ächzte.

Der pfeifende, winselnde bitterheiße Wind, der dieser Druckwelle folgte, war für Feric das letzte Ausatmen der wahren

Menschheit. Er glaubte geradezu die radioaktive Pestilenz zu spüren, wie sie von allen Seiten in seinen Körper eindrang und seine Gene schädigte.

Aber während der radioaktive Atompilz noch fortfuhr, sein genetisches Gift in die Atmosphäre zu speien, entschied Feric Jaggar bereits, daß der reine menschliche Genotyp überleben würde, weil er überleben mußte. Ein Versagen vor dieser Aufgabe konnte nicht geduldet werden, ob er versagte, oder irgendein anderer. Die Menschheit würde durch einen reinen Willensakt gerettet werden, wenn es notwendig sein sollte. Und wenn ein Wunder vonnöten wäre, so würde jeder Helder seine ganze Kraft daran wenden, es zustande zu bringen, oder bei dem Versuch sterben.

14

In den düsteren Tagen, die auf die Explosion der monströsen letzten Waffe von Zind folgten, hinderten nur der fanatische Wille Feric Jaggars und die eiserne Disziplin des Volkes von Heldon die Menschheit daran, in Verzweiflung und Apathie zu verfallen. Als die radioaktive Wolke ihr Gift durch die Atmosphäre der Erde verstreute, begannen viele Pflanzen zu kränkeln und abzusterben, Kinder, alte Leute und Kranke litten unter schrecklichen Strahlenkrankheiten und beinahe zwei Millionen wahre Menschen fanden qualvoll den Tod.

Statt die Kräfte mit der hoffnungslosen Behandlung dieser Symptome von Strahlungskrankheit zu verzetteln, lenkte Feric die ganze Kraft und alle verfügbaren Hilfsquellen des neuen Weltreiches von Heldon einzig und allein in die Bemühungen zur Erhaltung des wahren menschlichen Genotyps. Innerhalb von zwei Monaten nach der Katastrophe hatten die Genetiker der SS die schreckliche Wahrheit bestätigt: es gab auf Erden keinen wahren Menschen, dessen Fortpflanzungskeime in der Lage waren, rein weiterzuvererben. Selbst Feric war davon betroffen. Die letzte Generation der Menschheit war bereits geboren — von nun an war das Genreservoir des Volkes der Helder nur noch zur Hervorbringung abstoßender Mutanten und obszöner Monstrositäten imstande.

Keine drei Tage nachdem ein eingefallener, verdüsterter Remler diese rassische Todesanzeige überbracht hatte, hatte Feric die härteste Entscheidung seines Lebens getroffen und stand zusammen mit Waffing, Remler, Bogel und Best vor den Fernsehkameras, um seinem trauernden und betroffenen Volk den Weg aufzuzeigen, den Heldon nun einschlagen mußte.

Zu diesem Anlaß hatte Feric seine gutsitzende schwarze Uniform angelegt und den Großen Knüppel von Held stundenlang polieren lassen, so daß das Reichszepter und jeder Uniformknopf das Licht der Scheinwerfer blitzend und spiegelnd reflektierte. Er stand auf einem niedrigen Podium, im Hintergrund eine große, aufgespannte Hakenkreuzflagge. Zu seinen Füßen standen seine Feldmarschälle in ähnlich brillanten Uniformen; es war notwendig, daß in jedem Volksgenossen ein Höchstmaß an Heldentum wachgerufen und gestärkt wurde. Feric hatte keinen Menschen in seinen Plan eingeweiht; er benötigte eine spontane Demonstration der Unterstützung von seiten seiner Feldmarschälle, und ganz Heldon mußte Zeuge davon sein, denn was er verlangte, würde der größte und schwerste Treuebeweis zum Hakenkreuz sein, der je vom Volk erwartet worden war.

»Meine Volksgenossen«, begann er einfach, »was ich heute sagen muß, wird kurz, unausweichlich und unumwunden sein. Wie bereits bekanntgegeben wurde, ist das Genreservoir unserer Bevölkerung durch die perfide letzte Untat der nichtswürdigen Dominatoren, die ihre Niedertracht und Tücke mit der totalen Ausrottung bezahlt haben, vollständig und permanent verseucht worden. Dies bedeutet, daß unser aller Erbgut nicht mehr in der Lage ist, etwas anderes als krankhaft deformierte und degenerierte Mutanten hervorzubringen. Es ist klar, daß die Erzeugung einer solchen Nachwelt eine absolut unannehmbare Verhöhnung alles dessen wäre, wofür das Hakenkreuz steht.«

Er machte eine längere Pause, um die Bedeutung seiner Worte eindringen zu lassen und sicherzugehen, daß keinem Helder die volle Bedeutung der Situation verborgen bliebe. Dann, als ganz Heldon sich anschickte, in Trauer und unerträglicher Resignation zu versinken, gab er seinem Volk Hoffnung.

»Seit einiger Zeit haben Genetiker der SS Entwicklungsarbeit auf dem Gebiet der Zellkernverschmelzung geleistet. Wenn eine winzige Probe Körpergewebe verwendet werden kann, um den in jedem Zellkern vorhandenen intakten Chromosomensatz zur Züchtung eines neuen menschlichen Wesens zu verwenden, dann wird es möglich sein, den exakten Genotyp unserer rassischen Elite in der nächsten Generation unverwässert und ohne

Gefahr von Mutationen zu duplizieren. Auf diesem Wege können wir der Gefahr des Aussterbens oder der Entartung durch Bastardisierung entgehen und darüber hinaus die menschliche Evolution in nur einer Generation um tausend Jahre voranbringen und eine Rasse wahrhafter Übermenschen schaffen: Riesen von zwei Meter zwanzig Größe, mit dem Körperbau griechischer Götter und einer durchschnittlichen Intelligenz auf dem Niveau von Genies. Aus der Tragödie genetischer Verseuchung können wir den höchsten Triumph rassischer Reinheit erschaffen. Denn die Strahlung, die unsere Fortpflanzungskeime unwiederbringlich geschädigt hat, konnte unserem Körpergewebe nichts anhaben. So wird es möglich sein, aus der rassischen Elite unserer Nation eine neue Herrenrasse zu züchten! Die nächste Generation von Volksgenossen wird ausschließlich aus Menschen bestehen, die durch Zellkernverschmelzung als exakte Duplikate ihrer jetzt lebenden Spender und Spenderinnen heranwachsen werden. Ihr genetisches Erbgut wird das der ausgesuchtesten und rassereinen Volksgenossen sein, die heute unter uns leben!«

Wieder hielt Feric inne. Funken neuer Hoffnung und Lebenszuversicht glommen in den Augen der Techniker und seiner Kampfgefährten auf. Von einer Vision endgültigen Untergangs hatte er das Volk von Heldon zu einem Traum von höchster rassischer Vollendung geführt. Sicherlich würden sie jetzt wie ein Mann bereit sein, die Opfer zu bringen, welche ein solches Ziel verlangte!

»Obwohl die Wissenschaftler der SS nahe daran sind, diese Technik zu vervollkommnen, bedarf es noch großer heroischer Anstrengungen, bis die Hervorbringung einer Herrenrasse von Trägern ausgesuchten Erbgutes als gesichert angesehen werden kann. Darum habe ich als Führer der Nation und Oberster Feldherr aller Streitkräfte entschieden, daß jeder Volksgenosse seinen Beitrag in Gestalt einer wahrhaft heroischen Tat leisten muß, die unsere Wissenschaftler zu neuen übermenschlichen Leistungen anspornen wird, mit dem Ziel, das völlige Aussterben des Homo sapiens auf diesem Planeten in die Schöpfung einer reinen Herrenrasse umzuwandeln, die fähig und würdig sein wird, unser Erbe anzutreten und der Welt eine lichtere Zukunft zu bescheren.

Im Laufe der nächsten drei Monate werden alle Volksgenossen von neuem durch die Überprüfungslager gehen. Dort werden wir uns alle der Sterilisierung unterziehen, das heißt, für den Rest unserer Lebenszeit unfähig gemacht werden, aus Schwäche einer unedlen Versuchung nachzugeben und unser geschädigtes Erbgut durch herkömmliche geschlechtliche Mittel fortzupflanzen. Entweder wird Heldon eine Nachkommenschaft von rassisch hochwertigem Menschenmaterial hervorbringen, oder es wird überhaupt keine Nachkommenschaft haben! Rassische Vollkommenheit oder rassischer Tod!«

Die Rücken der Feldmarschälle versteiften sich deutlich. Feric war zuversichtlich, daß das Volk von Heldon landauf, landab zu einer ähnlich fanatischen Entschlossenheit angefeuert worden war, denn obgleich die Genetiker nach wie vor der Schlüssel zur Situation blieben, hatte er jedem letzten Volksgenossen ein Mittel gegeben, durch das er seine eigene heldenhafte Entschlossenheit zur geheiligten Sache beitragen konnte. Der Ruhm des endgültigen Triumphes würde von allen Volksgenossen persönlich geteilt werden!

»Als eine persönliche Demonstration meiner eigenen vollkommenen Treue zur geheiligten Sache des Hakenkreuzes und der Hervorbringung einer Herrenrasse, werde ich selbst der erste sein, der sich der Sterilisierung unterzieht, gefolgt von meinen Feldmarschällen, der gesamten SS und dann dem Volk von Heldon. Es lebe Heldon! Es lebe der Endsieg! Es lebe die Herrenrasse!«

Die letzten Worte waren ihm kaum von den Lippen, als Bogel, Remler, Waffing und Best mit einer Energie, die selbst Feric überraschte, die Hacken zusammenknallten, Haltung annahmen, die gestreckten Arme zum Parteigruß hochrissen und mit einer übermenschlichen Entschlossenheit »Heil Jaggar!« riefen, die Augen flammend in der höchsten Kraft des rassischen Willens.

Nachdem die Inbrunst des Volkes von Heldon solchermaßen zu unglaublichen Höhen rassischen Bewußtseins und eiserner Entschlossenheit emporgehoben worden war, konnte das Schicksal dieser Heldenrasse kaum den Erfolg verweigern, den eine derart selbstaufopfernde Vaterlandsliebe verdiente.

Die gesamte Bevölkerung marschierte wie ein Mann ohne auch nur ein gemurmeltes Wort des Protestes durch die Überprüfungslager. Tatsächlich war das einzige größere Problem im Zuge der Sterilisierungsaktion, daß die guten Leute dazu neigten, untereinander um frühe Plätze in der Reihenfolge der Behandlung zu streiten und zu feilschen; dabei handelte es sich jedoch mehr um einen gutmütigen Wettstreit in patriotischer Hingabe als um ernste Bitterkeit, und die SS führte die Aktion zuverlässig innerhalb der Dreimonatsfrist aus, die Feric ihr gesetzt hatte.

Bald darauf verkündete Remler freudig, daß die ersten lebensfähigen Embryonen existierten, die durch Zellkernverschmelzung entstanden waren. Acht Monate später wurden diese ersten experimentell erzeugten Vertreter einer neuen Generation erfolgreich zur Welt gebracht. Bald danach wurde der erste funktionsfähige Großbetrieb zur serienmäßigen Anwendung der Verschmelzungstechnik vollendet und neun Monate später stattete Feric, geführt vom strahlenden Remler, den Feric-Jaggar-Reproduktionswerken einen Besuch ab, um der Entnahme der ersten kompletten Serie von SS-Übermenschen aus den Aufzuchtbehältern beizuwohnen.

Dieses Gebäude war ein mächtiger weißer Würfel, makellos und geschmückt von großen schwarzen Hakenkreuzen auf jeder Seite. Remler führte Feric an der Ehrenformation vorbei durch den Haupteingang des Gebäudes und durch eine lange und einigermaßen verwirrende Serie von Hallen, Räumen und Korridoren, die allesamt mit weißen Fliesen und Kacheln ausgekleidet waren. Die glänzenden weißen Wände reflektierten die knapp sitzenden schwarzen Lederuniformen und die scharlachroten Hakenkreuzumhänge der hochgewachsenen blonden SS-Techniker, die jeden Winkel der Reproduktionswerke mit Geschäftigkeit, Energie und Entschlossenheit auszufüllen schienen, wissenschaftliche Priester im Tempel rassischer Reinheit.

»Es läßt sich nicht leugnen, daß hier gearbeitet wird, Remler!« sagte Feric, als Remler eine weiße Tür öffnete und ihn in einen der großen Räume führte, wo die Aufzuchtbehälter standen. Dies war ein rechteckiger Saal mit weißgekachelten Wänden und kleinen weißen Fliesen am Boden, von denen jede mit einem schwarzen Miniaturhakenkreuz geschmückt war. In diesem großen Raum standen Reihen von glänzenden weißen Porzellanbehältern, insgesamt zweihundert. Am Kopfende eines jeden Behälters war eine weiße Porzellankonsole, die Pumpen, Instrumente und anderes medizinisches Gerät beherbergte; in jedem Behälter schwebte ein über zwei Meter großer blonder Riese in gelblicher Nährflüssigkeit, die Augen geschlossen in glückseligem Schlaf.

Nahe der vordersten Behälterreihe hatte man anläßlich des Besuches eine Fernsehkamera aufgebaut; vor diesen zwanzig ellipsoiden Porzellanbecken standen zwanzig hochgewachsene blonde SS-Wissenschaftler in schwarzen Uniformen mit scharlachroten Hakenkreuzumhängen und schwarzen Schaftstiefeln in strammer Haltung.

Bei Ferics Eintreten riß diese Elite die Arme in zackiger Ehrenbezeigung hoch, schlug die Hacken zusammen und donnerte im Chor: »Heil Jaggar!« Feric erwiderte die Ehrenbezeigung und schritt zum Mikrophon, das gegenüber den Reihen der Aufzuchtbehälter aufgestellt worden war.

»Meine Volksgenossen«, sagte er und ließ seinen Blick über die zwanzig SS-Helden gehen, deren Augen angesichts des Geleisteten in stolzem Triumph wie polierter blauer Stahl blitzten. »Heute werden wir endlich Zeugen sein, wie die ersten Vertreter der neuen Herrenrasse voll herangewachsen aus den Aufzuchtbehältern der ersten Reproduktionswerke hervorgehen und die reguläre Massenproduktion rassereiner Herrenmenschen einleiten. Dieses hervorragende Menschenmaterial, herangezogen aus dem körpereigenen Gewebe nur der absoluten genetischen Elite der SS, wird voll erwachsen ins Leben treten, göttlich von Aussehen und mit rasiermesserscharfem Verstand. Seine Qualität ist derart, daß es nicht mehr als sechs Monate intensiver Unterweisung und Indoktrination bedarf, um seinen Platz in der SS und in der Volksgemeinschaft einzunehmen.«

Fanatisches Feuer leuchtete ihm aus den Augen der SS-Wissenschaftler entgegen; Feric begünstigte diese Männer mit einem weiteren Rundblick, ehe er fortfuhr:

»Innerhalb der nächsten sechs Monate werden zehn weitere Reproduktionswerke die Arbeit aufnehmen, und bis zum Ende des kommenden Jahres wird es zwei Dutzend Werke geben, die jährlich eine Million reinrassige Edelmenschen ausliefern werden, und nach Ablauf von fünf Jahren wird Heldon über Produktionskapazitäten verfügen, die einen jährlichen Ausstoß von erstaunlichen zehn Millionen SS-Übermenschen gestatten werden! Diese Produktionskapazitäten sollten ausreichend sein, um die bewohnbare Erde innerhalb von zwanzig Jahren mit den Angehörigen der Herrenrasse neu zu besiedeln. Heute beginnen wir diese Neubesiedlung der Erde mit den genetischen Übermenschen, deren Erschaffung ein jahrtausendealter Menschheitstraum gewesen ist. So legen wir den Grundstein zu einer Herrenrasse, die zu immer größeren Höhen genetischer Reinheit und evolutionärer Vollkommenheit aufsteigen wird, da ihre Reproduktion strikt nach den höchsten eugenischen Prinzipien unter den kontrollierten Bedingungen der Reproduktionswerke erfolgen wird, wodurch nichts den Unwägbarkeiten des Zufalls überlassen bleibt.

SS-Wissenschaftler, ich beglückwünsche Sie zu Ihrem großen Triumph eugenischer Forschung! Feldmarschall Remler, ich beglückwünsche Sie zu dem Geist selbstaufopfernden Fanatismus, den Sie jedem Mann in den Reihen der SS eingeflößt haben! Meine Volksgenossen, ich beglückwünsche Sie zu Ihrer selbstlosen Hingabe an die Sache des Hakenkreuzes und Ihrer Treue zu meiner Person! Es lebe Heldon! Es lebe das Hakenkreuz! Es lebe die Herrenrasse!«

»Heil Jaggar!« brüllten die SS-Wissenschaftler, schlugen die Absätze ihrer schwarzen Schaftstiefel zusammen und rissen die Arme in zackigem Parteigruß hoch.

Dann führten diese blonden Helden eine Kehrtwendung aus und begannen ihre Arbeit an der ersten Reihe der Aufzuchtbehälter. Die Nährlösung wurde abgelassen, die Anschlüsse entfernt und die Zuchtexemplare mittels galvanischer Schocks zum Bewußtsein erweckt.

Einige Minuten später standen zwanzig blauäugige blonde Riesen vor ihren Aufzuchtbehältern, die Gesichter strahlend in übermenschlicher Intelligenz, aber leer wie jungfräuliches Pergament.

Der Anblick dieser prachtvollen Exemplare ließ Ferics Herz höher schlagen. Jedes von ihnen teilte seine eigene mächtige Statur und die Vollkommenheit des Körperbaus und der Physiognomie, und die Intelligenz, die aus ihren Augen leuchtete, war unverkennbar. Hinter ihnen waren weitere einhundertachtzig Exemplare von nicht geringerer Vollkommenheit, die auf ihre Erweckung warteten, Tausende mehr allein in diesem Reproduktionswerk, Millionen und Abermillionen in den kommenden Jahren. Innerhalb seiner eigenen Lebensspanne würde er erleben, wie die bewohnbare Erde von der Herrenrasse Heldons bevölkert sein würde, den großartigen Hervorbringungen der SS. Und danach . . .

Die Idee, die Feric durch den Kopf ging, überwältigte ihn mit ihrer Größe.

Jeder der hochgewachsenen blonden SS-Wissenschaftler in

schwarzem Leder stand neben einem nackten Riesen von einem Genotyp, der dem seinigen entsprach. Diese strahlenden SS-Helden entboten ihm nun einen stummen Parteigruß mit ausgestreckten Armen.

Zu Ferics Freude und Verblüffung imitierte die Hälfte der neuerwachten SS-Anwärter die patriotische Geste ihrer Lehrmeister mit rührend kindlicher Begeisterung. Vielleicht war es möglich, die Treue zum Hakenkreuz schon den Genen aufzuprägen!

»Mit dem heutigen Tag ist die Welt endlich und wahrhaft unser, mein Führer!« rief Remler in Begeisterung, ein Leuchten patriotischer Ekstase in den Zügen.

»In der Tat, Remler«, sagte Feric. »Und das ist nur der Anfang. Morgen werden wir die Sterne erobern!«

Niemals in der Menschheitsgeschichte hatte sich eine so große Menge an einem Ort zur gleichen Zeit versammelt. Das gewaltige Raumschiff, ein zugespitzter Zylinder aus silbrig schimmerndem Metall, erhob sich siebzig Meter hoch auf seinen Heckflossen über die Ebene des nordöstlichen Heldon. In sicherer Entfernung von den riesigen Austrittsöffnungen der Raketenmotoren war eine kleine Plattform errichtet. Auf dieser Plattform stand Feric, und umgeben war sie von einem Ring hochgewachsener, blonder SS-Zöglinge in glänzenden schwarzen Lederuniformen, so vollkommen wie sie selbst.

Zweihunderttausend identische blonde SS-Riesen aus der Retorte umringten die zentrale Säule des Raumschiffes in perfekten uniformierten Reihen, bereit, den zeremoniellen Rundmarsch zu beginnen. Jenseits dieser Formation war vielleicht eine Million weiterer SS-Zöglinge in schwarzen Lederuniformen, deren Masse sich in alle Richtungen bis hinter den Horizont erstreckte, und jenseits von diesen, außerhalb Ferics Sichtweite, waren ungezählte Hunderttausende der älteren Helder-Generation versammelt, um dem Start von ferne beizuwohnen.

Vor dem Bündel der Mikrophone auf der Plattform stehend, sah Feric sich erfüllt von einer Erregung, die in seiner ganzen Erfahrung nicht ihresgleichen hatte. Jedes Molekül seines Körpers prickelte in ekstatischer Erwartung, als er das Wort ergriff.

»Nachdem es die Erde erobert und mit einer Herrenrasse übermenschlicher Heroen bevölkert hat, deren Vollkommenheit diejenige jeder anderen Kreatur, die jemals vom seelenlosen Prozeß natürlicher Evolution geschaffen wurde, bei weitem übersteigt, unternimmt Heldon jetzt seinen ersten Schritt zu den Sternen!«

Darauf stieg aus der unübersehbaren Menge ein unglaubliches spontanes Brüllen, ein aufbrandendes Geräusch, das die Himmel herausforderte und die Erde vor Freude erzittern zu lassen schien. Aus diesem Gebrüll wurde der gewaltigste Chor von »Heil-Jaggar!«-Rufen, den die Welt je gehört hatte, und Millionen Arme hoben sich im Parteigruß, ein Wald von Armen und Händen, der Ferics Gesichtsfeld ausfüllte und seine Seele mit Glück überwältigte. Er ließ diese Demonstration volle zwei Minuten andauern, bevor er beide Arme hob, um sich Gehör zu verschaffen, denn niemand konnte leugnen, daß dieses wunderbare Volk das Recht auf diesen Jubel mehr als verdient hatte.

»In diesem Raumschiff — der am meisten fortgeschrittenen Leistung des wissenschaftlich-technischen Genies unserer Nation — befinden sich dreihundert der besten SS-Zöglinge aus den Reproduktionswerken Heldons in Tiefkühlschlaf. In diesem alterslosen Zustand werden sie die langen Jahre verbringen, die dieses Schiff benötigen wird, um die immense Entfernung bis Tau Ceti zu überwinden. Sobald das Schiff sein Ziel erreicht hat, wird die automatische Maschinerie es landen und die Kolonisten auftauen, auf daß sie hervorkommen und die Saat Heldons über das Angesicht eines weiteren Planeten ausbreiten mögen. Innerhalb von drei Jahren werden wir fünfzig solcher Schiffe jährlich starten und somit jedes Jahr fünfzig Planeten in die Domäne des wahren menschlichen Genotyps einbeziehen, nicht für die Dauer eines Jahres oder einer Dekade oder eines Jahrhunderts, sondern für alle Zeiten! Das Universum ist unendlich, und die Herrenrasse von Heldon wird sich ohne Ende durch die Sternenwelt ausbreiten und schließlich die gewaltigen Unendlichkeiten der Galaxien mit unserer edlen Art bevölkern!«

Diesmal übertraf die Demonstration fanatischer Begeisterung alles bislang Dagewesene, und es kostete Feric volle fünf Minuten, um die immer neuen Ausbrüche von »Heil Jaggar!« zum Verstummen zu bringen, welche mit ihrer unglaublichen Stimmgewalt selbst die gigantische Rakete auf ihrem Startplatz umzustürzen drohte.

»Aber meine Volksgenossen, es gibt noch eine letzte Ruhmestat, die ich bis jetzt verschwiegen habe«, fuhr er endlich fort, außerstande, ein breites Lächeln zu unterdrücken. »Ich selbst habe Zellgewebe meines Körpers für die Zucht identischer Duplikate in den Aufzuchtbehältern gespendet. Diese Rakete und jede andere, die ihr während der nächsten zehn Millionen Jahre in die weglosen Bereiche des interstellaren Raumes folgen wird, soll als Führer der Kolonistengruppe ein genetisches Duplikat meiner eigenen Person erhalten, gezogen aus meinem Fleisch und daher mein genetisches Äquivalent, durch Abstammung und Vorsehung dazu bestimmt, Menschen zu führen. So werden unsere Kolonien nicht untergehen, gleichgültig, welchen Arten von feindlichen Lebensformen sie sich unter fremden Sonnen gegenübersehen mögen, denn die Männer, welche jene subhumanen Greuel ausrotten werden, werden bestes, reinrassiges Menschenmaterial sein, geführt von meinen eigenen genetischen Ebenbildern! Es lebe Heldon! Es lebe das Hakenkreuz! Es lebe die Herrenrasse! Auf die Eroberung des Universums!«

Als das antwortende Erdbeben eines mehrfach wiederholten »Heil Jaggar!« jedes Luftmolekül erschütterte, begann der gewaltige Ring von SS-Truppen um die Rakete und Ferics Plattform zu paradieren, bei jedem Schritt die gestreckten Beine hochreißend und mit eisenbeschlagenen Stiefelabsätzen dermaßen auf den Boden schlagend, daß die Erde buchstäblich erzitterte. Schneller und schneller marschierten diese ausgezeichneten Männer in ihren engen schwarzen Lederuniformen, stießen die Stiefelspitzen immer höher, bis Plattform und Rakete von einem wirbelnden Kreis glatten schwarzen Leders umringt waren und das Universum vom Donner der Marschtritte widerhallte.

Dann rissen diese zweihunderttausend hochgewachsenen blonden SS-Zöglinge die Arme in der größten Massierung des Parteigrußes in der Geschichte empor und hielten sie ausgestreckt, während aus Millionen inbrünstiger Kehlen ein nicht endenwollendes »Heil Jaggar!« zum Himmel emporstieg.

Schneller und schneller kreisten die marschierenden Truppen um Feric, rissen ihre Beine mit ständig zunehmender Energie und Kraftentfaltung in die Höhe, als versuchten sie mit den eisenbeschlagenen Sohlen ihrer Stiefel das Himmelsgewölbe einzutreten, während das unablässig brandende »Heil Jaggar!« mit dem Rhythmus der fallenden Stiefeltritte zu einem donnernden Stakkato verschmolz, das wie von selbst mit dem Pulsschlag in Ferics Schläfen eins wurde und die Grundfesten des Universums erschütterte.

Der rhythmische Donner und die Glorie des Augenblicks erzeugten in Feric eine unglaubliche rauschhafte Freude, deren

Feuer jede Zelle seines Körpers durchströmte; sein Blut pochte im Rhythmus dieser machtvollen rassischen Demonstration durch seine Adern, schneller und schneller, bis es ihm endlich schien, er müsse vor Ekstase zerbersten und in tausend Stücke auseinanderfliegen.

In diesem entscheidenden Augenblick, als er die übernatürliche Freude nicht länger ertragen konnte, betätigte er einen kleinen Schalter.

Mit ohrenbetäubendem Brüllen schoß eine prächtige Woge orangegelber Flammenglut aus der Rakete. Jede Kehle in Heldon vereinigte sich mit Ferics in einem wortlosen Aufschrei begeisterten Triumphes, als die Saat des Hakenkreuzes auf einer Feuersäule emporstieg, die Sterne zu befruchten.

Nachwort zur zweiten Auflage

Die Popularität, die Adolf Hitlers letzter Science-Fiction-Roman *Herr des Hakenkreuzes* in den fünf Jahren seit seinem Tod gewonnen hat, ist eine unbestreitbare Tatsache. Dem Roman wurde vom Preisgericht der Science-Fiction-Autoren und Verleger als bestem Science-Fiction-Roman des Jahres 1954 der Hugo Gernsback Award zuerkannt. Mag dieser auch eine einigermaßen zweifelhafte literarische Empfehlung sein, er würde Hitler, der während seiner ganzen Karriere in den Vereinigten Staaten unter diesen »Science-Fiction-Fans« lebte, sicherlich erfreut haben, betrachtete er sich doch als einen der ihren und ging so weit, daß er seine eigene Fan-Zeitschrift redigierte und veröffentlichte, obwohl er als berufsmäßiger Schriftsteller arbeitete.

Von größerer Bedeutung sind die Popularität des Buches und die Übernahme des Hakenkreuzmotivs und der damit geschaffenen Farben in einem so breiten Spektrum sozialer Gruppierungen und Organisationen wie der Christlichen Antikommunistischen Legion, verschieden mehr oder weniger im Gegensatz zur etablierten Gesellschaft stehenden Motorradbanden und den Amerikanischen Rittern des Bushido. Offensichtlich hat dieser Science-Fiction-Roman im zeitgenössischen nichtkommunistischen Bewußtsein eine Saite angeschlagen, die seine Anziehungskraft weit über die engen Grenzen des SF- und Fantasy-Genres hinaus wirksam werden läßt.

Auf einer rein literarischen Ebene scheint dieses Phänomen ganz unerklärlich. *Herr des Hakenkreuzes* wurde innerhalb von sechs Wochen unter Kontrakt mit einem Taschenbuchverleger kurz vor Hitlers Tod 1953 unter starkem Zeitdruck geschrieben. Wenn wir den Klatschgeschichten in den SF-Fanzeitschriften glauben dürfen, hatte Hitler seit mehreren Jahren unter Stimmungsschwankungen und Verhaltensstörungen gelitten, zu denen Anfälle von Gliederzittern und Ausbrüche unkontrollierbarer Wut gehörten, die häufig in unzusammenhängendem Gestammel oder aber in hochtrabend-schwülstigem Bramarbasieren endeten. Obgleich die eigentliche Todesursache eine Gehirnblutung war, scheinen diese Symptome zumindest darauf hinzudeuten, daß Komplikationen einer tertiären Syphilis eine Rolle spielten.

So wurde der literarische Fetisch der gegenwärtigen Verehrer des Hakenkreuzes und seines eigentümlichen Ehrenkodexes tatsächlich innerhalb von sechs Wochen von einem kommerziellen Schundschriftsteller geschrieben, der nie ein ernstzunehmendes literarisches Talent zeigte und der dieses Buch geschrieben haben mag, während er unter den Anfangsstadien einer Parese litt.

Man hat Hitlers Prosa eine gewisse lobenswerte Gewandtheit und Bildhaftigkeit des Ausdrucks zugesprochen, was um so mehr Beachtung verdient, als Hitler erst in seinen Erwachsenenjahren die englische Sprache erlernte. Dennoch kann man seine Beherrschung der angenommenen literarischen Sprache nicht ernsthaft mit der Meisterschaft eines Joseph Conrad vergleichen, einem Polen, der in ähnlich vorgerücktem Alter zu unserer Sprache kam. Spuren deutscher Satzstruktur und deutschen Wortgebrauches sind in seiner Prosa allenthalben zu finden.

Viele Passagen des Romans zeichnen sich zugegebenermaßen durch eine unbearbeitete Kraft der Bilder aus, die nicht ohne Faszination ist, doch scheint dies eher ein Ergebnis der Psychopathologie als von bewußter, kontrollierter literarischer Kunstfertigkeit zu sein. Wenn man Hitler besondere schriftstellerische Leistungen zubilligen möchte, dann in dieser seiner bildhaften Vorstellungskraft von im Grunde unrealistischen oder unwahrscheinlichen Szenen — vor allem in den ebenso verschwenderischen wie übertriebenen Schlachtengemälden und Metzeleien im Stil des Grand Guignol, oder den Schilderungen militärischen Schaugepränges, die das ganze Buch wie Girlanden durchziehen. Aber diese Umsetzung von Vorstellungskraft kann leicht zu Hitlers früherer Karriere als Zeitschriftenillustrator zurückverfolgt werden und wird eher hier ihre Wurzeln haben als in irgendeiner besonderen bewußten Meisterschaft des Prosastils.

Die bildliche Sprache des Romans ist wieder etwas anderes, ein Gebiet legitimen Disputs. Wie jedermann erkennen wird, der auch nur eine flüchtige, laienhafte Kenntnis menschlicher Psychologie besitzt, ist *Herr des Hakenkreuzes* voll von den schreiendsten phallischen Symbolismen und Anspielungen. Eine Beschreibung von Feric Jaggars magischer Waffe, dem sogenannten Großen Knüppel von Held: ›Der Schaft war aus . . . Metall, volle vier Fuß lang und dick wie der Unterarm eines kräftigen Mannes . . . das Kopfstück war eine mächtige Stahlfaust, die überlebensgroße Faust eines Heroen.‹ Wenn dies nicht die Beschreibung eines Fantasiepenis ist, was dann? Weiterhin deutet alles an dem Großen Knüppel auf eine phallische Identifikation von Hitlers

Held Feric Jaggar und seiner Waffe hin. Der Knüppel ist nicht nur in der Form eines enormen Penis gefertigt, er ist auch die Quelle und das Symbol von Jaggars Kraft. Nur Jaggar, der Held des Romans, kann den Großen Knüppel schwingen; er ist der Phallus von maximaler Größe und Potenz, das höchste Statussymbol und Zepter der Herrschaft in mehr als einer Weise. Wenn er Stag Stopa zwingt, zum Zeichen seiner Treue das Kopfstück seiner Waffe zu küssen, erreicht der phallische Symbolismus des Großen Knüppels einen grotesken Höhepunkt.

Aber der phallische Symbolismus bleibt nicht auf den Großen Knüppel von Held beschränkt. Der Gruß mit ausgestrecktem Arm, ein im ganzen Roman bis zur Besessenheit verwendetes Motiv, ist, wiewohl als Gruß bis ins Altertum nachweisbar, gleichfalls als phallische Geste zu deuten. Jaggar nimmt eine der orgiastischen Militärparaden von der Spitze eines enormen zylindrischen Turmes ab, der in ziemlich offenkundigen phallischen Begriffen beschrieben wird. Später wird die Feuersäule im Zentrum der brennenden Stadt Bora zu einem immensen phallischen Totemsymbol, um das Jaggar seine siegreichen Truppen paradieren läßt. Und in der Schlußszene des Romans erhebt sich eine Rakete, die ganz buchstäblich mit Jaggars Samen gefüllt ist, ›auf eine Feuersäule, die Sterne zu befruchten‹, als der orgasmische Höhepunkt eines bizarren militärischen Spektakels, das Jaggar eindeutig als eine einigermaßen plumpe Analogie zum Geschlechtsverkehr erfährt.

Es ist nicht daran zu zweifeln, daß ein großer Teil der Anziehungskraft, die *Herr des Hakenkreuzes* auf Ungebildete ausübt, von dem krassen phallischen Symbolismus herrührt, der das Buch nahezu beherrscht. In einem Sinne kann der ganze Roman als ein Stück sublimierter Pornographie gesehen werden, eine phallische Orgie vom Anfang bis zum Ende, in der die Sexualität in Gestalt grandioser fetischistischer Militärschauspiele und orgiastischer Ausbrüche unwirklicher Gewalt symbolisiert wird. Da diese phallische Sexualität der Gewalt und des militärischen Gepränges eine in der westlichen Gesellschaft häufige Übertragung ist, gewinnt das Buch seine beträchtliche Kraft, indem es sich in eine der vorherrschendsten sexuellen Pathologien unserer abendländischen Zivilisation gewissermaßen einschaltet.

Streiten ließe sich allenfalls über die Frage, ob Hitler sich dessen, was er tat, klar bewußt war oder nicht.

Wer behaupten wollte, daß Hitler seine phallische Bilderwelt systematisch als ein bewußt kalkuliertes Mittel einsetzte, könnte mit Recht darauf hinweisen, daß ihre folgerichtige Anwendung auf einen Akt bewußter Schöpfung hindeutet. Ferner zeigt Hitler ein überzeugendes Verständnis für den Gebrauch visueller Symbole und Geschehnisse zur Manipulation der Massenpsyche. Man kann glauben, daß die Massenaufmärsche im Fackelschein, die er in dem Buch beschreibt, tatsächlich die Leidenschaften wirklicher Menschenmengen ungefähr in der Art entflammen würden, wie er es im Roman schildert. Die Übernahme der Hakenkreuzfarben durch Gruppen unserer eigenen Gesellschaft ist ein zusätzlicher Beweis, daß Hitler sehr gut wußte, wie er visuelle Bilder zu gestalten hatte, daß sie auf den Betrachter die größtmögliche Wirkung ausüben. In diesem Licht erscheint es bei oberflächlicher Betrachtung einleuchtend, anzunehmend, daß Hitler den Roman *Herr des Hakenkreuzes* mit phallischer Symbolik ausstattete, um die Aufmerksamkeit der breiten, ungebildeten Leserschichten einzufangen.

Eine flüchtige Untersuchung der kommerziellen Science Fantasy scheint diese Annahme zu stützen. Der Held mit dem magischen Schwert ist ein übliches, praktisch allgegenwärtiges Merkmal der sogenannten Schwert-und-Zauberei-Romane. Solche Bücher werden nach einer simplen Formel geschrieben, wonach diese übermaskuline Heldengestalt mit Hilfe seiner ungewöhnlich wirksamen Waffe, mit der er eine offensichtliche phallische Identifikation hat, große Hindernisse überwindet, um seinen unausweichlichen Triumph zu erlangen. Hitler war jahrzehntelang im Mikrokosmos der Science-Fiction-Fanklubs und Magazine zu Hause, und nicht wenige solcher Fantasien wurden in seiner eigenen Fan-Zeitschrift *›Storm‹* besprochen. Daher ist die Annahme erlaubt, daß er mit dem Genre absolut vertraut war; mehr noch, in zwei oder drei seiner früheren Romane bediente er sich selbst des Schwert-und-Zauberei-Motivs.

Herr des Hakenkreuzes ist zumindest schematisch ein typischer Schundroman der Schwert-und-Zauberei-Machart. Der Held (Jaggar) empfängt die phallische Waffe als ein Symbol seiner rechtmäßigen Vorherrschaft und kämpft sich dann triumphierend durch eine Reihe von blutigen Schlachten zum endgültigen Sieg. Abgesehen von der politischen Allegorie und den mehr spezialisierten Pathologien, auf die ich später zurückkommen werde, ist es vor allem die besessene Folgerichtigkeit und Intensität des phallischen Symbolismus, die *Herr des Hakenkreuzes* von einer Menge ähnlicher Science-Fantasy-Romane unterscheidet. Dies führt zu dem Schluß, daß Hitler die Ursachen der Beliebtheit des Schwert-und-Zauberei-Genres studierte und ganz bewußt den pathologischen Anreiz seines eigenen Buches über das gewöhnliche Maß hinaus erhöhte, indem er den phallischen Symbolismus bis zur krassen Aufdringlichkeit verstärkte. Dies würde *Herr des Hakenkreuzes* zu einer zynischen Ausbeutung verbreiteter sexualpathologischer Defekte machen, die in diesem Genre übrigens ganz alltäglich ist, wenngleich von einer derart gründlichen Natur, daß ihre Kraft weit über diejenige seiner schüchternen Vorbilder hinausgeht.

Ich glaube jedoch, daß diese Theorie sich sowohl durch Indizien innerhalb des Romans und durch die Natur des Science-Fiction-Genres selbst widerlegen läßt.

Zum einen liefert *Herr des Hakenkreuzes* überreichlich Hinweise auf eine geistige Verwirrung des Autors, die nichts mit der Frage des phallischen Symbolismus zu tun haben. Der Fetischismus, der den ganzen Roman durchdringt, konnte kaum bewußt ausgedacht worden sein, um dem durchschnittlichen ungebildeten Leser zu gefallen. Im ganzen Buch wird Uniformen eine das Maß von Besessenheit erreichende Aufmerksamkeit zuteil, insbesondere den anliegenden schwarzen Lederuniformen der SS. Die häufigen Verbindungen der vielfach wiederkehrenden Beschreibungen von ›fleckenlosem schwarzem Leder‹, ›blitzendem Chrom‹, ›eisenbeschlagenen Stiefeln‹ und ähnlichen Kleidungs- und Schmuckstücken mit phallischen Gesten wie dem Parteigruß, Hackenknallen, Parademarsch und dergleichen, sind klare Hinweise auf einen unbewußten Fetischismus besonders morbider Sorte, der kaum geeignet ist, auf andere als gründlich gestörte Persönlichkeiten einen Reiz auszuüben.

Tatsächlich scheint Hitler in dem Buch anzunehmen, daß Massen von Männern in fetischistischen Uniformen, die diszipliniert in militärischem Schaugepränge marschieren und phallische Gesten und entsprechendes Zubehör zur Schau stellen, eine mächtige Wirkung auf einfache Menschen haben. Feric Jaggar kommt in Heldon durch nicht viel mehr als eine groteske Serie zunehmend grandioser phallischer Schaustellungen zur Macht. Dies ist unzweifelhaft phallischer Fetischismus von seiten des Autors, weil der Alternativschluß die Annahme der lächerlichen Vorstellung bedingen würde, daß eine ganze Nation sich auf der Basis von Massenschaustellungen von öffentlichem Fetischismus, Orgien eines krassen phallischen Symbolismus und Massenaufmärschen mit Fackelschein und fanatischen Reden einem Führer zu Füßen werfen würde. Es liegt auf der Hand, daß eine derartige nationale Massenpsychose in der realen Welt niemals geschehen könnte; Hitlers Annahme, daß sie nicht nur geschehen könnte, sondern ein Ausdruck des sogenannten rassischen Willens sein würde, beweist, daß er selbst an einer solchen Krankheit litt.

Über den Fetischismus hinaus zeigt der Roman innere Unvereinbarkeiten selbst nach den äußerst großzügigen Maßstäben der kommerziellen Science Fiction, die sichere Hinweise darauf sind, daß des Autors Kontakt mit der Wirklichkeit sich mehr und mehr lockerte, als er beim Schreiben eines Romans, der zweifellos als eine weitere kommerzielle Brotarbeit begonnen worden war, von seiner eigenen Besessenheit überwältigt wurde.

Der Roman hebt in einer Welt an, wo die höchste Technologie von der Dampfmaschine verkörpert wird, und schreitet in einer lächerlich kurzen Spanne fiktiver Zeit über Fernsehen, Maschinengewehre, moderne Panzer, Düsenmaschinen, künstlich gezüchtete Menschen bis zur interstellaren Raumfahrt voran. Hitler unternimmt keinen Versuch, etwas davon zu rechtfertigen oder zu erläutern; es ist Wunscherfüllung vom Anfang bis zum Ende. Zugegeben, ungerechtfertigte, ungereimte oder widersinnige Wunscherfüllungsfantasien sind in der schlechten Science-Fiction-Literatur weit verbreitet, aber kaum in diesem lächerlich offensichtlichen Ausmaß. Hitler scheint anzunehmen, daß die bloße Existenz eines Helden wie Feric Jaggar ausreicht, um diese Quantensprünge in Wissenschaft und Technologie hervorzurufen. Nimmt man eine enge Identifikation des Autors mit einem Helden dieser Art als gegeben an, dann handelt es sich hier um ein Symptom des gröbsten Narzißmus.

Vielleicht noch pathologischer sind Hitlers sekretorische und fäkale Besessenheiten. ›Faulige Gerüche‹, ›Pestilenz‹, ›Eiter‹, ›stinkende Misthaufen‹, ›übelriechende Senkgruben‹ und dergleichen sind in dem Buch überaus häufig. Immer wieder zeigt Hitler seine krankhafte Furcht vor Körpersekreten und Stoffwechselprozessen. Immerfort beschreibt er die verhaßten Krieger von Zind als ›sabbernd‹, ›defäkierend‹, ›urinierend‹ und so weiter. Ungeheuer sind mit Schleim bedeckt, der die Vorstellung von Nasenschleim erweckt. Die Kräfte des Bösen werden in Begriffen von schädlichen Ausscheidungen, Schmutz, üblen Gerüchen und Entstellungen beschrieben, während die Kräfte des Guten ›makellos‹, ›glänzend‹ und ›diszipliniert‹ sind. Ihre Personen und Ausrüstungsgegenstände haben schimmernde Oberflächen, die zu sterilem Glanz poliert sind. Die analen Bezüge dieser Dichotomie sollten selbst dem Laien einleuchtend sein.

Die Gewalt in dem Roman grenzt ans Psychotische. Hitler beschreibt die gräßlichsten Gemetzel, als fände er sie nicht nur attraktiv, sondern meine sogar, daß seine Leser davon in gleicher Weise fasziniert wären. Es besteht kein Zweifel, daß die Behandlung der Gewalt in *Herr des Hakenkreuzes* dem Buch einen besonderen morbiden Reiz hinzufügt. Hier wird dem Leser mit etwas aufgewartet, wenn das das richtige Wort ist, was in der gesamten Literatur einzigartig sein mag: die gräßlichsten, perversesten und abscheulichsten Gewalttaten, geschildert von einem Schriftsteller, der offenbar beabsichtigt, solche entsetzlichen Spektakel als erbaulich, erhebend und sogar als Ausdruck von edler Denkart vorzustellen. Selbst ein De Sade ging nicht so weit, denn seine Schrecken sind schlimmstenfalls als sexueller Kitzel gemeint, während Hitler Massenvernichtung, rücksichtsloses Abschlachten, übelkeiterregende Exzesse von Gewalt und Völkermord mit frommer Selbstgerechtigkeit, Tugend und Ehre gleichsetzt und darüber hinaus schreibt, als erwarte er nichts anderes, als daß der durchschnittliche Leser seinen Standpunkt als selbstverständliche Wahrheit teile. Sicherlich liegt darin der entscheidende Beweis, daß die Kraft des Buches nicht im Können des Autors liegt, sondern in den ungezügelten pathologischen Fantasien, die er unbedenklich in Druck gegeben hat.

Damit nicht genug, haben wir es hier mit dem erstaunlichen Fall zu tun, daß in dem Roman nicht eine einzige Frau auftritt. Es läßt sich mit einiger Berechtigung sagen, daß Asexualität ein Kennzeichen der typischen Science-Fantasy-Literatur ist; Frauen erscheinen nur als keusche, ›züchtige‹, schablonenhafte Gestalten, als Gegenstände romantischen Interesses für den Helden, als Preise, die gewonnen werden müssen. *Herr des Hakenkreuzes* ist nicht nur frei von diesem traditionellen romantischen Interesse, der Roman nimmt es schließlich sogar auf sich, die Notwendigkeit der weiblichen Hälfte der menschlichen Rasse zu leugnen. Am Ende wird alle menschliche Reproduktion durch die Technik der Zellkernverschmelzung in den Aufzuchtbehältern riesiger Vermehrungsanstalten vorgenommen, wobei die SS-Männer sich selbst duplizieren, eine unheimliche Art von männlicher Parthenogenese.

Festino-80-

Es ist verlockend, diese weitgehende Leugnung der Existenz von Frauen dem phallischen Fetischismus hinzuzufügen und mit einer Diagnose unterdrückter Homosexualität von seiten Hitlers aufzuwarten. Es ist wahr, daß Hitler, obwohl er nie heiratete, auf Science-Fiction-Kongressen einen gewissen Ruf als ein Don Juan genoß. Auf der anderen Seite ist unterdrückte Homosexualität häufig ein Element im Charakterbild des Frauenhelden. Gleichwohl würde es sicherlich vermessen sein, nach den verfügbaren Hinweisen post mortem eine solche Diagnose zu stellen. Es genügt zu sagen, daß Hitlers Einstellung zu Frauen im allgemeinen und zur Sexualität im besonderen kaum gesund war.

So tritt uns *Herr des Hakenkreuzes,* weit davon entfernt, wie so viele andere Science-Fantasy-Romane eine zynisch geschriebene, formelhafte und schlau auf die phallische Fixierung der Massen spekulierende Darstellung zu sein, als das Besessenheitsprodukt einer verwirrten, aber starken Persönlichkeit vor Augen. Die Kraft des Buches entspringt nicht der Geschicklichkeit des Autors, sondern der Reichhaltigkeit der pathologischen Selbstdarstellung, mit der er den Roman vollständig unbewußt ausstattete. Es ist wohlbekannt, daß die Kunst von Psychotikern selbst dem völlig normalen Verstand als brillant und ansprechend erscheinen kann. Solche Kunstwerke gewähren uns einen beängstigenden Einblick in eine verderbliche Realität, die glücklicherweise außerhalb unserer persönlichen Erfahrung liegt. So kommen wir vom intimen Kontakt mit dem Unaussprechlichen bewegt und tief aufgewühlt davon.

Wer mit dem Genre der kommerziellen Science-Fiction-Literatur nicht vertraut ist, mag überrascht sein, zu erfahren, daß solche pathologischen Erzeugnisse durchaus nicht selten sind. Die Science-Fiction-Literatur kennt einen Überfluß an Geschichten von allmächtigen phallischen Übermenschen, fremdartigen Lebewesen, die als fäkale Surrogate dargestellt werden, phallischen Totems, vaginalen Kastrationssymbolen (wie das Ungeheuer mit den vielen saugenden, mit rasiermesserscharfen Zähnen gefüllten Mündern im vorliegenden Buch), sublimen homoerotischen oder sogar päderastischen Beziehungen und dergleichen. Während einige wenige der besseren Schriftsteller auf diesem Gebiet von solchen Elementen sparsamen und überlegten Gebrauch auf einer bewußten Ebene machen, sprudelt das meiste von diesem Material aus dem Unterbewußten in die Arbeit von Schriftstellern, die auf einer rein oberflächlichen Ebene schreiben.

Herr des Hakenkreuzes weicht nur in der Intensität und bis zu einem gewissen Grade im Gehalt von der beträchtlichen Masse pathologischer Literatur ab, die innerhalb des Science-Fiction-Bereichs veröffentlicht wird. Man muß Hitlers einigermaßen ungewöhnlichen Hintergrund betrachten, um eine befriedigende Erklärung für den besonderen Erfolg dieses Buches zu finden.

Adolf Hitler wurde in Österreich geboren und wanderte nach Deutschland aus, in dessen Armee er während des Weltkriegs diente, bevor er 1919 nach New York emigrierte. In der Zeit zwischen dem Ende des Weltkriegs und seiner Auswanderung nach Amerika war Hitler mit einer kleinen radikalen Partei verbunden, den Nationalsozialisten. Sehr wenig ist über diese obskure Gruppe bekannt, die sich um 1923 wieder auflöste, volle sieben Jahre, bevor der kommunistische Staatsstreich die Angelegenheit zu einer rein akademischen Frage machte. Es scheint jedoch klar zu sein, daß die Nationalsozialisten die Machenschaften der Sowjetunion um viele Jahre früher erkannten als andere und entschiedene Antikommunisten waren.

Die Themen Nationalsozialismus und Deutschland blieben für Hitler zeitlebens wunde Punkte; er diskutierte sie nur mit großem Widerwillen und deutlicher Bitterkeit und auch das angeblich nur, wenn er betrunken war. Die Nationalsozialisten tat er, ohne Zweifel durchaus zu Recht, als einen jämmerlichen Bierhallendebattierklub ab. Aber seine frühe, leidenschaftliche und auch später andauernde Ergebenheit in die Sache des Antikommunismus war wohlbekannt und verwickelte ihn in zahlreiche hitzige Debatten und Fehden innerhalb der kleinen Welt von Science-Fiction-Liebhabern, in der er sich bewegte, bis die Einvernahme Englands im Jahre 1948 den imperialistischen Appetit der Sowjetunion selbst dem naivsten Apologeten des Kommunismus deutlich vor Augen führte.

Sind Bildersprache, Gewalt, Fetischismus und Symbolismus im *Herr des Hakenkreuzes* klare Manifestionen von Hitlers ungesunden unterbewußten Besessenheiten, so darf man annehmen, daß Elemente politischer Allegorie im Roman bewußte Schöpfungen eines Verstandes waren, der tief besorgt über die Lage der Weltpolitik und das unglückliche Schicksal seines angestammten Europas war.

Das Reich von Zind trägt offensichtliche Ähnlichkeit mit der gegenwärtigen Sowjetunion. Zind repräsentiert das logische extreme Endprodukt kommunistischer Ideologie — einen Ameisenhaufen von hirnlosen Sklaven, die von einer rücksichtslosen Oligarchie beherrscht werden. Wie die Dominatoren von Zind eine Weltordnung zu errichten suchen, in welcher jeder denkende Mensch zu ihrem subhumanen Sklaven reduziert worden ist, so streben die gegenwärtigen kommunistischen Führer eine Welt an, in welcher Individualismus völlig ausgelöscht und jeder Mensch zur Unterwürfigkeit gegenüber der Kommunistischen Partei reduziert wird. Und wie die Macht von Zind auf der Größe des Landes und den ungeheuren Menschenmassen beruht, mit denen die Dominatoren ohne humanitäre Skrupel nach Gutdünken verfahren, so beruht die Macht der Sowjetunion auf ihrer enormen Ausdehnung und der riesigen Bevölkerung, die von den Kommunisten mit totaler Nichtachtung der Bedürfnisse und der Würde des Individuums behandelt wird.

Heldon scheint in diesem Licht ein wiedererstandenes Deutschland darzustellen, das nie existierte, eine Wunscherfüllung Hitlers oder möglicherweise die nichtkommunistische Welt in toto.

Jenseits davon scheint die politische Allegorie hoffnungslos verwirrt. Die Dominatoren scheinen für die kommunistische Weltbewegung zu stehen; im Roman dient die Partei der ›Universalisten‹ offenbar als ein schlichtes Surrogat für die Kommunistische Partei.

Dennoch scheint es mehr damit auf sich zu haben, etwas, das mit den völlig unerklärlichen genetischen Besessenheiten des Romans zusammenhängt. Es ist unmöglich, eine brauchbare Parallele zwischen den degenerierten Mutanten, die die Welt von *Herr des Hakenkreuzes* überschwemmen, und irgend etwas in der zeitgenössischen Realität zu ziehen. Natürlich ist die Welt des Romans das Ergebnis eines in alter Zeit geführten Atomkriegs; vielleicht ist Hitlers Schilderung der genetisch deformierten Abkömmlinge unseres eigenen Zeitalters einfach nur als eine Mahnung zur Vorsicht zu verstehen. Aber die Doms selber scheinen ein wahrhaft paranoides Element zu sein. Es ist schwierig, an der Schlußfolgerung vorbeizukommen, daß sie für irgendeine reale oder eingebildete Gruppe stehen, die Hitler haßte und fürchtete.

Es gibt einige dürftige Hinweise, daß die Partei der Nationalsozialisten bis zu einem gewissen Grade antisemitisch orientiert war. Daher mag es verlockend sein, zu folgern, daß die Dominatoren symbolisch für das Judentum stehen. Da Zind aber offenbar für die Sowjetunion steht, wo der Antisemitismus in der vergangenen Dekade zu derart wilden Ausbrüchen führte, daß fünf Millionen Juden umgekommen sind, und da die Dominatoren, weit entfernt, die Opfer Zinds zu sein, seine absoluten Herrscher sind, erscheint diese Vorstellung nicht haltbar.

Trotz der Verwirrung in den Details ist die fundamentale politische Allegorie von *Herr des Hakenkreuzes* jedoch ganz klar: Heldon als Verkörperung entweder Deutschlands oder der nichtkommunistischen Welt, vernichtet Zind, das die Sowjetunion repräsentiert.

Unnötig zu sagen, daß diese spezielle politische Wunscherfüllung in einer Zeit, da nur die Vereinigten Staaten und Japan zwischen der Sowjetunion und ihrer Weltherrschaft stehen, bei einem jeden Amerikaner Anklang findet. Auch die Art des Sieges spricht unsere tiefsten Wünsche an. Heldon zerstört Zind, ohne Nuklearwaffen zu Hilfe zu nehmen. Der heldenhafte Individualismus Heldons besiegt die hirnlosen Horden von Zind, mit anderen Worten: die freien Menschen der nichtkommunistischen Welt besiegen die Sklavenmassen des kommunistisch beherrschten Eurasiens. Nur die verabscheuungswürdigen Dominatoren greifen in verantwortungsloser Weise zu nuklearen Waffen, ohne daß es sie retten könnte. Obgleich ein solcher Ausgang angesichts der gegenwärtigen düsteren Weltlage unmöglich erscheint, läßt sich nicht leugnen, daß er unsere Hoffnung auf Weltfrieden durch Weltfreiheit verkörpert.

In diesem Sinne erweist sich die Massenwirksamkeit dieses ziemlich kunstlos geschriebenen Science-Fantasy-Romans als eine einzigartige Kombination von politischer Wunscherfüllungsfantasie, pathologischem Fetischismus und phallischer Besessenheit; eine Kombination, zu der sich die Faszination gesellt, einen seltsamen, krankhaften und völlig fremdartigen Geist zu beobachten, der sich unbewußt unter der bizarren Selbsttäuschung, seine gewalttätigen und perversen Impulse seien nicht etwa ein Anlaß zur Scham, sondern im Gegenteil edle und erhebende Prinzipien, in rechtschaffener Weise hochgehalten von der Mehrzahl aller Menschen, zur Schau stellt.

Diese verschiedenen Elemente, die die Anziehungskraft des Buches ausmachen, wirken obendrein verstärkend aufeinander. Die phallischen Fantasien flößen dem ungebildeten Leser ein Gefühl grenzenloser Macht und Potenz ein, wodurch die Wunscherfüllungsfantasien über die Vernichtung Zinds um so einleuchtender erscheinen. Die Identifikation Zinds mit der Sowjetunion ermöglicht es dem ungebildeten Leser darüber hinaus, ohne Schuldgefühle in der exzessiven Gestalt zu schwelgen. Auch gestattet die nahezu psychotische Intensität der Gewalt dem Leser eine Katharsis, eine momentane Reinigung von seinen Furcht- und Haßgefühlen gegenüber der Bedrohung durch den Weltkommunismus.

Schließlich gibt es ein Element totaler Gewißheit, das den Roman durchzieht. Feric Jaggar ist als Führer völlig frei von Zweifeln. Er weiß, was getan werden muß, und wie es zu tun ist, und er handelt dementsprechend. Irrtümer kennt er sowenig wie böse Ahnungen oder Reue. Zind und die Dominatoren sind die Feinde der wahren Menschheit, darum verdienen sie keine Gnade und jede gegen sie gerichtete Aktion ist moralisch über jeden Vorwurf erhaben. Wer betet in diesen dunklen Zeiten nicht insgeheim um das Auftreten eines solchen Führers?

Jaggar ist nicht nur frei von Zweifeln; Hitler selbst schreibt in einer Art, die zumindest den Eindruck vermittelt, daß auch er von allem, was er sagte, vollkommen überzeugt gewesen sei, und daß irgendwelche konträren Ansichten als völlig unbegründet abgetan werden könnten. Für ihn sind die militärischen Tugenden, mit ihren machtvollen Obertönen von phallischer Besessenheit, Fetischismus und homoerotischer Sublimierung, einfache, zeitlose Absolute, die weder der Schriftsteller noch der Leser in Frage zu stellen hat.

In diesen Zeiten, hin- und hergerissen zwischen unseren zivilisierten Kompliziertheiten und Zweifeln und der Notwendigkeit, einem unerbittlichen Gegner die Stirn zu bieten, der von übermäßigen moralischen Skrupeln nicht merklich behindert ist, scheint eine solche Einstellung, selbst wenn sie von einer entstellten Persönlichkeit wie Adolf Hitler kommt, irgendwie erfrischend zu sein.

Die Sowjetunion sitzt rittlings wie ein betrunkener Unhold auf Eurasien. Der größte Teil Afrikas ist unter ihrem Einfluß, und auch die südamerikanischen Republiken beginnen ihr zu erliegen. Nur der Pazifik, dieser große japanisch-amerikanische See, steht als letzte Bastion der Freiheit in einer Welt, die verurteilt scheint, in der roten Flut unterzugehen. Unser großer japanischer Verbündeter hat die von der Zeit geheiligten Traditionen des Bushido, um seine Entschlossenheit zu stärken und seiner Bevölkerung das Bewußtsein einer schicksalhaften Mission ein-

zuflößen, aber wir Amerikaner scheinen hoffnungslos in Apathie und Verzweiflung versunken.

Viele unter Hitlers Lesern werden es zweifellos verlockend finden, sich vorzustellen, was das Auftreten eines Führers wie Feric Jaggar für Amerika bedeuten könnte. Unsere gewaltigen industriellen Ressourcen würden in die Rüstung fließen und eine Armee entstehen lassen, deren Kampfkraft allem gleichkäme, was der Gegner ins Feld führen kann, unsere Bevölkerung würde zu patriotischer Entschlossenheit angespornt und unsere moralischen Bedenken würden für die Dauer unseres Entscheidungskampfes gegen die Sowjetunion hintangestellt werden.

Natürlich könnte ein solcher Mann nur in den extravaganten Fantasien eines pathologischen Science-Fiction-Romans an die Macht gelangen. Denn Feric Jaggar ist seinem Wesen nach ein Ungeheuer: ein narzißtischer Psychopath mit paranoiden Besessenheiten. Seine absolute Selbstsicherheit beruht auf einem völligen Fehlen nach innen schauender Selbsterkenntnis. Ein solcher Mensch würde in einem Sinne nur Oberfläche und kein Inneres sein. Er würde in der Lage sein, die Oberfläche gesellschaftlicher Realität durch die Projektion seiner eigenen Pathologien zu manipulieren, aber niemals imstande sein, an der inneren Kommunion zwischenmenschlicher Beziehungen teilzunehmen.

Ein solcher Mensch könnte einer Nation die eiserne Führerschaft und ein Gefühl von Gewißheit in tödlichen Krisenzeiten geben, aber um welchen Preis? Geführt von einem Feric Jaggar, möchten wir die Welt gewinnen, aber unsere Seelen verlieren.

Nein, obwohl das Gespenst der kommunistischen Weltherrschaft den Einfältigen Anlaß geben mag, einen Führer nach dem Modell des Romanhelden von *Herr des Hakenkreuzes* herbeizusehnen, dürfen wir uns in einem absoluten Sinne glücklich schätzen, daß ein Ungeheuer wie Feric Jaggar für immer auf die Seiten der Science Fantasy beschränkt bleiben wird, Fiebertraum eines neurotischen Science-Fiction-Schriftstellers namens Adolf Hitler.

Homer Whipple, New York, N. Y., 1959